HYBRID VERLAG
Vollständige Taschenbuchausgabe
04/2023

Surreal - An den Grenzen der Realität

© by Mandy Lensey
© by Hybrid Verlag, Westring 1, 66424 Homburg

Umschlaggestaltung: ©2023 by Magical Cover Design, Giuseppa Lo Coco
Lektorat: Nicky DeMelly, Matthias Schlicke
Korrektorat: Petra Schütze
Buchsatz: Paul Lung
Autorenfoto: privat

Coverbild ›Aljizar – Das Folterhaus‹
© 2021 by Creativ Work Design / Coverbild: Datei-Nr. 192894435
Portrait of beautifulgirl, Bild-nachweis: olly
Coverbild ›Mein ist die Strafe‹
© 2020 by Creativ Work Design, Homburg
Coverbild ›Auf Null gesetzt‹
© 2018 by Creativ Work Design, Homburg
Coverbild ›Dämonenritt‹
© 2021 by Creativ Work Design
Stock-Fotografie-ID:509859337 / Bildnachweis:D-Keine
Lizenzfreie Stockfoto Nummer: 2025647777 / Bildnachweis: FO-TOKITA
Stock-Fotografie-ID:1181216754 / Bildnachweis: mputsylo

ISBN 978-3-96741-181-2

www.hybridverlag.de / www.hybridverlagshop.de

Bibliografische Informationen der Deutschen Nationalbibliothek:
Die Deutsche Nationalbibliothek verzeichnet diese Publikation in der
Deutschen Nationalbibliografie; detaillierte bibliografische Daten
sind im Internet über http://dnb.de abrufbar.
Printed in Germany

Mandy Lensey

Surreal
An den Grenzen der Realität

Thriller

Kapitel 1

Ela

»Dachtest du, ich würde es nicht merken? Wie du diesen schwachsinnigen Lehrer anhimmelst?«

»Ich weiß nicht, was du meinst.«

Ihre Stimme drang kaum bis ins Kinderzimmer. Elas Instinkt schlug Alarm. Die Situation durfte nicht außer Kontrolle geraten!

»Du Schlampe, bestimmt hast ihn schon gefickt!«

Die Situation *geriet* außer Kontrolle. Sein Unterton verriet es, die Schwelle zur Vernunft war schon längst überschritten. Nun gab es nichts mehr, das ihn stoppen konnte. Das Herz schlug ihr heftig in der Brust. Heute stand alles auf dem Spiel! Nein, verdammt, es durfte nicht schief gehen!

Es polterte dumpf, gefolgt von einem spitzen Schrei.

Ela schlug die Decke beiseite, sprang zur Tür und mit einem Auge spähte sie in das Wohnzimmer.

Die Mutter schrie. Sie lag auf dem Rücken am Boden, die Arme schützend vor dem Kopf. Karl schlug auf sie ein, ein widerliches Lächeln umspielte seine Lippen. Wie sie dieses Lächeln hasste! Wie sie ihre eigene Schwäche hasste!

Er war ihnen körperlich weit überlegen und, verdammt, sie wusste, was er als Nächstes tun würde. Schon riss er an den Leggings der Mutter und öffnete seinen Gürtel. Die feine Anzughose rutschte herunter.

»Brauchst mal wieder 'ne Lektion!«

Ihr Wimmern konnte Ela nicht verstehen.

Karl beugte sich zu ihr hinab. Strähnen, die sich aus der Verankerung des Haarsprays lösten, hingen ihm wild ins Gesicht.

»Mama. Wehr dich«, flüsterte Ela.

Die Tränen flossen lautlos, tropften auf das hellblaue Nachthemd und hinterließen dort dunkle Flecken.

»Wehr dich doch endlich!«

Die Mutter trat mit einem klagenden Laut purer Verzweiflung nach ihm und traf Karl am Schienbein. Er jaulte auf, presste seine Hände fest auf die Stelle.

Ela jubelte leise.

Ihre Mutter versuchte davon zu robben, doch schnell setzte der Vater ihr nach.

In ihren Ohren rauschte das Blut. Sie musste etwas tun. Sofort! Ihr ganzer Körper zitterte und dann tat sie, was Karl ihr schon ein Leben lang einbläute — sie schob die Angst beiseite. Schnell wirbelte sie herum und durchsuchte ihr Zimmer nach etwas, das sie gegen ihn einsetzen konnte.

Dann fand sie es. Ihre Hände zitterten, als sie das kalte Glas umklammerten. Die Flasche wog schwer und wie einen Baseballschläger schwang sie das Ding. Rasch huschte sie ins Wohnzimmer. Karl drehte ihr den Rücken zu und sah sie nicht kommen.

Ein Schlag, dann ein zweiter, und er sackte zusammen wie ein nasser Sack.

Ela starrte auf den am Boden liegenden Mann, blendete alles um sich herum aus. Sie hatte nicht bemerkt, dass ihre Mutter aufgestanden war und nun mit einem Zittern in der Stimme drängte: »Schnell, Ela!«

Karl stöhnte.

Verrecke Arschloch.

»Ela. Wir müssen weg.«

Wie von weit her hörte sie ihre Stimme, spürte, wie die Mutter sie an den Schultern packte und schüttelte.

»Wir müssen hier verschwinden!«

All die Jahre waren ihre Mutter und sie stumm geblieben. Stumm, wenn er sie schlug. Stumm, wenn er sie vergewaltigte.

Niemand hatte geholfen, niemand hatte hingesehen.

Doch heute sollte der Tag sein, an dem sich ihr Leben für immer veränderte.

Noch ehe sie begreifen konnte, was sie eben getan hatte, lief sie los, barfuß und im Nachthemd, hinaus, über Felder, durch den Wald ...

Ela stolperte auf die Lichtung hinaus, gespenstisch leuchtete der Schnee im Sternenlicht.

»ELA!«, donnerte es durch den Wald.

Sein Ruf zerschnitt das Jaulen des Windes.

Ihr Kopf schoss herum und ihr Blick irrte zwischen den Bäumen umher. Eine eisige Böe riss an ihrem Nachthemd und biss ihr in die Haut. Zitternd schlang sie die Arme um ihren Körper und schleppte sich voran. Schritt für Schritt. Sie stolperte, fiel auf die Knie und winselte. Mit einem Ächzen, das vom Wind davongetragen wurde, rappelte sie sich wieder auf die Beine.

Eine, höchstens zwei Minuten, dann würde er ihre Fußspuren entdecken. Sie schluchzte auf.

Hör auf zu heulen. Er kann deine Schwäche riechen!

»ELA? Wo bist du?«

»In der Hölle«, flüsterte sie.

Sie hob den Blick zu den Sternen und taumelte voran. Die kalten Lichter verschwammen hinter dem Schleier der Tränen, mit dem Handrücken schützte sie ihre Augen und blinzelte heftig.

Wer weiß, vielleicht ist das mein letzter Tag auf dieser scheiß Welt?

Karl, das kranke Schwein, jagte sie, ihr eigener verschissener Vater. Glaubte er wirklich, sie würde ihm antworten?

Er schlich wie ein Dämon durch den finsteren Wald, suchte ihre Spur, trieb sie in die Enge. Und dann ... dann würde er über sie herfallen, ihr schlimme Dinge antun, schlimmer als der Tod.

Ela schauderte bei dem Gedanken und warf erneut einen Blick über die Schulter.

»Mama ...« Ihre Stimme kaum mehr als ein heiseres Flüstern. Tränen, die über blutleere Wangen rollten.

Es lief fast alles nach Plan. Nur dieses kleine Detail ...

Nun stand Ela hier ganz allein.

»Ela! Ich kann dich sehen. Bleib, wo du bist!«

Ihr Kopf schoss herum. Eine dunkle Gestalt lief am Waldrand über die vom Mond erhellte Schneefläche.

Scheiße!

Weißer Atem stieg hektisch um sie herum auf. Sie konnte das blöde Schluchzen nicht unterdrücken, das ihr jedes Mal entfuhr. Er durfte sie so nicht sehen!

Die Hände zu Fäusten geballt schrie sie ihm entgegen: »Du hast sie umgebracht, du Schwein!«

Sie sehnte sich nach den Armen der Mutter — warm und geborgen. Der Wind flaute für einen Moment ab und sie hörte Schritte im Schnee. Er kam immer näher.

»Ela, komm her. Was machst du denn da?«, rief er.

Lieber wollte sie in der kalten Umarmung des Todes liegen, als ihm in die Hände zu fallen.

Der Wind drehte sich, zerrte an den Haaren, peitschte sie in ihr Gesicht, als wollte er ihr den Weg nach vorne weisen. Sie ging einen Schritt, dann zwei. Der Schnee auf dem Steg knirschte unter den Füßen. Ela humpelte los, dem Ende des Stegs entgegen, doch Karl rief etwas, das sie nicht verstand. Sie sprang.

Das Eis brach unter dem Aufprall wie eine Eierschale. Die Kälte schwappte über ihr zusammen, presste die Luft aus ihren Lungen. Sie strampelte verzweifelt, suchte Halt am Rand. Doch sobald sie sich daran hochziehen wollte, brach er weg. Der Schmerz, undefinierbar, durchbohrte jede Zelle; sie könnte genauso gut in kochendem Wasser liegen.

»Mama ...«

Die Zähne schlugen heftig aufeinander. Ihre Gliedmaßen wurden mit jeder Bewegung schwerer, bald schon versagten Arme und Beine ganz den Dienst. Der Kampf schien ihr wie eine Ewigkeit, jetzt blieb die Zeit stehen.

Sie sank hinab in die dunkle Tiefe, der Trommelschlag des Lebens dröhnte noch in ihren Ohren.

Luft, alles in ihr schrie nach Luft, sie wollte nicht und dennoch öffnete sie den Mund. Der Tod kroch in ihren Körper und nahm ihr den Schmerz. In der Unendlichkeit schwebend dachte sie an Mutter.

»Meine Maus«, hörte Ela ihre zarte Stimme flüstern.

Das blaue Nachthemd umtanzte sie, wie der zarte Schein eines Engels. Eine plötzliche Wärme erfasste sie und trug ihre Seele mit sich in ein Reich voller Liebe und Geborgenheit. Auch die Mutter gehörte dazu. Sie wartete auf ihre Tochter, das spürte Ela.

Dann erfüllte Stille alles.

Und alles war nichts.

Kapitel 2

Lea

Lea bog in das Parkhaus des Senders ein und stellte ihr weißes Cabrio ab. Es war Montagmorgen. Ein kritischer Blick in den Rückspiegel und zwei geschickte Handbewegungen brachten die Frisur wieder in Ordnung — ein Nachteil, wenn man mit offenem Verdeck fährt. Mit einem Gähnen griff sie nach ihrer Tasche und dem Kaffeebecher, den sie von Zuhause mitgenommen hatte, und trank vorsichtig einen Schluck. Genug Zeit geschunden, ab in die Arbeit. Widerwillig schwang sie die Beine aus dem Auto und stöckelte zum Fahrstuhl. Laut hallten ihre Pfennigabsätze auf dem Beton wider.

Ich hasse diese Dinger.

Die High Heels würde sie am liebsten vom Fuß reißen und in den Müll werfen, aber in der Redaktion erwartete man ein gewisses Auftreten. Sie vermisste ihre Jogginghose. Ihre gute alte, labbrige Jogginghose.

Der Lift fuhr mit einem Ruck los und brummte, kündigte blechern den dritten Stock an.

Nerviges Teil!

Die Tür ging auf und sofort umfing sie der gewöhnlich laute Wirrwarr aus Stimmen, klickenden Tasten und klingelnden Telefonen. Für sie klang das wie Musik in den Ohren, auch wenn sie die Kleiderordnung für schwachsinnig hielt.

Jede Woche berichtete sie über ein gesellschaftlich angesagtes Thema. Der letzte Bericht handelte von der artgerechten Haltung von Nutztieren, denn der aktuelle Trend ging in Richtung Nachhaltigkeit und Umweltbewusstsein, was ihr sehr gefiel.

Worüber wollte sie diese Woche berichten? Vielleicht könnte sie ein anschließendes Thema hinterher schieben über die enormen Methangasausscheidungen der Tiere und die daraus resultierenden schädlichen Umweltfaktoren?

Viel Fleisch, viele furzende Viecher. Lea schmunzelte.

Sie bog links ab, lief an sämtlichen Schreibtischen vorbei, direkt auf den Konferenzraum zu. Aus dem Augenwinkel nahm sie eine Bewegung wahr und, oh Überraschung, ihr Kollege Patrick stand vor ihr. Groß und gut gebaut, mit bernsteinfarbenen Augen, die Güte ausstrahlten. Ein netter, lästiger Kerl.

Sie spähte an ihm vorbei und sah durch die Glastür den pummeligen Mann, der sich rege mit Beata unterhielt. Ihr Chef Markus und seine unersetzliche rechte Hand. Die beiden leiteten den Sender und dirigierten ihre fleißigen Bienchen, wie Markus seine Angestellten gerne nannte, vom Büro oder Konferenzraum aus.

Beata lebte schon lange in Deutschland, doch ihr Dialekt verriet ihre osteuropäische Herkunft. Die schwarzen Haare trug sie zu einem Zopf gebunden, der ihr bis zur Hüfte reichte. Knallroter Lippenstift zierte ihren Mund und leider auch oft die Zähne. Übermäßiger Zigarettenkonsum war schuld an ihrer tiefen, kratzigen Stimme und den Falten in ihrem Gesicht. Beatas wahres Alter zu schätzen schien unmöglich und Lea wagte nicht zu fragen.

»Hey Lea! Markus wartet schon auf dich.«

Patrick kratzte sich am Hinterkopf und lächelte auf sie herab.

»Ja, offensichtlich.«

»Wie war dein Wochenende?«, fragte er.

»Gut.«

Sie schob ihn beiseite, doch so leicht wollte er nicht aufgeben.

»Schönes Wetter heute, stimmt's?«

Lea schmunzelte. Süß, wie er sich bemühte, sie in ein Gespräch zu verwickeln.

»Jaja, sehr schönes Wetter. Gibt's sonst noch etwas?«

»Hast du später Lust auf ein Mittagessen?«

»Oh man, tut mir echt leid, Patrick, ich weiß leider nicht, was das ist.«

Sie zuckte mit den Schultern und ließ ihn stehen.

»Sowas tun Sterbliche, um am Leben zu bleiben!«, rief er ihr nach.

Ohne sich umzudrehen winkte sie ihm zu und verschwand hinter der Tür.

Patrick probierte es in regelmäßigen Abständen und sie bewunderte seine Ausdauer, aber eine Affäre mit einem Arbeitskollegen kam für sie nicht in Frage. Im Sender lauerten Schlangen und Aasgeier, die nur darauf warteten, dass jemand einen Fehltritt beging.

Markus brach sein Gespräch ab und drehte den Kopf zu ihr.

»Na, da bist du ja endlich!«

Auf seiner Stirn standen Schweißperlen. Lea spähte auf die Zeiger ihrer totschicken Analoguhr.

»Ich bin vier Minuten zu früh.«

»Normalerweise kommst du noch früher.«

»Hey, das mach ich freiwillig.«

»Hab mich dran gewöhnt.«

»Ach ja? Bekomm ich das dann auch bezahlt?«

»Guten Morgen, Liebes!«, grüßte Beata und rollte dabei das *r*.

Markus sah Lea an und lächelte wie ein kleiner Junge, der etwas im Schilde führte. Der Glanz in den blauen Augen, verriet seine Begeisterung.

»Ich habe heute Morgen mit einem Arzt der Uniklinik telefoniert. Er rief uns an, um zu fragen, ob wir Lust hätten, über seine Forschungen zu berichten.«

Beata rieb die Hände aneinander. »Das ist ein super Thema für die neue Freitagsshow, du musst ...«

»Ist das nicht mehr meine Entscheidung?« Lea verschränkte die Arme vor der Brust.

»Doch, doch, Liebes! Aber dieses Thema wird dir sehr gefallen. Vertrau der guten Beata.« Beata grunzte belustigt und tätschelte Leas Schulter.

»Ja! Wir haben gleich zugesagt«, sagte Markus.

Lea schnaubte. »Ohne mich zu fragen?«

Vertraut legte Beata ihren Arm um Leas Schultern. »Wir kennen dich doch, Liebes.«

»So so, und worum geht's?«

»Nahtoderfahrungen!«, sagte Markus.

Beide schauten sie erwartungsvoll an.

Lea schwieg und zog einen Stuhl heran. Sollten sie ruhig noch ein bisschen schmoren! Sie trank einen Schluck Kaffee, bevor sie den Becher betont langsam auf den Tisch stellte.

Das Kostüm spannte um ihren Bauch. Sie hätte das Teil wirklich eine Nummer größer kaufen sollen. Aber sie wollte einfach nicht zugeben, dass sie seit ihrer Schwangerschaft nicht mehr in eine XS passte.

»Was für ein Arzt soll das sein?«, fragte sie.

»Er heißt Doktor Stefan Friedrich und ist eigentlich Kardiologe. Er forscht seit dreißig Jahren im Bereich des Nahtods und kann erstaunliche Dinge berichten. Ich habe mir kurz ein paar davon angehört, aber besser, du sprichst gleich selbst mit ihm«, sagte Markus.

»Ich habe dir alle Infos auf deinen Platz gelegt, Liebes. Er wartet schon auf deinen Anruf.« Beata entblößte beim Lächeln ihre gelben Zähne.

Mit den Fingern knetete Lea ihre Stirn. Es ärgerte sie, dass die beiden über ihren Kopf hinweg entschieden, aber dieses Thema klang wirklich spannend. Wieso ist ihr diese Idee nicht gekommen?

»Ist gut, ich mach mich gleich an die Arbeit.«

»Hervorragend, Liebes. So, und jetzt geh ich erst einmal eine rauchen.« Dabei rollte sie das *r* besonders lang.

»Du warst doch eben erst«, rief Markus ihr kopfschüttelnd hinterher.

»Papperlapapp, das ist schon eine gute halbe Stunde her.«

Lea erhob sich aus dem Stuhl, zupfte ihr cremefarbenes Kostüm zurecht, dankbar, dass alle Knöpfe an Ort und Stelle blieben. Sie schnappte nach dem Kaffeebecher und verließ ohne ein weiteres Wort den Konferenzraum.

Kleine gelbe Zettel, in ordentlicher Druckschrift beschrieben, klebten an ihrem Monitor — das mussten Beatas Notizen sein. Darunter lag ein Papier, zerknittert und schlecht gefaltet, auf dem etwas in kryptischer Schrift gekritzelt stand — definitiv Markus' Nachricht.

Lea verdrehte die Augen und legte den Zettel auf die Seite; er wusste genau, dass sie seine Notizen ignorierte, wenn sie unleserlich waren.

Und wie er das weiß.

Sie griff nach ihrer Tasche und wühlte darin herum, bis ihre Fingerspitzen die glatte Folie ertasteten. Mit einem Knistern zog sie den Schokoriegel heraus und legte ihn neben den Monitor.

Kaum hörbar huschte Beata an ihrem Schreibtisch vorbei, vermutlich auf dem Weg zum Raucherraum.

»Ui, Schokolade am Morgen vertreibt Kummer und Sorgen«, sagte sie.

»Was, echt? Ich habe eher das Gefühl, die Dinger vergrößern meine Sorgen.«

»Dann iss einfach mehr davon.«

Sie war verschwunden, ehe Lea antworten konnte. Die zwang stattdessen ihre Aufmerksamkeit auf die Telefonnummer des Kardiologen.

»Doktor Stefan Friedrich«, las sie den Namen laut vor. *Nie von dem gehört.*

Mit dem Telefon in der Hand überlegte sie kurz und legte es zurück. Vielleicht wäre es besser, vorab ein paar Informationen zu sammeln, wie es ihr Job als Journalistin verlangte. Sollte der Arzt ruhig noch ein wenig warten. Sie klappte den Laptop auf und griff nach dem Riegel.

Die Recherchen nahmen den ganzen Vormittag in Anspruch. Das Thema nahm sie unglaublich gefangen. Sie gehörte keiner Glaubensgemeinschaft an, aber auch sie glaubte an eine höhere Macht. Die Vorstellung, nach dem Tod würde nichts als Schwärze existieren, behagte ihr nicht.

Erst, als am Nachmittag ein flaues Gefühl in ihrem Magen rumorte, klappte sie den Laptop zu.

Müde rieb sie mit den Händen über ihr Gesicht und warf einen Blick auf die Uhr an ihrem Handgelenk; halb vier.

Ihr Körper verlangte nach Zucker. Am besten dem schnellen, einfachen und ungesunden.

Hmm, ein Käsekuchen oder eins von den leckeren kleinen Plunderteilen, die es jeden Montag im Sonderangebot gibt.

Sie musste noch dringend einkaufen, bevor sie Jady aus dem Kindergarten abholte. Auf dem Weg dorthin gab es einen kleinen Bäcker, der leckere, selbstgebackene Teilchen anbot. Ihr Blick wanderte zu ihrem Bauch und den straffen Knöpfen, die warnend an dem Stoff des Kostüms zerrten.

Sie presste die Lippen aufeinander und grummelte.

»Mamaaaaa!«

Das kleine Mädchen jubelte und stürmte aus dem Gruppenraum heran, gefolgt von einer Schar Kinder und der jungen Erzieherin, deren Namen Lea immer wieder entfiel. Schweißperlen glänzten auf der Stirn der jungen Frau und ihr Blick wirkte gehetzt. Mit rudernden Armen stolperte sie hinter Jady her und kämpfte sich durch einen Hindernisparcours wuselnder Kinder. Lea kniete nieder und streckte die Arme aus, um Jady fest an sich zu drücken.

»Na Maus, hattest du einen schönen Tag?«

»Ja, total!«

Sie schob ihre Tochter auf Armeslänge von sich und blickte in das strahlende Gesicht.

»Wir gehen jetzt alle zurück in den Gruppenraum!«, rief die Erzieherin über das Geschnatter der anderen Kinder hinweg. Wie ein Hirte streckte sie die Hände aus und trieb alle zurück in den Raum. Die Tür krachte ins Schloss.

Lea atmete erleichtert aus, das wäre definitiv kein Job für sie.

Ihre Tochter zupfte an einer von Leas braunen Strähnen. »Du bist ja ganz verstrubbelt.«

»Wirklich?« Sie fuhr mit den Fingerspitzen durch ihre Haare und blieb hängen. »Egal, hab Feierabend. Hast du heute etwas Aufregendes erlebt?«

Liebe erfüllte sie, als sie das zarte Gesicht musterte. Jady besaß die gleichen Augen — mandelförmig und blau wie gefrorenes Eis. Die Erzieher nannten sie oft *Engelchen*, nicht zuletzt wegen ihrer blonden Locken und der blassen Haut. Und wahrhaftig, sie war ein kleiner Engel. Jedes Lebewesen behandelte sie respektvoll und mit Empathie, schloss schnell Freundschaften mit anderen Kindern und verzauberte die Erwachsenen. Lea selbst blieb am liebsten mit sich allein.

»Wir haben Tierarzt im Garten gespielt. Sophie und ich haben eine Käferpraxis eröffnet. Heute fliegen total viele Marienkäfer rum.«

»Ist ja auch ein echt schöner Tag. Ich habe sogar das Cabrio offen«, sagte Lea mit einem Zwinkern.

»Juhuuu!«

Freudig hüpfte Jady durch den Vorraum. Dann blieb sie plötzlich stehen und legte die Stirn in Falten.

»Weißt du, Anton hat heute alle Mädchen geärgert.«

»Böser Anton. Komm jetzt, deine Schuhe.«

Die kleinen Füße bohrte Jady lustlos in die Schuhe, schleuderte die Jacke beim Hinausgehen hin und her und quiekte vergnügt, als sie das Auto sah.

Mit der Sonnenbrille auf der Nase fuhr Lea los.

Es war einer der schönsten Frühlingstage, an die sie sich erinnern konnte. Im Rückspiegel sah sie, wie ihr Engelchen mit geschlossenen Augen das Gesicht der Sonne entgegenstreckte. Als Erwachsener gab es nicht mehr viele magische Momente im Leben, zumindest ging es Lea so. Jady hingegen sah überall Fabelwesen und sprach mit Tieren und Pflanzen, für sie steckte alles voller Wunder und Magie. Sie beneidete ihre Tochter darum und kramte in ihren Erinnerungen nach einem Anton aus ihrer Kindheit, fand aber nichts. Sie fand nicht einmal eine beste Freundin, wie es Sophia für Jady war. Ihr Hirn fühlte sich wie Matsch an, es brauchte dringend Brennstoff und Schlaf.

Zuhause angekommen, verschwand Jady im Kinderzimmer und erzählte den Puppen lautstark vom Kindergartentag.

Lea, halb verhungert, stürzte in die Küche und probierte sich daran, aus dem Einkauf etwas Essbares zu zaubern. Nicht, dass sie eine besonders gute Köchin gewesen wäre, im Gegenteil. Ihre Geduld und Experimentierfreudigkeit blieben sehr begrenzt. Sie nahm auch halbharte Nudeln in Kauf, wenn es besonders schnell gehen sollte. Oder eben ein paar kleine zuckerhaltige Snacks. Immerhin reichte es aus, um Jady und sich am Leben zu erhalten.

Den Topf mit Wasser stellte sie auf die Herdplatte und eilte die Treppen hinauf zu ihrem Schlafzimmer und dem begehbaren Kleiderschrank. Endlich raus aus diesem Folterkostüm. Sie atmete erleichtert aus, schlüpfte in ihre geliebte Jogginghose und ein weißes lockeres Shirt.

Keine zwanzig Minuten später standen die Nudeln mit kalorienreduzierter Rinderhack-Bolognese-Soße auf dem Tisch. Stolz beäugte sie ihr Werk.

»Jady, Essen.«

Ihre Tochter eilte herbei und kletterte auf den Stuhl.

»In einer Stunde kommt Anouk«, sagte Lea.

Ihr bester Freund und Jadys Klavierlehrer. Sie hatten die gleiche Schule besucht und sich schon damals sehr gut verstanden. Immer wieder knisterte es zwischen ihnen, aber die Freundschaft war ihr mehr wert, als sie durch eine Beziehung zu ruinieren. Eine gute Mutter zu sein fiel schon schwer, aber noch einem Partner gerecht zu werden, hätte womöglich ihre Kompetenzen gesprengt.

Ihr Magen knurrte. Mit der Gabel stach sie mehrfach in den Berg Nudeln und sah, dass Jady ihren Teller kritisch beäugte.

Die Gabel klatschte auf den Tisch und große, runde Augen fixierten Lea vorwurfsvoll.

»Mama?«

Lea hielt inne.

»Was denn?«

»Ich hab doch gesagt, ich mag kein Fleisch!« Die Arme vor der Brust verschränkt, schob sie die Unterlippe vor. »Ich will nicht, dass eine Mama-Kuh wegen uns getötet wird. Stell dir mal vor, man würde *dich* schlachten!«

Erschrocken schürzte Lea die Lippen und legte ihre volle Gabel beiseite. Verdammt, wie konnte sie das nur vergessen?

»Jady, ich habe dir doch erklärt, dass der Mensch hin und wieder Fleisch braucht. Einem Hund kannst du auch kein Gemüse geben.«

Jady schob den Teller von sich. »Wir sind aber keine Hunde!«

Das Essen vor Leas Nase duftete köstlich, aber sie versuchte sachlich zu bleiben. »Stimmt, deswegen essen wir auch nur sehr wenig Fleisch. Dein Körper braucht das.«

»Warum?«

»Eiweiße und so.«

»Hä?«

»Jetzt iss bitte.«

»Aber die Mama-Kuh?«

Seufzend warf Lea die Hände in die Luft.

»Soll ich die Soße runterkratzen?«

»Nö!« Ihre Stimmte bebte. Prompt kletterte sie vom Stuhl und stapfte in ihr Zimmer.

»Was machst du denn?«

Die Kinderzimmertür krachte laut ins Schloss.

»Oh Mann.«

Lea erhob sich schwerfällig aus dem Stuhl, hielt kurz inne und griff nach der vollen Gabel. Etwas fiel dabei herunter und hinterließ einen blassen roten Fleck auf dem weißen Shirt. Reste der Mutter-Kuh klebten darauf wie ein Brandmal, das allen entgegenschrie: *Mamakuh-Mörder!* Sie verdrehte die Augen. Mit dem Finger schnippte sie den Krümel weg und ging kauend zu Jadys Zimmer. Vorsichtig drückte sie die Klinke nach unten und stupste die Tür auf. Ihre Tochter saß schmollend auf dem Bett und zupfte am Ohr ihrer schwarzen Stoffkatze. Dieser Anblick löste in ihr sofort eine Welle der Liebe aus. Sie sollte die Bedürfnisse ihrer Tochter wirklich ernster nehmen!

Böse blickte Jady zu ihr auf. »Geh weg.«

Lea ignorierte das und nahm neben ihr Platz, die Hände im Schoss gefaltet. »Was denkst du gerade?«

»Dass du gemein bist.«

»Wieso?«

»Weil es so ist! Dir ist es egal, dass da draußen eine Baby-Kuh ...«

»Kalb.«

»Was?«

»Das heißt nicht Baby-Kuh, sondern Kalb.«

»Boah Mama. Ist doch egal!« Die großen Augen wurden glasig. Die Stoffkatze fest an die Brust gepresst, blickte sie Lea mit einer steilen Falte zwischen den Augen an.

Das Kalb lag sicherlich auch schon in einer Kühltheke.

Nimm dein Kind gefälligst ernster, Lea Moske!

Bei dem Gedanken verlor sie fast die Kontrolle über ihre Mimik und presste ihre Hand fest auf den Mund.

Empört schnappte Jady nach Luft.

»Das ist nicht lustig, Mama!«

»Nein, Schatz. Natürlich nicht.« Lea gab auf und grinste über beide Ohren. »Ich lächle nur, weil du so, so süß bist! Ich kenne kein Kind, das so herzlich ist wie du.« *Gerettet und dabei nicht gelogen, prima gelöst!*

»Ich habe dich lieb, Maus«, sagte sie und nahm ihr Engelchen in den Arm.

Die kleinen Hände quetschten fest den Hals der Stoffkatze.

»Weißt du Mama, ich dich auch. Und ich muss nachts manchmal weinen, weil ich denke, dass dir etwas passieren könnte.«

»Aber Maus, was soll mir denn passieren?«

Jady schwieg einen Moment, als fürchtete sie sich davor, es auszusprechen, senkte den Blick und sprach so leise, dass Lea die Luft anhielt um sie zu verstehen.

»Ich träume manchmal, dass du ertrinkst.«

Irritiert musterte Lea das Gesicht ihrer Tochter.

»So ein Unsinn.«

»Du stehst dann an so einem See und alles ist total kalt und dann ...«

Es läutete an der Tür.

»Er ist da«, rief Jady, plötzlich wieder ganz fröhlich, und sprang mit der Stoffkatze in der Hand auf, um die Tür zu öffnen.

Lea blieb allein auf dem Bett zurück. Von diesem seltsamen Traum hörte sie das erste Mal. Wie kam ihre Tochter nur auf solche Gedanken?

Ihr Magen knurrte. »Mist!«, murmelte sie und sah sich hastig im Zimmer um. Hier musste doch irgendetwas liegen, womit sie das hässliche Brandmal auf ihrem Shirt entfernen konnte. Der Holzboden im Flur knarzte leicht. Schnell warf sie kaschierend die dunklen Haare darüber. Anouks tiefe Stimme drang an ihr Ohr und jagte ihr einen Schauer über den Rücken. Sie kniff die Lippen zusammen.

Reiß dich zusammen!

Lea holte tief Luft und trat auf den Flur hinaus.

»Hi, schön dass du da bist!«

Ihre Hand wanderte zur Halskette und zupfte an dem Anhänger, wie so oft, wenn sie die Aufregung packte. Ein silbernes Kettchen mit einem tropfenförmig geschliffenen Mondstein, der in allen Farben leuchtete.

»Siehst gut aus, wie immer.« Er zwinkerte ihr zu.

Verlegen sah sie zu Boden.

»Und ich?«, fragte Jady und grinste zu ihm hinauf. Theatralisch fiel Anouk vor dem Mädchen auf die Knie und legte beide Hände in einer übertriebenen Geste auf die linke Brust.

»Mein Herz wird stets erwärmt, wenn meine Augen dein strahlendes Antlitz erblicken. Und es wäre mir eine Ehre, dich heute wieder unterrichten zu dürfen, edle Jady, Tochter von Lea.«

»Ach du meine Güte.« Lea rollte mit den Augen.

Kichernd lief Jady in ihr Zimmer und klimperte eine kleine Melodie.

Ihr bester Freund stand auf, strahlte Lea mit seinen perfekten Zähnen an, die noch heller wirkten, da er so unverschämt braun war. Die schwarzen Haare trug er etwas länger und immer, wirklich immer nach hinten gestylt. Sie kannte ihn gar nicht anders. Ihr halb indigener Kumpel, der in jeder Lebenslage gleich gut aussah. Frechheit. Wenn Lea nur zwei Stunden zu wenig Schlaf abbekam — und das passierte regelmäßig — waren das einzig Farbige in ihrem Gesicht die dunklen Augenringe.

Anouk lehrte an der Universität Musik, er gab Jady kostenlos Klavierunterricht.

Lea wollte es unbedingt auch einmal probieren. Eine Hand war noch kein Problem gewesen, aber beide Hände unterschiedliche Bewegungen ausführen zu lassen und diese auch noch *zeitgleich* ... Niemals! Anschließend hatte sie einen inzwischen legendären Wutanfall hingelegt. Seither verklemmt ein c, wenn die Taste zu hart angeschlagen wurde.

Mit einem Nicken deutete er auf seine schwarze Ledertasche.

»Ich habe eine Flasche Sekt dabei.«

»Extra, extra trocken?«

»Er staubt quasi schon.«

Die Töne aus Jadys Zimmer klangen unharmonischer. Er hörte, wie auf dem Klavier herumgehämmert wurde und verzog das Gesicht.

»Jady, denk an die Tasten, die sind empfindlich«, rief Lea.

»Genau, hör auf deine Mama. Die hat die Tasten schon an ihre Grenzen gebracht.«

»Haha, sehr witzig.«

»Anouuuuhuuk! Kommst duuuu?«, rief Jady.

»Wie die Lady befehlen!«

Lea machte ihm Platz und beobachtete, wie er hinter der Tür verschwand. Sie schlenderte zurück in das Wohnzimmer und setzte sich wieder an den Tisch. Das Essen war nun kalt. Das Wort *Mama-Kuh* drängte sich in ihren Kopf, dann aß die Mama die *Mama-Kuh*. Und während sie das tat, stellte Lea sich vor, wie brutal und barbarisch das wohl auf ein hochsensibles Kind wie Jady wirken musste.

In der letzten Sendung hatte sie über die zum Teil schrecklichen Zustände in der Viehhaltung berichtet. Dabei sind Kühe alles andere als dumm. Sie können, genau wie der Mensch und viele andere Tierarten auch, über verschiedene Charaktereigenschaften verfügen. So gibt es sehr schlaue Kühe, aber auch etwas Begriffsstutzige. Sie können Freundschaften schließen oder aber jemandem lange grollen, der sie nicht gut behandelte. Das Interessanteste und zugleich Erschreckendste allerdings: Kühe können sich über die Zukunft sorgen! Die Forschung belegt, dass Kühe ganz eindeutig die Zusammenhänge von Ursache und Wirkung erkennen, was wiederum vom Vorhandensein höherer kognitiver Fähigkeiten zeugt.

Lea drängte sich seither immer wieder die Frage auf, ob die Tiere ahnen, was sie erwartet?

Kauend sah Lea auf ihr Essen hinab und legte frustriert die Gabel beiseite.

Über solche Themen konnte sie stundenlang mit Anouk reden. Der Halbindigene brachte immer interessante Einwände. Sein Vater gehörte zum kanadischen Algonkin-Stamm, seine

Mutter lebte in Deutschland. Seine Eltern legten großen Wert darauf, ihm die Sitten und Wertvorstellungen des Stammes nahezubringen.

Genau wie letzte Woche schwor sie, so schnell keine *Mama-Kuh* mehr zu essen. Den Schauplatz der Schandtat räumte sie in die Spülmaschine und schmierte ein paar Brote für die kleine Gerechtigkeitskämpferin. Gerade im richtigen Moment, denn schon stürmte Jady um die Ecke und klammerte sich an Leas Beine.

»Ich habe Hunger, Mama!«

»Hab ich mir fast gedacht.«

Sie hielt ihr den Teller entgegen. Schnell griffen die kleinen Kinderhände danach.

»Honigbrot? Hey, das ist ja schon angebissen!«

Lea zuckte mit den Schultern. »Ich hätte noch Leberwurst.«

»Oh ja!«

Anouk trat in die Küche und wuschelte Jady durch das blonde Haar.

»Ich dachte, du isst kein Fleisch mehr.«

Böse funkelte Lea ihn an. Zu spät, Jady blickte fragend zu ihm auf.

»Ist die auch aus Tieren gemacht?«

»Jap, aus kleinen Baby-Küh...«

»Anouk!« Lea stemmte die Hände in die Hüften.

»Die wird aus Babys gemacht?« Jady riss die Augen weit auf.

»Ja ... Nein! Bleib bei deinem Honigbrot«, sagte Lea und spürte, wie sich ihre Wangen erwärmten.

»Genau, Honig wird nur aus Bienen gemacht.« Er lachte.

»Jetzt ist aber Schluss. Das stimmt nicht. Die Bienchen machen den nur für dich und der ist gesund. Nach dem Essen darfst du noch kurz spielen, aber dann ist Schlafenszeit.«

Sie schob Jady zum Tisch und hoffte, in keine neue Diskussion verwickelt zu werden.

Ihre Tochter stöhnte, sagte aber nichts mehr dazu. Anouk setzte sich zwischen die beiden an den Tisch und entlockte seiner kleinen Freundin ein paar Gurken, die sie nicht beachtete.

»Markus hat mir ein neues Thema rausgesucht«, sagte Lea.

»Seit wann sucht *dir* jemand die Themen aus? Ich dachte, du hättest freie Wahl?«

Lea winkte ab.

»Ich weiß, aber das Thema ist echt spannend. Ich soll mich mit einem Doktor Stefan Friedrich treffen. Er möchte über seine neuesten Forschungsergebnisse in unserer Sendung sprechen.«

»Okay, klingt wie ein Fernsehstar. Und um was geht's?« Kopfnickend deutet sie auf Jady und wartete, bis ihre Tochter den Teller aufräumte und im Zimmer verschwand.

»Nahtod«, sagte sie.

Anouk ließ einen leisen Pfiff ertönen.

»Tolles Thema.«

Musik dröhnte aus dem Kinderzimmer und Jady sang lauthals und leidenschaftlich zusammen mit Elsa, der Eiskönigin. Lea lächelte ihren Freund entschuldigend an, stand auf und schloss die Wohnzimmertür.

»Ich habe ihn aber noch nicht interviewt. Ich wollte mich erst ein bisschen schlaumachen, damit ich nicht wie ein Idiot dastehe, wenn er mir was erzählt.«

»Tod und Wiedergeburt ist in meiner Kultur auch ein großes Thema.«

»Ach ja? Die meisten Menschen mit Nahtoderfahrungen berichten von dem Gefühl eines tiefen Friedens. Es hat ihre

Sicht auf die Welt total verändert. Sie seien danach ehrfürchtiger und naturverbundener geworden.«

Anouk schüttelte den Kopf und lachte.

»Komisch, dass ihr Weißen dazu erst sterben müsst.«

Die Tatsache, dass er zur Hälfte auch zu den *Weißen* gehörte, hielt ihn in Leas Gegenwart nicht davon ab, die typisch klischeehaften Bezeichnungen mit Freuden zu benutzen.

»Also ich mag die Bäumchen und Tierchen auch ohne zu sterben«, sagte Lea.

»Du hast sie zum fressen gern.« Amüsiert funkelte er sie an.

»Klappe. Du isst selber Fleisch.«

»Ich brauch das Eiweiß für meine Muskeln.« Er verschränkte die Arme vor der Brust, als gäbe es darauf nichts mehr zu erwidern.

Die Natur war in Leas Augen das, was einem Gott am nächsten kam. Am liebsten hielt sie sich an jenen Orten auf, an denen sie keine anderen Menschen antraf. So ganz im Kontrast zu ihrer Arbeit, in der sie oft mitten im Geschehen stand. Spaziergänge im ruhigen Wald spendeten ihr Kraft, um in der schnelllebigen und lauten Branche mitzuhalten.

Anouk rieb mit Daumen und Zeigefinger über das bartlose Kinn.

»Mein Stamm glaubt, es gäbe zwei Seelen im Körper eines Lebewesens.«

»Wieso zwei?«

»Die körperliche, welche mit dem Herzen verbunden ist; sie ist zuständig für das Gedächtnis und die Intelligenz. Stirbt ein Lebewesen, so verweilt diese Seele für immer am Körper.«

»Und wenn der Körper schon längst zu Staub zerfallen ist?«

»Sie bleibt an dem Ort und gibt ihm einen Charakter. Je nachdem, wie stark die Persönlichkeit war.«

»Du meinst, wie in diesen Gruselhäusern, wo man spüren kann, dass jemand umgebracht worden ist?«

»Ähm, ja so was in der Art.«

»Und die Zweite?«

»Die echte Seele ist im Gehirn verwurzelt.« Er tippte sich gegen die Schläfe. »Sie enthält die Empfindung und Erfahrung eines Menschen oder Tieres. Wir nennen sie die *freie Seele*. Im Schlaf oder in Trance wandert diese Seele und kann sich mit der *ewigen Energie* verbinden. Im Tod wird sie dann ein Teil dieser Energie und kann sich an ihre frühere Existenz nicht mehr erinnern.«

Aufmerksam hörte sie zu. Ein seltsamer Schauer durchlief sie und ihre Finger tasteten nach der Halskette, drehten den Anhänger hin und her.

»Im Schlaf wandert die Seele?«, murmelte sie leise. Diese Worte hielten ihre Gedanken gefangen. Es löste ein Unbehagen in ihr aus, fast wie eine unangenehme Erinnerung, ohne dass sie sagen konnte, woher es kam. Sie schüttelte das Gefühl ab.

»Wow, das ist echt interessant. Irgendwie deckt es sich sogar mit den Ergebnissen meiner Nachforschungen. Ich habe über eine Frau gelesen, die während einer OP einen Herzstillstand erlitt. Sie konnte sich von oben sehen und spürte später eine Art *gesamtes Bewusstsein,* und das löste einen tiefen Frieden in ihr aus.«

»Ich sag es immer wieder, wir Naturvölker wussten instinktiv schon Dinge, wozu ihr erst Wissenschaftler braucht.«

»Was meinst du?«, fragte sie und beugte sich gespannt vor.

»Na ja, wusstest du, dass selbst Pflanzen über so etwas Ähnliches wie ein zentrales Nervensystem verfügen?«

»Ich weiß nur, dass sie über Pheromone und Botenstoffe miteinander kommunizieren. Um sich, zum Beispiel, gegenseitig vor Fressfeinden zu warnen.«

»Es ist noch viel mehr als das. Sie kümmern sich umeinander und um ihre Nachkommen. Die Wurzelspitzen senden Elektroimpulse wie in einem Gehirn. *Alles* auf diesem Planeten hat ein Bewusstsein und ist Teil der ewigen Energie. In einem geschlossenen System kann keine Energie verloren gehen, sie wird immer wieder umgewandelt in neues Leben!«

Weit nach Mitternacht verabschiedete Anouk sich und ließ sie allein. Lea schlurfte erschöpft ins Bad, wusch die Reste der Schminke aus ihrem Gesicht und schrubbte halbherzig die Zähne. Seufzend schaute sie in den Spiegel und betrachtete ihre ebenmäßigen Züge, die mandelförmigen blauen Augen, die hohen Wangenknochen umrahmt von dunklem, welligem Haar. *Ewige Energie ...* Anouks Worte waberten durch ihren Kopf. Sein Stamm glaubte also an Reinkarnation, das erneute Manifestieren der Seele in einem empfindsamen Wesen nach dem Tod.

Wie oft wurde sie schon wiedergeboren?

Lea spähte in Jadys Zimmer. Friedlich lag sie in ihrem Bett, die Stoffkatze war auf den Boden gefallen. Mit leisen Schritten ging Lea zu ihr hinüber, legte die Katze zurück in Jadys Arm und hauchte ihr einen Kuss auf die Stirn.

Im Traum wandert die Seele, dachte Lea.

Kapitel 3

Lea

Der erste Traum

Sie stand auf einem schneebedeckten Steg. Düstere Wolken hingen am Himmel, so tief, dass sie den Horizont streiften und jegliche Wärme verschluckten. Dumpfes Grollen erscholl aus der Ferne und brachte frostigen Wind mit sich. Er riss an ihren Haaren und dem Kleid, als wäre sie sein Spielzeug. Doch sie fror nicht.

Ein unendliches Meer aus Eis erstreckte sich vor ihr, aus dem gewaltige Platten ragten. Rechteckig und manche größer als ein Haus sahen die Gebilde aus, als hätte ein Riese sie aus dem Eis geschoben. Hin und wieder zerbarst eine und das laute Krachen mischte sich mit dem tiefen Grollen am Himmel.

Die Bedrohung, die dieser Ort ausstrahlte, presste ihren Brustkorb zusammen, raubte ihr langsam, aber sicher den Atem. Ihr Blick blieb an einem seltsamen Wesen hängen. Sie hielt sich die Hand schützend über die Augen und hauchte ein erschrockenes »Oh Gott.«

Das Wesen war gewaltig und von mystischer Schönheit. Der Rumpf des Buckelwals ruhte reglos auf dem Meer. Der Rest von ihm lag verborgen unter dem Eis. Die Haut, ledrig und so düster wie der Himmel über ihm, bedeckte eine Schicht Raureif. Doch das eine Auge, dass sie sehen konnte, jagte einen Schauer durch ihren Körper. Ein Sturm aus Feuer tobte darin und schien die einzige Farbe an diesem grauen Ort zu sein.

Donner rollte durch das Meer aus Wolken. Sie wollte ihn unbedingt aus der Nähe sehen, ihn anfassen und fühlen. Dieses tote magische Wesen. Lea nahm Anlauf, sprang und durchbrach die Eisschicht, als wäre sie aus Papier. Sie tauchte in die Dunkelheit ein und sah die Silhouette des Meeressäugers über sich. Die gewaltige Fluke hing reglos im Wasser. Schwerelos trieb Lea dahin und beobachtete, wie ihr Nachthemd um ihren Körper tanzte. Die Zeit schien stillzustehen, nur das fahle Licht der Oberfläche drang schwach bis zu ihr durch.

Schlagartig änderte sich alles. Mit einem Mal kam Bewegung in das riesige Tier, die Fluke hob und senkte sich. Die Eisschicht zersplitterte und der Wal tauchte ab. Er sah sie und hielt auf sie zu. Sie erstarrte, vor Angst gelähmt. Das Tier kam näher, öffnete das Maul. Mächtig. Bedrohlich. Die Kälte, die eben noch bedeutungslos war, umschlang ihren Körper und quetschte alle Luft aus ihren Lungen. Wie ein Spielzeug trieb der Wal sie vor sich her in die eisige Tiefe. Luft, alles in ihr schrie plötzlich nach Luft. Ihre Hände umklammerten ihren Hals, als könnte sie so verhindern, was folgen würde. Ihr Körper brannte, brannte vor Kälte, brannte danach, tief einzuatmen. Sie öffnete den Mund, sog das kalte Nass in sich auf.

Irgendwo, am anderen Ende der Ewigkeit, sah sie einen wirbelnden Feuersturm. Ihr Körper zuckte. Der Wal erreichte sie und es wurde finster.

Lea erwachte, geräuschvoll sog sie die Luft gierig in ihre Lungen ein. Nur das Licht der Straßenlaterne verirrte sich in ihr Zimmer. Das Nachthemd klebte auf der Haut. Ihr Herz schlug so heftig in der Brust, dass es ihr in den Ohren dröhnte. Was für ein seltsamer Traum? Mit geschlossenen Augen versuchte sie, im Geist das Bild des Wales festzuhalten. Diese Kreatur mit den seltsamen Augen. Sie erinnerte sich an noch etwas: an das übermächtige Gefühl von Angst.

Was wollte ihr das Unterbewusstsein damit sagen?

Blind tastete sie nach ihrem Handy auf dem Nachtschrank und das grelle Licht des Displays schmerzte auf der Netzhaut. Einige Sekunden später tippte sie in die Suchmaschine *Traumdeutung Wal* ein.

Deutung Wal: — Macht des Unbewussten, Wahrheit und Stärke des inneren Seins. Welche große Wahrheit ist der Träumer zu akzeptieren bereit?

Psychologisch: — Einen Wal zu sehen oder von einem verschluckt zu werden warnt davor, dass sich in Ihrem Unterbewusstsein eine große Gefahr verbirgt. Um negative Auswirkungen abzuwenden, müssen Sie sie unbedingt ans Tageslicht bringen. Das Symbol warnt außerdem vor einem Selbstbewusstsein, das ein Übermaß annehmen könnte.

Lea runzelte die Stirn und las die Zeilen noch einmal. »Alles klar.«

Seufzend schob sie das Handy unter ihr Kissen und vergrub das Gesicht darin. Bis die Arbeit rief, blieb ihr noch etwas Zeit.

Nur vier Stunden später passierte sie die Schranke zum Parkhaus des Senders. Regen auf der Windschutzscheibe reflektierte das Licht der Deckenleuchten, bevor der Scheibenwischer kurzen Prozess machte. Sie parkte ihr Auto auf dem für sie ausgeschilderten Platz, genau neben Patricks Kleinwagen, der vor Wassertropfen nur so glänzte. Beim Aussteigen zwängte sich Lea mit ihrer Tasche zwischen den beiden Fahrzeugen hindurch, berührte dabei mit dem Hintern Patricks Auto und spürte sofort, wie die feine Anzughose nass wurde. Angestrengt spähte sie über die Schulter und erspähte einen dunklen Fleck auf ihrem Gesäß.

Im Parkhaus war es kalt. Gänsehaut jagte ihr über die Arme und sie sehnte sich ihren dicken übergroßen Pulli herbei, den sie heute Morgen gegen die feine Bluse getauscht hatte.

Entnervt stakste sie auf ihren High Heels zum Fahrstuhl, wischte sich immer wieder mit der Hand über die feuchte Stelle und hoffte, niemand würde etwas bemerken. Sie rätselte noch darüber, wieso es ein Cabrio sein musste, als die blecherne Stimme sie in die Wirklichkeit zurückholte.

Die Tür öffnete sich und die typischen Geräusche drangen an ihr Ohr. Lea trat hinaus, spähte über die Schreibtische hinweg und bemerkte Patrick, der konzentriert auf seinen Monitor starrte. An ihrem Arbeitsplatz hing sie den Blazer ordentlich über den Stuhl und blickte noch einmal zu dem Kollegen, der noch immer keine Notiz von ihr nahm. Seltsam, schließlich war er sonst der Erste, der ihr morgens, breit grinsend wie ein Honigkuchenpferd, vor die Augen lief.

Egal. Keine Zeit, weiter darüber nachzudenken, die Freitagsreportage machte sich schließlich nicht von allein und sie brauchte noch dringend das Interview mit dem Kardiologen. Sie ließ sich auf ihren Stuhl sinken und fischte als erstes nach ihrem Schokoriegel.

Die Schokolade von den Fingern geschleckt schnappte sie nach Beatas Zettel mit der Telefonnummer des Arztes, tippte die Nummer ein und lauschte dem monotonen Rufton. Viermal, fünfmal, niemand nahm ab. Lea verschränkte die Arme hinter dem Kopf und lehnte sich im Drehstuhl zurück. Ihr Blick glitt zur überdimensionalen Uhr an der Wand gegenüber — erst kurz vor neun. Vielleicht gehörte der Kardiologe zur Gattung der Neun-Uhr-Arbeiter?

Na schön, Zeit für die Kaffeemaschine, dachte sie, erhob sich aus dem Stuhl und ging in den Gemeinschaftsraum.

Die Maschine mahlte die Bohnen mit einem lauten Rauschen.

»Guten Morgen, Lea.«

Erschrocken fuhr sie herum.

»Schleich dich nicht so an!«

»Du hast da einen Fleck ... am ... ähm ...« Patrick grinste jovial.

»Ich weiß. Das war dein Auto.« Sie musterte ihren Kollegen. Dunkle Ringe zeichneten sich unter seinen Augen ab. »Du siehst müde aus.«

»Ja, ein wenig. Ich sitze seit 05:00 Uhr hier im Sender.«

»Seit 05:00 Uhr? Da lag ich noch in meinem gemütlichen Bett.«

»Ja, danke sehr. Gib's mir ruhig.«

»Was ist denn passiert?«

»In der Nähe von Cuxhaven ist ein riesiger Wal gestrandet. Markus hat mich aus dem Bett gescheucht und gemeint, ich solle mich der Sache annehmen. Also bin ich gleich hierhergefahren und arbeite, arbeite, arbeite, nur um die Story für unsere Nachrichten aktuell zu halten.«

»Das ist traurig. Ist es ähnlich schlimm wie 2016 mit den vielen toten Pottwalen?«

Immer wieder kamen einige der Giganten vom Kurs ab und schwammen in die flache Nordsee, wo sie elendiglich verendeten. Genau wie in vielen anderen Teilen der Welt. Was die Meeressäuger dazu veranlasste, blieb bis heute ein ungeklärtes Rätsel.

Er griff in den Hängeschrank über der Kaffeemaschine und nahm sich eine Tasse heraus. »Ist ein Buckelwal.«

»Wie bitte? Das gibt's dort doch gar nicht.«

»Eben! Die sind selten in europäischen Gewässern. Er liegt da schon seit einigen Stunden.«

»Oh mein Gott.«

»Das ist noch nicht alles. Der ist wirklich riesig. Vermutlich einer der größten, die je gesichtet wurden, mit dreiundzwanzig Metern und über fünfunddreißig Tonnen.«

»Versucht man, ihm zu helfen?« Tief in Leas Unterbewusstsein fing etwas an zu kratzen.

»Natürlich! Es sind dutzende Helfer vor Ort. Aber es sieht schlecht aus, wenn du mich fragst. Bist du fertig?« Mit dem Finger deutete er auf die Kaffeemaschine.

Dann fiel ihr plötzlich der Traum von letzter Nacht ein.

Was für ein krasser Zufall.

Keine Zeit, darüber nachzudenken. Es gab jetzt andere Dinge, die ihre volle Konzentration forderten. Sie griff nach ihrer Tasse und warf noch einmal einen Blick über die Schulter. »Gibst du mir Bescheid, wenn sich etwas ändert?«

»Klar doch. Ich muss jetzt weiter machen.«

»Ich auch, muss mich echt ranhalten.«

»Das kommt davon, wenn man erst nach acht zu arbeiten anfängt.«

Lea winkte ab und makste zurück zu ihrem Schreibtisch.

»Apparat Doktor Friedrich. Guten Tag!« Eine übertrieben freundliche Stimme quiekte ihr aus dem Hörer entgegen.

»Guten Morgen, mein Name ist Lea Moske. Ich bin vom Nachrichtensender ...«

»Ach wie schön, dass Sie sich *auch mal* melden. Uns wurde der Rückruf *gestern* zugesichert.«

»Entschuldigen Sie, ich hatte viel zu tun.«

»Na ja, wie auch immer, Herr Doktor Friedrich ist momentan unpässlich.« Die Dame am anderen Ende glückste.

Lea schluckte ihren Ärger hinunter.

»Wann wäre er denn zu sprechen, der *Herr Doktor Friedrich?*«

»Wie gesagt, wir haben Ihren Anruf gestern erwartet. Deshalb war ich so frei, heute um 16:00 Uhr einen Termin für Sie auszumachen. Die Treppe rauf, zweiter Stock links.«

Blöde Kuh! Das war genau die Uhrzeit, zu der sie Jady aus dem Kindergarten abholen musste.

»Würde es auch früher gehen?«

»Also was denken Sie denn? Herr Doktor Friedr...«

»16:00 Uhr passt gut. Bis später.«

Wütend knallte sie das Handy auf den Tisch. Was für eine dämliche Pute! Sie verschränkte die Arme vor der Brust und dachte nach. Hoffentlich hatte Anouk Zeit, Jady abzuholen. Um sich auf das Interview vorzubereiten, blieben ihr nur noch wenige Stunden.

Es war Nachtmittag, als zwei große Hände sie an den Schultern packten.

»Hey!« Erschrocken fuhr sie zusammen und funkelte wütend in zwei belustigte Augen.

»Spinnst du? Du sollst mich doch nicht erschrecken.«

Patrick grinste sie frech an. Sein Aftershave streifte ihre Nase, der Geruch löste ein Gefühl des Vertrauens in ihr aus. Einen Moment überlegte sie, woher sie diesen Duft kannte, doch sie kam einfach nicht darauf. Egal. Stirnrunzelnd starrte sie auf ihre Notizen für das Interview.

»Mist. Jetzt hab ich voll den Faden verloren«, sagte sie und schüttelte seine Hände ab.

»Oh. Das tut mir leid, worum geht es denn?« Er spähte über ihre Schulter hinweg auf die Notizen. »Nahtoderfahrungen? Ein sehr emotionales Thema für ein nichtmenschliches Wesen«

»Wieso bin ich denn bitte nichtmenschlich?«

»Ich sehe dich niemals essen.«

Lea tippte mit einem Finger auf die Folie des Schokoriegels.

»Das ist doch kein Essen.«

Er schüttelte mit dem Kopf.

»Was willst du?« Seine Nähe wurde unangenehm. Mit dem Drehstuhl rollte sie einen Meter von dem Mann weg. Sie mochte Patrick wirklich, er war ein hervorragender Journalist, das Herz am rechten Fleck, er war ihr nur ein bisschen zu … sie konnte es nicht in Worte fassen … zu Patrick eben. Auch wenn er gut aussah, suchten sie keine erotischen Gedanken heim wie bei Anouk.

»Der Buckelwal ist gestorben.« Die Lippen zu einem schmalen Strich zusammengepresst sah er sie an, als erwarte er einen Tränenausbruch.

Lea zog kurz die Mundwinkel nach unten.

»Das ist sehr traurig. Und jetzt verschwinde, ich muss arbeiten!« Mit dem rechten Bein holte sie aus und trat nach ihm, aber er sprang geschickt zur Seite und lachte laut.

»Kaffee?«, fragte er.

»Nein, danke.«

Noch immer grinsend marschierte er in den Aufenthaltsraum.

Einen Moment sah sie ihm nach und dachte an den Wal. Wann war schon einmal ein Buckelwal in deutschen Gewässern gestrandet? Sie hätte schwören können, dass der Wal in ihren Träumen auch ein Buckelwal gewesen war. Lea zog aus ihrer Tasche das Handy hervor und öffnete das letzte Browserfenster. Der Wal steht für etwas Unbewusstes.

Aber er war tot ... Vielleicht hat er auch nur geschlafen und ist aufgewacht? Etwas Unbewusstes zeigte sich in ihr? Was konnte damit gemeint sein?

»Viel Spaß im Regen«, rief Patrick.

Lea blickte auf. Er trottete mit einer Tasse Kaffee in der Hand aus dem Aufenthaltsraum. An seiner Seite lief Lucy, die Praktikantin und redete unaufhörlich.

Die Zeiger der Uhr verhöhnten Lea.

»Verdammt!«

Kurz vor halb vier und draußen regnete es noch immer in Strömen, das bedeutete einen längeren Anfahrtsweg. Sie würde zu spät kommen. Hektisch kramte sie ihre Sachen zusammen und lief zum Fahrstuhl, überlegte es sich dann aber anders und nahm das Treppenhaus. Die Bewegung würde guttun und sie entging der nervigen Blechstimme.

Das Gelände der Universität wirkte größtenteils verlassen. Große Pfützen sammelten sich auf dem Parkplatz. Der Regen ließ nach, doch die Temperaturanzeige hielt sich stur an der Null fest. Lea schaltete den Motor aus und kramte in ihrer Tasche nach dem Block, in dem der Verlauf des Interviews notiert war. Ihre Wangen begannen zu glühen. Sie suchte unter dem Autositz und auf der Rücksitzbank. Doch auch dort lag kein Notizblock.

»Verdammt!« Verzweifelt raufte sie sich die Haare. Wahrscheinlich lag er noch im Sender auf ihrem Schreibtisch. »Scheiße, das ist mir noch nie passiert.« Oder doch? Zumindest erinnerte sie sich nicht daran. Und nun?

Improvisieren Lea, improvisieren!

Sie riss das Handschuhfach auf und wühlte hektisch darin herum, bis sie einen Terminplaner fand. Auf dem Einband glänzte fett das Jahr.

»2000? Wo kommt der denn her?« Das Teil war sechs Jahre alt, da hatte es noch nicht einmal das Cabrio gegeben. Sie drehte den Kalender hin und her. Der kam ihr so gar nicht bekannt vor. Die meisten Seiten waren leer, nur auf der vom dritten Januar fiel ihr ein kleines Bild auf. Die Mitte bildete eine Kugel, um die zwei Spiralarme kreisten. Es erinnerte an eine Galaxie.

»Na nu?« Überrascht hob sie die Augenbrauen und strich mit den Fingerspitzen darüber.

Der dritte Januar war Jadys Geburtstag. Wem gehörte dieses Buch?

Die Glocken läuteten. Lea zuckte zusammen, sie kam zu spät. Das leere Buch stopfte sie in ihre Tasche und hastete durch den Regen über den Parkplatz. Der Wind kroch unter ihr dünnes Jäckchen und jagte ihr eine Gänsehaut über den ganzen Körper.

Die Eingangshalle des Hauptgebäudes beeindruckte sie. Eine Treppenanlage, über die man in den ersten Stock gelangte, gliederte den Bau in eine Süd- und Nordhälfte. Durch Rundbogenfenster drang das spärliche Licht von außen herein. Säulen säumten den Gang und stützten das mosaikverzierte Gewölbe. Ihre Schritte hallten laut von den Wänden wider. Wo musste sie abbiegen? Die Stufen rauf und zweiter Stock rechts? Nein, links? Verdammt! Lea spähte auf ihre Armbanduhr, sie kam bereits fünf Minuten zu spät.

Egal, alle wichtigen Leute kommen fünf Minuten zu spät.

Die blöde Kuh legte sich mit Sicherheit schon Worte zurecht, die sie Lea an den Kopf werfen konnte.

Es war zehn Minuten nach, als sie endlich das Büro fand.

Ein Kopf erschien hinter dem Empfangstresen.

»Sie müssen die Journalistin sein.«

Die Frau kniff die Lippen fest zusammen und warf demonstrativ einen Blick auf die Uhr an der Wand. Leicht schüttelte sie den Kopf.

»Sie sind viel zu spät!«

»Ach was, ich dachte fünfzehn Minuten gelten im akademischen Bereich als pünktlich.« Sie lächelte entwaffnend, aber der Mund der alten Zippe kräuselte sich noch mehr.

»Also wissen Sie, der werte Herr Doktor Friedrich hat viel zu tun. So etwas ist nicht professionell.«

Wieder kniff sie die Lippen zu einem schmalen Strich zusammen. Lea schoss das Blut in die Wangen und sie presste die Zähne aufeinander. Sie ging einen Schritt auf den Tresen zu und verschränkte ihre Arme darauf. Mit einem kühlen Blick musterte sie die Dame von oben herab.

»*Also wissen Sie*, ich bin eine viel beschäftigte Reporterin. Wir müssen vorher genau prüfen, wen wir in unserer Sendung vorstellen. Nicht jeder bekommt diese Gelegenheit, immerhin sind wir kein Klatschprogramm. Aber wenn der werte Herr Doktor keine Zeit hat, ist das auch kein Problem. Es gibt genug Bewerber, die gerne in die Sendung wollen.«

Die Frau starrte sie einen Augenblick an und schluckte.

»Natürlich. Ich sage dem Herrn Doktor Bescheid.«

»Sehr gütig, danke.«

Noch bevor der Vorzimmerdrache sich von seinem Stuhl erheben konnte, ging eine Tür auf. Im Rahmen erschien ein imposanter Mann um die sechzig, der sich als Doktor Stefan Friedrich vorstellte. Sein dunkles Haar färbte sich an den Schläfen silbrig. Dass er nicht den ganzen Tag in seinem Arbeitszimmer saß, verrieten die gebräunte Haut und seine Figur. Mit einer einladenden Geste bedeutete er, in seinem Büro Platz zu nehmen.

Da stand er also, der viel beschäftigte Herr Doktor Friedrich. Der Name hing ihr jetzt schon zum Hals raus.

Lea nahm in einem Sessel vor seinem Schreibtisch Platz. Das Büro überzeugte nicht gerade mit seiner Größe, aber irgendwie gefiel es ihr. Es gab ein großes, offenes Regal, in dem sich viele Bücher und Ordner aneinanderreihten. Der Schreibtisch imponierte ihr am meisten, wuchtig und aus dunklem Holz gefertigt. Eine kleine Pflanze und eine alte englische Lampe standen darauf. Sie betrachtete die Papiere und Akten, die ordentlich gestapelt darauf lagen. Lea beschlich ein Déjà-vu, als wäre sie schon einmal hier gewesen.

»Schön, dass Sie kommen konnten. Möchten Sie vielleicht etwas zu trinken?«, bot er höflich an und riss sie aus ihren Gedanken.

»Nein, danke.«

In Wahrheit trocknete ihr Mund bereits aus, aber sie wollte nicht länger hierbleiben, als unbedingt nötig. Sie kramte in ihrer Tasche nach dem alten Kalender.

Der Arzt setzte sich ihr gegenüber und musterte sie neugierig. Er strahlte eine Ruhe aus, die sie beeindruckte. Fast hätte sie ihren Fauxpas mit dem Notizblock vergessen, doch als sein Blick auf den Kalender zwischen ihren Fingern fiel, knickte sie den Einband hastig um.

»Hätten Sie vielleicht einen Stift für mich? Ich habe meinen vergessen.« Sie lächelte ihn entschuldigend an.

»Selbstverständlich.«

Er öffnete eine Schublade und reichte ihr einen schwarzen Kugelschreiber. Keines dieser billigen Dinger, wie man sie überall als Werbegeschenk bekam. Das war ein hochwertiges Stück. Es hatte sogar eine Gravur. *Markus Hensel.* Na nu? Hatte der werte Doktor etwa einen Kollegen beklaut? Lea räusperte sich und versuchte sich an die Fragen zu erinnern, die sie den ganzen Nachmittag zusammengetragen hatte.

»Ich habe gehört, Sie forschen schon seit dreißig Jahren?«

»Ja, das ist richtig.«

»Aber warum wenden Sie sich nicht zuerst an eine der üblichen Wissenschaftszeitungen?«

»Nun, das habe ich, aber in diesem Bereich wird man oft belächelt und kritisiert. Die breite Masse liest auch keine Wissenschaftszeitungen. Dabei denke ich, dass meine Ergebnisse vielen Menschen Hoffnung geben können. Gerade denjenigen, denen es gesundheitlich sehr schlecht geht. Oder Menschen, die Abschied nehmen müssen.«

»Wie genau würden *Sie Nahtoderlebnisse* definieren?«

»Meiner Meinung nach befindet sich der Körper im beginnenden Sterbeprozess, sobald das Herz aufhört zu schlagen. Man kann sich das so vorstellen, als würde ein Elektrizitätswerk abgeschaltet. Nach und nach gehen alle anderen Lichter aus. Doch bevor Schäden durch den Stromausfall entstehen, schaltet sich das Werk wieder ein.«

Lea notierte alles stichpunktartig, während er weitersprach.

»Manchmal sind dann schon ein paar neuronale Verbindungen beschädigt. Doch wenn nicht, berichten fast alle Betroffenen über ähnliche Erlebnisse. Die Berichte gleichen sich auf der ganzen Welt, selbst an den Orten, die von jeglicher Zivilisation abgeschnitten sind.«

»Licht, Tunnel, Gespräche mit bereits Verstorbenen?« Sie hatte schon einiges im Internet recherchiert, doch er winkte ab.

»Das Elementarste bei fast allen Menschen waren die intensiven Gefühle. Alle Patienten suchten nach Superlativen, um ihre erlebten Gefühle zu beschreiben. Euphorie, unendliche Liebe und Seelenfrieden wurden oft erwähnt. Wenige behaupteten genau das Gegenteil, sie sprachen vom Grauen und der Hölle. Viele der von uns untersuchten und befragten Patienten spürten ein Bewusstsein. *Das Bewusstsein von allem,* so hatten es einige Befragte ausgedrückt.«

Das erinnerte Lea an das Gespräch vom Vorabend mit Anouk über die Seelen. Wie spannend, dass sein Stamm an etwas sehr Ähnliches glaubte.

»Die Lichter und Tunnelgeschichten sind da eher Nebensache und fast schon untypisch. Was aber noch typisch ist, dass viele Betroffenen meinten, während sie tot waren, die Antworten auf alle offenen Fragen der Menschheit und darüber hinaus gewusst zu haben.«

»Wirklich? Was für Antworten?«

»Daran konnte sich keiner mehr erinnern.«

»Schade.«

»Oh. Außerordentlich schade. Was aber auch bekannt ist, sind die außerkörperlichen Erfahrungen. Einige der Befragten berichteten mir davon, und das, obwohl ihr Gehirn aufgehört hatte zu arbeiten.«

»Aber wenn sie berichten, Dinge *gesehen* oder *gehört* zu haben, spricht das nicht *gegen* ein Abschalten des Gehirns? Man kann ja auch nicht sehen ohne Augen.«

»Sie können nur ihrem Verständnis nach nicht mehr sehen. Eine Fledermaus sieht mit ihren Ohren, indem ein Bild im Kopf projiziert wird, welches sich anhand der Schallwellen zusammensetzt. Wir wissen leider nicht, was nach dem Tod ist. Das wissen nur die Toten. Viele erwähnten aber dieses alles umfassende Bewusstsein.«

»Gott?«

Er zuckte mit den Schultern. »Wer weiß das schon. Ich bin zwar ein Mann der Wissenschaft, aber wenn ich eines aus meinen eigenen Studien gelernt habe, dann, dass alles um uns herum so komplex ist, dass wir es wahrscheinlich niemals ganz verstehen können. Wir vermuten jedoch, dass das berühmte Licht am Ende eines Tunnels vom Hinterhauptslappen ausgeht. Aber bei den außerkörperlichen Erfahrungen, die, wie gesagt, einige erlebt haben, ist das noch komplizierter. Die Patienten erinnerten sich an Handlungen, Gesagtes, Personen oder Inventar im Saal während der Reanimation; Dinge, die sie unmöglich wissen konnten, da sie tot gewesen waren. Und das teilweise minutenlang.«

Lea schrieb wie verrückt mit, hoffentlich würde sie zu Hause noch alles lesen können. Sie spielte mit dem Gedanken, den tollen Stift beiseitezulegen und nur den Worten des Kardiologen zu lauschen. Zweifelte aber daran, alles im Kopf zu behalten.

»Wir testeten an Tieren die Hirnaktivitäten während eines Herzstillstands.«

Oh nein, bitte keine Tierversuche. Ihre Mundwinkel sackten nach unten, was dem Arzt nicht entging. Entschuldigend hob er die Hände.

44

»Ein notwendiges Übel. Wir konnten dabei nämlich fest-stellen, dass die Hirnaktivität circa dreißig Sekunden nach dem Herztod quasi explodierte. Sogar deutlich höher als im Wachzustand! Sterben ist kein Moment, sondern ein Pro-zess, von dem wir noch nicht wissen, wie lange er unterbro-chen werden kann.«

»So habe ich das noch nie betrachtet. Ich dachte immer, sobald man tot ist, ist alles aus.«

Sie stellte sich vor, wie Ärzte einem Patienten den Tod be-scheinigten, während dieser noch alles mitbekam. Gruselig.

Sie sah Doktor Friedrich an und schauderte.

»Wann ist dann ein Toter wirklich tot?«

Der Arzt atmete tief ein und rutschte auf seinem Stuhl nach vorne. »Das wissen wir nicht.«

Ihr Garagentor schwenkte gemütlich nach oben. Im Rück-spiegel erkannte sie Anouks riesigen Pickup, der auf der an-deren Straßenseite stand. Beim Vorbeifahren hatte sie ihn gar nicht bemerkt, so sehr hing sie ihren Gedanken nach.

Lea blickte auf die digitale Anzeige ihres Bordcomputers. Bald Zeit für Jady ins Bett zu gehen. Lea brannte darauf, Anouk vom heutigen Tag zu berichten. Sie parkte ihr Auto, griff nach der Tasche und lief ins Haus.

Im Flur hörte sie schon ihre Tochter schimpfen.

»Mann, Anouk, das ist doch babyleicht!«

Die beiden saßen am Tisch und lösten eines von Jadys Puzzles. Anouk saß mit einem so großen Abstand am Tisch, dass er gerade so die Tischkante erreichte, wenn er den Arm ausstreckte.

»Anouk puzzelt nicht mit mir, er sagt, er kann das nicht anfassen«, sagte Jady.

Lea spähte ihm über die Schultern und lachte.

»Oh, ein Einhorn-Prinzessin-Puzzle. Was stimmt damit nicht?« Sie küsste Jady den Haarschopf und stellte ihre Tasche auf einen freien Stuhl.

»Ich habe Angst, das ganze Rosa und Geglitzer könnte abfärben.« Er schüttelte sich.

»Na und? Ist doch toll!« Trotzig verschränkte ihre Tochter die Arme. Das Bild war zu lustig und Lea lachte laut, während sie ihrem besten Freund auf die Schulter klopfte.

»Gefährdet das etwa deine Männlichkeit?«

Er trug ein schwarzes Shirt mit einem leichten V-Ausschnitt, das seine Muskeln betonte. Was für ein netter Anblick.

Mit den Fingern fegte er über sein Shirt und sagte pikiert: »Ich möchte nur nicht glitzern wie eine Fee. Wenn man das Zeug einmal berührt, hat man es überall.«

»Du kennst dich aber gut aus mit Glitzer.« Lea nickte wissend.

Ihre Tochter schob die Unterlippe vor und griff nach einem Puzzleteil. Lea bemerkte ein kleines Etikett vorne aus ihrem Schlafanzug baumeln. Sie zog mit zwei Fingern daran und sah sie fragend an.

»Was ist das?«

»Ja, weil, das kratzt immer so.« Jady schielte nach unten auf den Zettel.

»Ah, verstehe.«

Das leidige Thema, sie beließ es dabei und kramte in ihrer Tasche nach dem Kalender.

»Na? Wie war dein Tag?« Offenbar etwas mutiger rutschte Anouk mit seinem Stuhl näher an den Tisch heran und verschränkte die Arme hinter dem Kopf.

Sie seufzte und vermied es, ihn direkt anzusehen.

»Der hatte es in sich.«

»Ah stimmt, heute war ja dein Date mit dem Totenarzt.«

»Ich weiß nicht, was ein Date ist, aber ich hatte heute eine sehr spannende Unterhaltung mit dem Kardiologen, von dem ich dir gestern erzählt habe.« Sie legte den Kalender auf den Tisch und nahm Anouk gegenüber Platz.

»Mama? Was ist ein Totenarzt?« Jady legte das Puzzleteil beiseite.

In gespieltem Entsetzen schlug Anouk die Hand vor den Mund und zuckte entschuldigend mit den Schultern.

»Alles gut, Maus, Anouk macht nur Spaß.«

»Tote brauchen doch keinen Arzt mehr. Die sind ja schon tot«, sagte Jady, die Mähne schüttelnd, und strafte ihn mit einem Blick, der fragte, ob er im Kopf noch ganz richtig lief. Lea sah ihn mit dem gleichen Blick an.

»Nein wirklich, Anouk, du redest immer so einen Unsinn.«

Er lachte mit seiner tiefen Stimme und Leas Finger tasteten wie von selbst nach dem kleinen Stein an der Halskette.

»Sag mal, woher hast du die Kette eigentlich?«, fragte er.

»Ehm, ich weiß nicht.«

»Ich habe noch nie gesehen, dass du sie abgenommen hast.«

Anouk beugte sich über den Tisch, um nach dem Anhänger zu greifen. Seine Finger streiften kurz die ihren, ihre Blicke begegneten sich, vielleicht einen Moment zu lang, dann konzentrierte er sich auf den Anhänger. Lea hob das Kinn und drehte den Kopf schnell zur Seite, während ihre Wangen zu glühen begannen.

»Gefällt sie dir nicht?« Die Worte klangen hohl, doch etwas Sinnvolleres brachte sie gerade nicht zustande.

Seine Finger strichen zart über ihr Brustbein, als er den Anhänger losließ.

»Oh doch, sogar sehr.«

»Hm, woher habe ich die Kette?« Stirnrunzelnd drehte sie den Stein hin und her, sodass er seinen typisch weiß-blauen Schimmer zeigte.

»Ich glaube die ist von meinem Vater. Bin mir aber nicht sicher.«

»Von dem hast du mir nie erzählt.«

Sie zuckte mit den Schultern und er ging nicht weiter darauf ein, tippte stattdessen auf den Kalender.

»Wo hast du das alte Ding denn her?«

»Keine Ahnung. Das lag in meinem Auto.«

»Ist der von dir?«

Sie schüttelte den Kopf.

»Es steht auch nichts weiter drin.«

Jady fing missmutig an, ihr Puzzle in die Box zurückzuschieben.

»Wenn ihr so laut redet, kann ich mich nicht konzentrieren!«

»Ist eh Zeit zum Schlafen, Maus.«

»Kann Anouk mich heute ins Bett bringen?« Ihr Gesicht strahlte, als er nickte.

»Klar! Solange ich keine rosa Glitzer-Einhörner anfassen muss.«

»Pfff, echte Männer können das.«

Schmunzelnd sah Lea ihnen nach.

Eine halbe Stunde später kam er zurück ins Wohnzimmer. Nun saß sie auf der Couch und wartete, dass er neben ihr Platz nahm.

»Ich habe mir das Interview nochmal angesehen und uns die Flasche geöffnet.«

»Also gut, schieß los. Was hast du heute alles erfahren?«

Lea lehnte sich zurück und begann zu erzählen.

»Er war viel in Afrika unterwegs und hat dort Forschungen betrieben mit denselben Ergebnissen wie in der westlichen Welt. Sie sind also unabhängig von Kultur und Glauben. Er sagt, dass es Nahtoderfahrungen schon immer gegeben hat. Es gibt sogar Aufzeichnungen aus dem zweiten Jahrtausend vor Christi Geburt!«

Seine Augenbrauen zuckten nach oben, er sagte aber nichts dazu. Lea blätterte wild in ihren Notizen herum, sie wollte nichts unerwähnt lassen.

»Zum Beispiel das tibetische Totenbuch, achthundert Jahre vor Christus. Das Buch der Toten aus dem alten Ägypten, tausendsechshundert vor Christi oder das Gilgamesch-Epos, eine der ältesten überlieferten Dichtungen, circa zweitausendsiebenhundert Jahre vor Christi!« Sie tippte mit dem Finger auf die gekrakelten Worte, griff nach ihrem Glas und trank einen Schluck.

»Aber wie kann das sein? Damals hatte man doch kaum medizinisches Wissen. Wie wollten die reanimieren, wenn die noch nicht einmal wussten, wozu ein Herz gut ist?«

»Da irrst du dich, mein Freund! Anhand von Inschriften und Reliefs kann man belegen, dass es im alten Ägypten vor fünftausend Jahren schon Reanimationstechniken gab!«

Eine kurze Pause entstand. Er strich sich über das Kinn. Sein Tonfall klang so ernst, dass sie ihn überrascht ansah.

»Vielleicht ist so etwas mit Jesus passiert?«

»Jesus? Das sagst ausgerechnet du? Du setzt doch das Christentum mit Massenmorden gleich.« Sie warf ihren Kopf in den Nacken und lachte.

Dennoch, die Frage schwebte unbeantwortet im Raum. Einige Augenblicke dachten sie schweigend darüber nach, bis Lea die Stille durchbrach.

»Vielleicht ist auch alles Quatsch und wenn wir sterben, ist alles wieder so, wie es vorher war.«

»Vorher?«

»Ja, vor unserer Geburt. Alle fragen immer nach dem Danach, aber was ist mit dem Davor?«

»Stimmt.« Er lehnte sich nach hinten, streckte die Arme auf der Rückenlehne aus und sah sie eindringlich an, beinahe unangenehm intensiv.

»Mein Stamm glaubt, dass es eine Gesamtenergie gibt, die in allem steckt. Die Energie gibt sich immer wieder aufs Neue einen Körper.«

Der Energie einen Körper zu geben, klang irgendwie faszinierend. Seine Hand wanderte von der Lehne zu ihrem Haar und strich es ihr sanft hinters Ohr.

In ihrem Bauch entfachte ein Inferno.

»Dann wären wir beide genaugenommen ein und dasselbe höhere Wesen«, sagte er.

»Dann wärst du auch mit glitzernden Einhörnern verwandt.«

Er lächelte und seine dunklen Augen ruhten einen Moment zu lange auf ihren Lippen. Sie erstarrte, traute sich nicht zu atmen.

Was soll das werden?

Langsam beugte er sich zu ihr nach vorn, während seine Hand an ihren Hinterkopf wanderte.

Verlangen kämpfte gegen Vernunft. *Tu es!,* schrie ihr Herz, während ihr Kopf schon das Aus ihrer Freundschaft prognostizierte.

Anouk schloss die Augen.

»Mama, ich habe Durst!«

Lea sprang von der Couch und starrte ihre Tochter an.

Die stand im Pyjama mit zerzaustem Haar in der Tür und gähnte wie ein Nilpferd.

»Ähm, ja. Ich bring dir was. Leg dich wieder ins Bett.«

Auf dem Absatz wirbelte sie herum und warf ihrem besten Freund einen verstohlenen Blick zu, der kratzte sich scheinbar verlegen am Hinterkopf.

Schlaftrunken schlurfte Jady zurück in ihr Zimmer und als Lea das Wasser brachte, schlief sie schon wieder tief und fest.

Anouk stand im Wohnzimmer und wischte mit den Handflächen über seine Hose.

»Ich ... ich sollte jetzt besser gehen, es ist schon spät und du ... ähm, wolltest noch deinen Bericht schreiben.«

»Ja, das ist noch ein Haufen Arbeit.«

»Das Thema ist jedenfalls sehr interessant. Halt mich auf dem Laufenden, wenn du etwas Neues in Erfahrung bringst.«

Er zwinkerte ihr zu, wirkte dabei aber angespannt, dann ging er und zog leise die Tür hinter sich zu. Lea stand einen Moment im Flur und bedauerte, dass er gegangen war.

Aber natürlich schrieb der Bericht sich nicht von allein.

Kapitel 4

Ela

Auf der Wiese wuchs ein Teppich aus Blumen, der sich bis zum Rand des Waldes erstreckte. Das Zwitschern der Vögel und Summen der Insekten füllte die Luft. Ela blinzelte der Sonne entgegen. Sie saß auf einer Decke inmitten der Idylle, ihre Mutter direkt neben ihr. Die Haut kribbelte da, wo die Sonne sie berührte. Am Horizont verdunkelten Wolken den Himmel, aber das schien noch weit weg.

Ein überraschter Laut ließ Ela den Kopf drehen. Sie beobachtete, wie ihre Mutter ein Tuch aus ihrer übergroßen Tasche zog und damit eine Blume pflückte. Die Mutter hielt sich die Pflanze vor ihre Augen und drehte sie hin und her.

»Was ist das?« Ela streckte die kleine Hand danach aus, aber die Mutter zog sie schnell weg.

»Nicht! Die ist giftig.«

»Wieso?«

»Das ist blauer Eisenhut. Jedes Teil an dieser hübschen Blume würde kleine Fünfjährige in wenigen Minuten töten.«

Ela riss die Augen weit auf und rutschte von ihrer Mutter weg.

»Schmeiß sie weg, Mama!«

Ihre Mutter schwieg und betrachtete weiter die blauen Blüten, die sich am Stängel wie Glöckchen aneinanderreihten.

»Ein Erwachsener müsste nur wenige Blüten davon essen, um zu sterben«, flüsterte sie.

Mit gerunzelter Stirn rutschte Ela wieder ein wenig näher an sie heran. Warum sagte ihre Mutter so seltsame Sachen? »Mama? Kannst du sie jetzt bitte wegwerfen?«

»Also, merk dir diese Blume gut. Auch wenn sie hübsch ist, solltest du sie niemals pflücken.«

Ela nickte heftig. »Versprochen, Mama.«

Ihre Mutter warf die Blume weg.

Schnell stand Ela auf und gab ihr einen Kuss auf die Wange. Ihre Haut duftete wie die Blumenwiese, in der sie lagen.

Entspannt lehnte sich die Mutter zurück und schloss die Augen, während Ela stehen blieb und ihr Gesicht betrachtete. Wenn sie mal groß wäre, wollte sie genauso aussehen wie ihre Mutter, nur ein anderes Leben wollte sie haben. Eines ohne Mann. Männer waren böse, so wie der Vater.

»Mama?«

»Mhm.«

»Können wir nicht weglaufen? Ganz weit weg, wo Karl uns nicht findet?«

Ihre Mutter schlug die Augen auf und sah sie an.

»Das geht nicht.«

»Wieso nicht?«

»Weil seine Männer überall sind.«

»Sind denn alle Männer so?«

Ihre Mutter richtete sich auf und strich mit dem Handrücken über Elas Wange.

»Ach Maus. Es werden so viele Lieder und Bücher über die Liebe zwischen Mann und Frau geschrieben, bestimmt gibt es auch nette Männer. Aber weißt du, die Liebe einer Mutter zu ihrem Kind ist tausendmal stärker und reiner.« Sie stupste ihr mit dem Zeigefinger auf die Nase. Ein Grollen erschütterte den Himmel und ließ Ela herumfahren.

»Oh Ela, komm, wir müssen gehen.« Ihre Mutter stand auf, stopfte die Decke in die Tasche und streckte die Hand nach ihr aus.

»Nein!« Heftig schüttelte sie den Kopf. Der Wind drehte sich und fuhr ihr unter die Kleidung. Er war kalt und brachte den Duft des Unheils. Sofort bekam sie Gänsehaut.

»Maus, komm jetzt, bitte. Das sieht nicht gut aus.«

Ela trat rückwärts ein paar Schritte von ihr weg. Die Insekten verstummten, das Vogelzwitschern erstarb und von der einstigen Idylle blieb nichts mehr übrig. Blitze zuckten am Himmel, als wollten sie die Luft in Brand stecken. Ihr Kopf schoss herum und sie betrachtete die schwarze Front, die sich unaufhaltsam näher schob.

Blödes Unwetter, warum musste es den schönen Moment kaputt machen? Das da oben waren keine Monster, nur Wassertropfen und Wind, das wusste sie … aber daheim … daheim warteten echte Monster auf sie.

»Maus, komm jetzt. Sonst holt es uns ein.«

Ein Blitz zerriss die Luft und die Wucht, mit der er sich entlud, vibrierte in ihrem Körper. Sie schrie auf, sprang einen Satz nach vorne und umklammerte fest die Hand der Mutter.

Die ersten Tropfen fielen vom Himmel und auf der erhitzten Haut fühlten sie sich eisig an.

Gerade rechtzeitig erreichten die beiden das Haus. Der Regenschauer ergoss sich über das Land und nach wenigen Augenblicken strömte Wasser und Dreck die Straße entlang. Dicke Tropfen peitschten gegen das Küchenfenster. Blitze zuckten über den Himmel, begleitet vom Donner.

Ela streckte die Arme nach ihrer Mutter aus, die sie hochhob und sich mit ihr vor das Fenster stellte. Furchtsam wendete sie den Blick ab und kniff die Augen zusammen.

»Ganz ruhig, Maus. Das ist nur der Regen!« Sie strich ihr über die Haare. »Schau nur, die Pfützen. Die sind fast so groß wie ein See.«

Langsam hob Ela ihren Kopf und öffnete ein Auge. Das war die größte Pfütze, die Ela je gesehen hatte. Vorsichtig öffnete sie auch noch das zweite Auge. Die Regentropfen klatschten in das Wasser und ließen es blubbern, während die Bäume am Straßenrand wild mit den Ästen schlugen. Ela horchte auf. Ein Geräusch schlich durch das Haus und es klang wie der Atem eines Monsters. Eines echten Monsters.

Schnell vergrub sie ihr Gesicht wieder am Hals ihrer Mutter.

»Das ist nur der Wind. Ich habe wahrscheinlich oben im Wohnzimmer das Fenster aufgelassen.«

Das sagte sie nur, um Ela zu beruhigen; sie sollte es besser wissen.

Der Regen ließ so schnell nach, wie er gekommen war. Sonnenstrahlen blitzten zwischen der Wolkendecke hindurch und ließen die Wassertropfen an der Scheibe strahlen. Im Haus wurde es still, nur das Geräusch blieb.

Die Mutter neigte den Kopf und blickte mit einer steilen Falte zwischen den Augen zum Flur hinaus.

»Puh, du bist schwer.«

Sie setzte Ela ab und machte ein paar Schritte von ihr weg.

»Mama?« Ela ging ihr nach.

»Warte kurz, ich sehe nur mal nach, ob ich alle Fenster geschlossen habe.«

»Mama, nicht!«

Doch schon verschwand sie im Flur und die Treppen, die in den ersten Stock führten, knarzten.

Leise schlich sie hinterher. Wieder stöhnte das Monster, lauter dieses Mal. Es kam von oben! Sie spähte die Treppe hinauf und sah ihre Mutter nicht mehr, sofort jagte ein Kribbeln durch ihren Bauch. Sie senkte die Stimme zu einem Flüstern.

»Mama?«

Schnell krabbelte sie höher und hielt inne, als sie die Mutter vor dem Schlafzimmer stehen sah. Ganz starr und reglos starrte sie auf etwas, das Ela nicht sehen konnte.

Die Härchen stellten sich auf. Mutter hatte das Monster gefunden.

»Mama?«

Es musste im Schlafzimmer sein. Wieder hörte sie es lang und angestrengt atmen. Ein, zwei Schritte schlich Ela näher.

»Hallo, Isabelle!«

Ela zuckte zurück. Die Stimme kam aus dem Zimmer, etwas raschelte. Noch immer bewegte sich ihre Mutter nicht. In diesem Moment trat eine Frau aus dem Raum und rempelte sie mit der Schulter an. Die Fremde kam auf Ela zu und blieb kurz stehen, das feurige Haar stand ihr strubbelig vom Kopf und sie stopfte gerade ihre Bluse in die Hose. Die Rothaarige streckte die Hand nach ihr aus, wuschelte ihr über den Kopf und murmelte: »Armes Ding.«

Doch sie war nicht das Monster. Oh nein.

»Karl?« Die Stimme ihrer Mutter bebte und Ela hörte, wie sie schluchzte. Die Rothaarige warf einen Blick über die Schulter und rannte die Treppen hinunter.

»Karl? Karl?«, hörte sie den Vater, wie er ihre Mutter nachäffte. Er war es! Er war das Monster, das alle kindlichen Schrecken in den Schatten stellte.

Ela schlich wieder zwei Stufen nach unten, ohne dabei die Mutter aus den Augen zu lassen.

Karl erschien im Rahmen. Er trug keine Kleider und sein schlaffes Glied baumelte hin und her. Mit dem Daumen wischte er eine Träne von der Wange der Mutter. Es ging so schnell, dass Ela gar nicht sah, wie er ausholte. Sie hörte das Klatschen seiner Hand auf dem Gesicht der Mutter und sah, wie die zu Boden stürzte.

Ela sog scharf die Luft ein und schrie: »Aufhören!«, übersprang die letzten Stufen und rannte zu ihr. Elas Fingerspitzen fuhren über die geschwollene Wange.

»Ela, nicht! Geh ins Zimmer«, wimmerte die Mutter.

Karl packte seine Tochter an den Haaren, doch die schrie und strampelte wild mit ihren Beinen. Auch ihre Mutter schrie etwas.

»Verpiss dich!«, brummte er.

Mit einem Ruck schleuderte er sie in ihr Zimmer und zog die Tür hinter sich zu. Zitternd und schluchzend blieb Ela am Boden liegen. Fest presste sie die Hände auf die Ohren, um die Schreie ihrer Mutter nicht zu hören. Sie schrie lange. So unendlich lange.

Kapitel 5

Lea

Der zweite Traum

*D*er Geruch von Schnee und Salz stach ihr in die Nase.

Das Grollen rollte über das Meer heran, wurde immer lauter und ließ ihren Körper vibrieren. Der kalte Wind zerrte an den Haaren, peitschte sie in ihr Gesicht. Sie strich die Haare hinter ihre Ohren und hielt sie mit einer Hand fest.

Dieser Ort kam ihr bekannt vor.

Ich träume!

Sie blickte auf ihre nackten Füße und wackelte mit den Zehen. Der Schnee flockte darum und sie spürte einen dumpfen Schmerz die Schienbeine hinaufkriechen. Alles fühlte sich so real an. Sie ging einen Schritt näher an den Rand des Stegs und spähte auf die großen Eisplatten.

Da lag er.

Sie wollte zu ihm, ihn berühren, stattdessen blieb sie stehen.

Nur ein Traum, was soll da schon passieren?

Für einen Moment schloss sie die Augen und hoffte dadurch aufzuwachen. Der Wind verspottete ihren Versuch und zwickte ihr in die nackten Arme. Wieso fühlt sich alles so scheiß real an?

Ihr Blick fiel wieder auf den Riesen. Die Anziehungskraft, die er ausübte, wurde fast übermächtig. Fest umklammerte sie ihre Haare und kaute auf der Unterlippe. Sie warf einen Blick über die Schulter, es gab einfach nichts in dieser Welt, wohin sie sonst gehen könnte. Sie atmete tief ein und kniete nieder.

58

Als sie das Haar losließ, riss sofort der Wind daran. Sie drehte sich um, legte sich auf den Bauch, rutschte an das Ende des Stegs und ließ die Beine baumeln. Ihre Fußspitzen berührten die Eisschicht. Achtsam verlagerte sie ihr Gewicht darauf und rechnete damit, jeden Moment einzubrechen. Doch die Decke hielt. Eine der Platten zerbarst plötzlich nur wenige Meter von ihr entfernt, erschrocken schrie sie auf und fiel auf die Knie. Das Eis knirschte bedrohlich. Sofort erstarrte sie und hielt die Luft an.

»Nicht zerbrechen!«

Sie atmete langsam aus und erhob sich, ohne den Boden unter ihren Füßen aus den Augen zu lassen. Ganz vorsichtig. Ganz langsam. Nur keine zu schnelle Bewegung.

Das Eis hielt.

Ein Stechen zuckte ihr Bein entlang, sie schielte nach unten und entdeckte Blut, das am Knie schimmerte.

»Nein, nein, das kann nicht sein!« Das war doch ein Traum, sie durfte keine Schmerzen fühlen, oder doch? Sie drehte den Kopf und blickte zu dem Steg. Keine Chance, da kam sie nie wieder hoch. Es ging nur nach vorne. Die Arme von sich gestreckt schob sie einen Fuß vor den anderen ganz behutsam auf den Wal zu.

Vom Steg hatte es deutlich näher ausgesehen als von hier unten. Die Strecke schien sich um eine Unendlichkeit gedehnt zu haben. Jeder Meter trieb ihr trotz der Kälte mehr Schweiß auf die Stirn.

Dann endlich ragte er vor ihr auf. Sein Auge befand sich etwas über ihrem Kopf und starrte ins Nichts. Lea sah das rote Wirbeln darin, es sah aus wie die Reflektion eines Sturms auf seiner Netzhaut.

Sie streckte die Hand nach dem Tier aus und strich darüber, spürte die winzigen Eiskristalle, die unter ihrer

Berührung schmolzen. Spürte die rauen Pocken und die narbige Haut.

Ein Klagen ging durch den Wal. Ein tiefer Ton, der in seinem Körper eine Resonanz erzeugte. Lea stolperte von ihm weg. Ein Knall ertönte und eine Atemfontäne schoss aus seinem Blasloch. Winzige Tröpfchen regneten auf sie nieder und benetzten ihre Haut.

Er sah sie an.

Die Hände vor den Mund gepresst, unterdrückte sie einen Schrei. Warum war sie nicht auf dem blöden Steg geblieben?

Der mächtige Kopf neigte sich.

Sie wirbelte herum und rannte los. Ihr Füße rutschten auf der glatten Fläche. Unter dem mächtigen Gewicht des Tieres ächzte die Eisdecke, dann sprang sie mit einem lauten Knacken auseinander.

Lea stürzte nach vorn und schlug hart auf, sofort kippte die Eisscholle. Ihre Fingernägel kratzten über den wackligen Boden.

Wasser füllte ihren Mund, erstickte jeden Laut und drückte sie nach unten. Sie ruderte mit den Armen, strampelte mit den Beinen, bis alles in ihrem Körper schmerzte.

Dann sank sie hinab. Das Gefühl des Ertrinkens fand kein Ende. Immer wieder riss sie den Mund auf für einen erlösenden Atemzug, nur um im selben Moment das Wasser wieder hinaus zu würgen. Der Wal, das grauenvolle Ding, glitt majestätisch auf sie zu und öffnete sein Maul. Er kam, um sie zu verschlingen.

Nein. Nein. Er durfte sie nicht kriegen!

Ich muss aufwachen!

Lea erwachte zitternd und griff sich ans Herz. Ihre Zähne schlugen heftig aufeinander und sie rang nach Luft, dann erst realisierte sie, dass sie in ihrem Schlafzimmer lag. Die ersten Lichtstrahlen verirrten sich durch die halb offenen Jalousien in das Schlafzimmer und versprachen einen schönen Tag. Sie zog die Decke bis unters Kinn, kringelte sich ein und schaute eine Weile aus dem Fenster, aus Angst davor, noch einmal einzuschlafen.

Sie beobachtete die alte Eiche in ihrem Garten, die reglos und stumm dastand — nur ein einzelnes Blatt zitterte wie verrückt. Es wirkte surreal. So wie ihr Traum. Wie war nochmal die Deutung? Irgendetwas über die Akzeptanz einer großen Wahrheit und eine Warnung vor einem übergreifenden Bewusstsein. Was für ein übergreifendes Bewusstsein?

Langsam ließ die Kälte von ihr ab.

»Zweimal derselbe Traum.«

Lea schob ihre Hand unter der Decke hervor und betrachtete ihre Fingerspitzen — Fingerspitzen, die Pocken und Eis auf dem Wal gespürt hatten. Doch noch etwas beschäftigte sie.

Kann man im Traum wissen, dass man träumt?

»Es hat sich so verdammt echt angefühlt.« Es tat gut, ihre eigene Stimme zu hören, so fühlte sie sich gleich weniger allein. Sie schlug die Decke beiseite und erwartete, am Knie eine Schürfwunde zu sehen. Ihr Knie schien unverletzt, wie sollte es auch anders sein, es blieb immerhin ein dummer Traum.

Sie grapschte nach ihrem Handy und ließ sich wieder in die Kissen fallen.

»Mist, fast neun.«

Am Mittwochmorgen auf dem Weg zum Sender hörte sie es zum ersten Mal im Radio:

» Vor wenigen Minuten gab es einen Amoklauf in der Berliner U-Bahn. Es handelte sich um eine Frau, welche erst wahllos um sich schoss und sich anschließend selbst richtete. Sie hat elf Menschen ermordet. Weitere Angaben sind noch nicht bekannt.

Die Polizei schließt einen Terrorakt allerdings ent ...«

Lea wechselte genervt den Sender. Auf dem Weg zur Arbeit wollte sie nicht mit Arbeit konfrontiert werden. Eine Boygroup trällerte über die perfekte Liebe, als der große Gebäudekomplex des Senders vor ihr erschien.

»Kaffeemaschine, ich komme!«

Patrick, Beata und Lucy, die Praktikantin, standen sich im recht klein geratenen Aufenthaltsraum fast auf den Füßen, während die Maschine laut ratternd die Bohnen zerkleinerte. Lea rümpfte die Nase, die Luft war geschwängert vom Duft eines aufdringlichen Parfüms und dem des frisch gemahlenen Kaffees.

Ihre Vorgesetzte entdeckte sie als Erste und lächelte ihr entgegen. Roter Lippenstift klebte an den oberen Schneidezähnen. Sie setzte sich an den kleinen Tisch und umkrallte ihre Zigarettenschachtel.

»Guten Morgen, meine Liebe.«

»Hi, du hast da was.« Lea deutete mit dem Zeigefinger auf ihre Zähne.

Beata verstand sofort und schrubbte mit der Zunge wild über ihre Front.

»Weg?« Wie ein Tier fletschte sie die gelben Zähne.

»Sieht super aus.«

»Guten Morgen, Langschläferin«, sagte Patrick.

»Hast du von der Irren gehört?«, platzte Lucy dazwischen. Sie riss ihre Augen weit auf und tat entsetzt, dabei zeigte sie erschreckende Ähnlichkeit mit einem Reptil. Wenn jemand eine falsche Schlange war, dann sie, bei ihr musste man jedes Wort genau abwägen. Besonders Lea hütete sich vor ihr.

Lucy wartete keine Antwort ab und redete weiter.

»Pati arbeitet bereits an der Story. Er bekommt immer die spannendsten Themen. Stimmt's Pati?« Sie tätschelte Patricks Schulter.

»Geht so«, sagte der. Dass Lucy voll auf ihn abfuhr, wusste jeder — nur Patrick nicht.

»Ach sei doch nicht so bescheiden, am liebsten würde ich dir den ganzen Tag über die Schulter sehen.«

»Das glaube ich gern.« Beata lachte tief und rauchig.

Am liebsten würde sich Lea mit der Hand gegen die Stirn schlagen. Das hielt doch keiner aus.

»Ich hab's gerade im Auto gehört. Die Menschen drehen wohl langsam durch.«

»Na ja, es ist noch nicht offiziell, aber die Frau war irre. Also so richtig«, sagte Patrick.

»Sehr gut mein Lieber, klemm dich schön dahinter und schreibe, wie du noch nie geschrieben hast«, krächzte Beata und erhob sich mit einem Ächzen vom Stuhl.

»Gehst du?«, fragte Lea unsicher. Keine Sekunde wollte sie mit den anderen beiden allein sein.

»Ja. Ich folge dem Ruf der Sucht.«

»Das bringt dich noch ins Grab.«

Lea schob Patrick und Lucy zur Seite und griff in das obere Regal nach einer Kaffeetasse. Patrick stach ihr mit dem

Finger leicht in die Rippen. Lea quiekte erschrocken auf, schnell verpasste sie ihm einen Schlag gegen den Oberarm. Er lachte und murmelte eine Entschuldigung. Doch Lucys Wangen färbten sich rot und eine steile Falte entstand zwischen ihren Augenbrauen. Beata klopfte der Praktikantin auf die Schulter.

»Manchmal denke ich, ich bin eine Kindergärtnerin. Komm Liebes, wollen wir mal sehen, was wir dir heute zeigen können. Du kommst besser mit mir. Wir rauchen erst mal eine.«

Lucy schnappte nach Luft.

»Aber ich war eben erst. Ich dachte, ich soll heute bei Pati bleiben? Oder Pati?«

Der hob abwehrend die Hände vor die Brust.

»Patrick hat viel zu viel im Kopf«, sagte Beata und zwinkerte Lea zu. Grinsend sah Lea den beiden nach und wand sich dann ihrem Kollegen zu.

»Wow, Pati. Da hast du aber eine Verehrerin.«

Sie nannte ihn absichtlich bei seinem Spitznamen, den sonst nur Lucy verwendete. Warum die Praktikantin so auf ihn abfuhr, konnte sie schon verstehen: Er sah sehr gut aus.

Seinen Geburtstag kannte sie nicht, aber er musste ungefähr in ihrem Alter sein. Seine Augen waren hellbraun mit irgendwelchen Sprenkeln, nicht so dunkel und tiefgründig wie die von Anouk. Trotzdem fehlte ihm das gewisse Etwas, um ihn für Lea interessant genug zu machen. Warum verglich sie Patrick gerade mit Anouk? Irritiert stellte sie ihre Tasse unter die Maschine und drückte auf den Knopf. Das Bild ihres Freundes schob sich vor ihr inneres Auge, wie er das Haar hinter ihr Ohr strich und seine Hand bestimmt, aber sanft an ihren Hinterkopf legte. Was wäre wohl passiert, wenn Jady diesen Moment nicht unterbrochen hätte?

Jedenfalls nichts Gutes. Freunde, wir sind nur Freunde.

»Lea? Hast du gehört?« Patrick schnipste mit den Fingern vor ihrem Gesicht.

»Entschuldige. Was hast du gesagt?« Schnell drehte sie sich weg und wich seinem Blick aus, damit er nicht sah, wie rot sie wurde.

»Die Frau litt an Wahnvorstellungen. Sie dachte, unsere Welt wäre nicht real. Total verrückte Sache! Sie war weder irgendwo aus der Klapse, noch war sie als schizophrene Patientin bekannt.«

»Woher weiß du dann, dass sie verrückt war?«

»Tja, ich habe da so ein Ass im Ärmel.«

»Uh, geheime Quellen. Was haben dir die kleinen Vögelchen gezwitschert?«

»Kurz bevor sie mit der Waffe abgehauen ist, hat sie ihren Ehemann davon überzeugen wollen, dass die Welt um sie herum nicht real ist.«

»Hat sie die blaue Pille genommen? ... Oder war es die rote?«

»Hm?«

»Vergiss es. Wie kam's dazu?«

»Das ist es ja, sie hat nie den Anschein gemacht, dass sie psychische Probleme hätte. Aber plötzlich fing sie an, über Fehler im Gefüge zu sprechen.«

»Weißt du das von ihrem Mann, hast du schon mit ihm geredet?«

»Nein, Lea, sei nicht albern.«

»Was für Fehler hat sie denn entdeckt?«

Patrick zuckte zur Antwort mit den Schultern.

»Weiß nicht. Harte Nummer, oder?«

»Aber warum hat sie sich nicht gleich selbst erschossen? Warum die anderen Menschen noch?«

»Das ist der Oberhammer! Für sie waren diese Menschen gar nicht real. Sie sagte anscheinend zu ihrem Mann, dass sie ihn, obwohl sie wüsste, dass er nicht echt ist, nicht umbringen könnte. Ehe er darüber nachgedacht hatte und sie aufhalten konnte, war sie auch schon auf und davon.« Patricks Begeisterung für eine Frau, die eben mir nichts, dir nichts Menschen das Leben geraubt hatte, stieß ihr sauer auf. *Das ist die kalte Herangehensweise einiger Journalisten,* dachte Lea. Sie kramte kurz in ihrem Gedächtnis, doch sie konnte sich beim besten Willen nicht an eine Story mit so einem wahnsinnigen Hintergrund erinnern.

»Da hast du wirklich ein heftiges Thema.«

Sein Handy vibrierte in der Gesäßtasche. Er zog es hervor, hob entschuldigend den Zeigefinger und verschwand durch die Tür. Lea griff nach ihrer Tasse Kaffee und schlenderte zu ihrem Schreibtisch. Es gab immerhin Einiges zu tun.

Zwei, drei Stunden saß sie vor dem Interview und versuchte es zu ordnen und zu formulieren. Ihre Gedanken schweiften immer wieder ab und das Bild des Wals, der aus der Finsternis auftauchte, blitzte vor ihrem geistigen Auge auf.

Vermutlich nahm sie deshalb die Veränderung erst gar nicht bewusst wahr — eine seltsame Stille. Wie ein Tuch legte sie sich auf ihre Umgebung. Sie hob den Blick von ihrem Laptop und spähte zu den anderen Schreibtischen. Alles schien eingefroren. Die Kollegen waren verstummt und rührten keinen Muskel. Einer schien sogar beim Laufen innezuhalten. Sie zwinkerte heftig und sprang von ihrem Stuhl.

»Was zur Hölle ...«

Ein Windhauch, so kalt wie der Tod, strich über ihre Wange und augenblicklich wurde das Tuch der Stille zerrissen und das typische Klappern von Tasten und die Stimmen der anderen drangen wieder an ihr Ohr.

Lea blieb erstarrt, ihr Herz schlug so heftig, dass ihr schwindelig wurde. Irgendwo lachte jemand laut auf und es wirkte grotesk. Niemand sonst schien sich zu wundern. Die Sekunden verstrichen und sie stand einfach nur da.

Markus tippelte an ihr vorbei und blieb stehen.

»Lea? Alles in Ordnung?«

Schweigend glotzte sie ihn an.

»Du wirkst blass, was ist denn?«

Vermutlich sah sie ziemlich dämlich aus, vor ihrem Schreibtisch stehend, als wäre ihr ein Gespenst begegnet.

»Nichts, alles gut. Nur ein bisschen müde.« Sie setzte ein Lächeln auf, das unmöglich ihre Augen erreichte. Ihren Chef schien das zufriedenzustellen, er musterte sie noch einen Augenblick, dann setzte er die kurzen Beine wieder in Bewegung. Ein Gedanke zuckte durch Leas Kopf. »Markus?«

»Hm?«

»Weißt du, ob man im Traum wissen kann, dass man träumt?«

Er kam ein paar Schritte zurück.

»Klar, nennt sich luzides Träumen. Wieso?«

»Ich hatte letzte Nacht so einen.«

»Wow, war bestimmt toll?«

»Na ja ...«

»Kann man sogar lernen. Ist 'ne gute Therapiemöglichkeit bei psychischen Problemen.«

»Woher weißt du das?«

Er dachte kurz nach.

»Ich schätze, im Laufe so einer Journalistenkarriere sammelt sich so manches Wissen an. Ich lass mir 'nen Kaffee durch, magst du auch einen?«

Lea schüttelte den Kopf, ihre Tasse war kalt, aber noch halb voll. Er verabschiedete sich und verschwand im Aufenthaltsraum. Ihre Beine knickten weg wie Streichhölzer und sie plumpste zurück in ihren Stuhl.

Verdammt, ich brauch dringend Schlaf.

Sie hatte zwei katastrophale Nächte hinter sich. Das eben Erlebte war bestimmt nur ein geistiger Durchhänger gewesen. Nichts Reales. Sie blickte auf die vergoldeten Zeiger ihrer Uhr; 11:24 Uhr. Gähnend zog sie ihre Tasche heran und durchwühlte den Inhalt. Taschentücher, Schlüssel, leere Riegelfolien und Krümel. Enttäuscht zog sie die Hand wieder heraus und ließ die Tasche achtlos auf den Boden fallen. Heute gab es keinen Schokoladenriegel, der lag nämlich noch im Kühlschrank.

»Oh Mann, was für ein furchtbarer Tag.«

Es war Mittag, als Patrick von hinten angeschlichen kam.

»Na, Hunger? Drüben hat das Café den Besitzer gewechselt. Soll wohl recht gut sein.«

Ihr Magen knurrte und ihr Gehirn schien sich in Watte verwandelt zu haben. In ganz viel weiche, flauschige Watte ohne neuronale Leitfähigkeit. Eine Pause klang sehr verlockend, vielleicht gab Patrick auch noch mehr über die Amokläuferin preis. Das Thema faszinierte sie.

»Ausnahmsweise. Aber nur, wenn du mir mehr von deinem Fall berichtest.«

Sie stand auf, klappte den Laptop zu und schnappte nach ihrem Mantel.

»Was echt?« Patrick fiel buchstäblich das Kinn auf die Brust.

»Ja. Komm jetzt, ich habe Hunger!«

Mit dem Arm hakte sie sich bei ihm unter. Er strahlte über das ganze Gesicht und hob das Kinn.

»Pass auf, dass Lucy uns nicht sieht«, flüsterte sie hinter vorgehaltener Hand.

»Oh, lass uns schnell gehen. Nicht, dass sie mitkommen will.« Er warf einen Blick über die Schulter und zog Lea schnell in den Fahrstuhl.

Gemeinsam verließen sie den Gebäudekomplex des Senders durch den Vordereingang. Die Sonne strahlte hell, sie kniff die Augen zusammen, bereute es, in der Eile am Morgen auch ihre Sonnenbrille vergessen zu haben. Der typische Lärm der Großstadt hüllte sie ein, Autos hupten, Motoren brummten und von irgendwoher drang das Heulen von Martinshörnern. Der Wind, der stets durch die Gassen strich und den stechenden Geruch von U-Bahn und Abgasen mit sich brachte, fuhr sanft durch ihre Haare. Arm in Arm schlenderten die beiden die volle Straße entlang.

»Sie haben das Café umbenannt«, sagte Patrick und deutete auf den Laden.

Lea las das Schild.

»Es heißt doch immer noch *Louis*.«

»Ja, aber jetzt mit einem O.«

»Wie kreativ.« Lea schmunzelte.

Patrick ging voran und hielt ihr die Tür auf. Eine urige Kneipe, in der größtenteils Getränke und einfache Speisen serviert wurden, deshalb blieb sie um diese Uhrzeit leer. Lea fand das toll; nur weil sie als Reporterin mit Menschen arbeitete, hieß das noch lange nicht, dass sie ihre Gesellschaft besonders schätzte.

Sie musterte die Bar und die wenigen Tische, renoviert sah es jedenfalls nicht aus. Immerhin gab es einen einsamen

Tisch in der Ecke am Fenster. Der perfekte Platz, um alles im Auge zu behalten — so ganz konnte sie die Reporterin in sich doch nicht abschalten.

Musik klimperte leise aus den Boxen und kaum saßen sie, kam auch schon eine blonde Kellnerin herbeigeeilt. Sie grüßte freundlich, sah dabei nur ihren Kollegen an und lächelte.

»Ein Alkoholfreies, bitte«, sagte er.

»Und was darf's für Ihre Freundin sein?«

Freundin? Lea öffnete den Mund, sie spürte das starke Verlangen, die Kellnerin darauf hinzuweisen, dass ihr Begleiter keineswegs ihr Freund war. Jedoch spielte es keine Rolle, sollte sie doch annehmen, was sie wollte.

»Ich nehme ein kleines Wasser ohne Kohlensäure.«

Von Sprudelwasser musste sie rülpsen, und das wollte sie unter keinen Umständen vor Patrick.

Die Kellnerin nickte knapp, warf noch einen Blick auf ihn und huschte dann davon. Lea runzelte die Stirn.

Was glotzt sie ihn denn so an?

»Pfff, denkt, du wärst mein Freund und zieht dich trotzdem mit ihrem Blick aus. So was Unverschämtes.«

»Was echt?«

»Sag bloß, das ist dir nicht aufgefallen?«

»Nö.« Er warf einen Blick über die Schulter zur Bar, hinter der die Kellnerin mit Gläsern hantierte.

»Hey, jetzt schau nicht so hin, die fühlt sich noch angemacht.«

»Na und? Sie sieht doch ganz gut aus.«

»Ach ja?« Lea spürte, wie ihr die Röte ins Gesicht schoss.

Sollte er sie doch anbaggern, was ging sie das an?

Er lehnte sich im Stuhl zurück. In seiner Miene lag etwas, das sie nicht recht zu deuten wusste.

»Was? Ich wollte dich nur vor einer weiteren lästigen Stalkerin bewahren.«

»Ah, verstehe. Du meinst wie Lucy. Wieso willst du mich davor bewahren?«

Diese einfache Frage brachte sie aus dem Konzept. Ja, wieso eigentlich? Weil Lucy eine Schlange war und Patrick ein gutaussehender Kerl? Keine Ahnung, wieso. Es konnte ihr eigentlich egal sein. Eigentlich. Aber das Wörtchen *eigentlich* zog oft eine Einschränkung oder Verneinung nach sich. Sie zuckte mit den Schultern und nahm die Karte in die Hand.

»Nur so«, murmelte sie und starrte auf die Buchstaben.

»Wissen Sie schon, was Sie essen möchten?«, fragte die Kellnerin. Lea hatte sie gar nicht bemerkt.

»Also, ich nehme eine Salamipizza. Und du Lea?« *Dicker Bauch an Lea, bestelle einen Salat. Los!*

»Ich auch.«

Versagerin!

Lea klappte die Karte zu und wartete, bis die Blondine wieder verschwand.

»Hast du noch etwas Neues über die Amokläuferin erfahren?« Neugierig beugte sie sich nach vorn und verschränkte die Finger ineinander.

»Nicht mehr, als ich dir schon erzählt habe.«

»Muss ein krasses Gefühl sein, zu denken, alles sei nicht echt und dahinter gebe es noch mehr.«

»Oh ja, ich würde es auch auf jeden Fall rausfinden wollen.«

»Um jeden Preis?«

Er dachte kurz über ihre Frage nach. »Weiß nicht, wenn alles ohnehin eher wie ein Spiel ist ... warum nicht.«

»Ich weiß nicht, ob ich das könnte.«

Die Teller elegant auf dem Arm balancierend huschte die Kellnerin herbei und stellte das Essen auf den Tisch.

Obwohl die beiden viel über die Arbeit redeten, brachte er sie immer wieder zum Lachen. Lea fühlte sich erstaunlich wohl in seiner Gegenwart. Es kam ihr so vor, als würde sie ihn schon eine Ewigkeit kennen. Sie fragte sich, weshalb sie einem Essen so oft aus dem Weg gegangen war?

Die Mittagspause ging viel zu schnell vorbei. Gemeinsam kehrten sie zum Sender zurück, betraten das große Gebäude und gingen zum Fahrstuhl. Patrick drückte auf den kleinen Knopf, augenblicklich sprang die Tür auf und Lea vernahm noch die blecherne Stimme, bevor Lucy hervortrat.

»Ich habe dich überall gesucht!«, keifte sie.

Was denkt die, wer sie ist? Muss Patrick sie um Erlaubnis fragen, wenn er das Gebäude ohne sie verlässt?

»Also ... ich und Lea mussten über die Arbeit reden.«

Der Esel nennt sich immer zuerst, dachte Lea und schielte ihn von der Seite an. Auch wenn es halb der Wahrheit entsprach, was er da sagte, blieb es eben doch nur die halbe.

Patrick trat stumm einen Schritt zurück, um Lucy Platz zu machen. Sie fixierte ihn mit ihren Glupschaugen.

»So so, über die Arbeit«, sagte Lucy.

Steif lächelnd schlenderte Lea in den Fahrstuhl. So zu tun, als würde sie das alles nichts angehen, blieb sicherlich die beste Taktik, die ihr im Moment in den Sinn kam.

»Bist du schon fertig für heute?«, fragte Lea unschuldig.

Sie wollte Lucy nicht noch mehr Gründe geben, sie zu hassen. Nicht, weil sie so viel Wert darauf legte, was die Praktikantin dachte. Vielmehr verspürte Lea keine Lust, einen bösen Schatten zu haben, der darauf wartete, dass sie einen Fehler beging, über den er sich das Maul zerreißen konnte. Ohne ein weiteres Wort ließ Lucy sie stehen und ging.

Patrick trat zu Lea in den Lift und wartete, bis die Tür sich schloss, bevor er sprach.

»Manchmal macht sie mir echt Angst.«

»Lucy?«

»Bestimmt lauert sie mir nachts irgendwann mal vor der Wohnung auf.«

»Bestimmt und dann weiß sich der arme, schmächtige Patrick nicht zu helfen.«

Er grinste auf sie herab. »War schön heute mit dir, vielleicht könnten wir das öfter machen?«

Ganz sicher meinte er es ganz sachlich. Zwei Kollegen, die sich gut verstehen, haben die Mittagspause miteinander verbracht. Aber irgendwie löste seine Frage ein Kribbeln in ihrem Bauch aus. Sie versuchte ihn lässig anzusehen und zuckte mit den Schultern.

»Klar, warum nicht.«

Der restliche Arbeitstag verlief erstaunlich erfolgreich. Das Interview war fast fertig vorbereitet und sie wollte gerade den Laptop herunterfahren, als plötzlich ein Werbebanner mitten auf dem Bildschirm aufpoppte. Eine elliptische Galaxie, die im roten Licht erstrahlte, mit der Überschrift *Die zweite Realität*.

Das Bild faszinierte sie, irgendwie kam es ihr bekannt vor. Sie klickte auf die Werbung und wurde prompt zu einem Online-Shop für Computerspiele weitergeleitet. Lea vergrößerte das Cover und starrte es an, starrte auf die in sich gedrehte rote Galaxie. Vor ihrem geistigen Auge begann sie zu rotieren und zu wirbeln wie ein feuriger Sturm. Tief in ihrem Inneren regte sich etwas. Ein kalter Wind strich ihr durch das Haar und sie roch den Schnee und das Salz.

Kapitel 6

Jady

»Hallooo, Regenwurmi. Ich nehm dich jetzt mit, sonst trampelt ... HEY ANTON, HAU AB!« Jady holte mit der rechten Hand aus und verpasste Anton einen Schubs. Wollte der Blödmann echt auf den Regenwurm trampeln?

»Das ist ein Lebewesen.«

»Das ist ein ekliger Wurm.« Anton sprang heran und hob den Fuß.

Jady presste ihr Eimerchen, voll mit sich windenden Tieren, fest an die Brust und rammte den Störenfried mit der Schulter. Der blieb unbeeindruckt, immer noch glotzte er sie mit diesem saublöden Grinsen an.

»HAU AB!«

»Ich mach Wurmpampe aus ihm.«

»Das wirst du nicht!«

»Anton!«

Endlich kam Frau Lenore, die Erzieherin, angerannt, sie packte den Blödmann am Arm und zog ihn weg.

Hoffentlich schimpft sie ihn so richtig aus, dachte Jady.

Vor wenigen Minuten hatte es noch in Strömen geregnet, jetzt aber schien die Sonne kräftig. Ein Haufen Pfützen glänzten verlockend im Garten.

Die kleine Marie, total wacklig auf den Beinen, war direkt reingefallen. Sie hat so laut gebrüllt, dass Jady die Finger fest in die Ohren stecken wollte.

Überhaupt war so ein Kindergarten super laut. Ständig wollte eines der Kinder wissen, was Jady tat, dann dasselbe tun oder es wegnehmen ... oder kaputt machen, wie der blöde Anton.

Sie kroch schnell hinter ein Gebüsch, den Eimer noch immer fest unter dem Arm, und grub ein Loch in die feuchte Erde. Sie zupfte Blätter von den Büschen und warf sie hinein.

»So, ihr Ringel-Kringel-Wurmis, hier seid ihr sicher.«

Jady nahm jeden Wurm einzeln sanft aus dem Eimer und legte ihn in das Loch. Ein besonders Dicker fiel ihr ins Auge.

»Du bist bestimmt Papa-Wurm. Du passt jetzt auf die andern auf.«

Papa-Wurm ringelte sich zwischen ihren Fingern und schien ihr zuzustimmen.

»Gut. Ich habe nur meine Mama. Keine Ahnung, ob ich einen Papa habe. Jeder hier im Kindergarten hat einen.

Mama sagt, ich kam aus den Sternen zu ihr.«

Sie streckte die Hand aus und riss ein Büschel Gras heraus. Vorsichtig deckte sie die Würmer damit zu.

»Tschüssi Wurmis.«

Jady kroch aus ihrem Versteck hervor, prüfte mit einem schnellen Blick, dass niemand sie beobachtete und rannte zur großen Korbschaukel. Sophia, ihre beste Freundin, lag im Korb und wartete auf sie.

»Man, Jady, da bist du ja endlich. Tun wir schaukeln?«

Sophia und Jady waren Schaukelweltmeister. Niemand schaffte es so hoch und so schnell wie die beiden.

»Turbomoduuuuus!«, riefen sie und lachten. Die Schaukel schwang kräftig hin und her und erreichte ihren Höhepunkt fast in der Waagerechten. Erst dann ließen sie sich geschickt in den Korb fallen und blickten in den Himmel.

Dicke Quellwolken zogen schon wieder auf.

»Stell dir mal vor, das Seil tut reißen!«, sagte Sophia in gespieltem Entsetzen.

Jady kicherte und fuchtelte mit der Hand herum.

»Oh mein Gott! Wir würden bis ins Weltall fliegen.«

Beide lachten und machten Geräusche, als würde eine Rakete starten und irgendwo explodieren. Die Schaukel verlor an Schwung. Die Vögel zwitscherten und die Sonne kitzelte Jadys Nase.

Sie dachte, dass ihre Mama sicherlich traurig wäre, wenn sie verschwinden würde.

»Dann könnten uns unsere Mamas nicht mehr sehen«, sagte sie.

»Oh ja, das wäre schade.«

Ohne ihre Mama wollte sie nicht im Weltall sein. Wann war endlich Abholzeit? Hoffentlich würde sie bald kommen. Letzte Nacht hatte sie wieder einen Alptraum gehabt, von so einem grässlichen Schatten mit so langen Armen und Beinen wie eine schwarze Spinne. Ihre Stoffkatze sollte sie eigentlich davor beschützen, aber das tat sie nicht besonders gut.

»Jady, deine Mama ist da«, hörte sie Frau Lenore rufen.

Jadys Kopf schoss in die Höhe, schnell kletterte sie aus der Schaukel und rannte zum Haus.

Im Vorraum wartete die Mama auf sie. Schwungvoll fiel Jady ihr um den Hals, roch an ihren Haaren.

Mama riecht wie Gänseblümchen, dachte sie. *Wie Gänseblümchen und Löwenzahn.*

Die Mama streichelte sanft über ihren Rücken, schob sie dann von sich und drückte einen dicken Kuss auf ihre kleine Wange, so wie sie es immer tat.

»Mama, fahren wir Cabrio?«

»Heute nicht, Maus. Dafür ist es zu windig und zu frisch.«

»Aber es scheint doch die Sonne?«

»Es ist zu kalt.«

»Menno.«

Jady schob ihre Unterlippe vor, blödes Wetter.

Bockig pellte sie sich aus der Regenkleidung und warf sie auf ihren Platz. Egal, wenn es nicht ordentlich war, Frau Lenore bestand immer darauf, aber die hockte im Garten und schimpfte mit irgendeinem Kind.

»Heute waren ganz viele Regenwurmis unterwegs. Der blöde Anton wollte sie zertrampeln.«

Sie stopfte ihre Gummistiefel ins Schuhregal — einer purzelte wieder heraus — und griff nach ihren Straßenschuhen.

»Aber ich hab ihm gesagt, dass er weggehen soll. Aber weißt du, der hat einfach weiter gemacht. Und dann wollte er mich noch hauen. Frau Lenore hat ihn dann weggenommen und ... Mama?«

Warum sagt sie denn nichts, hat sie nicht zugehört? Die stand schweigend mit dem Rücken zu ihr am Fenster.

Jady stapfte mit nur einem Schuh an den Füßen zur Mama und zog an ihrem Mantel. Ihre Mama zuckte zusammen und sah auf sie herab. Irgendwie wirkte sie seltsam, ohne dass sie es in Worte fassen konnte.

»Mama, hast du gehört, was der blöde Anton gemacht hat?«

»Entschuldige, Jady. Ich habe nachgedacht.«

»Worüber?«

»Ach, nur die Arbeit.«

»Was denn?«

»Ist egal, nichts Wichtiges.«

»Sag bitte, ich will es wissen.«

»Ich sagte, es ist egal!«, fuhr ihre Mama sie an.

Jady zuckte zusammen und senkte den Blick.

»Okay«, sagte sie leise.

Was stimmt denn mit Mama nicht?

»Entschuldige, Maus. Ich bin nur etwas müde. Komm her, ich helfe dir mit deinem Schuh.«

78

Sie ging in die Hocke und gab ihr ein Küsschen auf die Nase. Jady plapperte weiter, erzählte von ihrem Tag im Kindergarten, doch sie behielt den Eindruck, dass Mama ihr kaum zuhörte.

Dann stiegen sie in das weiße Auto und fuhren los. Sie schaute aus dem Fenster, beobachtete die vorbeiziehenden Bäume und Häuser, der Himmel nun wieder von einer dunklen Wolkendecke bedeckt. Als sie diese unheilvollen Wolken ansah, fragte sie sich plötzlich, wie es wohl sein musste, nicht mehr da zu sein. Also tot. Der Gedanke löste ein Ziehen in ihrem Bauch aus. Wo geht man denn hin, wenn man tot ist? Oder noch gar nicht aus dem Bauch der Mama draußen? Vielleicht, dachte sie, träumte sie ihr Leben nur. Und wenn sie aufwachte, wären sie alle ganz woanders.

»Mama?«

»Ja, Maus?«

»Ich glaube, unsere Welt ist nicht echt.«

Kapitel 7

Lea

Der dritte Traum

Der Sturm, der sonst weiter draußen auf dem Meer getobt hatte, wütete nun direkt über ihr.

Diesmal aber stand sie nicht auf dem Steg und blickte auf den Meeressäuger hinab, sie stand direkt vor ihm. Ihr Körper begann unkontrolliert zu zittern, denn sie wusste, was jetzt kommen würde. Rückwärts stolperte sie von ihm weg, fiel auf ihren Hintern und wimmerte. »Bitte nicht schon wieder.«

Aber in dem Moment schaute er sie schon direkt an. Ihr Puls raste.

Nur ein Traum!, *mahnte sie sich in Gedanken.* Das hier ist nicht real, du träumst!

Doch wie zum Spott spürte sie, wie der Boden unter ihr einen Ruck machte und nachgab. Die Eisplatte unter ihren Füßen krachte laut und splitterte. Der Buckelwal neigte den mächtigen Kopf und tauchte ab, riss sie mit sich in die Tiefe. Das Wasser klatschte über ihr zusammen und die Dunkelheit verschlang alles, nahm ihr die Orientierung.

Nur noch sie und diese Bestie. Von seinen Sturmaugen ging ein feuriges Licht aus, die ihn inmitten der Dunkelheit grausam sichtbar machten. Er bewegte sich majestätisch auf sie zu und öffnete weit sein Maul. Das Tier schien riesig, wurde immer größer — sie wurde immer kleiner. Panik raubte ihr jeden klaren Gedanken.

»*Lass mich rein!*«, *flüsterte eine fremde Stimme in ihrem Kopf.* Aufwachen! Ich muss aufwachen!

Panisch versuchte sie davonzuschwimmen, wusste aber nicht, ob sie sich überhaupt bewegte. Schon war er da und sie konnte in sein geöffnetes Maul sehen. Es war das Einzige, das ihr Gesichtsfeld ausfüllte, und dort tief in seinem Schlund sah sie sie wieder — die rote Galaxie.

»Lass mich rein!«, zischte es erneut.

Das Maul öffnete sich.

Lea schoss schreiend hoch. Sie schlotterte am ganzen Körper.

Was zur Hölle ...?

Die Haare hingen ihr klatschnass ins Gesicht und ihr Nachthemd klebte am Oberkörper, als wäre sie gerade schwimmen gewesen.

Verdammt! Mit einem Satz sprang sie aus dem Bett. Die Matratze schimmerte feucht im schwachen Licht des herannahenden Morgens. Hatte sie eingepinkelt? Dicke Tropfen fielen vom Saum ihres Nachthemds und klatschten auf den Boden. Sie beugte sich nach vorne und roch daran. Es roch wie Salzwasser, wie dieser typische Duft, den man nur am Meer riechen konnte.

»Ich glaub ich spinne!«

»Mama?«

Lea fuhr herum. Jady knipste das Licht an, wimmernd flitzte sie heran und umklammerte fest ihre Beine.

»Nicht, hier ist alles nass.«

»Wo denn?« Ohne ihre Antwort abzuwarten, fragte sie weiter: »Kann ich bei dir schlafen?«

Lea schüttelte den Kopf, dennoch kroch Jady bereits ins Bett und rollte sich ein.

»Es ist doch alles nass«, murmelte Lea.

Jeden Augenblick müsste sie merken, wie nass es war und wieder herausklettern.

Fünf, sechs Sekunden verstrichen und nichts geschah. Lea wischte eine Strähne aus dem Gesicht, nur leicht feucht. Vom Schweiß. Auch ihr Nachthemd klebte nicht mehr so ekelhaft an ihrem Körper, wie es das noch vor wenigen Sekunden getan hatte. Ungläubig rieb sie mit der Hand über ihr Gesicht und starrte erneut auf das trockene Bett.

Hab ich geträumt?

Sie hatte schon davon gehört, dass es kurz vor dem Einschlafen zu Halluzinationen kommen kann. Das galt vielleicht auch fürs Aufwachen?

Vorsichtig tastete sie die Matratze ab. Die fühlte sich nicht einmal feucht an. Mit wackligen Beinen krabbelte sie zu Jady und vergrub ihre Nase in deren blondem Haar. Das beruhigte sie. Viel Zeit blieb ohnehin nicht mehr, dann rief die Arbeit.

Sie war spät dran.

Unwirsch scheuchte sie Jady aus dem Haus und ins Auto, ohne Frühstück, ohne Kostüm und ohne bescheuerte High Heels. Scheiß auf Kleiderordnung! Für das Interview vor der Kamera heute lag eines der Folterkostüme auf der Rücksitzbank. Sie warf einen Blick in den Rückspiegel und grummelte, die letzte Nacht zehrte an ihr. Nicht einmal das Make-up verdeckte ordentlich die Augenringe und ihr Schädel pulsierte im Takt des Herzschlags. Was für ein grauenvoller Morgen.

Rücksichtlos hielt sie vor dem Kindergarten und blockierte zwei Parkplätze. Hektisch rannte sie um ihr Auto herum und öffnete Jady die Tür.

»Schneller, schneller, schneller.« Sie wedelte mit der Hand.

Langsam rutschte Jady vom Rücksitz, als würde sie das alles nichts angehen. Lea schob sie vor sich her durch die Eingangstür des Kindergartens. Glücklicherweise kam die Erzieherin gerade, um sie in Empfang zu nehmen. Im Gegensatz zu Lea sah sie noch frisch und erholt aus.

Bis zum Nachmittag, dachte Lea, *dann sieht sie bestimmt so aus wie ich.*

»Küsschen, Maus. Mama muss gleich weiter.« Mit gespitzten Lippen beugte sie sich zu ihr hinab.

»Hey, kommst du gar nicht mit rein?«

»Ich kann nicht, ich komme zu spät.«

Jady umklammerte ihr Bein.

»Bitte!«

»Ich muss wirklich los. Gib mir einen Kuss.«

Schnell drehte sie den Kopf weg und verschränkte die Arme.

Seufzend warf Lea die Hände in die Luft. »Na gut, dann nicht. Hab dich lieb.«

Sie machte auf dem Absatz kehrt. Kein Blick zurück. Den Vorwurf in Jadys Augen konnte sie im Moment nicht ertragen. Es tat ihr leid, dass sie sie nicht wie gewohnt bis zur Umkleide begleitete, doch heute stand der Dreh für das Interview an.

Immerhin, das Wetter glich einem Frühlingstraum. Während der Autofahrt schweiften ihre Gedanken immer wieder zu den Ereignissen von letzter Nacht.

Die Ampel vor ihr schaltete auf Rot. Lea rieb sich mit den Fingern die Stirn und lehnte den Kopf zurück. Eine

Werbetafel am Straßenrand erregte plötzlich ihre Aufmerksamkeit. Eine rote Galaxie klebte über der ganzen Werbefläche, im frostigen Blau prangte ein Slogan darüber: »Stell dich der Wahrheit. Die zweite Realität.« Jeden Tag nahm sie diesen Weg zur Arbeit und mindestens vier Mal in der Woche stand sie an dieser verdammten Ampel ...

Lea runzelte die Stirn.

»Welcher Wahrheit soll ich mich denn bitte stellen?« Der, dass ich verrückt werde?

Die Wahrscheinlichkeit, dass sie den Verstand verlor, lag zumindest höher, als dass eine mystische Kraft mit ihr in Kontakt treten wollte. Dennoch, diese Galaxie übte eine hypnotische Wirkung auf sie aus und sie schaffte es nicht, ihren Blick von dem gleißenden Licht im Zentrum abzuwenden.

Ein aufdringlicher Ton drang in ihr Bewusstsein. Lea zuckte zusammen und sah erschrocken auf die Ampel, die gerade von Orange auf Rot zurückschaltete.

»Verdammt.«

Ein Autofahrer hinter ihr scherte aus und schoss mit brüllendem Motor an ihr vorbei.

»Pennst du oder was?«, schrie er durch das geöffnete Fenster und fuchtelte mit der Hand.

Lea rieb sich mit zwei Fingern den Nasenrücken und kniff die Augen zu, spürte das beständige Klopfen dahinter. Sie fragte sich, warum sie das alles verfolgte und vermied es, die Werbetafel erneut anzusehen, besser, sie konzentrierte sich nur auf die Ampel. Die schaltete auf Grün. Lea fuhr weiter.

Mindestens noch zwei weitere Plakate des Computerspiels fielen ihr auf.

Ich bin mir ganz, ganz sicher, dass die Dinger gestern hier noch nicht hingen.

Möglicherweise sah sie die Werbung nicht das erste Mal und ihr Hirn spielte ihr nur einen Streich. Wäre doch möglich, oder? Wahrscheinlich arbeitete sie einfach zu viel. Sie presste die Lippen fest zusammen; dass sie zu viel arbeitete, blieb eine Tatsache. Eine, die sich ändern ließe. Sie beschloss, nach der Sendung über Nahtoderlebnisse zwei Wochen Urlaub zu nehmen, da konnten Beata und Markus im Dreieck springen. Basta!

Das Licht der Scheinwerfer ging aus und ihre Pupillen entspannten sich ein wenig.

»Alles im Kasten Leute«, rief einer der Kameramänner. Lea atmete erleichtert durch, das blöde Kostüm würde sie gleich wieder abstreifen.

Doktor Friedrich schüttelte ihr die Hand und sagte: »Ich habe mich noch gar nicht bei Ihnen bedanken können. Dass ich meine Forschung vorstellen durfte, noch dazu bei einer so charmanten Frau wie Ihnen.« Er lachte.

»Ich habe zu danken. Das Thema nimmt mich noch immer sehr gefangen.«

Lea schwieg einige Sekunden und dachte an die vergangenen Nächte.

»Glauben Sie an eine höhere Macht?«, fragte sie schließlich.

Er kratzte sich am Kinn. »Ich hatte selbst mal ein Nahtoderlebnis, wissen Sie?«

»Wirklich? Warum haben Sie davon nichts erzählt?«

»Ganz einfach. Man könnte denken, dass ich als Wissenschaftler nicht mehr objektiv genug bin.«

»Denken Sie wirklich, es gibt etwas Höheres?«

»Ich bin sogar davon überzeugt. Ich weiß, dass sich nicht immer alles wissenschaftlich erklären lässt. Es gibt zu viel, das wir niemals verstehen können. Unsere Gehirne sind dafür nicht ausgelegt.«

Da musste sie ihm zustimmen, allein die letzten Tage blieben ihr ein Rätsel. Er schüttelte ihr erneut fest die Hand und zog sie ein Stück näher an sich heran. Als er sprach, senkte er die Stimme.

»Ich glaube sogar, dass es kein Zufall war, dass Sie diejenige sein sollten, die über meine Forschung berichtet.«

»Ich verstehe nicht ganz.«

»Manchmal gibt es Zeichen und Botschaften, Sie müssen nur sensibel dafür sein.«

Er ließ ihre Hand los und schritt davon, noch bevor sie die Gelegenheit bekam, etwas zu erwidern. Einen Augenblick stand sie einfach nur da. Wahrscheinlich war es ihm gar nicht bewusst gewesen, aber seine Worte jagten ihr einen verdammten Schauer über den Rücken.

Sensibel für die Zeichen? Zeichen, wie sie die irre Amokläuferin gesucht hat?

Sie spähte auf ihre Armbanduhr, noch zwei Stunden, dann würde sie Jady vom Kindergarten abholen.

Eilig verließ sie das Studio durch die schweren Metalltüren und ging den langen Gang bis zu Markus' Büro entlang. Kräftig klopfte sie an und trat ein, bevor er ihr eine Antwort geben konnte. Er quiekte überrascht auf, klappte schnell eine Mappe zu.

»Lea? Wusstest du, dass Klopfen als nonverbale Frage zum Eintreten dient? Normalerweise wartet man, bis man hereingebeten wird«, sagte er und blickte sie missbilligend an. Seine Reaktion überraschte sie, immerhin stürmte sie regelmäßig herein ohne zu klopfen.

»Tschuldige.«

Sie schielte über den Schreibtisch hinweg auf die Mappe. Hellgrün, mit einem kleinen Fettfleck darauf und nur halb so groß wie ein DIN A4 Blatt, erinnerte sie Lea an eine Patientenakte. Markus legte die Hand darauf und schob sie in eine Schublade.

»Was ist das?«

»Was? Ach das. Ist geheim.«

Uh, vielleicht war er kriminellen Ärzten auf der Spur? Sie überlegte kurz, ihn zu bearbeiten, aber sie wollte nur noch heim.

»Okay ... Markus, ich muss mal 'ne Pause machen, ich glaub, die Luft ist raus.«

Er blinzelte irritiert.

»Sprichst du von Urlaub? Bist du krank?« Er musterte sie misstrauisch. »Ok, wo ist die echte Lea? Die, die das Wort Urlaub nicht kennt?«

Lea rollte mit den Augen und schwieg, während er sich am stoppeligen Kinn kratzte und überlegte.

»Du meinst das ernst? Hat es mit deinen Träumen zu tun?«

Lea zog überrascht die Augenbrauen hoch, soviel Scharfsinn hätte sie ihm gar nicht zugetraut. Zumindest nicht in Bezug auf sie.

»Ich schlafe zurzeit sehr schlecht. Und wenn ich aufwache, fühle ich mich teilweise noch müder als zuvor.«

»Hm ja, ist mir schon aufgefallen.«

»Letzte Nacht bin ich sogar aufgewacht und konnte noch Teile aus meinem Traum sehen. Total beängstigend.«

»Hypnopompe Halluzinationen.«

»Was?«

»Die sind harmlos. Kann man auch vor dem Schlafen haben.«

Woher kannte er all diese Fachbegriffe? Lea konnte sich nicht alles wissenschaftliche Kauderwelsch aus ihren Sendungen merken.

»Warst du mal Psychiater?«, fragte sie.

Er gluckste und verschränkte die Finger über seinem dicken Bauch. »Na gut, nimm dir ein paar Tage frei. Beata soll einfach ein paar Themen vom letzten Jahr raussuchen. Regel du das mit ihr.«

»Danke, Markus.« Sie küsste ihre eigene Handfläche und blies in seine Richtung.

Zeit nach Hause zu gehen. Seufzend plumpste sie in den Stuhl und begann, ihre Sachen zusammenzuräumen. Ihre Kopfschmerzen hatten im Laufe des Tages glücklicherweise nachgelassen, doch die Müdigkeit wollte einfach nicht weichen. Sie streckte die Arme von sich, bog den Rücken durch, bis es knackste und gähnte ausgiebig und lang.

»Hey Lea, machst du Schluss für heute?«

Ihr Mund schnappte erschrocken zu.

»Patrick!«, keuchte sie überrascht. »Ja, ich nehme mir ein paar Tage frei.«

»Was echt? Schade.«

»Schade?« Sie ahnte schon, worum es ihm ging.

»Ich meine schön, aber ... ach egal.«

Ohne nachzudenken sprudelte es aus ihr heraus: »Wenn du magst, komm mich doch mal besuchen.«

Süß, wie er bei dem Vorschlag lächelte.

»Was machst du heute Abend?«, fragte er.

»Ich? Ähm ... heute meinst du? Also ... ähm ... puh.«

»Oh sorry, ich wollte dich nicht überrumpeln.«

»Nein, nein. Ach was, das hast du nicht. Also heute Abend? Ja, klingt gut.«

Sie biss sich auf die Zunge. Was tat sie denn da? Ihr Vorschlag war eher profan gewesen, eine höfliche Floskel, wenn man so wollte.

»Super, wann soll ich da sein?«

»Ähm ... ich weiß nicht. Gegen 08:00 Uhr?«

»Toll, dann lern ich vielleicht mal deine Tochter kennen?«

Wie jetzt? Wie meinte er das? Ihr schoss das Blut in die Wangen.

»Die schläft dann schon.«

Hoffte sie zumindest.

»Ah verstehe, verstehe. Dann werde ich nur leise klopfen.«

»Gute Idee. Sag mal, weißt du, wo Beata ist?« Sie schob die restlichen Unterlagen in die Schublade und stand auf.

Ihre Vorgesetzte zu finden stellte eigentlich keine Herausforderung dar, entweder stand sie auf der Terrasse beim Rauchen oder sie saß im Aufenthaltsraum.

Patrick deutete mit dem Daumen über seine Schulter.

»Aufenthaltsraum mit Lucy.«

»Danke.«

Ohne ein weiteres Wort eilte sie davon und ließ ihn stehen. Ein netter Abend nur unter Kollegen, nicht gleich eine Affäre. Es ist durchaus normal, dass sich Kollegen privat treffen. Nette Kollegen, die sich gut verstehen, treffen sich auf einen Feierabend-Plausch. Mehr nicht. Lea warf einen Blick über die Schulter. Belauschte sie jemand? Und wo war Lucy? Ach ja, mit Beata Kaffeekränzchen halten. Glück gehabt.

Am liebsten wollte sie ihre Hand gegen die Stirn schlagen. Wenn Lucy davon erführe, würde am nächsten Tag der ganze Sender Bescheid wissen.

Beatas Stimme krächzte aus dem Aufenthaltsraum.

»Und jetzt schau, ob du Patrick zur Hand gehen kannst. Aber nicht wörtlich nehmen!« Das rauchige Lachen wurde jäh von einem üblen Hustenanfall unterbrochen. Lucy schob sich an Lea vorbei und würdigte sie keines Blickes.

»Oh seht, da ist wohl jemand eifersüchtig«, sagte Beata.

»Wenn die wüsste.« Lea biss sich auf die Zunge, doch zu spät, Beata spitzte die roten Lippen.

»Aha. Erzähl, Liebes. Erzähl!«

»Da gibt es nichts zu erzählen.«

»Ich sag's doch immer wieder, unser Patrick ist ein schnuckeliges Kerlchen. Pass auf, dass dir unsere Lucy
nicht die Augen auskratzt.«

»Ähm … nicht, was du meinst. Nur ein Treffen unter Kollegen.« Nervös fummelte Lea an ihrem Kettenanhänger herum und lachte verlegen.

»Natürlich, Liebes.«

Ihr Tonfall gefiel Lea gar nicht.

»Ähm … ja … also ich brauche etwas von dir.«

Das Thema schnell wechseln und hoffen, dass Beata nie wieder ein Wort darüber verlor.

»Alles, was du willst, meine Liebe.«

»Ich hab ein paar Tage frei genommen. Markus meinte, wir strahlen …«

»Wie bitte? Hast du gerade das Wort *frei* benutzt? Geht's dir nicht gut? Bist du krank? Ist etwas mit deiner Tochter? Ich habe mir heute Morgen schon gedacht, dass du blass aussiehst. Und dann noch diese Kleidung, mit der du hier reingeschneit kamst. Na ja, wenigstens hast du jetzt was Ordentliches an. Aber diese Schuhe … hui.«

Die ältere Vorgesetzte legte einen Arm um Leas Schulter. Der Gestank von kaltem Rauch stach ihr in die Nase.

»Der guten Beata kannst du alles anvertrauen, Liebes ... Alles!«

»Mir geht's gut. Ich dachte, wir nehmen einfach Aufzeichnungen vom letzten Jahr. Vielleicht über die Wanderung der Wale. In Anlehnung an den Vorfall von dieser Woche.«

Beata rümpfte die Nase.

»Sicher, dass es dir gut geht? Siehst immer noch blass aus?«

»Wirklich. Ähm ... ja, mir geht's gut.«

»Hm. Geht klar, ich kümmere mich darum. Jetzt gehe ich erst einmal eine rauchen.«

Dabei rollte sie das *R* freudig, wie sie es jedes Mal tat. Sie wandte sich zum Gehen, hielt dann aber noch einmal inne.

»Welchen Vorfall meinst du eigentlich, Liebes?«

»Der Wal Anfang der Woche.«

Beata legte die Stirn in Falten.

»Ich weiß von keinem Wal.«

Mit einem Schulterzucken drehte sie sich um und spazierte davon. Lea sah ihr stirnrunzelnd nach. Sie war die stellvertretende Chefin, sie wusste über *alle* Storys, die hier geschrieben wurden, Bescheid. Vielleicht sollte sie Patrick am Abend nochmal darauf ansprechen.

Halb vier, Zeit, Jady abzuholen. Lea nahm ihre Tasche und spazierte zum Fahrstuhl, der gerade ein paar Leute ausspie, und stieg ein.

»Erstes Untergeschoss«, schnarrte es aus dem Lautsprecher. Die Tiefgarage.

Rumpelnd öffneten sich die Türen. Ein schwarzes Loch gähnte ihr entgegen. Lea schnappte nach Luft. Nur das Licht des Fahrstuhls warf einen blassen Schein auf den Boden direkt vor ihr. Sie ging einen Schritt nach vorn. Dann noch einen. Tastete nach dem Lichtschalter und fand ihn.

Erleichtert atmete sie aus, drückte drauf und wartete einige Herzschläge.

Nichts.

Noch einmal drückte sie den Schalter, wieder und wieder. Mit großen Augen starrte sie in die Dunkelheit — doch es blieb finster.

»Na super.«

Die Kabine schloss sich mit einem leisen Rumpeln und es wurde rabenschwarz. Ihr Herzschlag setzte aus.

Ihre Fingerspitzen zuckten über die Wand und suchten den Knopf vom Lift. Wie verrückt hämmerte sie darauf. »Geh auf, du Scheißteil. Geh auf, geh auf, geh auf!«

Die Türen blieben zu.

Kalter Schweiß bildete sich unter ihrem Shirt. Den Rücken presste sie fest gegen die Wand und kramte in ihrer Tasche nach dem Handy.

Das Akkusymbol blinkte rot.

Ihr Herz hämmerte wild gegen die Brust. Was zur Hölle ging hier ab?

Sie brauchte einen Moment, um sich wieder zu fangen, und dachte nach.

»Reiß dich zusammen, Lea. Es ist mitten am Tag!«

Nur, dass sie die eigene Hand vor Augen nicht sehen konnte. Ihr fiel der Autoschlüssel ein. Sie fischte erneut in ihrer Tasche herum und angelte den Schlüssel heraus, drückte drauf und mitten im Nichts leuchteten zwei orange Blinker auf. Die Distanz schätzte sie auf ungefähr zwanzig, dreißig Schritt.

Mach schon! Wovor hast du Angst?

Zögerlich schob sie einen Fuß vor und schluckte schwer. Zwanzig Schritt durch völlige Dunkelheit. Angestrengt lauschte sie in die Stille hinein.

War da etwas?

Lea hielt den Atem an, doch nichts regte sich. Was hatte sie erwartet? Monster?

Wieder drückte sie auf den Knopf, wieder und immer wieder. Die düsteren Silhouetten der Autos blitzten vor ihr auf wie schlafende Dämonen.

Lea lief in Richtung Cabrio, darauf bedacht, nicht wie ein verängstigtes Mädchen zu rennen. Jeder Schritt hallte von den verborgenen Wänden wider und durchbrach die Mauer der Stille wie ein Hammerschlag.

Ein Laut, der eindeutig nicht von ihr stammte, mischte sich unter das Echo. Sie blieb stehen. Ihre Schritte klangen für den Bruchteil einer Sekunde nach, bis auch diese verstummten. Sie horchte in die Schwärze hinein, bis ihr schwindelig wurde. Sollte sie weitergehen? Da war doch etwas? Irgendwo im Nichts hinter ihr hörte sie ein leises Geräusch. Es klang wie ... nackte Füße, die über rauen Beton schlurften?

Mit aller Gewalt drückte sie auf den Autoschlüssel und sprang nach vorne auf ihr Auto zu. Riss am Griff, rammte die Tür gegen Patricks Auto und stürzte kopfüber hinein. Laut knallte die Autotür hinter ihr zu.

Wieder senkte sich die drückende Stille über die Szene.

Und wieder hörte sie es. Schritte. Ganz eindeutig.

Oh Gott, das Verdeck!

Ein spitzer Schrei entfuhr ihren Lippen. Der Motor sprang an und das aufblendende Licht traf ihre Netzhaut wie ein Blitz.

»Geh zu, du Scheißteil!«

Quälend langsam schloss sich das Verdeck, Zoll um Zoll.

Das klatschende Geräusch von nackten Füßen auf Beton schien direkt hinter ihr. Nein, neben ihr.

Lea ließ den Motor aufheulen, knallte den Rückwärtsgang rein und rammte fast Patricks Wagen. Eine Bewegung im Rückspiegel lähmte sie für einige Herzschläge. Die Angst kroch ihr eiskalt den Rücken hinauf und saß ihr im Nacken. Das Gaspedal durchgedrückt preschte sie vorwärts — dem Tageslicht entgegen.

Hinter dem schwarzen Schlund blieb sie stehen, starrte in den Rückspiegel, als erwartete sie, dass ihr etwas daraus folgte.

Dort unten war *etwas*, eine Finsternis, dunkler noch als ihre Umgebung. Formlos und doch da, wollte nach ihr greifen — eiskalt, wie der Tod.

Der Lärm der Stadt umhüllte sie, er klang lebendig. Lea atmete tief durch.

»Nur die Angst. Mir hat nur die Angst einen Streich gespielt. Es gibt keine Monster.«

Das Verdeck öffnete sich wieder, doch die Wärme der Sonne auf ihrer kalten Haut schien nur ein schwacher Trost. Sie versuchte die Gänsehaut abzuschütteln, schaltete das Radio ein, und als wollte das Schicksal sich mit ihr versöhnen, lief gerade eines ihrer Lieblingslieder. Das Radio auf voller Lautstärke fuhr sie los.

Kapitel 8

Jady

Jady rannte zum Auto und kletterte auf ihren Sitz.

»Weißt du, Mama, heute war der blöde Anton nicht da. Sophia und ich konnten voll gut alleine spielen.«

»Wow.« Ihre Mama beugte sich mit einem Ächzen über sie und klickte den Gurt in das Schloss.

»Weißt du, Mama, was die Sophia heute dabeigehabt hat? So einen voll leckeren Schokoladenkuchen. Ihre Mama hat den gebacken. Können wir auch mal so einen machen?«

»Mhm.«

»Die Marie hat heute so viel geweint. Das war so nervig.«

»Mhm.« Sie stieg vorn ein und startete den Motor.

»Mama, können wir heute in den Wald gehen? Mama? Mamaaa?«

»Jady, was ist denn?« Ihre Mama blickte böse in den Rückspiegel.

»Können wir in den Wald fahren?«

»Ja, von mir aus.«

Irgendwie wirkte die Mama traurig, vielleicht wurde sie krank? Wenn die nicht mit ihr reden wollte, wollte sie auch nichts erzählen. Schweigend sah Jady hinaus, der Wind verwuschelte ihr Haar und sie bewunderte die Gärten der Häuser am Straßenrand. Überall wuchsen Teppiche kleiner lila, gelber und weißer Blumen.

Blühfrüher, dachte sie, *oder hießen die Frühlingsblümchen?*

Sie öffnete den Mund und saugte tief Luft in ihre Lunge, um gegen den Wind anzuschreien. »*Mama?*«

Ihre Mutter zuckte zusammen und warf einen seltsamen Blick in den Rückspiegel. Als hätte sie vergessen, dass Jady noch da war.

Mama ist voll komisch, dachte Jady.

»Wie heißen die kleinen Blümeleins nochmal? Die, die da so lustig wachsen überall.«

»Frühblüher.«

»Mama, geht's dir gut?«

»Ja, klar. Wieso fragt mich das heute jeder?«

Jady schwieg und neigte den Kopf an die Lehne ihres Sitzes. Die Häuserschlange hörte auf und wurde von grünen Feldern und Wiesen abgelöst. Jady konnte die Augen kaum noch offenhalten, so besänftigend rauschte der Wind im Ohr.

»Aufwachen, Maus.«

Im Halbschlaf spürte sie, wie die Mutter ihr sanft eine Strähne aus dem Gesicht strich und einen Kuss auf die Nase drückte. Jady blinzelte und schnallte sich ab, um aus dem Auto zu klettern. Tief sog sie die Luft durch die Nase ein. Es roch nach feuchtem Waldboden, Harz und dem süßen Duft der in Blüte stehenden Bäume und Sträucher.

»Wow, sieh mal, Mama, den schönen Baum voll mit Blüten.«

Sie rannte los zu dem Baum, hunderte Insekten tummelten sich in der weißen Pracht und ihr Summen klang wie ein Chor.

»Mama, kann ich eine Blüte haben?«

»Argh, wenn ich für jedes *Mama* nur einen Euro bekommen würde, bräuchte ich nicht mehr zu arbeiten.«

Jady musterte das Gesicht der Mama. Das sollte bestimmt ein Scherz sein, aber sie lächelte nicht dabei, wie sie es sonst tat.

Vielleicht habe ich etwas falsch gemacht, dachte Jady, *vielleicht ist sie meinetwegen so schlecht drauf?*

Sie beschloss, einfach weiter zu gehen und nicht nochmal nach einer Blüte zu fragen, nicht, dass ihre Mama sie noch schimpfte.

Der Weg führte an einer großen Wiese voller bunter Blumen und geschäftiger Insekten vorbei. Er mäanderte wie eine Schlange an einem alten Holzhäuschen vorbei, bis er im Wald verschwand. Sie rannte voraus, pflückte ein paar Blumen und brachte sie ihrer Mutter, die zwar lächelte, aber irgendwie aussah, als ob sie an etwas ganz anderes dachte.

»Geht es dir gut, Mama?«, fragte Jady erneut.

»Hm«

Ein Vogel stob lärmend aus einem Gebüsch neben ihnen. Ihre Mutter zuckte erschrocken zusammen.

»Nur ein Vogel«, murmelte sie.

Jady rannte weiter, bis sie zu der alten Hütte gelangte. Vor einem modrigen Holzzaun blieb sie stehen und warf einen Blick über die Schulter. Ihre Mama kam langsam hinterher gebummelt.

Knorrige Obstbäume räkelten sich grotesk im verwilderten Garten und die Hütte selbst sah aus, als würden Geister darin spuken. Was wohl hinter den schmutzigen Scheiben lag?

Flink kletterte sie über eine abgebrochene Zaunstange und lief die alten Stufen der Veranda hoch. Sie drückte ihre Nase gegen eines der zwei Fenster und spähte hinein, doch sie konnte kaum etwas erkennen, zu düster und staubig war es dahinter.

»Mama, sieh mal!«

Aufgeregt fuchtelte sie mit den Armen. Vorsichtig versuchte Jady, die Tür zu öffnen — nichts. Das alte Holz unter ihren Handflächen ächzte, während sie mit ganzer Kraft drückte. Die Beine dagegengestemmt gab sie alles. Ein Ruck, die Tür gab nach und Jady stürzte vorn über.

Ihr spitzer Schrei wurde vom Raum geschluckt, schnell krabbelte sie auf allen vieren rückwärts heraus, direkt in die Mama hinein. Beide kreischten unisono.

Plötzlich lachte sie laut und Jady konnte nicht anders, als ebenfalls zu lachen. Das Kribbeln in ihrem Bauch ließ allmählich nach, nur ihr Herz trommelte in der Brust so schnell wie der Specht gegen das Holz.

»Alles in Ordnung, Maus? Hast du dir weh getan?«

»Nein. Können wir reingehen?«

»Ich weiß nicht.«

Die Mutter reckte den Kopf. Der Geruch von Moder und Staub kam ihnen entgegen und sie schwiegen. Jadys Augen bohrten sich in den dunklen Raum. Die Arme der Mutter packten sie plötzlich und zogen sie hoch. »Bleib dicht bei mir«, sagte sie.

Wieder auf den Füßen schnappte Jady die Hand der Mutter, umklammerte sie fest und presste sich an ihren Arm.

Mama beschützt mich, dachte sie und trat einen Schritt nach vorn in die Hütte hinein. Es war kühl und feucht. Drei Teller und Becher schmückten einen alten Tisch, auf dem eine dicke Staubschicht lag. Dahinter lag ein Stuhl am Boden. Es wirkte, als hätten die Besitzer noch etwas essen wollen, bevor irgendetwas Schlimmes passiert sein musste.

In Jadys Kopf jagten sich die verrücktesten Ideen.

»Gibt's hier Geister?«, flüsterte Jady.

»So was wie Geister gibt es nicht.«

»Woher weißt du das?« Ihre Mama lächelte knapp. »Das weiß ich eben.«

»Sieh mal Mama.«

Jady deutete mit dem Finger auf die gegenüberliegende Wand, dort klaffte ein dunkles Rechteck — ein weiterer Raum. Langsam schlich Jady darauf zu und zog ihre Mutter mit.

»Wer hat hier mal gewohnt?«, fragte Jady.

»Keine Ahnung.«

»Vielleicht eine Mama mit ihrem Kind?«

»Hm, möglich. Wie kommst du darauf?«

»Weiß nicht.«

Der unter ihrem Gewicht knarzende Boden wirkte verräterisch in der unheimlichen Stille. Ihre Augen gewöhnten sich langsam an die schummrige Beleuchtung, doch es war klar, dass das andere Zimmer noch dunkler sein musste, denn bis dort reichte das Licht der offenstehenden Tür nicht mehr.

Jadys Bauch kribbelte so schlimm, dass ihr fast übel wurde. Die Wärme wich aus ihren Gliedmaßen, als würde die Hütte sie aus ihr heraussaugen. Alles in ihr stand unter Spannung, bereit, bei dem kleinsten Geräusch zu türmen.

»Ich hab Angst«, flüsterte sie.

»Sollen wir raus gehen?«

»Nein.«

Sie wollte unbedingt wissen, was dahinter noch alles verborgen lag. Am Durchgang blieb sie stehen und reckte den Hals. Das einzige Fenster lag hinter dicken Vorhängen verborgen. Ihre Mutter machte einen Schritt nach vorn — Jady klammerte sich fest an ihren Arm — und zog sie auseinander. Das Fenster war von innen mit Brettern vernagelt, doch es kam genug Licht herein, um die dicken Staubflocken von den Vorhängen regnen zu sehen. Fast schwerelos tanzten sie umher, leuchteten im Lichtstrahl auf und verschwanden dann im Dunkeln.

»Warum sind da Bretter?«

»Keine Ahnung, Maus.«

An der Wand stand ein altes Eisenbett mit einer verrotteten Matratze. Das kleine Nachtschränkchen aus Holz dagegen wirkte seltsam unberührt im Vergleich zum Rest der Hütte. Aber das gruseligste blieb ein Stuhl — ein einsamer Stuhl in der hinteren Ecke mit der Sitzfläche zur Wand. Wieso sollte jemand die Wand anstarren wollen? Es jagte ihr eine Gänsehaut über den gesamten Körper.

»Schau, hier haben sie geschlafen.«

Ihre Mama trat ein paar Schritte auf den Stuhl zu, aber Jady ließ sie nicht los und deutete auf das Nachtkästchen.

»Ich möchte sehen, was in der Schublade ist.«

»Gute Idee.«

Das alte Holz scharrte, als Jady am Knauf zog — langsam und bedacht darauf, so wenig Lärm wie möglich zu verursachen, als könnte sich jemand daran stören. Das Fach war leer und sie wollte es gerade enttäuscht schließen.

»Warte.«

Ihre Mama griff hinein und zog ein kleines schwarzweißes Foto hervor. Gemeinsam betrachteten sie das freundliche Gesicht einer jungen Frau mit dunklen welligen Haaren, die ihr über die Schultern fielen. Sie zog am Arm der Mama und flüsterte: »Kennst du die? Sie kommt mir bekannt vor.«

»Wirklich? Sieht freundlich aus.«

»Sollen wir es mitnehmen?«

»Nein, lass es da. Ich fände es gruselig, wenn es bei uns daheim rumliegen würde.«

Jady stimmte ihr zu und legte das Foto zurück in die Schublade.

»Glaubst du, die Frau hat hier gewohnt?«, fragte sie.

Die Mama drehte den Kopf und zog sie zu dem Stuhl in der Ecke. Ihre Antwort klang abwesend, als wäre sie mit ihren Gedanken ganz woanders.

»Ja, vielleicht. Vielleicht hast du recht und hier hat wirklich eine Mama mit ihrem Kind gelebt.«

Ein kalter Schauer durchlief Jady und sie blickte sich im Raum um, während die Mama etwas an der Wand anstarrte.

»Sind die hier auch gestorben?«

Ihre Abenteuerlust schien bei dem Gedanken gänzlich verschwunden. Huschte da hinten ein Schatten?

»Können wir bitte gehen?«

Ihre Mama antwortete nicht, sie fuhr mit der Hand über die Wand, als sähe sie dort etwas.

»Ich will gehen!«

Jadys Griff wurde fester, der Körper der Mama versteifte, als würde sie etwas lähmen. In Jadys Bauch explodierte das Feuer der Panik, heulend zerrte sie an der Hand.

»Komm doch. Ich will hier raus!«

Keine Reaktion, sie schien wie versteinert, starrte einfach auf diese dumme Wand.

Das Licht zwischen den Brettern verschwand schlagartig und die Tür zerriss die Stille mit einem langgezogenen Klagelaut.

Jady schrie aus Leibeskräften und riss am Arm. Endlich, kam die Mutter zu sich und stürzte mit ihr kopfüber aus der Hütte. Die Treppen der Veranda flogen sie regelrecht hinab und kamen keuchend in dem hohen Gras zum Stehen. Die Sonne schälte sich wieder fröhlich hinter der Wolke hervor und küsste sie mit ihren warmen Strahlen. Auch die Geräusche der kleinen Waldbewohner hießen sie wieder in der Welt der Lebenden willkommen.

Die Augen weit aufgerissen blickte sie über die Schulter in das dunkle Rechteck, aus dem sie eben gekommen waren.

»Das war so gruselig. Das machen wir nie, nie, nie wieder.«

»Das kannst du laut sagen. Komm, gehen wir lieber ein Eis essen«, sagte Mama locker, aber Jady fand, dass sie blass aussah.

»Mit Anouk?«
»Von mir aus mit Anouk.«

Kapitel 9

Lea

»Und dann hab ich die Tür aufgemacht und wir sind rein-gegangen«, plapperte Jady.

Der Inhalt ihres Eisbechers verwandelte sich langsam in Brei, während sie Anouk ohne Punkt und Komma von dem Erlebnis aus dem Wald erzählte.

Gut so, dachte Lea, *dann muss ich das nicht tun.*

Auch ihre Kugel schmolz allmählich dahin und badete in der eigenen Soße. Ihre Gedanken kreisten im Kopf und blendeten das Gespräch aus. Die kleine Zeichnung an der Wand der alten Hütte ließ ihr keine Ruhe. Zwei Kringel ineinander verschlungen, das Symbol einer Galaxie wie in dem Kalender, den sie im Auto gefunden hatte. Konnten das noch Zufälle sein? Nein, es musste eine kausale Erklärung dafür geben. Aber welche? Was für eine rationale Erklärung konnte es für die Verbindung ihrer Träume mit diesem Zeichen geben?

»Und dann haben wir noch ein Foto gefunden von einer Frau, die dort jede Nacht spukt«, flüsterte Jady geheimnisvoll Anouk zu und baggerte Vanillebrei aus ihrem Becher.

Anouk, der neben Lea saß, stieß sie mit dem Ellbogen an.

Erschrocken zuckte sie zusammen.

In seinen Augen konnte sie Sorgen sehen.

»Was ist mit dir?«

»Ich bin nicht sicher.«

Mit einem Blick deutete sie auf ihre Tochter, die fröhlich im Becher rührte und schüttelte den Kopf. In ihrer Gegenwart wollte sie nicht darüber sprechen.

Ihre Tochter lauschte gern, auch wenn sie das gekonnt zu überspielen wusste, und dann würde sie nur wieder einen Alptraum bekommen.

Anouk nickte verständnisvoll, stützte seinen Kopf auf die Hände und betrachtete sie von der Seite. In seinem Blick lag Besorgnis.

»Muss ernst sein, wenn dein Eis es schafft zu schmelzen.«

»Haha«, meinte sie spöttisch.

»Wir können heute Abend bei einem Glas Wein darüber reden, wenn du magst?«

»Oh ja, das klingt gut.«

»Hallo«, säuselte es plötzlich neben ihr.

Sophia, Jadys beste Freundin, tauchte am Tisch auf und lächelte Anouk schüchtern an.

Sofort sprang der Blondschopf vom Stuhl und umarmte sie. »Sophia. Was machst du denn hier?«

»Ich tu mit meiner Oma Eis essen.«

»Mama? Darf ich mich zu Sophia und ihrer Oma setzen?«

Lea spähte nach hinten und winkte einer älteren Dame zu, die freundlich lächelte. »Ist gut, Maus. Geh ruhig.«

Die Kinder rannten kichernd davon.

»Du wirkst erschöpft«, sagte Anouk.

Lea seufzte und rieb mit den Händen über das Gesicht.

»Glaub mir, du bist nicht der Erste, der mir das heute unter die Nase reibt.«

»So war das nicht gemeint.«

»Nein nein, schon gut. Ich weiß ja. Ich schlafe in letzter Zeit schlecht.«

»Weißt du, woran das liegen könnte?«

»Ich habe seit einigen Nächten immer wieder denselben Traum von einem Wal, der mich verschlucken will, und dann ist da diese rote Galaxie.«

»Rote Galaxie, sagst du?«

Lea nickte.

»Voll cool.«

»Pfff, ich habe eben gesagt, dass ich schlecht schlafe und du findest das cool?«

Er lachte verlegen.

»Ich meine, die roten Galaxien sind cool.«

»Wieso?«

»Das sind die ältesten im Universum, sie befinden sich weit weg am Rand, daher die Rotverschiebung.«

»Und was bedeutet das jetzt?«

»Darüber müsste ich nachdenken.«

»Denk mal, Indianer. Ich habe noch mehr.«

»Immer her damit.« Erwartungsvoll lehnte er sich zurück und musterte sie.

»Seitdem die Träume angefangen haben, erlebe ich total schräge Zufälle.«

Sie rührte weiter in ihrer Pampe.

»Ich glaube nicht an Zufälle.«

»Ich weiß. Angefangen hat alles am Montag. Da hatte ich den ersten Traum von einem Buckelwal. Und dann erzählt mir mein Arbeitskollege Patrick am selben Morgen, dass ein Buckelwal in Deutschland gestrandet ist. Die gibt's da nicht einmal.«

»Das ist ja furchtbar.«

»Das ist schier unmöglich! Und erinnerst du dich an den alten Kalender aus meinem Auto?«

»Ja, der von 2000.«

»Genau. Wo der herkommt, weiß ich immer noch nicht. Aber an Jadys Geburtstag war ein Symbol hineingekritzelt worden, das aussieht wie eine Galaxie, und *genau dieses* Symbol habe ich eben in der Hütte im Wald wieder gesehen.«

»Verstehe«, meinte er stirnrunzelnd und schaute sie eindringlich an. Offensichtlich schien er nicht sicher, was er davon halten sollte. Lea wusste, wenn einer einen mystischen Zusammenhang dahinter sehen konnte, dann er.

Anouk kratzte sich am bartlosen Kinn und meinte: »Der Wal ist ein mächtiges Tierwesen. Er steht für die Macht des uralten Wissens und für die heilenden Kräfte. Die Verbindung von beidem ist wirklich interessant.«

»Ich weiß sogar im Traum, dass ich träume. Hattest du so was schon mal?«

»Klar. So was kommt bei meinem Volk oft vor. Medizinmänner nutzen das.«

»Es war gruselig.«

»Warum träumst du dich dann nicht woanders hin?«

»Weil ich es nicht kann. Ich kann keinen Einfluss auf das Geschehen nehmen.«

»Echt?«

Lea schüttelte mit dem Kopf.

»Seltsam, ein Klartraum, ohne ihn beeinflussen zu können. Normalerweise können Oneironauten ihre Träume kontrollieren. Der Wal möchte dir ganz sicher etwas zeigen!«

»Onährauten?«

Ihr Kopf fühlte sich seltsam voll an und sie bekam kaum einen klaren Gedanken zu fassen.

»Traumseefahrer. So nennt man Menschen, die luzid träumen, also Klarträume haben. So wie du.«

Sie wand den Blick von ihm ab, stierte auf die Soße in ihrem Eisbecher und rührte weiter mit dem Löffel darin herum.

»Dann glaubst du also nicht, dass es Zufälle sind?«

»In meiner Kultur glaubt man nicht an Zufälle, sondern an Zeichen.«

Anouk lächelte aufmunternd und tätschelte ihr die Hand — seine Finger so sanft und stark zugleich. Ein Schauer durchfuhr sie.

»Wie gesagt, lass uns heute Abend eine Flasche Wein köpfen und nochmal in Ruhe darüber reden.«

Lea schaute auf seine große, dunkle Hand, sah, wie sie ihre kleinere umschloss, und vergaß zu rühren. Er hatte schöne, schlanke Finger und sein Handgelenk zierte eine schwarze Uhr mit einem breiten Lederband. Ihr Blick ruhte nun auf der Uhr. Verdammt. Es war schon spät. Patrick — sie hatte ihn fast vergessen. Die Röte schoss ihr ins Gesicht.

»Was hast du?«, fragte Anouk verwundert und schaute ebenfalls auf seine Uhr.

»Oh Mist.«

»Was ist denn?«

»Ich habe ganz vergessen, dass ich heute Abend schon ein Dat..., dass ich verabredet bin.«

»Was echt? Mit wem denn?«

Eine harmlose Frage, völlig nebenbei gestellt, aber sie warf Lea aus der Bahn.

»Ja ... also ... der Pati, ich meine Patrick, also mein Arbeitskollege, kommt kurz vorbei und wir ... ähm ... also er hat da so einen Fall.«

»Dein Arbeitskollege kommt vorbei?«

In ihren Ohren klang es wie ein Vorwurf. Lea fuchtelte mit der Hand, als würde sie eine Fliege verscheuchen.

»Ja, nur kurz. Wegen Arbeit und so. Nur ein Treffen unter Kollegen, nichts Besonderes.« Es klang so schwachsinnig aus ihrem Mund, wie eine billige Ausrede.

Anouk sah sie argwöhnisch an. In seinen braunen Augen funkelte etwas, das Lea als Eifersucht interpretierte — sie bekam sofort ein schlechtes Gewissen.

»Von dem hast du noch nie was erzählt. Ist der neu?«

»Ja, nein. Aber wir waren letztens zusammen essen und ...«

»Ah ja.«

»Also nur mittags. In der Arbeit, na du weißt schon.«

»Wie alt ist der denn, dieser Patrick?«

»Ich weiß nicht so genau ... vielleicht ein bisschen älter als ich.«

»Na dann ... ich muss auch los. Viel Spaß!«

Sein Tonfall strafte seine Worte Lügen. Eine steile Falte bildete sich zwischen den Augenbrauen. Er stand einen Tick zu schnell auf, umarmte sie knapp und verließ mit großen Schritten das Café.

»Hey, wo geht Anouk hin?«

Jady stand plötzlich neben ihr, den Mund verschmiert mit Schoko- und Vanilleeis.

»Hm ... nach Hause, schätze ich.«

»Er hat gar nicht Tschüss gesagt.«

Jady zog die Brauen zusammen und schob die Unterlippe vor.

»Komm Maus, wir müssen auch gehen.«

Zu Hause angekommen verging die Zeit wie im Flug. Jady scheuchte sie schnell ins Bett.

»Ich will aber noch nicht schlafen.«

Wütend strampelte sie mit den Beinen ihre Decke weg und quetschte ihre Katze am Hals. Lea seufzte, ihr Hirn arbeitete fieberhaft, Drama konnte sie jetzt nicht gebrauchen.

»Musst du auch nicht, du darfst noch ein bisschen Eiskönigin anhören, okay?«

»Hmpf, naaa gut.«

»Bist ein Schatz. Knutschi.«

Sie hielt ihr die Wange hin und ihre Tochter drückte einen feuchten Schmatz darauf.

»Ich schau später nochmal nach dir.«

»Ja, aber lass die Tür angelehnt.«

»Versprochen.«

Schnell huschte sie aus dem Zimmer und unter die Dusche. Jetzt nur noch etwas Passendes zum Anziehen finden. Sie fischte ein Oberteil aus dem Schrank. Das weiße Shirt mit dem Tiger drauf sieht doch hübsch aus? Nee, das trägt auf. Das Braune vielleicht? Das passt nicht zur Hose.

»Meine Güte, das ist nur Patrick«, murmelte sie und griff nach einem schlichten Schwarzen, dazu eine passende Jeans. Sie betrachtete sich im Spiegel, sie sah dünner aus. Ihre Gedanken wanderten wieder zu Anouk.

Ob es wirklich Eifersucht war, was sie in seinem Blick gesehen hatte?

Ein kurzes Sirren ließ sie aufhorchen. Schnell warf sie noch einen letzten prüfenden Blick in den Spiegel, bevor sie die Treppe hinunter ins Erdgeschoß eilte. Kurz spähte sie ins Kinderzimmer, in dem die Eiskönigin leise trällerte, während Jady schlief. Dann öffnete sie ihrem Kollegen die Tür.

Sein Anblick löste ein Kribbeln in ihrem Bauch aus. Er trug eine schwarze Lederjacke, darunter ein weißes Shirt und um den Hals eine lange Kette, die unter dem Shirt verschwand. Das dunkelblonde Haar dezent gestylt, dazu der leichte Bart, den er sich in den letzten Tagen hatte wachsen lassen und der ihm ziemlich gut stand.

Nur ein Treffen unter Kollegen, erinnerte sie sich. Aber warum fühlte es sich dann so falsch an?

»Entschuldige, ich habe geklopft, aber du hast es wahrscheinlich nicht gehört.«

»Halb so wild, Pati«, sagte sie und ließ ihn eintreten.

»Hör mir auf!« Er gab ihr zur Begrüßung einen Kuss auf die Wange und hielt ihr eine Flasche Wein entgegen. »Du glaubst nicht, was Lucy sich heute noch geleistet hat.«

Lea führte ihn ins Wohnzimmer, er nahm am Tisch Platz.

»Ich kann es kaum erwarten.«

»Hübsch hast du es hier.«

»Danke, ich hole uns zwei Gläser.«

Sie verschwand in der Küche und hörte ein Ploppen, als Patrick den Wein öffnete.

»Ich wollte eigentlich auch früher Schluss machen, aber Beata hat mir Lucy noch auf den Hals gehetzt, die alte Hexe!«

Lea stellte zwei bauchige Gläser auf den Tisch und setzte sich ihm gegenüber. Er schenkte ihr ein.

»Trinkst du nichts?«, fragte sie überrascht.

Er schüttelte mit dem Kopf.

»Muss fahren, das nehm ich sehr ernst. Jedenfalls zurück zu Lucy. Ich war gerade im Archivraum, als sie mich fand.« In einer dramatischen Pause suchte er ihren Blick. »Allein!« Patrick schüttelte sich, als würde es ihm eiskalt den Rücken hinunterlaufen.

»Oh nein! Was ist passiert?« Sie ging auf seinen Tonfall ein.

»Von hinten angeschlichen hat sie sich. Und wollte mich vergewaltigen!«

Bei seinen Worten lachte sie auf.

»Im Ernst. Sie hat sich mir an den Hals geworfen, dass ich fast das Gleichgewicht verloren hätte. Die hing an mir wie eine Klette.«

»Und der arme, schwache Patrick konnte sich nicht wehren?«

»Das war gar nicht so leicht. Als ich sie endlich von mir stoßen konnte, ist sie tatsächlich noch frech geworden und meinte, wenn ich keinen hochkrieg, soll ich sie gefälligst nicht anmachen! Dann ist sie beleidigt davongelaufen.«

Ihr fiel die Kinnlade runter, bevor sie einen Lachanfall bekam, der ihr die Tränen in die Augen trieb.

»Ehrlich, die Frau hat psychische Probleme!«, sagte er.

Ihr Kollege besaß die seltene Eigenschaft, dass sie sich völlig unbeschwert in seiner Gegenwart fühlte. Als würde sie ihn schon ewig kennen.

»Was machst du jetzt eigentlich mit deiner freien Zeit?«, fragte er.

»Weiß nicht, ich denke, ich werde mich in erster Linie ausruhen. Ich bin zurzeit etwas durch den Wind.«

»Ach wirklich? Wieso?«

Lea winkte ab, mit ihm wollte sie nicht darüber reden.

»Schlafe schlecht, nichts weiter.«

Ein Schrei aus Jadys Kinderzimmer jagte ihr einen Schrecken ein. Schnell sprang sie auf und hastete hinauf.

»Was ist los?« Sie ging an ihr Bett, ohne das Licht einzuschalten. Jady wimmerte, umklammerte fest Leas Hals.

»Was ist los, Maus?«

»Da war wieder der Schatten, Mama.«

»Alles gut, du hast nur geträumt.«

»Er will dich fangen.«

»Schsch. Mich fängt keiner. Das war nur ein dummer Traum. Wo ist deine Katze? Ah, da ist sie ja.«

Lea beugte sich hinab und griff nach dem Plüschtier, das auf dem Boden lag. Schnell grapschte Jady danach und umkrallte das Tier.

»Ich lass die Tür auf und das Licht im Flur an, okay?«

Stumm nickend musterte sie Lea aus großen Augen und zog die Decke bis unters Kinn. Lea strich ihr eine Weile über den Kopf, bis Jady wieder gleichmäßig atmete, dann schlich sie hinaus.

»Alptraum«, sagte sie und setzte sich wieder zu Patrick an den Tisch.

»Oh je. Scheint so, als würdet ihr beide schlecht schlafen.«

»Hm, ich weiß auch nicht, was da los ist.«

Besorgt blickte sie über seine Schulter hinweg zum Flur. Seltsam, dass Jady in letzter Zeit auch Albträume plagten.

Ob es da einen Zusammenhang gab?

»Ich habe zurzeit aber auch üble Träume.«

Interessiert horchte Lea auf. »Ach wirklich?«

»Ja. Ich bin jedes Mal in der Redaktion und von hinten schleicht sich jemand an. Plötzlich ist da Lucy und schlingt ihre Arme um mich. Ganz fest. Ich kann mich nicht wehren und sie ... sie ... es ist zu grauenhaft.«

Lea grunzte.

»Sag mal, Patrick, warum hast du eigentlich keine Freundin?« Schon als sie die Worte aussprach, bereute sie es. Klar, dass er die Frage missverstehen würde.

»Wer sagt denn, dass ich keine habe?«

Ihr Körper versteifte sich, ihre Hand umkrallte das Weinglas wie einen Rettungsanker. Wie wollte sie da jetzt wieder rauskommen?

Ihre Reaktion blieb dem aufmerksamen Patrick natürlich nicht verborgen.

»Schon gut, Lea. Ich habe keine Freundin«, sagte er sanft und ließ sie nicht eine Sekunde aus den Augen.

Warum sagt er das in diesem Ton? Mir doch egal, ob er eine hat oder nicht.

Sie strich sich nervös eine Haarsträhne hinters Ohr und trank hastig einen Schluck.

Oh Gott, bitte. Sieh mich nicht mit diesem Blick an.

Das lag an diesem verteufelten Wein, sie hätte die Finger davon lassen sollen. Wie albern hier mit ihm zu sitzen und alleine zu trinken. Die Atmosphäre kippte schlagartig, auf einmal fühlte sie sich gar nicht mehr so wohl.

»Warum bin ich heute hier, Lea?«

Er nahm ihre Hand, als sie das Glas wieder abstellte.

Den Blick auf den Tisch gerichtet, glotzte sie auf seine Finger, die ihre umschlossen, wie wenige Stunden zuvor Anouks. Ihr Blutdruck stieg rapide an, sie wagte nicht, ihn anzusehen aus Furcht, er könnte es als Aufforderung verstehen.

»Nur ein Treffen unter Kollegen«, murmelte sie wie einen Zauberspruch, in der Hoffnung er würde seine Wirkung entfalten. Langsam schob er seinen Stuhl zurück und stand auf.

»Nur ein Treffen unter Kollegen.«

Lass ab von deinem grauenvollen Plan, Dämon.

Er umrundete den Tisch. »Wirklich, Lea?«

Verdammt.

Ein Zeigefinger schob sich unter ihr Kinn und hob es leicht an.

Der Atem blieb ihr weg, unfähig etwas zu sagen, um die Situation zu beenden. *Er* hatte sie nach einem Treffen gefragt, nicht sie, aber die Worte wollten einfach nicht über ihre Lippen. Er beugte sich zu ihr hinab.

Oh Gott Lea, sag doch was. Tu was, beende das. Los!

Es klingelte an der Haustür.

»Erwartest du noch jemanden?«, fragte er irritiert.

»Nein, eigentlich nicht.«

Sie nutzte die Gelegenheit und sprang sofort auf, schob ihn zur Seite und huschte in den Flur. Erleichtert blies sie die Luft zwischen den Lippen aus. Das war verdammt knapp.

»Anouk? Was machst du denn hier?«

Er stand im gelben Schein der Verandabeleuchtung, um die sich kleine Motten und anderes Getier tummelten.

»Ich wollte mich für vorhin entschuldigen.«

Seine Augen wanderten zur Einfahrt und als er Patricks weißen Wagen erblickte, legte sich ein Schatten über sein Gesicht. Ihre Wangen wurden heiß.

Seine Kiefermuskeln zuckten.

»Ich störe wohl.«

»Nein, nein. Ach was.«

Der Holzboden im Flur knarzte leise. Anouk reckte seinen Hals.

»Ähm, Anouk, das ist Patrick. Patrick, das ist Anouk.«

»Ihr bester Freund«, fügte der mit einem halbherzigen Lächeln hinzu.

»Freut mich«, sagte Patrick tonlos.

Anouks braune Augen richteten sich wieder auf sie.

»Na ja, wie gesagt. Ich wollte mich entschuldigen und dir noch sagen, dass du dich einfach mal trauen sollst, dem Wal entgegenzutreten ... aber du bist beschäftigt. Ich störe nicht länger. Schönen Abend euch noch.«

Er machte auf dem Absatz kehrt, Lea trat einen Schritt vor die Tür ins gelbe Licht und blieb stehen. Sah zu, wie Anouk in seinen Pickup stieg.

»Lea, kommst du rein?«, fragte Patrick.

»Ich ...« Einen Schritt nach vorn tretend verweilte sie an der ersten Stufe der Veranda und umfasste das Geländer. Die Rückleuchten des Pickups schwelten auf.

»Lea?«

Ich sollte ihm hinterherrennen, aber was soll ich ihm sagen?

Patrick berührte sie zart an der Schulter und drehte sie zu sich.

»Alles in Ordnung?«

Verdammt, der war ja auch noch da.

»Ja, alles gut. Danke.«

Lässig lächelnd lauschte sie mit einem Ohr, wie sich Anouk entfernte.

»Es ist schon spät.« Demonstrativ riss sie den Mund auf und gähnte.

Ein Wink mit dem Zaunpfahl, bitte versteh ihn.

»Verstehe. Ich verschwinde dann auch.«

Na, Gott sei Dank. »Schön, dass du da warst.«

Sie meinte, was sie sagte, auch wenn ihr die Situation eben sehr unangenehm war. Wollte er sie echt küssen?

»Mir hat es auch sehr gefallen, können wir gerne mal wiederholen.«

Er ging einen Schritt auf sie zu und schlang die Arme um sie. Ihr Kopf ruhte auf seiner Brust, sein Herz raste. Sein Parfum löste wieder diese Woge der Geborgenheit in ihr aus, als würde sie ihn schon ewig kennen. Mit einem Lächeln hob sie kurz die Hand, als er die Treppen der Veranda hinabstieg. »Viel Spaß bei der Arbeit, Patilein.«

Während sie aus ihrer Kleidung schlüpfte und die Zähne putzte, kreisten ihre Gedanken um ihren besten Freund.

Vom Besuch ihres Arbeitskollegen wusste er. War er gekommen, um sie zu kontrollieren?

»Hat er etwa gedacht, ich würde mit Patrick ... Oh Anouk, du Depp.«

Sollte sie ihn anschreiben und die Situation klarstellen? Ihre Augen brannten vor Müdigkeit, schreiben konnte sie ihm auch morgen oder besser gleich hinfahren.

Der vierte Traum

Nicht schon wieder, *dachte sie.*

Ihr ganzes Gewicht stemmte sie gegen den Wind, schirmte ihre Augen mit den Armen ab und trotzdem stachen die kleinen Eiskristalle wie Nadeln auf ihrer Haut.

Den Sturm konnte sie mit ihren Gedanken nicht beenden oder die Umgebung ändern, so sehr sie es auch wollte. Aber sie konnte herausfinden, was das Wesen von ihr wollte.

» Wach auf!«, brüllte sie über das Heulen des Sturms hinweg. Der Wind peitschte durch ihre Haare und dröhnte in den Ohren. » Wach endlich auf! Ich bin jetzt bereit, damit dieser Scheiß hier ein Ende findet!«

Mit der Faust trommelte sie auf den Riesen ein. Augenblicklich erwachte er.

Das Eis brach auf. Träge tauchte der Wal ab und zog sie mit sich.

Sie ließ sich treiben.

Wo steckst du, du Biest? Zeig mir endlich, was du zu sagen hast.

An der Oberfläche leuchtete es hin und wieder auf, wenn ein Blitz sich entlud. Es wirkte wie ein Leuchtfeuer, das ihr den Weg nach oben wies, doch da wollte sie nicht hin, nicht dieses Mal. Sie wartete und schwebte in der düsteren Kälte.

Im roten Schein seines Sturmauges glitt er langsam und majestätisch aus der Dunkelheit heran. Seine Schwanzflosse hob und senkte sich bedächtig.

Ein hohes Pfeifen hallte durch die Weite des Meeres, gefolgt von einem dumpfen Brummen. Ihr Herz hüpfte vor Aufregung, sie konnte es kaum glauben. Er sang für sie.

Der Wal umkreiste sie, zog seine Bahnen immer enger, bis er vor ihr innehielt. Sein übergroßes Maul direkt vor ihr, sie bräuchte nur die Hand nach ihm ausstrecken.

Tu es, tu es endlich.

Dann öffnete er es und sog sie tief in sich ein. Das Echo einer Stimme hallte in ihrem Kopf.

»Lass mich rein!«

Sie tat es.

Ihr Körper löste sich auf, extrahierte ihr Bewusstsein.

Was sie nun sah — kein Sehen im klassischen Sinne, mehr ein Wahrnehmen — war keine Finsternis mehr. Kleine Lichter tauchten auf, erst nur Punkte, doch dann bildeten sie Nebel, Spiralen und Cluster. Rasten an ihr vorbei. Immer schneller. Sie sah Sonnensysteme, Sternennebel in allen nur erdenklichen Farben, rote Riesen, Pulsare und gigantische schwarze Löcher, die umkreist wurden von Billiarden und Aberbilliarden anderer Sterne, Planeten und Staub. Sie sah Dinge, für die sie keine Namen hatte.

Dinge, die ihr den Atem raubten — hätte sie welchen gehabt.

Die Geburtsstätte von Zeit und Raum.

Dann, in der Ferne, sah sie die Eine, majestätisch und unfassbar groß. Die rote Galaxie.

Sie näherte sich ihr und verlor an Geschwindigkeit. Ein Gefühl der Gesamtheit und des Verstehens berührte ihr Bewusstsein. Es kam erst langsam, baute sich dann auf, bis es sie ganz und gar erfüllte.

Etwas kommunizierte mit ihr.

Eine Art Energie, nein, nicht eine Art — DIE Energie. Die eine, die alles ist! Vom Staubkorn in den Weiten des Alls bis hin zur Zelle eines jeden Lebewesens. Sie wusste nun alle Antworten auf die größten Rätsel der Menschheit, ohne sie in Worte fassen zu können. Das Zentrum, von gleißendem Licht erfüllt, das in sich verzerrt wurde und in dessen Mitte ein schwarzer Punkt lag — der selbst die Größe der Milchstraße besaß und sich stechend scharf abzeichnete, als hätte man dort das Licht einfach ausgestanzt.

Der galaktische Kern.

Das Gefühl des Verstehens wurde abgelöst von Schwermut. Sie wollte eintauchen in den lichtlosen Kern und wieder eins werden mit dem Bewusstsein der fremden Energie. Doch etwas hinderte sie daran. Ihr materiefreies Dasein verwandelte sich in Blei, das sie auf den Grund einer anderen Ebene zog. Die rote Galaxie rückte in den Hintergrund. Eine letzte mentale Botschaft erreichte sie, bevor alles verschwand.

Lea öffnete die Augen und starrte an die Decke. Der Morgen tauchte ihr Schlafzimmer in rote Spektralfarbe. Eben existierte ihr Bewusstsein noch als freie Energie, jetzt aber lag sie hier. Ihr Körper musste aus Blei sein, die Schwerkraft zog an ihrem Fleisch und den Knochen, drückte es in das Laken. Die Antworten, die sie alle zu kennen geglaubt hatte, verblassten wie das Bild auf einem alten Schwarz-Weiß-Foto. Sie war wieder Lea. Einfach nur Lea.

Fünf, zehn Minuten, vielleicht auch eine halbe Stunde, lag sie da und starrte vor sich hin.

Sie streckte die Hand aus, tastete auf dem Nachtschrank nach ihrem Handy und schaltete den Flugmodus aus. Sofort ploppte eine Nachricht auf.

»Anouk«, murmelte sie und spürte ein schmerzliches Ziehen im Bauch. Flink huschten ihre Finger über den Bildschirm und öffneten die Nachricht.

»*Hey, musste an dich denken. Vielleicht kannst du kurz anrufen, wenn du wach bist.*«

Lea runzelte die Stirn. Die Nachricht wurde um 06:00 morgens versendet, vor zwei Stunden.

Sie tippte auf seinen Namen und hielt sich das Handy ans Ohr. Es klingelte genau einmal, dann hob er ab.

»Lea, du bist wach.«

»Ja, warum nicht?«

»Na ja, ich dachte nur, es wäre später geworden ... wegen deines Besuchs, meine ich.«

Was sollte das denn bedeuten? Dachte er etwa, sie und Patrick würden ... »Er ist gleich nach dir gefahren«, brummte sie.

Anouk schwieg einen Moment, Lea verspürte keine Lust, sich dazu zu äußern.

»Wie hast du geschlafen? Hattest du wieder den Traum mit dem Wal?«, fragte er schließlich.

»Ja. Intensiver als je zuvor.«

»Hast du dich ihm gestellt?«

»Es war unglaublich, Anouk. Ich habe mich aufgelöst, also mein Körper, und dann bin ich durch den Kosmos gerauscht bis zu dieser riesigen Galaxie.«

»Der roten?«

»Ja genau. Ich wusste die Antworten auf einfach alles! Und dann war ich ihr ganz nahe.« Ihre Stimme zitterte leicht, als sie weitersprach. »Ich war dem galaktischen Kern so nahe ... ich glaube, ich war kurz davor aufzuwachen.«

»Aus deinem Traum?«

»Nein … aus … aus dieser Realität.«

»Ich verstehe nicht ganz.«

Lea seufzte und rieb sich kräftig das Gesicht, sie verstand es ja selbst nicht. »Ich war der Meinung, dass mein Leben hier nur eine Art Traum war.«

Wieder schwieg er einen Moment, schließlich fragte er: »Sehen wir uns später?«

»Ja, ich denke schon.«

»Gut, dann lass uns persönlich darüber sprechen.« Er wirkte angespannt, nicht so locker wie sonst.

Sie beendete das Gespräch, streifte sich den Morgenmantel über und ging die Treppe hinunter.

»Ich brauch dringend einen Kaffee.«

Ihre Tochter summte im Kinderzimmer eine leise Melodie.

»Guten Morgen, Maus. Schon wach?« Sie stupste die angelehnte Zimmertür mit dem Finger auf.

Das Zimmer war leer, die Melodie verstummt.

Ein Stuhl stand in der Ecke des Raumes, zur Wand gedreht. Lea rannte wie gegen eine unsichtbare Mauer. Fest kniff sie die Augen zu und atmete tief durch. Das Bild der alten Hütte preschte durch ihren Geist. Sie roch die muffige Luft, fühlte die Feuchtigkeit auf ihrer Haut. Kalter Schweiß trat ihr aus, sie wagte es nicht, die Augen zu öffnen.

»Wie erkennt man einen Traum, wenn man noch nie wach war?«

Keine Ahnung, wieso sie das sagte, aber die Frage jagte durch ihren Geist.

Lea atmete tief ein und zwang sich zur Ruhe. Sie stellte sich ihre Tochter mit Pyjama im Bett sitzend vor, so gut sie konnte. Das leise Summen einer Kindermelodie riss sie aus der Starre. Sie öffnete die Augen und zwinkerte die Sterne auf ihrer Netzhaut weg.

»Oh mein Gott«, hauchte sie und schlug die Hand vor den Mund.

Kapitel 10

Ela

Die feuchte Nase der kleinen Mieze stupste gegen ihre Hand, die langen Schnurrhaare kitzelten wie Schmetterlingsküsse auf ihrer Haut. Ela kicherte.

»Was denkst du, wie alt sie ist?«, fragte sie ihre Mutter. Die neigte abschätzend den Kopf.

»Ich schätze mal drei Monate.«

»Wo ist ihre Mama?«

»Das ist eine gute Frage.«

Das Tier war ihnen am Feldrand aufgefallen, wie es unsicher durch das fade Gras gestakst war.

Ela lümmelte auf dem Boden und spielte mit ihr, während die Mutter auf einem Stein saß.

»Ela, steh lieber mal auf, der Boden ist zu kalt.«

»Ich hab doch eine dicke Winterhose an.«

Anfang Januar und es lag kein Schnee. Das war schon was Außergewöhnliches, sonst gab es zu ihrem Geburtstag immer Schnee. Nicht, dass ihr das etwas bedeutet hätte. Geburtstage waren ohnehin für die Tonne.

»Können wir sie behalten?«, fragte Ela und klimperte mit den Wimpern.

»Ich weiß nicht, Maus. Du kennst doch deinen Vater, er mag keine Tiere.«

Sie zupfte an ihrem Ärmel herum, aber Ela hatte die blauen Flecken schon lange gesehen.

Die sind doch fast immer da, auch wenn Mama versucht, sie zu verstecken, dachte Ela und tat so, als würde sie nichts bemerken.

122

»Tut mir leid, kleiner Freund, ich kann nicht auf dich aufpassen.«

Das kümmerte die Katze nicht, sie schnurrte laut und turnte auf Elas Schoß herum, hob ihr Köpfchen und rieb es gegen ihre Brust.

»Ihr schwarzes Fell schimmert richtig, sieh mal, Mama.«

Morgen war ihr achter Geburtstag, die Tage davor wirkte ihre Mutter immer besonders unglücklich.

»Sie hat Glück, dass es dieses Jahr so warm ist. Sonst wäre sie bestimmt schon erfroren.«

»Oh neiiiiin! Mama, was, wenn sie nichts zu fressen hat? Können wir sie wenigstens kurz mit nach Hause nehmen? Bitte, bitte, bitte!«

Die dunklen Haare der Mutter hingen ihr ins Gesicht, das linke Auge umrahmte ebenfalls ein Schatten. Jeder im Dorf kannte die Geschichten, die über Karl und seine Familie erzählt wurden. Er, das Oberhaupt einer kriminellen Bande, die mit Drogen und Pornografie handelte. Niemand konnte ihm etwas anhaben, am allerwenigsten die Polizei. Von wegen Freund und Helfer, dachte Ela oft.

Die idiotischen Dorfbewohner warfen Isabelle und Ela oft Blicke zu und tuschelten hinter vorgehaltener Hand. Niemand redete mit ihnen oder bot Hilfe an. Niemand scherte sich um sie. Aber sie tratschten darüber, wie reif Ela wirkte, wie unkindlich in ihrer Art — und das nicht im positiven Sinne.

Eines Tages, wenn ich groß bin, werde ich dieses Dorf niederbrennen, schwor Ela jedes Mal, wenn sie hörte, wie man über ihre Mutter redete. Das einzig Gute war, dass Karls Revier in der nahegelegenen Hauptstadt lag, sodass ihre Mutter und sie zumindest zeitweise so tun konnten, als lebten sie ein normales Leben.

Ela verstand schon sehr gut, wie die Welt lief — ihre Welt. Sie wusste, warum die Mutter keinen Versuch unternahm wegzulaufen. Jedes Mal, wenn Ela darüber sprach, fuhr ihr die Mutter über den Mund. »Sei leise Ela. Karl darf das niemals hören. Er würde uns schreckliche Dinge antun.«

Elas Blick huschte über die rechte Hand der Mutter. Zeige- und Mittelfinger wirkten in den Gelenken unnatürlich verdreht. Sie wusste auch von Mutters Fluchtversuchen. Zwei Mal hatte sie es vor ihrer Geburt versucht. Zwei Mal war sie nicht einmal bis zur Stadtgrenze gekommen. Und zwei Mal wurde sie dafür bestraft — jedes Mal mit einem Hammer.

Ela hasste ihn. Sie konnte nichts Väterliches an ihm entdecken. In ihrer Seele brannte das Feuer des Widerstands und sie wünschte, es würde ihrer Mutter genauso gehen.

»Lass sie uns mitnehmen, Maus.«

Elas Kopf schoss herum und musterte ihr Gesicht. Sie musste sich verhört haben.

»Ist das dein Ernst?«

Die Mutter lächelte und nickte.

Fröhlich jauchzend presste sie die schwarze Katze an die Brust und sprang einen Satz nach vorn.

»Danke, danke, danke!« Sie drückte ihr einen Kuss auf die Wange und blinzelte die Tränen weg.

An diesem Abend kam Karl zur Tür herein, während sie und die Mutter oben im Kinderzimmer mit der Katze kuschelten. Sie hörte, wie er zur Haustür hineinstolperte, es gab einen dumpfen Schlag, dann lachte er kratzig. Ela sah ihre Mutter an.

»Er ist high«, sagte diese.

»Das ist gut.« Ela konnte sich ein Schmunzeln nicht verkneifen. Sogar sehr gut; wenn er high war, blitzten menschliche Züge bei ihm durch. Auch wenn sie erst sieben Jahre alt war, wusste sie genau, was *high* bedeutete, und zwar nicht nur in der Theorie. Dass sie nicht wie andere Kinder war, wurde ihr schon im Kindergarten bewusst.

»*Die Dinge, die du erlebst, rauben dir jegliche Unschuld. Es gibt keinen Tag, an dem ich das nicht bedauere, Maus.*« Diesen Satz hörte sie so oft. Und ja, es stimmte, sie nahm die Welt schon jetzt anders wahr als die anderen Kinder.

»Halt unseren kleinen Freund versteckt. Ich regle das.«

Ela nickte und stopfte die Katze zu sich unter die Bettdecke, laut schnurrend ringelte sie sich in ihren Armen ein.

»Ich beschütze dich vor dem Monster«, murmelte sie und wuschelte ihre Nase durch das schwarze Fell.

Das Kleine schloss die Augen, ohne das wohlige Schnurren zu unterbrechen. Die sanften Vibrationen beruhigten Ela. Sie lauschte den Stimmen unten im Flur, verstand aber kaum etwas, dafür sprach die Mutter zu leise und Karl kicherte bei jedem Wort.

Ela lächelte, sie mochte es, wenn er so drauf nach Hause kam. Am liebsten würde sie ihm jeden Tag einen Joint in die Schnauze stopfen.

Schnauze stopfen, das benutzte Karl oft. Leider war er nicht oft high. Dann, und nur dann, benahm er sich wie ein Lämmchen. Ein Wolf im Schafspelz.

Ihre Mama riss sie aus den Gedanken, als sie zurück in ihr Zimmer schlich, mit einem Lächeln auf den Lippen. Eines, das bis zu ihren Augen reichte.

»Du solltest ihr einen Namen geben.« Sie setzte sich zu Ela auf das Bett, doch die schüttelte nur den Kopf.

»Sie heißt *Katze*.«

»*Katze?*«

»Bringt doch eh nix, ihr einen Namen zu geben.«

»Warum sagst du das?«

»Weil sie weglaufen wird, Karl ist ein Monster.«

»Aber du bist ein Engel.« Sie legte einen Arm um sie und strich ihr sanft über den Kopf.

»Jetzt genieß den Augenblick. Und im Augenblick ist sie bei dir.«

Vier Monate später stand der Wald in sattem Grün und die Bodendecker reckten ihre Blüten dem Licht entgegen, das sich durch das Blätterdach kämpfte.

»Fang mich doch«, rief Ela laut und lachte, dass ihr fast die Luft wegblieb. Die Schaukel, auf der sie saß, schwang in einem weiten Pendel. *Katze* drückte sich fest auf den Boden und wartete bis Ela über sie hinweg schwang. Flugs sprang sie in die Höhe und haschte nach ihren Füßen. Ela kreischte auf und hob die Beine hoch in die Luft.

Katze benahm sich wie ein Hund, und wie ein Hund folgte sie ihnen bei ihren täglichen Spaziergängen in den Wald. Dort gab es einen Ort, versteckt und wunderschön und hoch oben am untersten Ast einer urigen Tanne hing die alte Schaukel.

Zwischen dem toten Gehölz zupfte die Mutter etwas Moos.

»Hier leben bestimmt Kobolde und Feen. Denkst du nicht auch?«

Ela rümpfte die Nase und meinte: »Es gibt nur Monster, Mama. Und die haben alle aufgefressen.«

In ihrer Welt gab es keinen Platz für solche Fantastereien, Gewalt beherrschte ihre Realität und die Monster darin suchten sie jeden Abend heim. Auf dieser Schaukel, an diesem friedlichen Ort, lebte sie ein anderes Leben. Ein glückliches Leben, nur mit ihrer Mutter und *Katze*.

»Wir müssen langsam wieder heim«, sprach ihre Mutter die grauenvollen Worte aus und zerstach ihre Blase der Glückseligkeit.

»Nur ein kleines bisschen noch.«

»Das geht nicht, ich muss noch für Karl kochen. Du weißt, wie er ist, wenn sein Essen nicht pünktlich auf dem Tisch steht.«

Oh ja, sie wusste das. »Dieses fette Schwein«, murmelte sie, die Mutter hörte es und blickt sie böse an.

»Ela, ich möchte nicht, dass du so redest.«

Das war noch harmlos, sie hörte täglich viel schlimmere Wörter. Noch einmal zu Bitten wagte sie nicht und hüpfte von der Schaukel. *Katze* sprang ihr nach, kletterte mit einem kräftigen Satz auf ihre Schultern.

»Autschi, *Katze!*«, schimpfte Ela und streichelte ihr den Kopf.

»Denk daran, deinen kleinen Freund oben zu verstecken, wenn er kommt.«

»Mhm.«

Unnötig, dass Mutter ihr das sagte; seit Karl damals high heimgekommen war, konnte er das Tier höchstens ein oder zwei Mal gesehen haben. Es spürte ganz eindeutig sein brutales Wesen, ging ihm aus dem Weg oder versteckte sich in Elas Zimmer, solange er daheim herumlungerte.

Ela kickte einen Stein vor sich her, der hopste davon und blieb weiter vorn liegen, während die Mutter schweigend neben ihr herlief.

»Können wir nicht weglaufen? Wir könnten uns hier im Wald verstecken.«

»Das geht nicht, Maus.«

»Dann lauf ich eben alleine weg«, brummte sie.

Abrupt blieb die Mutter stehen und packte sie an den Schultern. *Katze* sprang erschrocken herunter und maunzte. »Das darfst du niemals tun. Verstehst du mich? Niemals!« Sie sprach nicht laut, aber ihre Stimme zitterte. Ela biss sich auf die Zunge. Sie sollte so etwas nicht sagen, denn sie wusste zu gut, was das bedeutete. »Tschuldige«, murmelte sie.

Die Mutter nahm sie in die Arme und drückte sie fest an sich. »Ich habe dich so lieb.«

Unten brüllte Karl: »Wo ist dieses verdammte Drecksvieh?« Alarmiert sprang sie aus dem Bett.

»Scheiße, was hast du getan?«, flüsterte Ela.

Unter der Decke regte sich *Katze* und sah sie aus riesigen Augen an.

Jemand polterte die Treppen herauf.

»Versteck dich!«

Ela packte *Katze*, riss den Kleiderschrank auf und warf sie hinein.

»Sei leise!«, zischte sie.

Die Tür explodierte und krachte gegen den dahinterstehenden Kleiderschrank.

»Das verdammte Drecksvieh hat auf meine Sachen gepisst!«

Die Luft blieb ihr weg.

»Nein, nein. Das … das … das würde sie niemals tun.« Das Herz schlug ihr bis zum Hals, die verdammten Tränen kullerten ihre Wangen herunter. Ihre Schwäche stachelte ihn noch mehr an. Er riss an der Decke und schleuderte sie auf den Boden.

»Wo ist sie?«

Zwei große Schritte und er ragte direkt über ihr auf.

Heftig schüttelte sie den Kopf.

»Wo. Ist. Sie?«

»Nein, bitte.« Sofort biss sich Ela auf die Zunge.

Dummes Kind, dachte sie, *hör verflucht nochmal auf zu heulen und zu betteln!*

Zu spät, da kam es schon, dieses beschissene Grinsen.

Seine Hand schnellte nach vorne, packte sie am Shirt und schüttelte sie.

»SAG MIR, WO SIE IST! ODER ICH PRÜGEL DICH GRÜN UND BLAU.«

Die Zähne aufeinandergepresst versuchte sie, ihm in die Augen zu sehen. Hinter Karl öffnete sich die Schranktür einen Spalt und ein pelziger Kopf erschien. *Katze* fauchte.

Karl nahm seine Pranken von ihr und wirbelte herum. Wie ein Raubtier stürzte er nach vorne, *Katze* wich geschickt aus und stob die Treppen hinab.

»LASS SIE!«, schrie Ela und hechtete dem Vater hinterher.

Fast wäre er die Treppen hinabgestürzt.

Katze presste sich in eine Ecke unter dem Tisch.

Sie saß in der Falle.

Die Mutter stellte sich Karl in den Weg, er holte mit der Rechten aus und verpasste ihr einen Schlag.

Ela stürzte nach vorn und umklammerte seinen Arm.

»HÖR AUF!«

Wie ein unbedeutendes Insekt schüttelte er sie ab. Grob packte er das Tier am Genick und polterte in den Garten hinaus.

»Tu doch etwas!«, bettelte sie ihre Mutter an und rannte ihm hinterher. Die Mutter reagierte schnell, in der Tür zum Garten packte sie Ela von hinten und hielt sie fest.

»Du musst jetzt ganz stark sein«, flüsterte sie in ihr Ohr.

»Nein, nein. Was hat er vor? Mama? WAS TUT ER DA?«

»Karl, bitte, sie ist ihre beste Freundin«, flehte sie.

Ela zitterte am ganzen Leib. Karl blieb stehen und musterte das Tier mit einem abschätzigen Blick. *Katze* fauchte ihn an.

»Dann hast' ja jetzt die Gelegenheit, dir eine ohne Fell zu suchen. Eine, die nicht auf meine Sachen pisst.«

Er wendete sich ab und ging zum Schuppen, griff nach einer großen Schaufel, lehnte sie behutsam an die Wand.

»NEIIIIIN! TU DOCH WAS, MAMA!«

»Ich kann nicht.« Sie schluchzte.

Mit dem Arm holte er aus und schleuderte Katze gegen die Wand. Benommen blieb sie am Boden liegen. Elas Schrei zerriss die Luft. Sie stemmte sich mit aller Macht gegen ihre Mutter und brach schließlich schluchzend in ihren Armen zusammen.

Karl packte mit beiden Händen die große Schaufel und hob sie wie ein Richtschwert über seinen Kopf. Ein letztes Mal öffnete *Katze* ihre großen gelben Augen, musterten Elas Gesicht und sagten ihr: Pass auf dich auf.

Die Schaufel sauste hinab — und es wurde still.

Kapitel 11

Lea

»Hallo Lea, schön, dass es heute so spontan geklappt hat«, sagte Janina, die Mutter von Sophia. Sie stand im Türrahmen und Sophia grinste hinter ihren Beinen hervor.

»Klar doch, zu einer Pyjama-Party können wir doch nicht Nein sagen. Oder, Maus?

»Jaaaaaa!«

»Magst du auch noch kurz reinkommen oder hast du wieder viel zu tun?«, fragte Janina. Schwang da ein Vorwurf mit?

»Muss leider gleich weiter. Jady wird sicher Spaß haben.«

Janina nickte verständnisvoll.

»Jady, tun wir Eiskönigin spielen?«, fragte Sophia.

»Auf jeeeeeden Fall!«

Lea küsste Jady auf die Stirn.

»Ich wünsch dir ganz, ganz viel Spaß, Maus. Und bleib nicht zu lange wach.«

»Doch! Bis du mich abholst.«

Die beiden Mädchen verschwanden kichernd im Haus.

»Na klasse. Wann soll ich sie morgen wieder holen?«, fragte Lea.

»Hm, so zwischen zehn und elf?«

»Alles klar, dann viel Spaß euch und danke!«

Lea stieg in ihr Cabrio, das Verdeck offen, denn der Himmel strahlte. Es war Samstagmittag, die freie Zeit bis Sonntag würde ihr gut tun, ihr Hirn spielte in letzter Zeit nicht mehr so ganz mit.

Ich bin mir sicher, dass Jady heute Morgen nicht in ihrem Zimmer saß.

Die Szene wollte einfach nicht aus ihrem Kopf. Anouk wusste hoffentlich Rat.

Das kleine Dorf, in dem Janina mit ihrer Familie lebte, ließ sie hinter sich und fuhr über die Landstraße, die direkt an Anouks Haus vorbeiführte.

Sie stand vor seiner Haustür und ihr Magen prickelte wie bei einem Schulkind vor seiner ersten Prüfung.

»Was stimmt nur nicht mit mir«, flüsterte sie und holte tief Luft. Das flaue Gefühl im Magen blieb, es wurde sogar schlimmer, als sie an der Haustür klingelte. Nervös zupfte Lea an ihrer Frisur, die keine war. Anouk öffnete die Tür und sie stockte.

»Ähm ... hi.«

Er trug nur eine schwarze Jogginghose. Und zum ersten Mal sah sie seinen perfekt trainierten Oberkörper. Seinen rechten Brustmuskel zierte eine indianische Tätowierung, die ihm eine kämpferische Ausstrahlung verlieh. Die ungekämmten Haare fielen ihm strähnig ins Gesicht.

War er nach ihrem Telefonat heute Morgen wieder eingeschlafen?

»Lea? Ich habe gedacht, du gibst Bescheid, bevor du kommst.« Verlegen kratzte er sich am Hinterkopf.

»Ich kann auch später wiederkommen.«

»Nein, nein. Bitte komm rein.«

Er trat beiseite und sie ging an ihm vorbei, direkt in die Küche — für einen alleinstehenden Mann wirklich groß und ordentlich. Die Schränke in Betonoptik, dazu eine Arbeitsfläche, die aus einem riesigen Baumstamm herausgearbeitet worden war. Passend dazu stand in der Mitte des Raums ein Tisch aus dem gleichen Holz, mit einem leeren Glas und einer leeren Flasche Gin darauf. Moment mal?

Lea runzelte kurz die Stirn und drehte sich zu ihm um.

»Hast du getrunken?«

»Joar, gestern Abend ein bisschen.«

»Allein?«

»Ja, warum denn nicht? Ich finde mich sehr unterhaltsam.«

»In der Küche?«

Er zuckte mit den Schultern. Sie starrte ihn an.

»Warte, ich zieh mir nur schnell was an.«

»Musst du nicht.«

»Aha.«

»So meine ich das nicht. Sieh mich nicht so an.«

»Ich sag doch gar nichts.«

»Du lachst!«

»Nein. Ich muss nur schnell die Treppen hochlaufen.« Wie ein Bodybuilder, der sich in Pose warf, spannte er die Muskeln an, machte mit beiden Armen demonstrativ einen rechten Winkel und zeigte mit dem Finger nach oben.

Lea lachte hell auf. *Das* war ihr Kumpel!

»Schon gut, du alter Poser, geh dir was anziehen.«

Während er die Treppen hoch rannte, setzte sie sich auf einen Stuhl und sah sich um. Alles war ganz still. Ihr Blick fiel wieder auf die leere Flasche. Ob er gestern ihretwegen getrunken hatte? Na, besser sie interpretierte da nicht zu viel hinein. Immerhin trank er mit ihr auch gerne mal ein Gläschen Wein.

Sie betrachtete die Uhr an seiner Mikrowelle, auf der fett die roten Zahlen prangten — 11:24 Uhr. Nachdenklich griff sie nach ihrem Kettenanhänger und zog ihn sanft hin und her. Lea hörte, wie er wieder die Treppen herunterkam.

»Da bin ich wieder. Wie war dein Abend noch?«

Er wirkte betont lässig, doch es gelang ihm nur kläglich, dafür kannte sie ihn zu gut. Wie beiläufig warf er die leere Flasche in den Müll.

»Ganz nett.«

»Ah ja?«

»Ja.«

»Was heißt denn *ganz nett?* Ein *ganz nett* wie: Wir treffen uns bald wieder oder ein *ganz nett*, es war super prick...«

»Anouk! Es war einfach *nur* ganz nett. Ein netter Abend unter Kollegen.«

»Unter *netten* Kollegen.«

»Ja! Haben wir das Wort jetzt genug ausgelutscht?«

»Habt ihr ... ich meine, hast du ... also ... empfindest du etwas für ihn?«

»Was? Wie kommst du darauf? Ich verstehe nicht ganz?«

Sie wollte nicht, dass dieses Gespräch in diese Richtung lief, genauso wenig, wie sie gestern Abend wollte, dass Patrick sie zu küssen versuchte. Diese Männer verstanden sie mit Absicht falsch, oder?

»Tust du das wirklich nicht?«

Er klang ein wenig belustigt, doch er blickte ihr fest in die Augen und sah keineswegs fröhlich aus.

»Nö.«

«Okay ... fein.« Lea erwiderte starr den Blick und verschränkte die Arme vor der Brust. Sie hatte gar keine Lust, es zu verstehen.

Basta!

Wie ein bockiges Kind stand er vor ihr und schien keine Worte zu finden.

Lea prustete los, sie konnte einfach nicht anders. Die Situation schien so albern, dass sie nicht ernst bleiben konnte.

»Blöde Kuh«, murrte er.

»Mach uns erst mal einen Kaffee. Ich glaube, den brauchen wir beide ganz dringend.«

»Wie die Lady befiehlt.«

Er kehrte ihr den Rücken und fummelte an der Maschine herum. Lea beobachtete ihn dabei, froh, dem Thema aus dem Weg gehen zu können. In ihrem Kopf spukten wichtigere Dinge als Männer.

»Hast du eine Idee, was mein Traum zu bedeuten hat?«, fragte sie, als das Geratter verstummte.

Er stellte die zwei Tassen vor sie auf den Tisch und griff nach einem Stuhl. Mit der Lehne zu Lea setzte Anouk sich rittlings darauf.

»Also, du sagst, du hast die Antworten auf einfach alles gewusst?«

»Ja.«

»Und du hast ein Gesamtbewusstsein gefühlt?

»Ja.«

»Licht am Ende des Tunnels?«

»Nicht direkt, aber ja. Denkst du etwa ...«

Er nickte. »Hm, klingt fast danach.«

»Aber wie ...? Ich meine, ich bin nie ...«

»Ich bin mir nicht sicher, vielleicht hat dich das Thema so fasziniert, dass du davon träumst?«

»Jede Nacht?«

»Na ja, jetzt hattest du die NTE. Vielleicht hört es damit auf.«

»NTE? Nahtoderfahrung?«

»Ist kürzer.«

»Aber ich meine, was hat das alles zu bedeuten? Schau mal, seitdem ich die Träume habe, taucht plötzlich dieser Wal an der Nordsee auf. Dann das Symbol der Galaxie in diesem seltsamen alten Kalender auf der Seite von Jadys Geburtstag. Und ...«

»Hey, hey, hey ... beruhige dich!«

Ihr war gar nicht aufgefallen, wie sehr sie die Stimme erhoben hatte. Sie atmete durch und fuhr leiser fort: »Und dann dasselbe Symbol in einer vergammelten Hütte am Wald ...«

»Du bist dir schon noch bewusst, dass es Träume sind, oder? Ich meine, du glaubst nicht wirklich daran, dass dich etwas kontaktiert?«, fragte er scherzhaft.

»Warum nicht, du bist doch hier der Geisterbeschwörer.«

»Ich beschwöre doch keine Geister, ich glaube nur, dass es eine Gesamtenergie gibt. Ich kann mir aber kaum vorstellen, warum sie dich rufen sollte. Oder zumindest *nur* dich. Auch wenn du ganz süß bist, wenn du so schaust.«

Er grinste.

Lea lächelte verlegen und sah zu Boden, sie stellte da gerade ihre eigene Theorie auf.

»Ja, ich hab da so eine Idee ... also stell dir mal vor ... sie kontaktiert nur mich ... weil ...«

»Jetzt sprich.«

»... du nicht real bist. So wie es die Personen in den Träumen nicht sind.«

»Na, wenn das so ist!« Sein Lachen ging ihr unter die Haut.

»Hör zu. Wenn du träumst, weißt du dann immer zu hundert Prozent, dass du in einem Traum bist?«

»Nope.« Er grinste hinter vorgehaltener Hand.

»Also bist du dir auch nicht bewusst, dass in dem Moment nichts real ist. Hör auf zu lachen!« Lea holte mit ihrer Rechten aus und verpasste ihm einen Haken am linken Oberarm. Er murmelte eine Entschuldigung und bemühte sich, ernst zu bleiben, als sie fortfuhr.

»Im Traum fühlst du Schmerzen, hast Angst oder spürst das Prickeln eines Kusses.«

Was redete sie da? Er, nun voll bei der Sache, schaute ihr in die Augen.

»Ich verstehe, worauf du hinaus willst, doch im Traum kann man auch mit Tieren sprechen oder in den Wolken Tango tanzen.«

»Genau! Daran können wir *nach* dem Aufwachen erkennen, dass es ein Traum war. Wenn wir schlafen, gelten keine der uns bekannten Gesetze. Aber stell dir vor, unsere Realität ist die höhere Version eines Traumes. Wenn ich also der Träumer bin, wie erkenne ich, dass ich träume, wenn ich die physikalischen Gesetze der Welt dahinter nicht kenne?«

Anouk schwieg. Er wirkte endlich ernsthaft und dachte darüber nach. Lea atmete innerlich auf.

»Wie könnte man das herausfinden?«, fragte er mehr sich selbst und kratzte sich am Kinn.

»Patrick hatte letzte Woche so einen Fall, vielleicht hast du davon gehört. Eine Frau hat um sich geschossen, weil sie dachte, ihre Welt wäre nicht real.«

»Der nette Arbeitskollege? Entschuldige, ich bin schon ernst. Du denkst also, eine Regel in dieser *höheren Version eines Traumes* lautet: nicht zu töten?«

»Ja, möglich. Seine eigenen Projektionen nicht zu zerstören.«

Sie schlug ein Bein über das andere. Anouk lehnte sich zurück und legte diesen Blick auf; den Kopf leicht schief, die Augen irgendwo schräg über sie gerichtet. Dieser Blick, der sagt: Ich halt dir jetzt einen Vortrag.

»Das Leben selbst ist doch auch ein Muster: Geburt, Wachstum, Tod. Wenn man genauer nachdenkt, gibt es diese Muster überall, es ist nur eine Frage des Winkels der

Betrachtung. Mikrokosmos, Makrokosmos. Das eine spiegelt sich im anderen wider und beschreibt den Aufbau unserer Existenz. Atome, die ähnlich aufgebaut sind wie ein Sonnensyst...«

»Ich weiß, halt die Klappe.«

»Wusstest du auch, dass eine Zelle unseres Gehirns, bei geringerer Vergrößerung, aussieht wie das Univer...«

»Jaaaa Anouk, ich unterhalte mich nicht das erste Mal mit dir. Aber darum geht's jetzt nicht. Außer du willst mir sagen, dass wir im Kopf eines gigantischen Riesen sitzen.« Er zuckte mit den Schultern.

»Das ist genauso möglich wie die Tatsache, dass dich die *Gesamtenergie* anruft.«

Die Lust war ihr vergangen, sie ließ die Schultern hängen. Irgendwie beschlich sie das Gefühl, dass das nicht ihr Anouk sein konnte, mit dem sie da sprach. Ihr Anouk wäre sofort auf das Gespräch eingegangen, doch er wirkte verändert.

Vielleicht weil sich seine Gefühle zu mir verändert haben?

Immerhin schien der Gedanke an die Amokläuferin nicht so verkehrt gewesen zu sein. Dem Anschein nach war es schlecht, wenn man seine Traumprojektionen ermordete.

»Ich habe keine Ahnung, was ich davon halten soll.« Er warf die Hände in die Luft, stand auf und riss sie damit aus ihren Gedanken. »Möchtest du noch einen Kaffee? Wo ist eigentlich Jady?« Seine Finger fummelten an der Kaffeemaschine herum.

»Sehr gern. Sie ist bei einer Freundin und bleibt bis morgen.«

Die Maschine sirrte los und geräuschvoll füllten sich die Tassen. Der Abstand würde Jady vielleicht wieder auf andere Gedanken bringen und wer weiß, vielleicht hörten dann ihre Albträume auf. Arme Jady, bestimmt übertrug Lea ihre Unruhe auf ihre Tochter. Symptomträger nannten

Pädagogen das. Lea stand auf und lehnte sich neben Anouk an die Küchenzeile.

»Vielleicht Zufall?«, murmelte der.

»Was?«

»Vielleicht müsste man gar nicht auf Anomalien achten, sondern auf Zufälle. Oder besser gesagt: Zeichen!« Triumphierend grinste er auf sie herab, als hätte er des Rätsels Lösung gefunden.

»Zeichen für die Existenz der Existenz? Wie die Poster mit der roten Galaxie des Computerspieles?«

»Ja genau. Gleich löse ich mich auf. Warte!« Er hob den rechten Zeigefinger in die Luft. »Jetzt!«

»Blödmann.« Lea knuffte ihn in die Seite.

»Was hast du heute noch vor?« Er drückte ihr die Tasse Kaffee in die Hand. Offensichtlich schien das Thema für ihn erledigt.

»Gute Frage. Mich erholen, denke ich. Ich habe mir ein paar Tage freigenommen.« Vorsichtig nahm sie einen Schluck von dem heißen Getränk.

»Du und Urlaub? Hast du das im Duden nachgeschlagen?«

Lea winkte ab.

»Sehr witzig. Du bist nicht der Erste, der sich darüber lustig macht. Warum fragst du?«

»Na ja, da du heute schon mal ohne Kind bist, könntest du eine Art Selbstfindungsreise antreten. Normalerweise dauert die mehrere Tage, aber so viel Zeit hast du ja nicht. Ich denke trotzdem, dass es dir guttun würde, wenn du dich ein wenig mit der Natur verbindest.«

Sie musterte lächelnd sein Gesicht. Jetzt erkannte sie ihren Freund wieder, das mochte sie so an ihm. Es stimmte, dass sie in den vergangenen Monaten kaum Zeit für sich gehabt hatte und an ihren letzten Waldbesuch, abgesehen von dem mit Jady, konnte sie sich nicht mehr erinnern.

»Gute Idee. Vielleicht hören dann diese irren Träume wieder auf.«

Mit den Fingern rieb sie sich über die Stirn. Anouk legte ihr eine Hand auf die Schulter und sah sie an.

Hey, was ist das für ein Blick?

»Genau Lea, vergiss das nicht: Es sind nur Träume! Nicht, dass du den Bezug zur Realität verlierst.«

Warum sagte er das in diesem Ton? Das gefiel ihr gar nicht. Dass er ihr nicht glaubte, war okay, die Geschichte klang verrückt, aber in seinen Worten schwang eine Drohung mit.

Sie staunte nicht schlecht, als er plötzlich nah vor ihr stand. Es kam so überraschend, dass ihr keine Zeit blieb zu realisieren, was gerade geschah. Anouk nahm ihr Gesicht in beide Hände und beugte sich zu ihr herunter. Seine Augen wanderten zu ihren Lippen und schlossen sich.

»Was machst du da?«

Sie presste ihre Handflächen gegen seine Brust und stieß ihn weg. Ihr Herz stolperte, die Wangen glühten.

Zu viele Emotionen kämpften in ihrem Inneren.

»Ich ... ich sollte jetzt besser gehen«, stammelte sie und stürmte an ihm vorbei aus dem Haus.

»Lea, warte bitte.«

Sie wollte es nicht hören, sprang stattdessen in ihr Auto und fuhr davon.

Ihre Hände am Lenkrad zitterten, die Gedanken kreisten. Er hatte ihr doch gar nicht zugehört, sie nicht mal im Ansatz ernst genommen. Was stimmte nicht mit ihm? Und dann diese Drohung: *Nicht, dass du den Bezug zur Realität verlierst.* Was sollte das denn bitte bedeuten? Dachte er etwa,

140

sie würde jetzt losziehen und wild um sich schießen? Und überhaupt, seit wann hatte er den Beschluss gefasst, die Vereinbarung zwischen ihnen zu brechen. Sie wollte die Freundschaft nicht durch Liebesgeplänkel gefährden.

»Scheiße!«

Sie trat in die Eisen, die Reifen quietschten. Schlitternd kam sie zum Stehen. Gerade rechtzeitig, denn eine schwarze Katze lümmelte auf der Straße, spreizte ein Bein in die Höhe und putzte sich das Hinterteil.

»Ich glaub, ich spinn.«

Lea blickte in den Rückspiegel, niemand zu sehen, nur das Katzenvieh, das unbeeindruckt an sich herumschleckte.

»Na los, hau ab!«

Die Hupe trötete der Katze entgegen. Die hielt inne, blickte sie gelangweilt an und tippelte, Gott sei's gedankt, an den Straßenrand.

»Da hast du aber nochmal Glück gehabt, Miez.«

Lea rollte langsam an dem Tier vorbei, ohne es aus den Augen zu lassen, dann trat sie aufs Gaspedal.

»Ein bisschen lebensmüde, was?«, murmelte Lea und suchte im Rückspiegel nach der Katze — sie war verschwunden.

Einen Umweg mit guter Musik später hatte sich der Sturm in ihr etwas beruhigt. Sie sollte wirklich in den Wald gehen, aber nicht zu dem mit der gruseligen Hütte.

Die Treppen hinaufsprintend übersprang sie jede zweite Stufe. Etwas Bequemeres musste her, eine lockere Jogginghose und ein leichter Pullover. Einen Moment betrachtete sie ihr Spiegelbild. Ihr Blick fiel auf die Halskette, der Stein schimmerte bunt bei jeder Drehung. Dabei ging ihr eine Frage nicht aus dem Kopf: *Woher habe ich die?*

In ihren Erinnerungen stieß sie immer wieder auf eine Wand und ihr Kopf begann zu kribbeln, die Gedanken schweiften ab. Es schien einfach nicht möglich, sie zu fokussieren. Mit der flachen Hand schlug sie sich gegen die Stirn.

»Argh, was ist nur los mit mir?«

Die Haustürklingel sirrte und riss sie aus dem Gedankenstrudel. Anouk musste ihr nachgefahren sein. Lea seufzte, sie wollte nicht mit ihm darüber reden. Sie ging die Treppen runter, legte sich ein paar niederschmetternde Worte zurecht und öffnete die Tür, bereit, ihn abzuweisen.

»Hör mal, ich ... Patrick?«

»Hi, Lea.«

Sein Lächeln reichte bis über beide Ohren. Lässig stand er vor der Veranda, hakte die Daumen in die Hosentaschen und legte den Kopf schief.

»Also dein privater Style gefällt mir.«

Lea sah an sich hinab, zog mit zwei Fingern am Stoff ihrer Kleidung und sagte: »Es gibt einen Modedesigner, der meinte, wer mit Jogginghosen das Haus verlässt, hat sein Leben nicht mehr im Griff.«

Patrick lachte laut. Er kam die Treppen zu ihr herauf und schlang die Arme um ihre Schultern. Sein Duft lullte sie ein, sie erwiderte die Umarmung.

»Schön, dich zu sehen.« Keine Floskel, sie meinte es genau so. Wieso hatte sie ihn nur all die Zeit ignoriert?

»Geht's dir besser? Ich bin auf dem Weg zum Sender und wollte kurz nach dir sehen. Du hast gestern unglücklich gewirkt.«

Unglücklich passte nicht, fand sie, verwirrt oder verunsichert trafen es besser. Sie wollte ihn dasselbe fragen — tat es aber nicht. Sie wusste von Patrick, dass er vom ersten Tag an in sie verliebt war. Beata, die alte Klatschtante, hatte es ihr brühwarm erzählt, als ob Lea darauf nicht selbst gekommen wäre. Sie wollte nicht, dass er merkte, wie es tatsächlich in ihr aussah. Immerhin blieb er ihr Kollege, wie würde das im Sender ankommen, wenn Beata oder Markus erführen, dass sie verrückte Dinge sah und hörte?

»Mir geht es gut, danke. Ich wollte eigentlich gerade weiter, aber komm kurz rein.«

»Oh nein, schon ok, ich möchte dich nicht aufhalten.«

»Musst du morgen auch arbeiten?«

»Ja, aber dann habe ich auch ein paar Tage frei.«

»Vielleicht find ich jemanden, der auf Jady aufpasst, dann komm ich dich morgen in der Mittagspause besuchen und wir gehen was essen. Nur um Lucy zu ärgern.« Sie zwinkerte ihm zu und er frohlockte.

»Find ich klasse! So ... ich halt dich nicht länger auf, muss auch los.«

»Beata würde jetzt sagen, geh und folge dem Ruf der Arbeit«, rief sie ihm nach, während er zum Auto marschierte.

Bevor er einstieg, hielt er noch einmal inne. »Und was machst du?«

»Ich folge dem Ruf der Natur.«

Patrick verzog das Gesicht.

Lea prustete los. »Nicht das, was du meinst, ich mach einen Waldspaziergang.«

»Viel Erfolg, und verschreck die Kobolde nicht mit deiner Jogginghose.«

Die Autotür klatschte zu, er wedelte noch einmal mit der Hand und verschwand die Straße entlang.

Lea sah auf ihre Uhr, kurz vor halb zwölf.

Sie stieß die Autotür auf und zog die frische Luft tief in ihre Lungen, ein Frühlingstag, perfekt um seine Gedanken zu sortieren. Wie der Eingang zu einer anderen Welt ragten die Eichen vor ihr auf. Das Auto verriegelte sich blinkend und sie schlenderte los. Kleine Steinchen knirschten bei jedem Schritt. Während sie dem Weg folgte, drehten ihre Gedanken sich um die seltsamen Dinge, die sich in letzter Zeit häuften.

Anouk hält es für unwahrscheinlich, dass meine Träume Einfluss auf die Realität haben. Ich kann es ihm nicht einmal verübeln, wäre es andersherum, hätte ich auch meine Zweifel.

Wurde sie verrückt?

Lea begann zu rennen, wollte den eigenen Gedanken entkommen. Der Wald nahm sie auf und das Moos dämpfte ihre Schritte.

Tote Zweige zerbrachen unter ihrem Gewicht und schreckten einen Eichelhäher auf, dessen Schrei von den Bäumen widerhallte.

Schneller, immer schneller rannte sie, sprang über Wurzeln und faulendes Holz. Der Wind pfiff in den Ohren und fast wäre es ihr gar nicht aufgefallen — dieses Geräusch. Etwas folgte ihr. Sie spürte es! Wohin sollte sie rennen? Lange würde sie das nicht mehr durchhalten. Ihr Kopf schnellte herum, um zu sehen, was sie jagte. Ihr Fuß blieb an einer Wurzel hängen, sie stürzte der Länge nach zu Boden und Schmerz zuckte durch ihren Körper.

Blitzschnell drehte sie sich um, krabbelte rückwärts von ihrem Verfolger weg und stieß hart mit dem Rücken gegen einen Baum. Ihr Blick hetzte durch den Wald, suchte das Monster, das hinter ihr gewesen sein musste. Baum für Baum, Schatten für Schatten, doch da lauerte nichts. Natürlich lauerte da nichts.

Du Dummerchen.

Lea schloss die Augen, lehnte den Kopf gegen den Stamm, atmete tief ein und hustete ein paar Mal. Ihre Lunge brannte und die Beine zitterten, unglaublich, wie sie außer Form war. Sie kicherte.

Da habe ich mir ja einen schönen Schrecken eingejagt.

Nicht Monster jagten sie durch den Wald, sondern ihre eigenen Gedanken. Gedanken an den Wal, die irre Frau, die Galaxie, all diese verrückten Dinge, die plötzlich geschahen.

Lea riss die Augen auf.

»Das sind die Zeichen.«

Es raschelte hinter ihr. Ruckartig drehte sie ihren Kopf und spähte zwischen die Bäume — nichts zu sehen.

»Oder vielleicht werde ich doch verrückt? Halluziniere oder so was in der Art? Wäre das nicht realistischer?«, flüsterte sie. Immerhin führte sie Selbstgespräche.

Wie wär's, wenn du es annimmst?, sagte die Stimme in ihrem Kopf.

»Annehmen?«

Das würde Anouk ihr sicherlich auch raten. Na gut, dann sollte sie das mal probieren. Lea blickte sich um, keine Menschenseele zu sehen, niemand würde sie also stören. Warum es nicht einmal versuchen?

Sie wischte die Wangen trocken, verschränkte die Beine zum Schneidersitz. Die Hände mit den Handflächen nach oben auf dem Schoss, richtete den Oberkörper auf, so wie sie es mal gelernt hatte von ... Ja, von wem eigentlich? Anouk? Egal.

Sie schloss die Augen und konzentrierte sich auf ihre Umgebung. Bewusst sog sie die Luft ein und kostete ihren harzigen Geschmack. Die Gerüche um sie herum wurden intensiver und ihr Gehör viel schärfer. Tief im Wald knackste es und vereinzelt flog ein Insekt an ihr vorbei. Das Rauschen der Bäume klang wie das Flüstern fremdartiger Wesen. Es trug sie mit sich, ließ ihren Körper schwerer werden und sie spürte die kalte Feuchte, auf der sie saß. Sie atmete tief ein, hielt kurz die Luft an und atmete wieder aus, versuchte loszulassen und die Sinne auf ihre Umgebung zu fixieren. Es begann, leicht in ihrem Hinterkopf zu kribbeln, das Gefühl lief das Rückenmark entlang und breitete sich im Körper aus.

Vor ihrem geistigen Auge sah sie die Pflanzen und Bäume energetisch leuchten und im Einklang mit dem Wald pulsieren. Heilige Scheiße, auch sie selbst leuchtete und ihre Energie verband sich mit jener der Pflanzen. Wieder brach ein Zweig, irgendwo, näher als zuvor.

Funkelnd schwebten die Energieteilchen nach oben, also hob sie den Kopf und folgte dem Weg des Lichts in den dunklen Himmel. Über ihr wirbelte eine gewaltige Galaxie, saugte die Energie in sich auf und vereinte alles in ihrer Mitte.

Erschrocken riss Lea die Augen auf — die Verbindung erlosch. Sie blinzelte, doch zwischen den Baumkronen leuchtete nur das gewohnte Blau.

Es knackste hinter ihr. Leas Kopf schnellte herum und sie sprang auf die Beine, doch niemand war zu sehen.

Ihr Hinterkopf begann wieder zu kribbeln, jagte die Wirbelsäule entlang nach unten und plötzlich verstummte der Wald. Leas Empfinden für ihren Platz auf der Welt verschob sich drastisch. Es fühlte sich an, als existiere nur sie allein. Nicht ein Vogel sang, nicht ein Insekt summte, die Bäume wirkten in ihrer Bewegung eingefroren. Wie letztens im Sender.

»Was zur Hölle passiert hier?«, keuchte sie.

Sie drehte sich im Kreis, suchte nach etwas, dass ihre Wahrnehmung Lügen strafte. Das Zittern eines Blattes oder das Summen eines Insekts. Nichts. Es schnürte ihr die Luft ab. Doch bevor die Welle der Panik über sie hereinbrach, flog ein Schmetterling an ihr vorbei und der Moment schien vorüber. Das Rauschen der Bäume, die Insekten, alles bewegte sich wieder.

Da stand sie, mit zitternden Beinen und klopfendem Herzen, allein im Wald. Beängstigend, mit welcher Geschwindigkeit ihr Hirn sofort versuchte, dass Erlebte als Täuschung abzutun.

»Ich werde verrückt«, murmelte sie und sah auf die Uhr. Wie lange irrte sie hier schon herum? Sie runzelte die Stirn und las die Zeit noch einmal. Es war kurz vor halb zwölf. Genauer gesagt: 11:24 Uhr.

»Schon wieder? Die Mikrowelle in Anouks Küche zeigte dieselbe Zeit.« Sie hielt das Handgelenk ans Ohr und lauschte dem rhythmischen Ticken. Die Uhr musste trotzdem kaputt sein. Sie wollte nach Hause. Der Wald kam ihr gar nicht so heilsam vor wie gewünscht, im Gegenteil, er schien sie absorbieren zu wollen. Sie drehte sich einmal im Kreis und suchte nach einem Orientierungspunkt. Woher war sie gekommen?

Von da hinten? Oder von rechts? Na, so groß konnte der Wald schon nicht sein. Sie ging weiter, versuchte sich auf die Schönheit zu konzentrieren: Schmetterlinge, Waldblumen und gefallene Bäume, auf denen dickes Moos wuchs. Manche knirschten unter ihrem Gewicht, wenn sie sich beim darüber klettern auf ihnen abstützte. Nichtsdestotrotz blieben Zweifel an der Echtheit des eben erlebten Moments — und Zweifel an den Zweifeln. Zum verrückt werden.

Ich weiß, was ich gesehen habe.

Ach ja?

Ihre Hosenbeine klebten unangenehm auf der Haut und sie fröstelte leicht.

Die Verbindung zu diesem Forst war unglaublich gewesen, sie hatte seinen Atem spüren können. Von Anouk wusste sie, dass Pflanzen über Pheromone miteinander kommunizierten und dass Forscher hirnähnliche Funktionen in den Wurzeln der Pflanzen nachweisen konnten. Sie fand die Vorstellung, dass Bäume empfindsame Wesen waren — und sie sich buchstäblich in einem Getümmel dieser Wesen befand — mystisch. Es erinnerte sie an den Traum.

Eine Gesamtenergie, die sich aufteilt.

Der Waldboden endete vor ihr in einem Abhang. Sie blieb stehen und sog den Anblick auf, der sich ihr bot. Farn und kleine Blumen bedeckten den Boden, Fliegen und Pollen tanzten im Sonnenlicht, das zwischen den Bäumen hindurch fiel. Jady hätte es bestimmt als Feenstaub interpretiert, denn es sah wirklich zauberhaft aus. Wie es ihr wohl erging?

Was ist das?

An einem Baumstamm lag etwas, das von oberhalb des Abhangs aussah wie ein Mensch, der zusammengekauert am Stamm lehnte, bei näherer Betrachtung aber nur ein totes Stück Holz sein konnte.

Gruselig.

Ein Schatten huschte zwischen den Bäumen umher, sie drehte den Kopf und suchte alles ab, entdeckte jedoch nichts Außergewöhnliches.

Ich sehe schon Gespenster.

Vielleicht sehen die Gespenster aber auch dich?

Noch so ein gruseliger Gedanke, wo kamen die nur her?

Sie sollte gehen, endlich diesen Wald verlassen, der sie mehr an Tod als an Leben erinnerte. Lea kehrte um und suchte nach einem anderen Weg. Sie entdeckte eine umgestürzte Eiche. Der Stamm wirkte trocken und das gesplitterte Holz sah frisch aus.

Der lag eben noch nicht hier.

Irgendwo in der Ferne drang das leise Läuten von Kirchenglocken an sie heran. Sie hielt inne und lauschte. Die Glocke schlug zwölf Mal. Also funktionierte ihre Uhr doch. Seltsam.

Ein weiterer Riese versperrte ihr den Weg. Irgendwo musste doch dieser verdammte Pfad sein, sie wollte endlich raus hier. Sie stapfte weiter durch das Unterholz und fand ihn. Erleichtert atmete sie durch, als die Kieselsteine wieder unter ihren Sohlen knirschten.

Eine dunkle Wolke schob sich vor die Sonne und Wind fegte über die Baumkronen. Das Rauschen der Blätter klang wie ein Wispern aus vielen Mündern, dass ihr die Härchen an den Armen aufstellte. Das Flüstern schwoll an, wurde zu einem Tosen — der Wald änderte sein Wesen. Die Bäume pendelten und knarrten warnend. Da! Wieder dieser Schatten, zwischen den Bäumen.

Lea ging schneller. Nur noch weg hier!

Wieder eine Bewegung, dieses Mal rechts von ihr.

Endlich sah sie das Weiß ihres Autos zwischen den Bäumen hervorblitzen und der Impuls zu rennen ließ sich nicht mehr unterdrücken. Sie rannte los, das Gefühl, erneut gejagt zu werden, wurde übermächtig. Sie sprintete, so schnell sie konnte. Sie riss die Fahrertür auf und sprang hinein, hektisch suchte sie zwischen den Bäumen nach einem Monster. Allein die Blätter tanzten umher, gepeitscht vom Wind.

»Wird wohl langsam zur Gewohnheit.«

Eine Weile saß sie einfach nur da, starrte in den Wald und beobachtete, wie die Bäume sich bogen. Gewitterwolken waren völlig unbemerkt an sie herangeschlichen.

Ihre Augen suchten weiter zwischen den Stämmen nach dem Schatten. Der Wind pfiff hindurch, trug Blüten und kleine Äste mit sich, spielte ihren Augen einen Streich.

»Ein Monster kommt dich holen, Mama.« Jadys Worte.

Lea startete den Motor, wendete und fuhr langsam zur Hauptstraße zurück.

Dann, ganz unerwartet, sah sie im Rückspiegel eine Gestalt. Lea drehte den Kopf herum und entdeckte ein Mädchen im Nachthemd. Das Wesen reckte ihr die Hände entgegen, den Mund für einen stummen Schrei geöffnet. Eine Welle der Finsternis rollte aus dem Wald heran, baute sich hinter ihm auf. Das Mädchen fiel auf die Knie und hob schützend die Hände über den Kopf. Gnadenlos schwappte die Finsternis über ihre zierliche Gestalt hinweg und rollte weiter auf Lea zu.

Sie schrie und trat aufs Gaspedal. Die Reifen drehten auf dem Kies durch. Schrecklich langsam nahm sie Fahrt auf und donnerte dann über die Landstraße davon. Gehetzt warf sie noch einen Blick in den Rückspiegel — doch es war nichts mehr zu sehen. Nur der Wald.

Kapitel 12

Lea

Lea knallte die Autotür zu und rannte ins Haus. Die Wolken waren ihr gefolgt wie Bluthunde einer Spur.

Das schummrige Licht in ihrem Haus wirkte beklemmend, sie schaltete alle Lichter an und rollte sich auf der Couch ein. Der Wind flüsterte seine Drohungen über die Häuserdächer und Baumkronen hinweg. Jadys Zimmertür stand einen Spalt weit offen. Bewegte sie sich etwa?

Sie hielt die Luft an, wagte nicht zu zwinkern. Verdammter Mist, hörte das denn nie mehr auf? Sie wollte nicht aufstehen und nachsehen. Nein. Nein! Die Beine nah an ihrer Brust hielt sie sich fest umklammert, fixierte den düsteren Schlitz. Bewegte sich etwas dahinter?

Als es an der Haustür klingelte, zuckte sie zusammen und stieß einen spitzen Schrei aus.

»Oh Gott sei Dank!«, murmelte sie.

Wer auch immer hinter der Tür stand, sie würde ihn so schnell nicht gehen lassen. Ihr Magen drohte zu kippen, als sie aufstand, Jadys Zimmer nicht eine Sekunde aus den Augen lassend. Langsam ging sie darauf zu, presste ihren Rücken fest an die gegenüberliegende Wand. Sie rannte flugs vorbei, stürzte der Haustür entgegen und riss sie auf.

»Lea. Hast du mich erschreckt!«, japste Anouk und griff sich an die Brust. Regentropfen glänzten auf seiner braunen Lederjacke.

Lea warf einen Blick an ihm vorbei, das Unwetter lauerte am Himmel, wartete nur darauf, dass sie einen Schritt ins Freie tat.

Den Gefallen werde ich dir nicht tun, dachte sie und zog Anouk ins Haus.

»Was hast du? Du siehst so blass aus.«

»Ich ... ich ...«

Was sollte sie ihm denn erzählen? Dass ein Monster in Jadys Zimmer auf sie wartete?

Hey Anouk, ich glaube, da sitzt ein Geistermädchen oder ein schwarzer Schatten im Kinderzimmer meiner Tochter. Sieh doch mal bitte nach und frag, ob mich einer der beiden verschlingen möchte.

»Ich glaube, da ist ein Tier in dem Zimmer da«, sagte sie stattdessen.

»Ein Tier?«

»Ja, ich habe etwas gehört.«

Anouk legte die Stirn in Falten und trat ein paar Schritte den Flur entlang. Vorsichtig stupste er die Tür auf und spähte hinein. Schließlich verschwand er ganz darin.

»Hier ist nichts. Nur ein gekipptes Fenster. Wahrscheinlich hast du den Regen von draußen gehört.«

»Ja, wahrscheinlich«, murmelte sie.

»Hey? Ist wirklich alles in Ordnung? Wenn du sauer bist wegen vorhin, kann ich das gut ver...«

»Nein. Ich bin nicht sauer.«

Sie huschte an ihm vorbei und setzte sich wieder auf die Couch, zog ihre Beine an und drückte die Stirn auf die Knie.

»Anouk, etwas passiert hier.«

»Was meinst du?«

Er setzte sich neben sie und strich ihr über den Rücken. Lea schluckte schwer, ihre Stimme zitterte, als sie es ihm erklärte.

»Ich bin im Wald gewesen, wie du gesagt hast. Es war schrecklich.«

»Schrecklich?«

»Mich verfolgt etwas. Zuerst habe ich es in der Tiefgarage gehört und heute war es wieder da ... im Wald. Ich habe es gesehen!«

Die Tränen kullerten einfach, sie schämte sich dafür, fühlte sich schwach und verletzlich.

»Hey, alles gut. Was hast du denn gesehen?«

»Ein ... ein Mädchen im Kleid, es sah ... mehr aus wie ein Nachthemd ... der Schatten hat es verschlungen.«

Er schwieg. Natürlich klang das alles schwachsinnig und wenn sie nicht diejenige wäre, die es mit eigenen Augen gesehen hätte, würde sie es selbst nicht glauben.

»Ich bin mir bewusst, wie das klingt. Aber es war wirklich da!«, sagte sie.

»Okay, ich bring dir erst einmal ein Wasser.«

Er stand auf und brachte ihr ein Glas. Mit zittrigen Händen nahm sie es dankbar entgegen.

»So, jetzt fangen wir mal von vorne an. Du sagtest, alles begann mit dem Wal?«

Sie nickte knapp.

Er zog sein Handy aus der Gesäßtasche und tippte darauf herum.

»Was tust du?«

»Ich suche nach dem Bericht.«

Schweigend wischte er mit dem Finger über das Display und runzelte die Stirn.

»Was ist, was hast du gefunden?«, fragte Lea und reckte den Hals.

»Nichts.«

»Was meinst du?«

»Es gibt keine Walstrandung.«

»Das kann nicht sein, zeig mal her.«

Sie nahm ihm das Telefon aus der Hand und scrollte die Suchergebnisse durch.

»Das verstehe ich nicht, Patrick hat gesagt, dass er daran gearbeitet hat.«

»Hm. Verstehe.« Sein Unterton gefiel ihr nicht. »Lea, ich glaube, mit dir stimmt etwas nicht, vielleicht sollten wir uns andere Hilfe suchen.«

»Was meinst du mit *anderer Hilfe?* Was ist das für ein Blick? ... Du denkst, ich bin irre? Habe ich recht?«

»Nein, ich denke, dass wir alles ausschließen sollten.«

»Anouk, die Zeichnung in der Hütte und das, was ich vorhin gesehen habe, das ist real!«

»Ich weiß nicht ...«

»Ich kann es dir zeigen, wenn du mir nicht glaubst.«

»Ich möchte ja ... aber ...«

Er hielt sie für irre! Das durfte doch nicht wahr sein! Sie musste es ihm beweisen; wenn er ihr glaubte, würde er bestimmt mit ihr nach der Wahrheit suchen.

»Lass uns hinfahren«, schlug sie vor.

»Was, jetzt? Es regnet.«

»Ja, jetzt!«

Die Vorstellung, wieder an diesen Ort zu gehen, jagte ihr eine Gänsehaut über den Rücken, wenngleich das Gefühl, Anouk würde sie für psychisch krank halten, viel mehr schmerzte.

»Na schön.«

Lea stand auf, streifte eine Jacke über und ging hinaus. Der Sturm löste sich langsam auf, nur ein leichter Regen ergoss sich noch über die Erde.

»Wir fahren mit meinem Auto«, sagte Anouk. Am Innenspiegel seines Pickups pendelte ein Traumfänger hin und her. Ein Geschenk von ihr, als er den Wagen gekauft hatte. Vielleicht würde ihr ein Traumfänger helfen?

Zu spät, Dummerchen. Aus der Nummer kommst du so schnell nicht mehr raus.

Ach nein? Was waren das neuerdings für seltsame Gedanken, die sie hegte?

Er parkte am Waldrand, die Fahrt über hatten beide schweigend nebeneinandergesessen. Zu sehr beschäftigte es sie, dass es keinen Bericht über einen gestrandeten Buckelwal an der Nordsee gab.

Sie stiegen aus, die Sonne erkämpfte sich langsam ihr Revier zurück. Er verriegelte sein Auto und ging mit festen Schritten den Feldweg zur alten Hütte.

Lea folgte ihm. Von Weitem sahen sie schon das heruntergekommene Gebäude. Der bloße Anblick löste einen Schauder aus. Ein Falke kreiste hoch oben am Himmel, sein spitzer Schrei hallte durch die Luft. Nicht schon wieder dachte sie, nicht schon wieder in diese stickige Hütte mit ihrem Gestank nach Tod.

Mit einem großen Schritt stieg Anouk über den zerfallenen Zaun und erklomm die Stufen zur Veranda. Das Holz ächzte unter seinem Gewicht. Und während er durch die Scheibe spähte, blieb sie in sicherer Entfernung stehen.

»Da wart ihr drinnen?«

Sie nickte. »Die Tür ist geschlossen.«

»Ja und?«, fragte er.

»Wir haben die Tür nicht geschlossen.«

Anouk warf ein Blick über die Schulter und bedeutete ihr näher zu kommen.

»Vielleicht war nach euch noch einer neugierig.«

Beim Dagegendrücken bewegte sie sich keinen Millimeter. Er nahm Anlauf und verpasste dem Teil einen Hieb mit der Schulter. Ruckartig sprang die Tür auf und er stolperte in den dunklen Raum hinein.

»Ist ja gar nicht gruselig hier«, hörte sie ihn.

Widerwillig kletterte Lea über den Zaun und folgte ihm bis zum Eingang. Anouk verschwand bereits im hinteren Zimmer.

»Wo soll die Zeichnung sein?«, fragte er.

Von einem Bein auf das andere tretend reckte sie den Hals.

»Hinten an der Wand, vor dem Stuhl.«

»Hier ist nichts.« Sein Kopf erschien im Rahmen. »Jetzt komm schon her, ich pass auf dich auf.« Er grinste sie an und hielt ihr eine Hand entgegen. Zögernd schob sie Fuß für Fuß nach vorn und schlich zu ihm hinüber.

»Ganz schön mutig von Jady, sich hier rein zu wagen.« sagte er.

Oh ja, und was ist mit mir?

Lea fühlte sich im Moment ganz und gar nicht mutig. Am liebsten würde sie auf dem Absatz kehrt machen und zu seinem Auto rennen.

Der Raum sah noch genauso aus, wie sie ihn verlassen hatte; die vergammelte Matratze, der Stuhl vor der Wand. Ihr Blick suchte die Wände nach der Zeichnung ab.

»Ich verstehe das alles nicht. Sie war genau hier.« Lea fuhr mit dem Finger über die glatte Oberfläche.

Millimeter um Millimeter suchte sie die Wand ab. Nicht einmal mit viel Fantasie konnte sie irgendetwas als eine Zeichnung identifizieren. Ihr wurde übel.

»Der kleine Schrank. Da, das Foto«, flüsterte sie. Ihr kamen Jadys Worte in den Sinn, ob jemand hier drinnen gestorben sei. Das Foto würde es ihm beweisen. Beweisen, dass sie nicht völlig verrückt wurde.

Anouk öffnete die Schublade. Das Bild lag noch darin, Lea atmete erleichtert aus. Vorsichtig holte er es heraus und betrachtete es im schwachen Licht. Anouk schaute sich noch einmal um, steckte das Foto in die Hosentasche und verließ mit ihr die Hütte.

»Ich verstehe das nicht«, murmelte sie erneut und blickte zur Hütte zurück.

»Lass uns zum Auto gehen.«

Dort saßen sie und schwiegen. Er betrachtete das Foto genauer, die Frau auf dem Bild schien eine Faszination auf ihn auszuüben, so sehr, dass sie ihn zwingen musste, es aus den Händen zu legen.

»Jetzt leg dieses blöde Bild weg und rede mit mir!«

Er warf es in das Handschuhfach und lehnte sich im Sitz zurück.

»Was soll ich dazu sagen? Ich mache mir große Sorgen um dich.«

»Ich ... ich bin sicher ... sie war da. Ich habe sie gesehen. Jady hat sie gesehen!«

Er rieb sich mit den Händen übers Gesicht. Das ergab alles keinen Sinn.

»Mir tut es leid, dass ich dich küssen wollte«, sagte er. Lea sah ihn an. Ernsthaft? Jetzt? Das war nun wirklich ihre geringste Sorge.

»Muss es nicht. Ich ... ähm ...« Sie kratzte sich am rechten Oberarm, ihre Gedanken schwirrten wie Fetzen im Sturm durch ihren Kopf. Höchstwahrscheinlich sollte sie mit ihm darüber reden, damit er ihr endlich besser zuhörte, doch er sprach weiter.

»Ja, ich weiß, du hast jetzt einen Freund.«

Seine Worte schrien ihr seine gekränkten Gefühle entgegen. Lea sah ihn scharf an.

»Er ist nicht mein Freund! Was ich sagen wollte, äh, ist, dass ich von deinen, ähm, Gefühlen mir gegenüber ... äh, überrascht war.«

Ihm fiel die Kinnlade runter, ungläubig sah er sie an. »Ernsthaft Lea? Du hast *nie* gemerkt, dass ich dich anmache? Bin ich wirklich so schlecht darin? Was war denn letztens, als Jady dazwischenkam?«

»Doch, ich meine, nein! Ähm ...«

»Hör mit diesen Ähm's auf! Heiliger Geist, du bist Reporterin!«

»Entschuldige, für mich ist das Thema eben nicht leicht. Ähm ... entschuldige. Ich habe es auf den Alkohol geschoben, okay? Ich dachte, wir hätten uns stillschweigend dazu entschieden, nur Freunde zu bleiben.«

Sie wich seinem Blick aus. Möglicherweise schien die Hütte doch kein so übler Ort.

»Was? Niemals! Ich möchte mehr sein als nur dein Freund, Lea.«

»Pha! Sei doch erst mal ein *guter Freund*. Ich weiß seit Tagen nicht, wo mir der Kopf steht und was mit mir passiert, und du denkst nur an dich!«

Die Tränen brachen aus ihr heraus, sie konnte das Zittern nicht kontrollieren, sie schlug die Hände vor ihr Gesicht.

Wie albern sie sich vorkam.

»Hey, schon gut, schon gut. Es tut mir leid, du hast ja recht.« Er legte einen Arm um sie und zog sie zu sich.

»Bitte Anouk, bleib heute Nacht bei mir. Ich ertrage es nicht, noch so einen Traum zu haben.«

»Natürlich, mach dir keine Sorgen. Ich passe auf dich auf.«

Kapitel 13

Lea

Am Sonntagmorgen krachte bereits die Sonne gnadenlos in ihr Schlafzimmer, als sie die Augen aufschlug. Wieder einer dieser Postkarten-Frühsommertage, an denen man einfach annehmen musste, dass einem nichts Schlechtes widerfahren könnte. Sie wusste es besser.

Ihr Blick fiel auf Anouk. Selbst unter seinem schwarzen Shirt erkannte sie, wie breit und wohlgeformt sein Rücken sein musste. Er hatte sie die ganze Zeit im Arm gehalten, bis sie eingeschlafen war. Sie fühlte sich eindeutig erholter, auch wenn der Schlaf ihr noch in den Augen saß.

Kein Traum, stellte sie erstaunt fest und sah wieder auf Anouks Rücken. Vier Nächte hintereinander hatte sie der Traum verfolgt.

Er beruhigt mich.

Vielleicht bist du einfach nur einsam, Lea.

Sie war einzelgängerisch, kein Eremit. Ihr Bedürfnis nach zwischenmenschlicher Kommunikation wurde in der Arbeit eindeutig gestillt, wenn nicht sogar überreizt. Und wenn sie das Bedürfnis nach Vertrautheit überkam, rief sie Anouk an.

Anouk drehte sich mit einem leisen Ächzen und blinzelte verschlafen.

»Gut geschlafen?«, fragte er.

»Danke, dass du geblieben bist.«

»Also keine Albträume?«

»Nein. Was grinst du so?«

»Beim starken Anouk gibt es keine Albträume«, sagte er. Blitzschnell schoss seine Hand heran und zog sie mit einem

Ruck zu sich. Lea quiekte belustigt auf und stemmte sich gegen seinen Griff. Keine Chance, schon nahm er sie in den Schwitzkasten, als wäre sie sein Teddybär, und wuschelte ihr durchs Haar.

»Hör auf!«, bettelte sie unter ihm, fuchtelte wild mit den Armen und versuchte ihn zu schlagen.

»Ich muss pinkeln ... hör auf! ... wirklich, lass mich los oder ich mach mir in die Hosen.«

Er ließ grinsend von ihr ab und sie gab sich alle Mühe, ihn wütend anzufunkeln. Sein Blick wurde sanft und er streckte die Hand nach ihr aus.

»Keine Sorge, ich halte dich in dieser Welt«, sagte er und strich ihr über die Wange. Seine Worte klangen unheimlich. Wie ein beklemmendes Versprechen. Nein, nicht wie ein Versprechen, wie ...

»Komm, bevor du wieder zu viel grübelst, geh pinkeln und dann lass uns was essen. Mir kracht der Magen.«

»Oh, ich hoffe, ich kann dir etwas Zufriedenstellendes anbieten.«

Konnte sie nicht, aber er verlor auch kein böses Wort darüber. Jady und sie frühstückten jeden Morgen das gleiche: eine frisch aufgebackene Semmel mit Honig mit leckerem weiß-goldigem Honig. Hoch lebe die Biene!

Die Sonne schien durch das große Terrassenfenster und heizte das Wohnzimmer auf. Die Terrassentür stand offen und das Gezwitscher der liebestollen Vögel versüßte ihr den Augenblick. Ihr gegenüber saß Anouk und plapperte irgendetwas über seine Arbeit an der Universität. Aber sie hörte ihm kaum zu, denn in ihrem Hinterkopf begann es schon wieder zu kribbeln. Irgendetwas stimmte nicht. Wie schon im Wald, entzog es sich ihr und zurück blieb das unangenehme Gefühl, etwas zu übersehen.

Anouk berührte sie am Arm.

»Was hast du?«, fragte er und Lea erkannte die Sorge in seiner Stimme. Diese ekelhafte Sorge gepaart mit Mitleid pumpte ihr das Blut in die Wangen. Das Kribbeln kroch ihren Rücken entlang, als bewegten sich Spinnen in ihrem Spinalkanal auf und ab. Ohne eine Antwort stand sie auf und ging zum Terrassenfenster. Sein Blick verfolgte sie, sein ekelhaft sorgenvoller Blick, sie konnte es fühlen.

Kritisch musterte sie den Garten.

»Die Pflanzen«, flüsterte sie.

Er musste es sehen, jetzt würde er es nicht mehr leugnen können. Es geschah schon wieder.

»Was ist damit?«

Er stand auf und blieb neben ihr stehen. Alles war totenstill, die Vögel stumm wie auf einer Leichenzeremonie, die Pflanzen eingefroren. Es zu erklären schien überflüssig, er musste es doch selber sehen, oder nicht?

»Wie spät ist es?«

Sie sah auf ihre Armbanduhr — 11:24 Uhr. Lea griff nach Anouks Handgelenk und verglich die Uhrzeiten darauf. Geduldig wartete sie, bis der Sekundenzeiger seine Runde vollendete.

Anouk lachte nervös.

»Ähm, brauchst du Hilfe beim Lesen der Uhr?«

Idiot! Sieh doch! Sieh doch endlich hin!

Lea schwieg und wartete.

11:25 Uhr.

Sie sah aus dem Fenster, eine kleine Kohlmeise flatterte umher und zwitscherte fröhlich.

»Es hört nicht auf.« Sie ließ seine Hand los und musterte ihn einige Sekunden.

Sag etwas, sag, dass du es auch gesehen hast.

»Was hört nicht auf?«

»Hast du das nicht gesehen? Diese Bewegungslosigkeit. Diese unnatürliche Stille, als wäre die Zeit stehen geblieben.«

Unglaublich, dass sie ihm das sagen musste. Er war doch der Indigene, er war doch derjenige, der an Naturgeister und die Gesamtenergie und an den lebendigen Kosmos glaubte. Und jetzt, da alles sich zu offenbaren schien, setzte er Scheuklappen auf? Sie wollte ihn anschreien, ihn schütteln.

Mach die Augen auf! Und sieh mich nicht mit diesem verschissenen mitleidigen Blick an. Mit mir ist alles in Ordnung, die Welt wird irre!

Oder vielleicht doch nicht?

»Ich muss jetzt los, Jady abholen.« Mit zwei großen Schritten trat sie an ihm vorbei. Sie wollte nicht mit ihm darüber reden, er *wollte* nicht verstehen.

»Was ist denn mit dir?« Wieder dieser besorgte Ton.

Sie wirbelte zu ihm herum und warf ihm einen bösen Blick zu.

»Hör auf damit!«

»Womit denn?« Sein Tonfall wurde schärfer.

»Mich so anzusehen, als wäre ich bekloppt. Du denkst, ich bilde mir das alles nur ein.«

So, es war raus, sie hatte es laut ausgesprochen.

»Aber das tu ich doch gar nicht. Lea, schau mich nicht so an, ich mache mir doch nur Sorgen.«

»Also denkst du es doch.«

»Ich finde das alles merkwürdig, das habe ich dir schon ehrlich gesagt. Lass es uns abklären, es gibt bestimmt eine ganz normale Erklärung dafür.«

Leck mich!

»Es geht mir gut.«

»Tut es nicht.«

»Lass gut sein!«

Lea schlüpfte in ihre Turnschuhe und öffnete die Haustür. Erschrocken sprang sie einen Satz zurück und trat Anouk auf die Füße.

»Autsch.«

Eine schwarze Katze flanierte auf der Terrasse und blickte gelangweilt zu ihnen herauf.

»Eine Katze?«, sagte Anouk erstaunt.

Lea musterte das Tier skeptisch, welches mit erhobenem Schwanz an ihr vorbei stolzierte und Anouk im nächsten Augenblick um die Beine zu strich. Mit einem breiten Grinsen ging er in die Hocke und kraulte den kleinen Kopf.

»Dich kenn ich doch.« Anklagend zeigte sie mit dem Finger auf das Tier.

»Wo kommt die denn her? Sieht irgendwie hungrig aus.«

Die Katze schnurrte laut, drehte sich auf den Rücken und präsentierte ihren Bauch.

»Hm, vielleicht sollte ich sie mit nach Hause nehmen und ein bisschen aufpäppeln«, sagte er.

»Das wirst du nicht tun, Indianer!« Mahnend hob Lea den Zeigefinger. »Sie wird schon jemandem gehören. Du kannst doch nicht einfach ein Tier mitnehmen, nur weil es etwas hungrig aussieht.«

»Aber schau doch nur, wie dünn sie ist, und wie anhänglich. Sie braucht jemanden, der sich um sie kümmert.«

Typisch Anouk, die Wut auf ihn verrauchte so schnell wie sie gekommen war. Lea seufzte und warf die Arme in die Luft.

»Na schön, ich hole ihr was zu fressen.«

Sie marschierte zurück in die Küche, um nach etwas Essbarem zu suchen. Der Inhalt ihres Kühlschrankes ernüchterte sie. In der hintersten Ecke lag ein in Folie eingewickeltes, trauriges Stück Putenbrust. Lea wusste nicht genau, wie lange es dort schon sein Dasein fristete, vorsichtig wickelte sie es auf und roch daran.

In kleine Stücke geschnitten bot sie es der Katze an, die misstrauisch daran schnüffelte.

»Friss das, etwas Besseres bekommst du nicht.«

Die Katze zog das größte Stück vom Teller und schlang es herunter.

»Jetzt hast du eine Katze.« Bei den Worten grinste er wie ein Gauner, der gerade jemanden übers Ohr gehauen hatte.

»So ein Unsinn. Ich heiße doch nicht Anouk und behalte alles, was ich finde.«

»Sie hat dich für sich ausgesucht.«

»Von wegen, *sie* wollte von mir überfahren werden.« Verständnislos legte er den Kopf schief.

»Diese ach so süße Mieze ist mir letztens vors Auto gesprungen.«

»Aha, siehst du! Sie hat dich für sich ausgesucht.«

Oh ja klar, die Katze will sich erst von mir überfahren lassen und dann mein Haustier sein. Klar, aber ich bin verrückt.

»Ich muss los«, sagte sie, eilte die Treppe hinunter und ließ beide stehen.

»Ich pass noch kurz auf *deine* Katze auf«, rief er ihr nach, kommentarlos verschwand sie im Auto.

Janina öffnete lächelnd die Tür, während Jady hinter ihr her getrottet kam wie ein geschlagener Hund. Die Mundwinkel bis zum Boden, blickte sie zu Lea hinauf.

»Ich will noch nicht gehen.«

»Magst du noch kurz reinkommen?«, fragte Janina.

Nein, wollte sie nicht. Sie wollte nach Hause und sich unter ihrer Bettdecke vergraben und nie, nie wieder schlafen. Jady machte auf dem Absatz kehrt und rannte zurück ins Haus.

»Na schön, ich habe aber nicht viel Zeit.« Geistermädchen und finstere Schatten warteten auf sie. Lea nahm auf dem Sofa im Wohnzimmer Platz und beobachtete die spielenden Kinder im Garten durch die Terrassentür. Die Gastgeberin verschwand in der Küche und kehrte kurz darauf mit einem voll beladenen Tablett zurück.

Eine große Wasserflasche schwankte unheilvoll, während die Gläser klirrend gegeneinanderschlugen. Sie versuchte unbeholfen, das Tablett auszubalancieren und schaffte es endlich, beide Gläser heil auf dem Tisch vor Lea abzustellen. Wortlos schenkte sie ein und nahm bedeutungsvoll auf dem Sessel gegenüber Platz. Durchgestreckter Rücken, tiefes einatmen, Hände auf dem Schoss gefaltet – die typische Haltung von jemandem, der meinte, etwas Wichtiges sagen zu müssen.

Lea atmete tief ein und unterdrückte ein Seufzen.

Was kommt jetzt schon wieder?

»Jady hatte gestern Abend etwas Angst vor dem Einschlafen«, sagte Janina.

Aha, und weiter?

»Sie hat mir erzählt, dass sie ständig träumt, dass du ertrinkst und dass ein dunkler Schatten sie holen kommt.«

Lea schwieg. Sie konnte förmlich spüren, wie ihr alles Blut aus den Wangen wich.

Ein frostiges *Okay* war alles, was sie hervorpressen konnte. Bestand die Möglichkeit, dass Jady etwas Ähnliches erlebte wie sie?

»Ich weiß ja, dass du viel arbeitest …«

Ja, ich bin eine alleinerziehende Rabenmutter. Am besten, ich kündige meine Arbeit und sitze wartend daheim rum, bis mein Kind aus dem Kindergarten kommt. Was für eine beschissene Einstellung!

Ihr Gesicht fühlte sich an wie eine gefrorene Maske, sie starrte Janina fest in die Augen, bis diese den Blick senkte.

»Ich tue, was nötig ist, um meinem Kind etwas bieten zu können«, sagte sie eiskalt.

»Ich weiß, das sollte auch kein Vorwurf sein.«

Ach ja? Klang aber verdammt danach.

»Morgen wollen wir in die Berge zu unserer Hütte fahren. Für Sophia ist es allein langweilig. Ich denke, es würde ihr sicher große Freude bereiten, wenn Jady mitkommen dürfte. Ich weiß, es ist kurzfristig, es wären auch nur ein paar Tage, aber das tut Jady bestimmt auch gut.«

Du meinst, es tut ihr gut, von ihrer Rabenmutter wegzukommen.

Lea lehnte sich zurück und dachte kurz nach. Sie kannte Janina, seit die beiden Töchter gemeinsam den Kindergarten besuchten. Es wäre vielleicht zu hoch gegriffen, sie als Freundin zu bezeichnen, aber Janina und ihr Mann schienen anständige und ehrliche Menschen zu sein. Auch wenn sie ihre Einstellung, wie eine perfekte Mutter zu sein hatte, verabscheute. Im Garten kicherten die beiden Mädchen, sie hatten ohne Zweifel großen Spaß. Lea nickte zustimmend.

Die Rabenmutter schickt ihr Kind weg. Prima!

»Großartig! Wir würden sie dann morgen früh gegen 08:00Uhr abholen.«

Keine Katze und kein Anouk saßen auf der Veranda, als sie zu Hause ankamen. Fast erwartete sie, beide dort auf dem Rücken liegend vorzufinden, wie sie sich die Sonne auf den Bauch scheinen ließen.

Jady rannte gleich in ihr Zimmer, begann wahllos Spielsachen und Kleider aufzutürmen.

»Das will ich alles mitnehmen«, prophezeite sie.

»Was willst du denn mit dem Kleid?«

»Anziehen.«

»In den Bergen ist es kalt.«

»Ich will es mitnehmen.«

Die kleinen Hände umfassten das Kleid und sie funkelte trotzig zu Lea auf.

»Schön, nimm es mit.«

Lea setzte sich auf Jadys Bett und beobachtete sie. Ob Jady ahnte, was in ihrer Mutter vorging?

»Hattest du wieder einen Alptraum?«, fragte Lea.

Jady legte eine Puppe auf den Stapel, kramte weiter in einer Kiste.

»Jady?«

»Neihhhein!«

Lea stand auf, berührte sie am Arm, nur widerwillig sah ihre Tochter sie an.

»Ich mach mir Sorgen. Möchtest du mit mir darüber reden?«

Sie schüttelte den Kopf. Jady blieb stur. Lea wusste genau, dass es nichts brachte, sie jetzt zu drängen, also ließ sie es gut sein und ging ins Wohnzimmer.

Der Tag zog sich wie billiger Käse auf einer fettigen Pizza. Sie konnte nicht abschalten, und eine innere Unruhe quälte sie. Vor der Nacht fürchtete sie sich ... genau wie Jady.

Der fünfte Traum

Pflanzenreste, ganz brüchig vom Frost, stachen ihr in Hand-
flächen und Knie.

Ich bin gestolpert, aber wo bin ich?

Bäume umzingelten sie, die anklagend mit ihren nackten
Ästen auf sie zeigten. Zur Hölle, wie kam sie denn hier her?

»*Schnell, steh auf*«*, zischte jemand.*

Die Gestalt einer Frau kauerte neben ihr, das Weiß ihrer
Augen schimmerte in einem Rot wie alles um sie herum.
Woher kam dieser Schein? Es wirkte wie eine gottver-
dammte Dunkelkammer. So etwas gibt es nicht, *dachte Lea,*
das kann nicht echt sein. *Die Frau riss an ihrer Hand. Mit*
einem Ruck, der eine Schmerzwelle durch ihren Körper
jagte, zog sie Lea auf die Beine.

»*Autsch, verdammt!*«*, fluchte sie.*

Sie trug keine Schuhe. Was für ein kranker Mist lief hier?
War sie betrunken? Vielleicht erlebte sie gerade den Absturz
ihres Lebens? Sie trank gerne mal ein Gläschen, aber nie
mehr, als über das leichte Kreisen in ihrem Kopf hinaus. Sie
fühlte sich nicht betrunken oder sonst in irgendeiner Form
dicht, aber sie würde sich hier draußen den Tod holen.
Wieso, verdammt, trug sie keine Schuhe?

»*Komm!*« *Die Frau zog sie weiter, auch sie lief barfuß in*
vom Waldboden völlig verdreckten Socken.

Lea stolperte hinter ihr her. »*Wo gehen wir hin?*«

»*Sei still!*«

Ihre Anspannung und der Ton in ihrer Stimme warnten
Lea, dass mehr vor sich ging, als nur betrunken oder dicht

durch den Wald zu steuern. Plötzlich erfasste sie eine Gewissheit: sie wurden gejagt.

Das Knacken der toten Zweige bei jedem Schritt dröhnte verräterisch durch den Wald und schrie: »Hier, hier sind sie!«

Es hallte eine Antwort zurück: »Ich weiß.«

Die Frau riss den Kopf zur Seite, erstarrte in ihrer Bewegung. Lea drückte sich an ihren Rücken, ihre Augen durchbohrten die Dunkelheit, versuchten zwischen den roten Schatten der Bäume etwas auszumachen. Eine Gestalt oder ein Tier ... oder ... verfluchter Bockmist.

Der Wind fegte über die Äste hinweg, ließ sie klappern wie alte Gebeine. Da war etwas! Es klang wie ...

Lea öffnete den Mund für einen Schrei, fest presste sie die freie Hand davor.

Sei bloß still!

Scheiße, wo war sie da hineingeraten? Weg! Sie mussten hier weg!

Lea rannte an der Frau vorbei. Scheiß egal, wie leise sie auftrat, es wusste bereits, wo sie waren, dieses Ding, diese Gestalt, dieser ... Sie rannte und rannte, neben ihr die Fremde, ihre Füße so taub, dass sie immer wieder ins Straucheln gerieten.

Dort! Zwischen den Bäumen, da sah sie es wieder — so verflucht nah.

Äste peitschten ihr ins Gesicht und kratzten die Arme auf, dann geschah etwas Unerwartetes. Der Boden unter Lea hörte auf zu existieren, der düstere Wald drehte sich einmal um sie, und noch ein weiteres Mal.

Sie schlug hart auf, rutschte den Abhang hinunter und blieb liegen. Ihr Körper schmerzte, als wäre sie über Asphalt geschlittert.

Steh auf, es kommt dich holen!

Der Schmerz schlug seine Krallen in ihren Geist, sie kämpfte dagegen an.

Wenn du jetzt umkippst, hat es dich!

Sie rappelte sich auf.

Hinter ihr knackte es. Lea wirbelte herum, drehte den Kopf hin und her, suchte angespannt die Anhöhe ab, von der sie eben gestürzt waren. Da! Nein, nur ein lebloser Baum.

Verdammte Dunkelheit, sie konnte kaum etwas erkennen. Wo war die Frau? Lea stütze sich an einem Baum ab, ihr Blick huschte umher. Eine reglose Gestalt lag am Fuße eines Stamms, ihr Magen rebellierte.

Bitte sei am Leben!

Ihre blöden Beine zitterten. Schwankend kauerte sie sich neben den Körper, wagte es kaum, die Hand auszustrecken.

»Hey?«, flüsterte sie.

Schweigen.

»Hey, steh auf!«

Ein Rascheln ließ sie erschrocken zusammenfahren und wieder irrte ihr Blick über den Rand der Anhöhe. War da etwas, dort, zwischen den Stämmen? Es starrte sie an, oder?

Eine blasse Hand schnellte vor und packte Leas.

»Lauf! Lauf weg!«, zischte die Frau durch zusammengepresste Zähne. Ihre Augäpfel traten aus den Höhlen hervor.

Lea wich zurück und versuchte, ihre Hand zu befreien.

Ein Krachen hinter ihr. Ihr Körper erstarrte, sie wusste es, sie musste sich nicht umdrehen. Intuition verfestigte sich zur Gewissheit: Es war da, dieses Ding ... dieser Schatten! Jetzt wusste sie es, es war der Schatten, der sie jagte und er würde keine Gnade kennen.

»LAUF!«, schrie die Frau. Ihre Stimme schrill und durchdringend.

Lea stolperte von ihr weg, stieß mit dem Rücken hart gegen einen der Bäume. Dann tat sie es.

Tu es nicht!, *schrie es in ihrem Kopf.* Sieh ihn nicht an!

Doch ihr dummer Körper hörte nicht auf sie, sie drehte sich um und sah ihn direkt an.

Der Schatten baute sich auf, wurde immer größer, wie ein Krake, der seine Konturen verlor. Er schlängelte langsam den Abhang hinunter auf die Frau am Boden zu, paralysierte Lea mit seinem Wesen. Ein Gesicht, oder Etwas, dass dem nahekam, formte sich blubbernd aus der dunklen Masse. Blutunterlaufene Augen quollen hervor, unterstrichen von einem Grinsen, das bis über die Winkel der Augen hinausreichte. Seine unnatürlich langen Gliedmaßen umklammerten den Körper am Boden wie eine Spinne ihre Beute. Ein Tentakel schnellte durch die Luft und traf die Frau. Es gab ein dumpfes Knirschen und ein matschiges Schmatzen. Das Geräusch einer prallen Melone, die auf harten Beton aufschlug.

Ein Schrei zerriss die Stille, überdeckte den Klang zerberstender Schädelknochen.

Lea schrie, sie schrie bevor ihr klar wurde, dass dieser Ton aus ihrer Kehle stammte und dann, endlich, rannte sie davon.

Rannte und rannte, bis jeder Atemzug wie Höllenfeuer brannte. Erschöpft und blutend stolperte sie auf eine Lichtung, fiel auf die Knie und erbrach sich. Sie spuckte aus, wischte mit zittrigen Händen die Tränen aus den Augenwinkeln und sah nach oben. Über dem gesamten Himmelszelt thronte die beschissene Spiralgalaxie, deren innerer Kern in einem feurigen Karminrot leuchtete. Quälend langsam bewegten sich die zahllosen Sterne und Planeten um den Kern, der sie unaufhörlich anzog, um sie für immer zu verschlingen.

»Was willst du von mir?«, *schrie sie der Urmacht entgegen.*
Lea hatte sie in ihren Geist gelassen, doch es brachte nur noch mehr Unheil.

»Sag mir doch einfach, was du willst und hör verflucht nochmal auf, mich so zu quälen!«
Ein wütendes Brüllen aus dem Wald riss sie in die Gegenwart zurück. Sie musste laufen — doch wohin? Scheiß egal, einfach weiter, weg von dem Ding im Wald.
Sie stemmte sich hoch und taumelte weiter.
Und plötzlich stand es da, direkt hinter ihr.
Lea stürzte, rappelte sich auf, halb kriechend, halb rennend. Gleich schnappte es sie. Würde sie zerfleischen wie die Frau im Wald.
Ein Krachen unter ihr und der Boden gab nach. Der Schock von kaltem Wasser lähmte sie, raubte ihr den Atem. Sie strampelte, doch die Eisdecke blieb verschlossen und würde sie nie mehr hergeben.

Lea schreckte auf, schnappte nach Luft und sog sie tief in ihre Lungen. Das Shirt klebte ihr am Körper, Wasser tropfte von den Haarspitzen.

Wasser? Verdammte Scheiße! Kopflos sprang sie aus dem nassen Bett, rote Flecken erblühten auf dem Laken wie Rosenknospen. Ihre Füße, sie schmerzten so sehr.

»Nein, nein das kann nicht sein?«

Das Licht des herannahenden Morgens drang durch die Schlitze des Rollladens; es genügte, um zu erkennen, wie Blut aus zahlreichen Schnittwunden sich mit der Feuchtigkeit auf ihrer Haut verband und an ihr hinablief.

»*Du bist ein Teil von mir*«, zischte es.

Lea zuckte zusammen, sah sich verängstigt im halbdunklen Schlafzimmer um.

Sie war allein. Gewiss war sie das.

»Bleib ruhig, du bist noch nicht richtig wach.«

Sie atmete tief ein, lauschte dem Trommelwirbel in ihrer Brust.

»*Ein Teil von mir!*«

»VERZIEH DICH!«, schrie sie, so laut, dass sich ihre Stimme überschlug, die Hände fest auf die Ohren gepresst. *Ich verliere den Verstand! Anouk hat recht, ich drehe durch!*

Sie war dem beschissenen Wal gefolgt in dem Glauben, alles würde danach besser werden. Stattdessen suchte sie diese gottverdammten Monster heim. Dieser gottverdammte Schatten. Zornig ballte sie die Hände zu Fäusten und brüllte ihre Angst heraus.

»Was willst du von mir? Hier bin ich, hol mich, wenn du kannst! Hol mich doch, du gottverdammtes Scheißding!

Was ist? Wo bist du?«

Sie lauschte. Doch alles, was sie hörte, blieb nur die eigene Stimme im Kopf.

Du hast geträumt, dummes Ding, nur geträumt.

Sie betrachtete ihre sauberen Handflächen, das Shirt und auch ihre Haare schienen trocken — das Bett ein normales Bett.

Siehst du, du Freak? Nur geträumt. Anouk hat recht, du wirst bekloppt.

Nein, das passiert wirklich, ich war eben noch verletzt.

Ach ja? Und wo ist es nun hin?

Sie wusste es nicht, es gab keine rationale Erklärung dafür, keine, die der menschliche Geist ertragen konnte. Keine, die *sie* ertragen konnte. Sie war Teil eines übernatürlichen

Phänomens. Wie Doktor Friedrich sagte: Das Gehirn war nicht dafür ausgelegt, es zu verstehen.

Glaubst du das wirklich?, spottete die Stimme.

Ja! Es ist die Welt, die verrückt wird, nicht ich.

Klar, Leugnen und Substituieren nennen Psychologen das.

Sie schlang die Arme um ihren Körper und trottete in das Badezimmer, mit den Händen stützte sie sich am Rand des Waschbeckens ab und musterte sich im Spiegel. Müde Augen, umrahmt von dunklen Ringen, blickten ihr entgegen.

Siehst scheiße aus.

»Klappe!« Seit wann benutzte sie so viele Schimpfwörter? Das sah ihr gar nicht ähnlich.

Sie schnaufte, drehte den Wasserhahn auf und schaufelte mit beiden Händen kaltes Wasser in ihr Gesicht. Einen Moment innehaltend, spürte sie, wie die Gewissheit ihr ins Fleisch überging. Es waren mehr als einfache Träume, Etwas hatte Kontakt mit ihr aufgenommen, nun blieb es an ihr zu verstehen, was *Es* wollte.

Blind tastete sie nach dem Handtuch und rubbelte fest über ihr Gesicht, bis es rot wurde. Achtlos warf sie es über das Waschbecken und ging hinüber zu ihrem begehbaren Kleiderschrank.

Jady fuhr heute mit Sophia und ihrer Familie in die Berge.

Du irre Rabenmutter, jetzt hast du genug Zeit, um ein paar Rituale und Geisterbeschwörungen durchzuführen.

Sei still, sonst beschwöre ich dich auch gleich aus meinem Kopf.

Ach was, ich bin nur die Stimme der Vernunft, ich verschwinde von ganz allein.

Sie schlüpfte in eine bequeme Hose, warf sich ein leichtes Sweatshirt über und ging nach unten ins Erdgeschoß.

Unter Jadys Decke kringelten sich ein paar blonde Löckchen hervor. Ob sie auch einen Alptraum gehabt hatte?

Irgendwie wurde Lea das Gefühl nicht los, dass ihre Tochter ein Puzzleteil zu sein schien. Ein sehr wichtiges Puzzleteil.

Lea gab ihr einen Kuss auf die Stirn und flüsterte über der Decke, da, wo sie das Ohr vermutete: »Aufwachen, Maus, Janina und Sophia kommen bald.«

Jady schlug die Decke zurück, zwei verkniffene Augen starrten sie an.

»Was schaust du so böse?«, fragte Lea.

»Ich hab dich in der Nacht gerufen, aber du bist nicht gekommen«, brummte sie vorwurfsvoll.

»Ich habe nichts gehört. Warum bist du denn nicht zu mir gekommen, wie sonst auch?«

»Weil ich Angst hatte.«

»Wovor denn?«

Jady warf die Decke wieder über ihren Kopf und rührte sich nicht.

»Wovor denn, Maus?«

»Will ich nicht sagen«, klang es dumpf.

Lea ahnte es, und es bestätigte ihre Theorie ein weiteres Mal — Jady hing in der Sache mit drin.

»Bist du sicher, dass du nicht mit mir darüber reden möchtest?«

»Ja.«

»Vielleicht kann ich dir helfen?«

Vielleicht kann es mir helfen.

»Nein! Ich will nicht!«

Lea starrte sie einen Moment an, es brannte ihr unter der Zunge, noch weitere Fragen zu stellen, stures Kind.

»Na schön, lass uns frühstücken. Vielleicht überlegst du es dir nochmal.«

Hoffentlich rechtzeitig, bevor sie von Janina abgeholt werden würde. Sie musste wissen, was Jady geträumt hatte, sie musste einfach. Höchstwahrscheinlich war das ein weiteres Puzzleteil.

»Mama! Du hörst mir nie zu!«, warf Jady ihr einige Minuten später am Küchentisch an den Kopf. Sie kaute gerade ihr Honigbrot, plapperte irgendetwas über Anton und wie froh es sie stimmte, ihn die nächsten Tage nicht zu sehen. Lea hörte kaum zu, antwortete nur sporadisch mit einem »mhm« oder »aha«.

Das funktionierte *eigentlich* fast *immer*, nur, nachdem sie ihr scheinbar *nie* zuhörte, gab sie sich wohl heute besonders wenig Mühe. Was nicht zuletzt an der grausamen Nacht und den verfluchten Alpträumen lag. Vielleicht sollte sie wirklich einen Arzt aufsuchen, vielleicht sind, wie Doktor Friedrich es nennen würde, ein paar Schaltkreise durchgebrannt. Oder vielleicht bohrt sich ein dicker Hirntumor durch ihre Schädeldecke.

Oder vielleicht wirst du heimgesucht.

»Ja, vielleicht.«

»Was?«, fragte Jady verwundert.

Lea umklammerte ihre Kaffeetasse, seit wann führte sie diese Selbstgespräche?

»Jady, was hast du geträumt? Ich muss es wissen!«

Jady drückte die Schultern durch und sah schweigend auf ihr Honigbrot.

»Bitte Maus, ich *muss* es wissen. Ich mache mir große Sorgen.«

Jady schüttelte leicht den Kopf, ohne von ihrem Frühstück aufzusehen. Sie blieb stur, so sinnlos stur. Lea trieb es die Röte ins Gesicht.

»Na schön, ... dann, dann darfst du nicht fahren.«

Jadys Kopf schnellte nach oben, große Augen füllten sich mit Wasser, Lea bekam sofort ein schlechtes Gewissen. Sie wusste genau, dass sie Jady nicht verbieten würde mitzufahren, aber Jady schien das glücklicherweise nicht zu wissen.

»Wieso?« Sie zerrte dieses Wort so unglaublich vorwurfsvoll in die Länge, wie es nur Kinder können.

»Weil ich es wissen *muss*. Ich möchte dich nur beschützen.« Jady schwieg eine Weile, Lea befürchtete fast, sie müsse ihre Drohung noch ein weiteres Mal aussprechen, doch dann holte sie Luft und sprach ganz leise: »Es ist ein Monsterschatten, so schwarz, und so ein riesiges Maul, mit so Zähnen. Und es sitzt in den Ecken und wartet.«

Der Schatten aus ihrem Traum von letzter Nacht. Lea war, als müsse sie sich sofort entweder hinsetzen oder hinfallen, nur dass sie bereits saß.

»Wartet? Auf wen? Auf dich?«

Jady schüttelte heftig den Kopf.

»Mir tut er nichts, er ...«

Das Sirren der Haustür zerriss die Atmosphäre und holte alle in die Wirklichkeit zurück. Jady ließ ihr Brötchen fallen und sprang vom Stuhl, der fast umfiel.

»Jady, warte!«

Wie ein geölter Blitz rannte sie trampelnd zur Haustür und riss sie auf.

»Jaaaady!« Lea hörte Sophias entzückten Ruf.

Sie stellte ihre Tasse ab, bemüht um einen ungezwungenen Gesichtsausdruck folgte sie ihrer Tochter.

»Hallo Lea, alles gepackt?«, fragte Janina.

Nö, nur zwei Barbies und ein Sommerkleidchen, wieso? Rabenmütter machen das so.

»Alles gepackt und Abreise bereit«, sagte Lea und reichte ihr mit hochgezogenen Mundwinkeln Jadys Tasche.

»Oh, warte«, bat Lea schnell und kramte einen Moment in Jadys Tasche nach einer Haarbürste.

»Jady, komm nochmal kurz her.«

Unbeholfen fuhr sie durch das dichte Haar ihrer Tochter, brachte dabei ihren Mund ganz nah an Jadys Ohr.

»Auf wen hat er gewartet?«, flüsterte sie in ihr Ohr.

Jady drehte den Kopf und ihre blauen Augen beobachteten ihre.

»Auf das andere Mädchen«, sagte sie.

»Welches and...«

»Jady komm jetzt«, rief Sophia und zerrte an ihren Arm.

»Ich bin ja schon fertig.« Lea hob beschwichtigend die Hände, packte die Bürste wieder in die Tasche und verabschiedete sich von Janina.

»Komm her Maus, gib mir einen dicken Kuss.«

Auf den Zehenspitzen balancierend spitzte ihre Tochter die Lippen.

»Hab dich lieb, Mamileinchen.«

Fest drückte sie ihre Tochter an sich und flüsterte in ihr Ohr. »Ich dich auch.«

»Keine Sorge, ich werde gut auf sie achtgeben«, sagte Janina zum Abschied und ging mit den beiden Kindern zum Auto.

Will ich doch hoffen!

Möglicherweise tat der Abstand Jady ganz gut, auch wenn Lea sie vermissen würde.

Lea blickte dem Auto nach, winkend, bis es um die nächste Kurve verschwand.

Die Sonne ging hinter den Häusern auf wie eine rote Blase. Tau im Vorgarten glitzerte, als hätte jemand die Hand in einen Sack voll Diamanten gesteckt und sie auf dem Boden verstreut wie Brotkrumen. Niemanden sonst sah sie in den Vorgärten oder auf der Straße. Wenn Lea es sich recht überlegte, konnte sie sich nicht daran erinnern, hier überhaupt schon einmal jemanden gesehen zu haben.

Jetzt spinnst du aber. Vielleicht kennst du nicht die Namen deiner Langweiler-Nachbarn, du verdammter Einzelgänger, aber red dir jetzt ja keinen Blödsinn ein, von wegen noch nie gesehen und so.

Eine Autotür knallte. Drei Häuser weiter fuhr ein Auto aus der Einfahrt und verschwand hinter derselben Kurve wie Jady.

Oh welch Überraschung, es gibt Leben auf diesem Planeten. Geh! Zum! Arzt!

Ihr fröstelte — schnell zurück ins Haus.

Sie nahm ihren Kaffee und eine dicke Strickdecke und ging auf die Terrasse — unter deren Glasdach sich die Wärme besser sammelte als draußen vor der Tür. Seufzend sank sie in den Gartensessel, warf die Decke über und lauschte; versuchte den friedlichen Augenblick zu genießen. Die Vögel zwitscherten um die Wette und eine dicke Hummel flog lautstark summend an ihr vorbei.

Hoffentlich ging es Jady gut und die Albträume würden sie in den Bergen verschonen.

Die morgendliche Sonne sprenkelte rotes Licht durch das Blätterwerk der Eiche, die hinter der Grundstücksmauer wuchs, und warf lustige Schatten auf den Boden. Sie konnte es fast greifen, dieses Gefühl, dass ihre Umgebung verändert wirkte.

Der Gedanke, alles wäre nur eine Art Traum, ließ ihr keine Ruhe und vergiftete den Moment.

Es würde bedeuten, dass alles, was ich liebe, nicht existiert — kein Anouk, keine Jady.

Blödsinn! Vielleicht ist das Einzige, dass nicht ganz gefestigt ist, dein Verstand! Wieso ziehst du das nicht einmal in Betracht?

Weil ich es spüre!

Ah klar. Sprach der Irre zum Arzt!

Fick dich!

Eine sanfte Berührung an ihrem rechten Bein schreckte sie auf. Die Katze blickte zu ihr hoch und grüßte mit einem klagenden Laut.

»Du schon wieder?«

Lea beugte sich hinab und kraulte ihr den Kopf.

Die Katze warf sich unschicklich auf den Rücken, streckte alle Viere von sich und ihr flauschiger Bauch zwang Lea, die Finger darin zu vergraben.

»Hat dich unser Freund Anouk doch nicht entführt?«

Die Katze stand auf, schüttelte kräftig ihr Fell, hockte sich auf ihren pelzigen Hintern und maunzte erneut. Lea runzelte die Stirn. So ein dreistes Vieh!

»Geh eine Maus jagen.«

Die Katze blieb stur, durchbohrte Lea mit ihren großen, runden Augen, ohne zu blinzeln. Lea starrte zurück.

Schweigend saßen sie einander gegenüber und blickten sich grimmig an. Die Pupillen zu schmalen Schlitzen verengt fixierte die Katze sie.

Sie wirkt leicht irre.

So wie du!

Leas Augen begannen zu brennen und zu tränen. Eisern widerstand sie dem Drang zu blinzeln. Wenn die Katze ähnliche Probleme meistern musste, ließ sie es sich nicht anmerken. Gelassen zuckte ihr Ohr.

»Mist verfluchter!«

Sie zwinkerte wild, wischte mit dem Handrücken die Tränen aus den Augenwinkeln. Die Katze maunzte triumphierend, streckte ein Bein senkrecht in die Luft und putzte ihr Fell.

»Angeber!«, brummte Lea, stand auf, ging ins Haus und holte die Milchpackung aus dem Kühlschrank. Mit einer vollen Schüssel kehrte sie auf die Terrasse zurück und stellte sie vor der Katze auf den Boden. Kritisch beäugte das Tier die Milch und blickte auf, als wolle es sagen: »Wenn ich davon Durchfall kriege, scheiß ich dir in den Garten.«

»Was anderes habe ich nicht«, meinte Lea und nahm wieder in ihrem Sessel Platz. Die Katze trank vorsichtig ein paar Schluck.

Geh zum Arzt.

»Nein!«

Wovor hast du Angst? Wenn du nicht irre bist, weißt du mit Sicherheit, dass es die Welt ist.

Kapitel 14

Ela

Ela stand in einer Ecke auf dem Schulhof der weiterführenden Schule und beobachtete die anderen Schüler. Die meisten standen in Grüppchen zusammen, diskutierten über sinnfreie Themen — hauptsächlich über das andere Geschlecht — oder standen cool auf einer Stelle und warfen anderen arrogante Blicke zu. Oder Beleidigungen. Der Sommer ging zu Ende und die Blätter der umstehenden Bäume nahmen bereits diese aufdringlichen Farben an. Die frohen Farben des Herbstes. Pha! An denen wirkte überhaupt nichts froh, sie läuteten Verfall und Kälte ein. Die Luft wurde von Tag zu Tag kühler und morgens schlängelte sich Nebel über die Straßen und bedeckte alles mit seinen kleinen, nervigen Tautropfen. Tautropfen, die Schuhe durchweichten, Tautropfen, die am Bund der Hose nach oben krochen und den Stoff durchnässten. Tautropfen, die einen frösteln ließen. Sie hasste den Herbst.

Am Boden entdeckte Ela eine Kastanie. Sie hob sie auf, drehte sie in den Fingern hin und her und betrachtete das Ding von allen Seiten. Die kleine Frucht schimmerte in der gleichen Farbe wie das getrocknete Blut auf der Mauer des Schuppens, an der Karl *Katze* erschlagen hatte.

Ela spürte die Blicke einiger weniger. Kleine Dreckspisser nannte Karl alle Heranwachsenden. Viele seiner Kunden waren kleine Dreckspisser — gequälte Seelen auf der Suche nach Heilung. Karl fing sie ein wie der Herr der Fliegen und verwandelte sie in Dämonen. Hirnlose Dämonen, die sein Imperium aufbauen sollten. Kleine Dreckspisser-Dämonen.

Sollten sie doch glotzen, bis ihnen die Augäpfel rausfielen. Sie wollte eh keine Freunde, zu viel Nähe war gefährlich — selbst für eine Katze. Ihr regloser Körper hatte im Gras gelegen, wie einen alten Lumpen hatte er sie dort hingeworfen und gegrinst — dieses abscheuliche, breite Grinsen — sein Jagdmesser gezogen und ...

Ela schüttelte die Bilder aus ihrem Kopf, rieb mit dem Daumen über die glatte Oberfläche der Kastanie, bis sie glänzte, perfekt und unbefleckt.

Sechs Jahre lagen zwischen dem grausamen Mord und heute, sechs Jahre. Aber die Leere, die sie seitdem verspürte, kannte keine Zeit.

Sie wurde langsam zur Frau, bekam Titten, wie Karl das nannte. Sie hasste dieses Wort, sie hasste alle Wörter, die er benutzte — kleine Dreckspisser, Titten, Muschi, Schlampe ... die Liste ging noch weiter. Hauptsächlich nette Bezeichnungen für Frauen und ihre Genitalien.

Ihre *Titten* jedenfalls gefielen diesen Schweinen — seinen Kumpels. Karl zwang Ela und ihre Mutter jeden Sonntag, nur mit Unterwäsche bekleidet den vor Geilheit triefenden Dämonen Alk und hartes Zeug zu servieren. Die Leute im Dorf kannten Karl, wussten, was er tat und womit er handelte, doch niemand, wirklich niemand unternahm etwas gegen ihn.

Beschissenes, heuchlerisches, feiges Volk!

Hoffentlich spenden sie brav jeden Sonntag in der Kirche ihre Almosen, damit sie sich von ihren dreckigen Sünden freikaufen können. Während hundert Meter weiter eine Mutter mit ihrem Kind misshandelt und vergewaltigt wird.

Beiläufig ließ Ela die Kastanie fallen. Sie kullerte ein Stück weiter, bis sie liegen blieb und in der Sonne ihre schöne rostbraune Färbung zeigte. Einen Moment lang betrachtete sie das kleine Ding verträumt.

Sie würde fliehen, irgendwann würde sie aus diesem Alptraum fliehen und dann würde sie etwas Sinnvolles in ihrem Leben machen, Polizistin werden und Arschlöcher wie Karl jagen, etwas, das Menschen, die es verdienten, half.

Menschen wie ihre Mutter und sie.

Dann trat sie kräftig auf die Frucht, sodass die eben noch so perfekte Schale aufplatzte und das weiße Innenleben hervorquoll. Sie fand, abgesehen von der Farbe, dass es Ähnlichkeit mit dem Kopf ihrer Katze hatte.

Die Pausenglocke ertönte in einem langgezogenen Ding Dong und die Menge auf dem Schulhof bewegte sich in eine Richtung. Sie kickte beiläufig die Überreste der Kastanie aus dem Weg und trottete langsam los. Die Armee aus kleinen Dreckspissern zwängte sich durch den schmalen Eingang. Ela blieb wie immer die Letzte.

Die Schüler rannten wild durch das Klassenzimmer und unterhielten sich lautstark. Sie ignorierte alle und ging auf ihren Platz in der hintersten Reihe. Kurz nach ihr betrat Herr Meier den Raum und räusperte sich einmal laut. Er hatte vor wenigen Wochen die alte Frau Dietrich abgelöst, die wahrscheinlich völlig am Ende mit ihren Nerven war.

Die umherirrenden Schüler huschten zu ihren Tischen und wurden leiser. Ihr Banknachbar Sven lächelte sie flüchtig an und blickte dann zum Lehrer, der bereits Arbeitsblätter verteilte. Er war nicht direkt ihr Banknachbar, neben ihr saß keiner. Natürlich nicht. Sie fand Sven in Ordnung, abgesehen von dem dämlichen Grinsen, mit dem er sie manchmal ansah. Er schien ein Herz zu besitzen und Empathie.

*Ja, ihr kleinen Dreckspisser, ich kenne das Wort Empa-
thie, ihr auch?*

Vor einigen Wochen hatten ein paar der anderen Schüler
das Wort *Freak* mit einem Zirkel in ihren Tisch ritzen wollen.

Ela war gerade von der Toilette wiedergekommen, als sie
sah, wie Sven dem korpulenten Anton das Teil aus der Hand
riss. Die ersten drei Buchstaben hatte er jedoch nicht verhindern können, Ela fügte einfach noch einen weiteren
hinzu.

Seither stand auf ihrem Tisch *Free.*

Frei — das wollte sie endlich sein.

»Bitte sucht euch einen Partner, um die folgenden Aufgaben zusammen zu lösen«, sagte der Lehrer.

Eine Situation, die Ela verabscheute. Pärchen fanden sich
schnell zusammen und sie blieb mal wieder als Einzige übrig, denn niemand wollte mit dem *Freak* zusammenarbei-
ten — nicht einmal Sven.

Normalerweise löste sie die Aufgaben allein und das noch
schneller als ihre Mitschüler, heute mischte sich Herr Meier
ein.

»Ela, komm her, lass uns die Aufgabe gemeinsam lösen.«

Ernsthaft?

Er saß wieder hinter seinem Pult und lächelte sie aufmunternd an.

Sie verdrehte die Augen und stand gemächlich auf. Der
Stuhl scharrte über den Boden und einige Schüler schielten
grinsend zu ihr herüber. Ela ballte die Hände zu Fäusten, sie
wollte ihnen dieses Grinsen aus dem Gesicht schlagen. Herr
Meier schien ein anständiger Mann zu sein so wie Sven — immerhin schon ein halber Mann. Ela kannte nicht viele davon.

Sie hasste nicht alles und jeden auf der Welt, wie wahrscheinlich die meisten über den *Freak* dachten, sie hasste

186

nur die Leute, die nicht die Courage und Empathie besaßen, wenigstens ein freundliches Wort über die Lippen zu bringen. Ein einziges verschissenes, freundliches Wort!

»Möchtest du, dass wir die Aufgaben zusammen lösen?«

Ehm, nee?

»Sie wissen genau, dass die für mich kein Problem sind.« Er lächelte schief und hob die Hand, als wollte er ihr über den Kopf streicheln. Ela sah ihn warnend an und er senkte die Hand schnell wieder. Sie verkniff sich ein Lächeln, denn eigentlich mochte sie ihn und seine Art, aber das musste er ja nicht wissen.

Der Tag zog sich wie Kaugummi, und als endlich die erlösende Schulglocke läutete, sprangen alle — außer Ela — freudig auf und kramten ihre Sachen zusammen.

Ja, lauft, ihr kleinen Dreckspisser, lauft davon, bevor euch das Schulgebäude verschlingt und mit Bildung zuscheißt.

Ela packte Bücher und Hefte in ihren schwarzen Rucksack, sie liebte Bücher, liebte Wissen. Sie zeigten ihr, dass es da draußen noch eine andere Welt gab, eine, die sie unbedingt kennenlernen wollte.

»Ela, kommst du bitte noch einmal kurz zu mir?«

Stoisch drehte sie sich um und trottete zum Lehrerpult.

»Was?«, fragte sie genervt.

»Ela ...«

Er nahm auf seinem Stuhl Platz, beugte sich leicht nach vorn und berührte sie am Arm. Sie zuckte zurück.

»Ich habe den Eindruck, dass es dir nicht so gut geht.«

Heilige Scheiße! Herzlichen Glückwunsch, Mister Holmes.

»Ich bin gesund«, meinte sie tonlos und zuckte mit den Schultern.

Herr Meier lächelte gutmütig, aber in seinen Augen konnte sie lesen, dass er ihr kein Wort glaubte.

»Das meine ich nicht.«

Natürlich nicht, ich weiß, was Sie meinen. Und es hat Sie einen feuchten Dreck zu interessieren.

Ela sah zu Boden und zupfte am Bund ihres schwarzen Pullis.

»Ich möchte nur, dass du weißt, dass ich für dich da bin, wenn du mal mit jemandem reden möchtest.«

Oh ja, natürlich, und dann rufen Sie die Polizei und die wird Ihnen sagen, dass sie nichts machen können. Und wenn Sie ganz großes Pech haben, geraten Sie an eines dieser korrupten Arschlöcher und Sie verschwinden plötzlich von der Bildfläche und das wäre dann allein meine Schuld.

Eine Pause entstand, er schien zu überlegen, wie weit er gehen konnte. Ela hoffte, er würde davon ablassen, doch dann sagte er: »Ich kann dir helfen, wenn dein Vater nicht korrekt mit dir umgeht.«

Sie starrte ihn an. Okay, das war fast schon mit dem Zaunpfahl in die Fres...

Wusste er denn nicht, mit wem er hier sprach? Wer ihr Vater war? Was es für Konsequenzen haben konnte? Allein diese Frage könnte ihn das Leben kosten.

»Sie können mir nicht helfen.«

»Vielleicht, wenn deine Mutter mir ...«

»Meine Mutter hat damit nichts zu tun. Lassen Sie sie in Ruhe!«, schleuderte sie ihm wütend entgegen und stürmte davon. Er sollte sich bloß fernhalten von ihrer Mutter, es würde nur Ärger bringen. Ärger, den ihre Mutter ausbaden musste. Was wusste dieser Kerl schon von ihrem Leben?

Als Ela ganz klein war, daran erinnerte sie sich noch genau, hatte ihre Mutter immer gepredigt, dass man niemals das Recht hätte, einem Lebewesen — und sei es noch so klein — ein Leid zuzufügen.

»Alles — egal, ob groß wie ein Elefant oder klein wie ein Käfer — wird auf seine Art geboren, lebt, altert und stirbt letztendlich. Genau wie wir auch, meine Maus.«

Ela rannte die Treppen hinunter und verließ das Schulgebäude. An der Straßenecke entdeckte sie die schlanke Gestalt ihrer Mutter. Selbst aus der Entfernung konnte sie die Melancholie und Ruhe, die sie umgab, spüren.

Die Worte des Lehrers warfen einen weiteren Schatten über Elas Laune. Sie überlegte, ob sie ihr davon erzählen sollte. Doch sie verwarf den Gedanken, rannte ihr stattdessen entgegen und wurde mit offenen Armen empfangen. Ela konnte sehen, wie der Lehrer sie vom Fenster des Klassenzimmers aus beobachtete. Er unterrichtete Elas Klasse erst seit Kurzem und ihr entging nicht, wie er sie beobachtete und Notizen in ein kleines blaues Buch kritzelte.

Was hat er nur vor? Wollte er ihnen wirklich helfen, ahnte er auch nur im Geringsten das Ausmaß?

Die Schulleitung stellte für Karl keine Bedrohung dar und für Ela somit auch keine Hilfe. Egal, was Herr Meier der vorlegen würde, niemand würde freiwillig etwas dagegen unternehmen. Jeder fürchtete Karl, zu groß war sein Einfluss und zu gefährlich seine Freunde, selbst Teile der Polizei schmierte er.

Einen Lehrer wie Herrn Meier könnte man leicht zum Schweigen bringen — auf die eine oder andere Art. Ela wollte seine Hilfe nicht, wollte sein Blut nicht an ihren Händen.

Arm in Arm spazierte sie mit ihrer Mutter die Straße entlang. Sie entdeckte Sven ein paar Meter vor ihnen auf der anderen Straßenseite. Der hob grüßend die rechte Hand und verschwand in einer kleinen Dorfstraße zwischen den Häusern.

»Wer war das?«, fragte ihre Mutter.

»Nur ein Mitschüler«, sagte sie leise und blickte stur geradeaus.

»Süß.«

»Mama!« Ela knuffte sie überrascht in die Seite und lachte. So eine Äußerung kannte sie von ihrer Mutter gar nicht. Sven sah wirklich süß aus, treue braune Augen, dunkle Haare. Manchmal kam er morgens so verschlafen in die Schule, dass es in alle Richtungen stand. Und wie er sie manchmal ansah, man könnte fast meinen, dass ... Blödsinn! Wer würde schon auf einen *Freak* stehen?

Ganz bestimmt nicht so ein Mädchenschwarm wie Sven. Obwohl sie sich selbst nicht als hässlich bezeichnen würde, gar nicht. Ihre hellen, blauen Augen standen im starken Kontrast zu ihren dunklen langen Haaren. Karl bestand darauf, dass sie nur aus den teuersten Läden Kleidung bestellte. Immerhin war sie seine Tochter und jeder sollte sehen, wie gut er sich um sie kümmerte.

Rebellisch wählte sie die dunkelsten Töne, denn Farbe wäre mit Freude gleichzusetzen und die empfand sie nun einmal nicht. Sie gehörte nicht zu den Gothic-Freaks — nicht einmal die wollten sie haben — nichtsdestotrotz blieb sie anders, zu anders, egal, wie hübsch sie sein mochte. Es ging nicht ums Aussehen — ausnahmsweise.

Der Geruch von frischem Gebäck holte sie aus ihren Gedanken. Wie jeden Tag, wenn ihre Mutter sie von der Schule abholte, kamen sie an der kleinen Bäckerei *Die Dorfbackstube* vorbei.

Ein kleiner Scheißladen, vor dessen Tür ein Werbeklappschild stand, auf dem mit Kreide immer ein zum Kotzen netter Spruch stand.

Heute saftiger Käsekuchen im Sonderangebot —
Freundlichkeit wie immer umsonst

Dahinter war eine strahlende Sonne gemalt worden.

Ela verzog das Gesicht. Freundlichkeit musste immer ausverkauft sein, wenn sie vorbeigingen, denn niemand würdigte sie auch nur eines Blickes. Trotzdem lief Ela bei dem Geruch das Wasser im Mund zusammen.

»Können wir einen Kuchen kaufen?«

Natürlich kannte sie die Antwort, aber heute wirkte der Duft ganz besonders anziehend.

»Tut mir leid, Maus. Du weißt doch, dass dein Vater etwas dagegen hat.«

Sie hasste es, wenn sie *dein Vater* sagte. Er war *nicht* ihr Vater, er war Karl, mehr nicht. Nur ein Scheißkerl, der seinen Samen dazu gespritzt hat, damit sie in Mutters Bauch wachsen konnte. Oh ja, Ela wusste, wie Sex funktionierte und Vergewaltigungen und Pornos. Das wusste sie schon mit sechs. Ihr Körper mochte jung wirken, ihre Seele war es nicht.

Ela spürte den Zorn in sich aufflammen. Sie konnte ihn in Gedanken hören: »*Frauen müss'n schlank sein! Ein geiler Körper macht jeden Mann an!*« Dabei hatte er dreckig gelacht und Isabelle fest auf das Hinterteil geschlagen.

Irgendwann kommt der Tag der Abrechnung! Irgendwie werde ich es schaffen, ihn zu stoppen. Ich werde nicht so schwach sein wie meine Mutter und alles über mich ergehen lassen!

»Weißt du was?«, riss ihre Mutter sie aus ihrem Trübsinn. »Wir backen uns unseren eigenen kleinen Kuchen. So kann uns keiner von den Dorftratschen verpetzen und wenn wir ihn schnell aufessen, wird er es nie erfahren.«

Einen Kuchen backen mit ihrer Mutter? Ela jubelte.

»Du bist die aller-allerbeste Mama der Welt!« Sie tanzte auf dem Bürgersteig und zeigte der *Dorfbackstube* den Mittelfinger.

Isabelle lachte — leicht sorgenvoll, wie Ela fand. Sofort tat ihr der Gedanke, dass ihre Mutter schwach wäre, leid. Sie blieb auf ihre Art stark, für Ela.

Das Dorf ließen sie hinter sich und folgten dem steinigen Feldweg. Das Getreide war schon eingebracht worden und, abgesehen vom letzten Mais, dominierten gelbe Stoppelfelder das Bild. Ein warmer Wind strich über die bunten Blätter der am Wegesrand stehenden Bäume und forderte sie flüsternd zum Tanz auf. Am Rand wuchsen die letzten Blumen des Jahres.

Ela pflückte sie und sammelte einen kleinen Strauß aus Schafgarbe und Löwenzahn, während die Mutter ihr schweigend folgte. Ein einsamer Schmetterling kreuzte ihren Weg und flog auf das staubige Feld hinaus. Sie blickte ihm nach, bis sie ihn aus den Augen verlor. Schmetterlinge erinnerten sie immer an die Geschichten ihrer Mutter über Elfen und Feen — ein verzweifelter Versuch, das Kindliche in Ela zu bewahren.

Sie traten in das Waldstück ein, hinter dem das Nest lag, in dem sie lebten. Sie hasste es, und ihre Mutter auch, das wusste sie.

Ihre Mutter schaute auf die Uhr und kniff die Lippen zusammen. Bestimmt schätzte sie ab, wie viel Zeit ihnen blieb, um einen Kuchen zu backen, spurlos wieder verschwinden zu lassen und noch ein ordentliches Menü für Karl zu kochen. Wenn nicht, wartete ein heißes Backblech auf seinen Einsatz und es würde erneut eine Woche dauern, bis Isabelle wieder sitzen könnte.

Ela hielt ihr den Blumenstrauß entgegen und hoffte, damit etwas von ihrer Nervosität beseitigen zu können.

»Für dich.«

»Danke, Maus. Der ist sehr hübsch.«

»Denkst du, wir schaffen das?«

»Ja, sollten wir. Heute ist Mittwoch, da kommt er ohnehin später.«

»Was ist, wenn nicht, was ist, wenn er uns erwischt?«

»Schsch, das wird nicht passieren. Für den Moment gibt es nur uns. Also genießen wir ihn.«

Der Weg vor ihnen beschrieb eine ausladende Kurve und dahinter kam es zum Vorschein — ihr Haus. Weiß und mächtig thronte es auf einem kleinen Hügel am Feldrand. Ela stürmte durch die Haustür, sprintete die Treppen ins Obergeschoß und schleuderte den Rucksack rücksichtslos in die Ecke ihres Zimmers.

In der Küche klapperte es, vor Freude summend lief sie wieder nach unten und schaltete das Radio ein. Es lief gerade eines ihrer Lieblingslieder und sofort stimmte Ela mit ein. Beide sangen, begannen die Zutaten abzuwiegen und miteinander zu vermischen.

Im Moment gefangen fühlte es sich wie ein normales Leben an. Ela blendete ihre Monster aus, stellte sich vor, sie würde mit ihrer Mutter allein in diesem Haus leben.

Diese stupste ihr mit einem mehligen Finger auf die Nase, während die Musik laut durch die Küche dröhnte. Es tat so gut, sie so glücklich zu sehen.

Schwungvoll tanzte sie zum Ofen und schob den Kuchen hinein. Dann fasste sie Ela bei der Hand und drehte sie wild im Takt des Liedes. Sie lachte so laut, dass sie fast keine Luft mehr bekam.

Die Musik riss ab.

Isabelle erstarrte in der Bewegung, Ela wirbelte zum Radio herum und roch sein aufdringliches Parfüm im selben Moment, in dem sie ihn sah.

Kapitel 15

Jady

Die Mama drückte ihr zum Abschied einen dicken Kuss auf die Wange.

»Tschüss Mami«, sagte sie und krabbelte aufgeregt zu Sophia auf die Rücksitzbank.

»Jetzt tun wir losfahrn. Ich zeig dir dann die ganzen Geisterschlösser.«

»Mit echten Geistern?«

»Natürlich.«

»Können wir dann da reingehen und uns die ansehen?«

Sophias Gesicht spiegelte plötzlich Entsetzen. »Waaaas? Neiiiin, da spuk'n die doch, oder, Mama?«

»Hihi, ja ganz viele kleine Gespenster.«

Das Auto fuhr los, Jady drehte ihren Kopf und beobachtete winkend, wie die Mutter in der Ferne immer kleiner wurde, bis sie schließlich hinter einer Häuserecke verschwand.

»Hoffentlich passt Mamileinchen gut auf sich auf.« Janina drehte sich mit einem Stirnrunzeln zu ihr um. »Natürlich wird sie das. Oder denkst du nicht?«

Jady zuckte mit den Schultern, sie wollte nicht, dass ihre Mama alleine daheim blieb. Aber vielleicht würde Anouk sie besuchen.

Janina legte eine CD ein und tiefe Männerstimmen stimmten ein lustiges Lied über das Eis an. Jady und Sophia kannten die Geschichte der Eiskönigin auswendig.

Gemeinsam sangen sie jedes Lied mit und noch bevor das Hörspiel endete, bauten sich die ersten grauen Riesen vor ihnen auf.

Dichte Nadelwälder zogen an ihnen vorbei und wenn diese den Blick frei gaben, konnte man steile Hänge mit kleinen Holzhütten erblicken.

Jady entdeckte eine Burg auf einem Felsvorsprung, alt und düster ragte sie auf.

»Ein Schloss!« Begeistert drückte sie die Nase an der Scheibe platt und riss die Augen auf.

Burgen und Schlösser kannte sie bislang nur aus Märchen.

Sophia schüttelte den Kopf und klärte sie auf: »Das ist 'ne alte Ritterburg. Davon gibt's hier viele. Aber da tun keine Ritter mehr leb'n, nur noch die Gespenster.« Sie wackelte mit den Fingern vor Jadys Gesicht. Mit großen Augen blickte sie der kleiner werdenden Burg nach.

Das Auto bog in eine kleine Straße ab, die sich wie eine Schlange den steilen Berg nach oben wand. Die Häuser unter ihnen wirkten wie Puppenhäuser und überall sah sie Berge; vor ihnen, hinter ihnen, neben ihnen. Umzingelt von Felsen, die Heimat der Zwerge, Trolle und Drachen.

»Sieh mal Jady, 'n Regenbogen!« Sophia beugte sich zu ihr hinüber und tippte mit dem Finger gegen die Scheibe. Wasserfälle stürzten sich zeitlupenartig von den Berghängen in die Tiefen. Jadys Bauch kribbelte. Sophias Vater Marvin fuhr rechts ab, stoppte auf einem unscheinbaren Parkplatz und sagte: »So Mädels, von jetzt an heißt es laufen! Nur wir und die Natur.«

Er klatschte freudig in die Hände, stieg aus und ging zum Kofferraum, um jedem seinen Rucksack zu geben.

Jady kletterte aus dem Auto und blickte den grünen Pfad entlang. Die Luft schien kühler als zu Hause und roch frisch und unverbraucht.

»Ist es denn weit?«

»Nein, vielleicht eine Stunde in Kindergeschwindigkeit.«
Er lächelte ihr aufmunternd zu und ging voran.

»Es wird dir gefallen, Jady! Das weiß ich. Und Sophia hat
sich schon so lange gewünscht, dass du mal mitkommst.«
Janina wuschelte ihr durch die Haare und deutete den Kindern, Marvin zu folgen, während sie den Schluss bildete.
Der Weg führte an einem plätschernden Bach unter Bäumen vorbei. Jady lauschte auf ihre Umgebung und rannte
vor zu Marvin.

»Irgendwie fehlt was.«

»Dir fehlt der Klang der Zivilisation, Martinshörner, Hupen, Autos und Flugzeuge ...«

»Jaaaa, stimmt!«

Die Stille hinter den Klängen der Natur fühlte sich sehr gut
an.

Das Licht der Sonne stahl sich durch das Blätterdach und
beleuchtete das Reich darunter. Jady entdeckte einen Haufen ihr unbekannter Blumen und Schmetterlinge. Kleine
blaue Schmetterlinge, große blaue Schmetterlinge, Schmetterlinge in Orange, Weiß, Schwarz, mit oder ohne Punkte.
Sie tummelten sich auf den Pflanzen am Bach entlang.

Hier musste es viele neue Elfenvölker geben. Denn
Schmetterlinge — und das wusste nur sie — waren verzauberte Elfen, die sich in der Gestalt eines bunten Insekts vor
den Menschen schützten.

Etwas klopfte ihr auf den Kopf. Sophia sah sie unschuldig
an und streckte ihr einen langen, aber filigranen Grashalm
mit wuscheligem Ende entgegen. Der Waldweg, dem sie

bergauf folgten, endete, nun tat sich vor ihnen eine von Bergspitzen umsäumte Senke auf.

»Gleich sind wir da«, sagte Janina.

Sie gingen vom Hauptweg ab und folgten einem kleinen Trampelpfad quer durch die Wiese, bis nach einer Weile die Hütte vor ihnen auftauchte. Ein uriges, kleines Haus, umgeben von einem alten Holzzaun. Es erinnerte Jady ein wenig an die Hütte im Wald. Das Gartentor quietschte laut, als Marvin es öffnete. »Oh je, ich sehe schon, hier muss wieder einiges gemacht werden.«

Ein muffiger Gestank, ähnlich dem in der verlassenen Hütte im Wald, wehte Jady entgegen, als sie das Haus betraten. Sophia rümpfte die Nase und verzog das Gesicht.

»Hier stinkt's immer so.«

»Jajaja, wir lüften erst mal kräftig durch, dann verfliegt der Geruch schon. Papa holt Feuerholz und dann machen wir es uns schön kuschelig.«

Janina öffnete alle Fenster und begann, die mitgebrachten Lebensmittel auszupacken. Die Hütte roch vielleicht etwas seltsam, aber sie sah gemütlich aus. Ein großer Raum mit Kochecke, Holztisch, Sitzbänken, die Polster rot-weiß kariert, und einem großen Kamin, vor dem eine breite, mit dicken Fellen belegte Couch stand. Eine weitere Tür führte zu einem deutlich kleineren Raum, in dem ein Etagenbett und eine kleine Kommode mit Spielsachen stand.

»Habt ihr Hunger, Mädels?«, fragte Janina.

»Und wie!«, riefen sie.

Marvin entzündete ein knisterndes Feuer, der Duft von frisch zubereitetem Essen und dem brennenden Kaminholz verdrängte den muffigen Geruch.

»Kann ich Jady dann die Kühe zeigen Mama?«, fragte Sophia.

»Wir essen erst mal und dann kannst du ihr alles zeigen.«

»Juhuuu! Die hab'n alle so Glockn um und kannst sie sogar streicheln. Die tun hier frei rum renn.«

»Haltet aber bitte Abstand. Ich trau den Rindviechern nicht«, sagte Marvin.

Mit vollem Bauch stürmten Sophia und Jady los.

Jady tippelte neben ihrer Freundin her und hielt sich den Bauch.

»Ich platze gleich.«

Vor einem kleinen, braunen Hügel blieben sie stehen.

»Schau mal. Kacke. Ganz viel davon.«

»Igitt, so viele Fliegen«, sagte Jady.

Heerscharen bunt schillernder Fliegen besetzten die Haufen und stoben laut summend auseinander, wenn die Mädchen angerannt kamen.

»Bäh! Schau, die fliegen schon wieder drauf.«

»Verschwindet!«

Wild fuchtelnd sprang Sophia über die Haufen, Jady lachte und sprang hinterher.

»Da hinten, schau. Noch ein Haufen voll mit Fliegen.«

»Schneller Jady. Wir müssen sie vertreiben.«

»Kinder«, rief Marvin leicht aus der Puste. »Kommt, Kinder, wir gehen zurück ins Haus«

»Och nö, wieso denn?« Sophia stampfte mit dem Fuß.

»Schaut mal, was da auf uns zukommt.« Er deutete nach oben.

Jady folgte seinem ausgestreckten Arm und sah eine schwarze Wand zwischen den Bergspitzen.

»Wir befinden uns hier in einer Senke. Die Wolken müssen alles abladen, wenn sie über die Berge wollen. Das wird ein heftiges Gewitter. Dann solltet ihr besser nicht mehr hier draußen sein.«

Ein tiefes Grollen rollte heran, es klang wie das Knurren eines gewaltigen Drachen, der gleich mit seinen mächtigen Schwingen über die Bergspitzen hinwegsegeln und auf sie niederstürzen würde.

Sophia schrie, Jady schrie mit, sie griffen nach ihren Händen und rannten zurück in die Hütte.

»Jady?«, japste Sophia und sah sie aus riesigen Augen an.

»Hast du schon einmal ein Gewitter in den Bergen erlebt?« Jady schüttelte den Kopf und drückte ihre Nase an der Fensterscheibe platt.

»Das tut so laut krach'n, da fall'n dir d' Ohren ab!«

»Wirklich?«

»Oh ja! Das ganze Haus wackelt.«

Janina streckte einen Kopf ins Zimmer und sah ihre Tochter warnend an.

»Sophia, du machst Jady Angst. Keine Sorge, im Haus ist es sicher.«

Vom Wohnzimmer aus rief Marvin: »Wir machen es uns vor dem Kamin gemütlich und grillen Marshmallows.«

»Yeah! Marshmallows! Kennst du Marshmallows, Jady? Natürlich, oder? Komm ich zeig se dir.«

»Moment, nicht so schnell. Ich muss erst noch alles herrichten«, sagte Janina und verschwand wieder.

Die Flammen knisterten leise, als plötzlich dicke Regentropfen hart gegen die kleinen Fenster peitschten. Die Mädchen saßen oben auf dem Etagenbett im Kinderzimmer und spähten hinaus. Ein ohrenbetäubendes Krachen ließ das Haus erzittern, sodass die Scheiben klirrten. Jady und Sophia zuckten zusammen, pressten fest die Hände auf die Ohren und kicherten aufgeregt. Sophias Geschichten über das Unwetter stimmten, denn sie konnte den Donner in ihrem ganzen Körper spüren. Der Regen prasselte so heftig auf die kleine Hütte ein, als würde ein Wasserfall auf ihr Dach niederregnen.

Von ihrer Mutter wusste sie, wie man die Entfernung eines Gewitters abschätzen konnte, und zwar, indem man die Sekunden zwischen Blitz und Donner zählte und dann irgendwas rechnete. Rechnen konnte sie nicht, aber zählen.

»Eins.« Erneut schepperte es laut. »Wohooo, das ist direkt über uns.«

»Ja!« Sophia schüttelte heftig den Kopf und lachte. »Sag ich doch, sag ich doch!«

Janina betrat das Zimmer und drückte jedem Kind einen Stock mit einem gespitzten Ende in die Hand.

»Jetzt dürft ihr kommen.«

Als Erste krabbelte Sophia vom Bett, rannte zum Kamin und nahm im Schneidersitz auf einem der Felle davor Platz. Jady drehte sich gerade um und wollte ebenfalls die Leiter des Hochbetts hinabsteigen, als ihr draußen hinter dem Schleier des Regens etwas auffiel. Sie hielt inne und versuchte es zu erfassen.

Es sah aus wie ... hm ... nein ... oder?

Sie sah genauer hin, doch es fiel ihr schwer, klare Konturen zu erkennen. Vielleicht wie eine Kuh? Nein, dafür war es zu klein. Sie sprang von der letzten Sprosse und ging zum Fenster, spähte angestrengt hinaus.

Es sieht aus wie ... ja ... wie ein Mädchen? Jady umklammerte fest ihren Stock. Was tat es da draußen?

»Kommt, lasst uns was naschen!«, drang die Stimme von Marvin aus dem Wohnzimmer und lenkte sie kurz ab.

Jady kniff noch einmal die Augen zusammen und suchte im Unwetter nach der Gestalt, doch da draußen stand niemand. Sie wandte sich ab und widerstand dem Drang, noch einmal hinauszusehen. Niemand bei klarem Verstand, würde bei so einem Gewitter einen Fuß vor die Tür setzen.

Sie hüpfte zu den anderen und setzte sich neben Sophia, lauschte dem beruhigenden Knistern des Feuers und stopfte sich mit weichen und herrlich karamellisierten Marshmallows voll.

Am nächsten Morgen öffnete Jady die Augen und setzte sich im unteren Bett auf. Alles blieb still, nur aus dem Nebenraum drang das leise Knistern von Fett in einer Pfanne. Sophias Mutter musste schon wach sein, denn es duftete herrlich. Jady starrte hinaus, ihre Augen fühlten sich noch schwer an. Durch das vorhanglose Fenster sah sie dicke Nebelschwaden aus den feuchten Wiesen emporsteigen, die wie mystische Wesen anderer Sphären aussahen. Eine davon nahm Jady ganz gefangen. Die wollte sie sich genauer ansehen. Verträumt schob sie sich aus dem Bett und ging zum Fenster, um besser sehen zu können. Der Nebel nahm die Form eines Mädchens an, das in den Himmel schwebte.

Es trug ein Kleid, das um den Körper wallte. Einige Sekunden lang glaubte Jady, dort würde leibhaftig eine Gestalt dem aufgehenden Licht der Sonne entgegenschweben, bis sie ihre Form verlor und sich auflöste. Sie zwinkerte verwirrt und sah dem Nebelfetzen nach. Ein seltsamer Traum hatte sie in der Nacht geplagt. Schon wieder. Sie war mit ihrer Mutter durch einen düsteren und schneebehangenen Wald gelaufen, so lang, bis ihr die Füße schmerzten. Etwas jagte sie, etwas Finsteres. Dann stürzte ihre Mama einen Abhang hinab und Jady erwachte.

Das leise Bimmeln der Kuhglocken holte sie in die Gegenwart zurück, doch sehen konnte sie die Tiere hinter dem Schleier nicht. Die Berggipfel aber brannten und der Himmel leuchtete märchenhaft blau.

»Guten Morgen«, wisperte es hinter ihr.

Janina stand mit einem Teller hoch aufgetürmter Eierkuchen im Türrahmen und wedelte Sophia den Duft zu. Jady kicherte. Ihre Freundin öffnete die Augen und streckte sich zufrieden.

»Habt ihr gut geschlafen?«, fragte Janina.

Jady nickte knapp. Sie wollte nicht darüber reden. Wenn sie darüber redete, könnte es womöglich noch wahr werden.

Der köstliche Geruch lockte alle zum Frühstückstisch.

»Dürfen wir nachher zum Bach gehen, Mama?«, fragte Sophia mit vollem Mund.

Die Mutter nickte. »Geht aber bitte nicht zu weit weg.«

Der verlockende Ruf nach Abenteuer klang lauter als das Knurren in ihrem Magen, und obwohl Jady noch sah, wie Janina die Stirn runzelte, standen sie schon vom Tisch auf und zogen sich die Schuhe an. Die Luft draußen roch frisch, aber die Sonne erreichte schon die Wiesen und legte sich warm auf ihre Gesichter.

Der Bach müsse noch warten, meinte Sophia, lieber zuerst die Kühe besuchen. Hoffentlich lagen keine vom Blitz gegrillt auf der Wiese. Immerhin waren die meisten Fladen dem Gewitter der letzten Nacht zum Opfer gefallen, nur vereinzelt labten sich ein paar Fliegen an den Überresten. Sie folgten dem Klang der Glocken einen Hügel hinauf.

Jady stapfte hinter Sophia durch das hohe Gras.

»Zum Glück haben wir Gummistiefel an.«

Das Bimmeln der Glocken wurde lauter und sie entdeckten die ersten Kühe. Ein Glitzern aus den Augenwinkeln lenkte sie ab, abrupt blieb sie stehen. Auf der Höhe des Hügels entdeckte sie in einiger Entfernung die spiegelnde Oberfläche eines Sees. Er leuchtete in einem kräftigen Türkis, übte eine hypnotische Anziehungskraft auf sie aus.

»Da dürfen wir nicht hin«, warnte Sophia. »Aber wir können zum Bach, wenn du magst.«

»Warum dürfen wir da nicht hin?«

»Weiß nicht, ist verflucht oder so.«

»Verflucht?«

»Ja, da leben Gespenster.«

Jady riss sich von dem Anblick des Sees los, und sah ihre Freundin an. Der Nebelfetzen heute Morgen und die Gestalt gestern Abend ... waren das die Gespenster?

»Oh mein Gott. Ich hab schon welche gesehen.«

Sophia warf den Kopf zurück und lachte schallend.

»Ich tu dich nur veralbern. Es gibt hier keine Gespenster, nur in den Burgen. Wir dürfen nicht zu dem See, weil er zu kalt ist. Mama sagt, das ist zu gefährlich.«

Jady atmete tief ein und pustete die Luft wieder aus.

»Zum Glück.«

»Komm, gehen wir zum Bach. Papa sagt, da kann man Gold und Kristalle finden.«

Glasklar und eiskalt schlängelte sich das knöchelhohe Wasser durch sein steiniges Bett und plätscherte eine fröhliche Melodie.

Am Ufer wuchsen Gräser und blühende Kräuter, die ersten Insekten — abgesehen von den Fliegen — erwachten aus ihrer Starre und sirrten umher. Jady und Sophia wollten auch Gold und Edelsteine finden. Ausgerüstet mit Gummistiefeln und Augen, die kein Funkeln übersahen, wagten sie sich in die kalten Fluten des Bächleins hinein.

»Kristall!«, rief Sophia begeistert und hielt einen Quarz in die Luft, den Jady kritisch untersuchte.

»Wow, der ist voll schöööön. Ich mag auch so einen finden.«

Sie beugte sich tief hinab und kniff die Augen zusammen, um besser sehen zu können.

»Nur echte Schatzjäger tun Schätze finden!«

»Ich *bin* ein echter Schatzjäger.« Doch sie schien kein Glück zu haben.

»Kristall!«, triumphierte Sophia erneut und stopfte einen weiteren Stein in ihre Hosentasche.

»Bei mir sind keine.«

»Du bist kein echter Schatzjäger!«

Entnervt richtete Jady sich auf.

»Kristaaaaall!«

»Du schummelst doch!«

»Von wegen!«

Jady wischte ihre Hände an ihrer Hose trocken und kletterte aus dem Wasser.

»Ich hab kein' Bock mehr. Wollen wir zum See?«, fragte sie.

»Nein, ich habe dir doch gesagt, das ist verboten«, antwortete Sophia streng und fischte nach einem weiteren Stein.

»Wollen wir dem Fluss weiter nach oben folgen?«

Sophia schüttelte den Kopf und kehrte ihr den Rücken. »Hier ist meine Glücksstelle. Ich bleib hier.«

Jady verschränkte die Arme vor der Brust und schnappte laut nach Luft. »Das ist gemein! Deine Mama hat gesagt, du sollst mir alles zeigen.«

Sophia tat, als hätte sie nichts gehört und beugte sich geschäftig hinab. In Jady wuchs das Bedürfnis, sie mit irgendetwas zu bewerfen. Sie ging in die Knie, tauchte die Hand ins Wasser und holte aus. Ein Schwall traf Sophia am Rücken, erschrocken schrie sie auf und wirbelte herum. Ihre Stimme überschlug sich fast.

»Spinnst du? Du tust meine Hose nass machen tun, ich tu das meiner MAMA sagen!«

»TU DOCH!«, plärrte Jady zurück.

Den Tränen nahe, kletterte Sophia aus dem Bach und rannte davon. Jady blieb allein zurück, sah Sophia nach und überlegte, hinterherzurennen, doch ihre Füße bewegten sich nicht und so verstrich der Moment und die Freundin verschwand aus ihren Augen. Ein Kloß wuchs in ihrem Bauch, traurig ließ sie den Kopf hängen. Sie wollte doch nur ein gemeinsames Abenteuer mit Sophia erleben. Langsam trottete sie den Bach entlang und suchte weiter nach schönen Steinen, die sie später Sophia als Versöhnungsgeschenk anbieten konnte.

Sie bemühte sich sehr, in dem klaren Wasser einen Stein zu finden, der ihren Ansprüchen genügte. Immer weiter folgte sie, den Blick auf die Kiesel im Wasser gerichtet, dem Bach nach oben. Vielleicht der kleine Weiße? Nein, zu normal. Schlagartig wurde es um sie herum dunkler. Jady sah auf.

Gewaltige Kiefern ragten vor ihr in die Höhe und nahmen ihr das Sonnenlicht. Ein mit verrotteten Nadeln und Ästen bedecktes Ufer löste Farne und Gräser ab. Hier, im Schatten der alten Bäume, war es merklich kühler als auf der Wiese. Fröstelnd rieb sich Jady die Arme und kletterte aus dem Bach. Sie sah sich um und ging tiefer in den Wald hinein. Die Kühle des Waldes legte sich auf ihr Gesicht und der Duft nach Moos und Nadeln füllte ihre Lungen. Vor ihr lag eine kleine Lichtung, die das Licht der hochstehenden Sonne einfing und ihr Wärme schenkte.

Ein abgestorbener Baum thronte in der Mitte, als würden die umliegenden Bäume einen ehrfürchtigen Kreis um den gefallenen Giganten bilden. Zwei Köpfe über ihr war der Stamm gesplittert. Seine Rinde lag abgeworfen auf dem Boden verteilt und zahlreiche Löcher durchzogen den morschen Stamm, umrahmt von Baumpilzen, die wie eine Wendeltreppe wuchsen.

»Wow!«

Der tote Riese beeindruckte sie. Auf sie wirkte er wie ein natürliches Schloss, das freilich nur vom Elfenvolk höchst persönlich bewohnt sein konnte.

»Ich verschönere es euch.«

Sie sah sich um und begann, große Stücke der umliegenden Borke zu sammeln.

Tröstend schien ihr die Sonne auf den Rücken und eifrig baute sie kleine Hütten und Behausungen für das Feenvolk, verzierte die Dächer liebevoll mit Moos und kleinen Blüten. Der Schrei eines Eichelhähers schallte durch den Wald. Jady zog schnell den Kopf zwischen die Schultern und suchte inmitten der Bäume nach etwas, das dort nicht sein sollte.

Die Erinnerung an ihren Traum von letzter Nacht bedrängte sie und jagte ihr eine Gänsehaut über die Arme.

Hinter ihr knackte es laut.

Blitzschnell fuhr sie herum und sprang auf.

»Hallo«, grüßte sie und wischte sich wie beiläufig Erde von den Knien, um ihre Unsicherheit zu verbergen.

Ein Schatten löste sich aus den Bäumen und bewegte sich langsam auf sie zu.

»Ja nicht kaputt machen!«, warnte sie und deutete auf ihre Kunstwerke am alten Baumstamm, ohne die Fremde aus den Augen zu verlieren. »Wie heißt du?«

Lautlos schlich das Mädchen auf nackten Füßen näher, würdigte Jady keines Blickes und starrte missbilligend auf die kleinen Mooshütten.

»Das ist für die Elfen und Feen, die hier wohnen«, erklärte Jady unsicher.

Emotionslos nickte die Fremde. Jady suchte in dem Gesicht nach irgendetwas Freundlichem — einem knappen Lächeln oder Augenkontakt — doch nichts an den Zügen der anderen wies auf Warmherzigkeit oder Freundschaft hin. Schweigend standen die beiden sich gegenüber. Die Stille des Waldes, die Jady eben noch als angenehm empfunden hatte, wurde unerträglich. Bis sie es nicht mehr aushielt.

»Magst du auch was bauen?«, platzte es aus ihr heraus, obwohl sie sich wünschte, die Fremde würde wieder verschwinden. Diese richtete ihre eisblauen Augen auf Jady und sah sie mit unverhohlener Verachtung an.

»So etwas Kindisches hat keinen Platz in meinem Leben«, zischte sie, doch in ihrem Blick flackerte kurz etwas auf.

Jady sah betreten zu Boden, auf ihre kleinen Häuser und Wege aus Rinde, Farnen und Moos. Plötzlich kam sie sich albern vor und am liebsten wollte sie mit der Fußspitze alles beiseite wischen.

Die Fremde aber trat ihren Worten zum Trotz vor und ging in die Hocke. Zaghaft strich sie mit den Fingerspitzen über das raue Dach eines der Feenhäuser.

»Hey Jady, möchtest du den Bergsee sehen?«, fragte sie, stand auf und ging zum Bach zurück, als wäre es schon eine beschlossene Sache. Jady spürte den Drang, ihr zu folgen und trottete hinterher.

»Woher kennst du meinen Namen?«

Die Fremde antwortete nicht.

Das kleine Gewässer führte sie durch den Wald hindurch. Schon bald traten sie aus der Kühle des Schattens hinaus auf die sonnige Ebene, auf der glitzernd der See lag.

Seine Oberfläche, glatt und völlig unbewegt, leuchtete in einem kräftigen Türkis. Ein kleiner Steg führte auf das Wasser hinaus.

»Ist das die Quelle vom Bach?«, fragte sie aufgeregt. Die Fremde schwieg und ging einfach weiter. Erst am steinigen Ufer blieb sie stehen. Jady zog ihre Gummistiefel aus, hielt ihren großen Zeh in das Wasser und zuckte zurück.

»Das ist ja eise-eise-kalt!« Sie schüttelte sich, um ihren Worten Nachdruck zu verleihen.

Die Fremde beachtete sie nicht und betrat den hölzernen Steg.

Jady sah sich um, in der Ferne erspähte sie die Hütte und den Hügel, auf dem Sophia und sie noch anfangs gestanden hatten, um nach den Kühen zu sehen. Ob sie schon nach ihr suchte?

»Jady. Komm.« Das Mädchen blieb am Ende des Stegs stehen und blickte in das Wasser.

Jady trat auf der Stelle, die Mahnung ihrer Freundin schoss ihr durch den Kopf: Es war ihnen verboten, an diesen See zu gehen. »Wir dürfen nicht hier sein.«

»Unsinn. Hier sind wir genau richtig.«

Jady warf noch einen Blick über die Schulter, ließ dann ihre Gummistiefel am Rande des Ufers zurück und betrat den Steg. Das Holz unter ihren Füßen fühlte sich warm und spröde an. Mit dumpfen Schritten erreichte sie das Ende und blieb neben dem Mädchen stehen. Das deutete mit der Hand auf den See.

»Sieh hinein.«

Vorsichtig spähte sie über den Rand.

Während am Ufer das Wasser einladend blau leuchtete, spiegelten sich hier, gut zwanzig Meter weiter, ihre blonden Haare auf einer dunklen, unbewegten Oberfläche. Der See wirkte kalt und leblos, keine Welle kräuselte sich. Wie ein Grab, das darauf wartete, jemanden für immer zu verschlucken.

»Sieh genauer hin!«, sagte die Fremde.

Gehorsam ging sie auf die Knie und umklammerte die Enden der Holzbretter. Sie beugte sich weiter nach vorn, um besser sehen zu können, versuchte, hinter ihr eigenes Spiegelbild zu blicken. Da! Kurz blitzte etwas in der Tiefe auf und verschwand augenblicklich wieder.

Jady kniff die Augen zusammen und starrte ohne zu blinzeln auf die Stelle im Wasser. Ihre Augen begannen zu tränen. Vielleicht hatte sie es sich nur eingebildet?

Da! Wieder blitzte etwas auf. Jadys Herz begann zu klopfen. Eine helle Silhouette trieb aus der Dunkelheit der Oberfläche entgegen. Was konnte das sein? Es sah nicht aus wie ein Fisch. Vielleicht ein Fabelwesen? Ein magisches Tier, das in diesem tiefen See inmitten der Berge noch existierte?

Fest umklammerte Jady das Holz, beugte sich noch tiefer hinab. Das Blut rauschte ihr in den Ohren und sie starrte ohne zu Blinzeln durch das Wasser hindurch, hoffte darauf, das geheimnisvolle Wesen noch einmal zu sehen.

Dann tauchte es langsam aus der Dunkelheit wieder auf.

Das spärlich einfallende Licht verzerrte die Umrisse und machte es schwer, das Bild zu beschreiben. Es sah eher aus wie ein Schleier aus Milch, die man in ein Glas Wasser gegossen hatte. Ein Wassergeist?

»Was ist das?«

Jady streckte die Hand danach aus, ihre Fingerspitzen berührten die Oberfläche und ließen das Wasser sich kräuseln.

Allmählich fand der Schleier zu einer festen Form, trieb immer weiter aus der Dunkelheit nach oben.

Jady sog scharf die Luft ein, ihre Hand zuckte zurück und sie sprang von der Kante weg. Prompt landete sie auf dem Rücken vor den Füßen der Fremden.

Wimmernd sah sie zu ihr auf.

»Was bist du?«

Eisblaue Augen fixierten sie und zum ersten Mal erkannte Jady so etwas wie Wärme in ihrem Blick. Oder Mitleid? Stumm streckte die Fremde ihr eine Hand entgegen, als würde das alles erklären. Jady griff zögernd zu; mit einem Ruck, der nicht zu dem freundlichen Gesichtsausdruck passen wollte, zog die Fremde sie hoch.

»Hast du wirklich noch immer keine Ahnung?« Traurig schüttelte das Mädchen den Kopf, ohne ihren Griff um Jadys Hand zu lockern. Jady schielte ängstlich zu dem Wesen im Wasser, riss an ihrer Hand.

»Lass mich los«, wimmerte sie.

Sie wollte nur noch weg. Wo waren Sophia, Marvin und Janina?

»*Hilfe!*«

Sie konnte einfach nicht die Augen von dem toten Ding im Wasser wenden.

»Lass mich bitte los!«

Wie ein mit Luft gefüllter Hohlkörper trieb es im Wasser — dasselbe Mädchen, das vor ihr stand.

»Bist du ein Geist?«

»Ich ...«, betonte die Fremde laut und zwang Jady dazu, sie anzusehen. »... bin *Ela*!«

Jady flog mit dem Gesicht voran auf die Leiche zu. Sie schrie mit aller Kraft, bis ihr das eisige Wasser ins Gesicht klatschte. Wie silberne Perlen strömte die Luft aus ihrem Mund. Das Ding im Wasser schlang seine toten Arme um sie und zog sie mit sich in die Tiefe.

»*Keine Angst, Maus!*«, hallte eine Stimme in ihrem Kopf und übertönte das Brausen des Wassers. Ihre Lungen begannen zu brennen und der Drang, einen tiefen Atemzug zu nehmen, wurde unerträglich. Sie öffnete den Mund für einen stummen Schrei und das flüssige Eis kroch tief in ihr Inneres.

»*Dein Tod wird nur ein Neuanfang sein*!«

Jady verstand das. Es war offensichtlich. Warum hatte sie die Fremde nicht gleich erkannt?

»*Lass los, kleine Jady. Deine Zeit ist schon lange vorbei.*«

Ihr Körper krampfte im Kampf gegen den Tod. Jady ließ los und in der Schwärze erstrahlte ein Licht, dessen Wärme nicht physisch sein konnte. Sie fühlte, wie sie ein Teil des Ganzen wurde, wie das letzte Stück eines Puzzles. Gleißendes Licht schien nun alles zu sein. Die Kälte, in der ihr Körper trieb, und das tote Ding, dass sie mit sich in die Tiefe riss, verloren an Bedeutung und sie wusste — so wie man in einem Traum einfach Dinge wusste — dass hinter dem Tor aus gleißenden Strahlen eine andere Welt auf sie wartete.

Euphorisch wollte ihre transzendente Präsenz die Passage durchschreiten. Doch plötzlich gab es eine Veränderung — das Licht wandelte sich in schwarzes Pech. Die Euphorie kippte in eine Empfindung, für die es kein Wort gab. Würde man die Hölle in ein Gefühl übersetzen, so müsste man es genauso spüren. Die Kälte kam zurück und der eisige Tod in ihrer Lunge ergoss sich schwallartig auf dem hölzernen Steg.

Kapitel 16

Lea

Sonntagmittag, bleischwer lag der Himmel über der Stadt. Die Wolken so tief, dass sie das Dach des Senders zu streifen schienen. Hoffentlich ging es Jady gut. Janina hatte sie schon gewarnt, dass sie dort oben zwischen den Berggipfeln keinen Empfang haben würden, Lea hatte trotzdem angerufen und dann enttäuscht das Handy aufs Bett gepfeffert, als nur die dumme Bandansage kam. Immer wenn sie an ihre Tochter dachte, überkam sie das Bedürfnis, sie fest an sich zu drücken und ihre weichen Wangen mit Küsschen zu übersäen.

Lea schob das Gefühl beiseite und suchte einen Parkplatz, vorzugsweise auf der Straße, denn an das Horrorerlebnis in der Tiefgarage erinnerte sie sich noch sehr gut. Dunkel und kalt und unheimlich. *Etwas* hatte in der Schwärze gewartet und gelauert. Sie war davon überzeugt gewesen, dieses Etwas gesehen zu haben, jetzt schien sie nicht mehr so sicher. Beim Gedanken daran stellten sich die Härchen ihrer Arme auf. Lea musste nach dem Ursprung suchen, sie musste einfach. Patrick *hatte* ihr von einem Wal erzählt. Ganz sicher!

Vielleicht hast du ihn falsch verstanden? Vielleicht hat er nicht Wal gesagt?

Sondern? Aal, oder was? Ein Aal ist gestrandet? Bullshit!

Sie erklomm die wenigen Stufen zum Haupteingang und wählte das Treppenhaus, nahm immer zwei Stufen auf einmal. Feiner Schweiß bildete sich auf ihrem Rücken und unter den Armen. Sie krempelte die Ärmel des Pullovers hoch und trat durch die Tür.

»Lea, meine Liebe!« Beata kam auf sie zugeeilt und umarmte sie herzlich. Sie roch nach kaltem Rauch und frischem Kaffee.

»Meine Güte, hast du mir aufgelauert?«, fragte Lea etwas überrumpelt.

Beata entblößte die Zähne zu einem kratzigen Lachen.

»Ich wusste, ich habe nur geträumt, dass du Urlaub hast!«

»Ich bin wegen Patrick hier. Wo ist er?«

Unruhig spähte sie über Beatas Schultern, Patrick saß nicht an seinem Platz. Wo konnte er sein?

»Dem habe ich Lucy aufs Auge gedrückt. Müssten hinten im Archivraum sein.« Sie deutete mit dem Finger hinter sich.

»Du bist gemein.« Lea schenkte ihr ein Lächeln, Beata zuckte nur emotionslos mit den Schultern.

»Ich weiß, Liebes. Sag mal, geht's dir gut?«

»Klar, wieso?«

Beata zog die rechte Augenbraue in die Höhe und sah sie abschätzig an.

»Dein Pulli ist schmutzig und du hast Ringe unter den Augen.«

Lea blickte an sich herab. Oh, ein Kaffeefleck, der war ihr gar nicht aufgefallen.

»Mir geht's gut, danke.«

»Hmm, na gut, Liebes. Wie du meinst.«

Lea ging zum Archivraum, schon vor der Tür hörte sie Lucys unverkennbar schrilles Lachen. Irgendwie klang es leicht irre.

Dann passt sie ja zu dir.

Klappe!

Leise betrat Lea den Raum. Riesige Regale, vollgestopft mit Kassetten und Bandaufnahmen der wahrscheinlich letzten fünfzig Jahre, versperrten ihr die Sicht. Der Raum besaß seinen ganz eigenen Geruch, eine Mischung aus Geschichte und Nostalgie. Geschickt setzte sie einen Fuß vor den anderen, trat zuerst mit dem Hacken auf und rollte dann über die Sohle ab, wie ein Jäger.

Zum Glück hast du Turnschuhe an, du Jäger, spöttelte die Stimme in ihrem Kopf.

Ja, zum Glück, mit den schrecklichen High Heels hätten die beiden sie schon vor der Tür gehört.

Lucy lehnte mit dem Hinterteil an einem Tisch, das rechte Bein über das linke geschlagen, und streckte betont ihre Brüste heraus — die Pose sah nicht wirklich bequem aus, eher ein bisschen dämlich. Sie bemerkte Lea nicht, zu sehr bemühte sie sich, Patricks Blick einzufangen. Der starrte konzentriert auf eine Liste, die nur halb so interessant sein konnte, wie er vorgab.

Ein Kichern rutschte Lea über die Lippen. Lucys braune Glubschaugen richteten sich prompt auf den ungebetenen Gast und sprühten Gift in ihre Richtung.

»Was machst du denn hier?«

»Ich brauch etwas von Patrick.«

»Hi Lea, schön dich zu sehen.« Er ging zu ihr hinüber und nahm sie in die Arme.

Lucys Mund erstarrte zu einer schmalen Linie, sie ballte die Hände zu Fäusten, sodass die Knöchel weiß hervortraten.

Auweia, jetzt gibt's Ärger.

Lea streckte die Schultern durch und ließ die Praktikantin keine Sekunde aus den Augen.

»Was brauchst du?«, fragte Patrick und ging zurück zu seiner Liste. Lucy beachtete er gar nicht. Merkte er nicht, wie wütend sie war? Lea befürchtete, sie könnte sich jeden Moment auf sie stürzen und mit ihren Fäusten auf sie einschlagen.

Schon setzte Lucy nach vorn, brachte ihren Mund ganz nah an Leas Gesicht und senkte die Stimme so weit, dass nur Lea es verstehen konnte.

»Verkriech dich ruhig weiter hier, Bitch. Er wird dich finden. Irgendwann wird er dich finden.«

Lea blinzelte verwirrt. Sie und die Praktikantin würden niemals beste Freundinnen werden, aber Beleidigungen waren ihr bisher noch nie über die Lippen gekommen. Ein dummer Blick, ein schnippischer Kommentar, okay. Lucy war total bescheuert, ohne Frage, aber diese Worte ergaben absolut keinen Sinn ... außer ...

»Hey Lea?«

Patrick schnipste mit dem Finger vor ihren Augen. »Tschuldige, was?«

Lucy musste gegangen sein, denn Patrick stand allein mit ihr im Archivraum.

»Was hast du? Du siehst blass aus?«

Er berührte sie an beiden Schultern, sein Blick besorgt.

»Lucy ... sie ... sie hat ...«

Die Tür zum Archivraum flog auf. Einige Herzschläge lang befürchtete Lea, die Praktikantin käme zurück, um sie mit einem Baseballschläger oder Ähnlichem niederzustrecken.

»Was habt ihr mit der Lucy gemacht?«, fragte Beata mit ihrem typischen Akzent und stakste zu ihnen herüber.

Lea schrumpfte ein wenig unter ihrem kritischen Blick.

»Nichts, ich ... sie hat ... ich glaube, sie hat mir gedroht.«

»Unsinn, Liebes.« Sie warf Patrick einen Blick zu und sprach in einem Ton mit ihr, als wäre sie ein kleines Mädchen, das gerade beim Rennen hingefallen war.

»Bist du dir wirklich sicher, dass es dir gut geht?«

»Ja doch! Ich bin eigentlich nur hier wegen der Walstrandung letzten Montag.«

»Was denn für eine Walstrandung, Liebes?«

»Patrick hatte die Story am Montag, oder war es Dienstag? Ich weiß nicht mehr genau.«

Wieder tauschten Beata und Patrick diese Blicke aus. Lea spürte, wie Zorn in ihr aufstieg, es brodelte in ihrem Magen. Sie schluckte schwer. Sie war nicht irre!

Doch!

»Lea, ich hatte keine Walstrandung. Wie kommst du darauf?«

Siehst du?

»Doch, doch. Ich bin mir ganz sicher! Ein Buckelwal an der Nordsee. Schau doch nach!«

»So was gibt's doch gar nicht«, meinte Patrick sachlich.

Der Zorn stieg vom Magen in die Brust und ließ ihr Herz hämmern.

»Liebes, an so was könnten wir uns erinnern.«

Beata legte ihr eine Hand auf den Oberarm und musterte sie, musterte sie mit diesem ekelhaften Blick. Der gleiche Blick, den sie bei Anouk gesehen hatte, der gleiche, mit dem Patrick sie genau in diesem Moment ansah. Ihre Wut sprudelte ihren Hals entlang nach oben, brach aus ihr heraus wie Lava aus einem Vulkan.

»Verdammte Scheiße. Seht mich nicht alle mit diesem ätzenden Blick an. Mir geht es gut. Ach, lasst es sein!«

Sie wirbelte herum und stürmte aus dem Raum. Heftig zwinkernd versuchte sie, ihre Wut wieder unter Kontrolle zu bringen.

Mit einem *Pling* öffnete sich die Tür des Lifts, Lea trat ein und wischte sich halbherzig über die Wangen. Sollten die anderen doch denken, was sie wollten, sie wusste, was sie gehört und gesehen hatte! Die Tür wollte sich gerade wieder schließen, da stürmte Lucy heran und hielt den Arm dazwischen.

Na toll, die Irre hat mir gerade noch gefehlt.

Lucy kehrte ihr den Rücken und prügelte auf den Knopf zum Erdgeschoss.

Ich bin dieser Knopf, ganz sicher. Gleich wirbelt sie herum und schlägt ihre Faust in mein Gesicht.

Lea ballte die Hand und hob sie vor sich, bereit, jede Sekunde in Deckung zu gehen.

Mit einem sanften Ruck sauste der Fahrstuhl nach unten und kam wenige Augenblicke später zum Stehen. Lucy zwängte sich durch die Tür, bevor sie überhaupt richtig offen war, blieb dann abrupt stehen und wirbelte zu Lea herum.

Achtung, jetzt!

Reflexartig hob Lea die Arme vor das Gesicht und sprang einen Satz zurück.

»Wir haben miteinander geschlafen ... Was machst du denn da?« Lucy musterte sie, den Kopf schief, die Stirn in Falten. Lea senkte die Arme und strich über ihren Pullover. Okay, vielleicht war ihre Reaktion etwas übertrieben, immerhin war Lucy einen Kopf kleiner und viel zierlicher als sie.

»Wen meinst du?«, fragte Lea und versuchte ihre Unsicherheit wegzulächeln.

Wollte Lucy jetzt Kaffeeklatsch halten? Nach dem Motto: *Verrat ich dir was, verrätst du mir was.* Was sollte sie mit dieser Information anfangen? Die Tür vom Lift schloss sich, Lea trat schnell zwei Schritte nach vorne und schlüpfte hinaus.

»Mich und Patrick natürlich!«

Der Esel nennt sich immer zuerst. Lea grinste.

»Du glaubst mir nicht?« Empört stemmte sie die Hände in die Hüften und schob den Unterkiefer vor. »Er hat eine

Narbe in der linken Leistengegend. Achte doch einfach mal darauf, wenn du dich ihm das nächste Mal an den Hals wirfst!«

»Wenn ich *was?*« Lea warf den Kopf in den Nacken und lachte aus vollem Halse. Sie lachte so laut, dass einige Leute im Foyer sich zu ihnen umdrehten.

»Ich und Patrick?«, sie japste nach Luft. »Nee! Niemals! Er ist eher wie … wie …«

»Wie ein alter Vertrauter.«

Leas Lachen erstarb. Ja … heilige Scheiße … ja! Woher wusste sie das?

Lucys Hand schnellte nach vorne, erwischte sie am Kragen, zog sie grob zu sich und zischte.

»Du kannst dich hier nicht ewig verstecken! Er hat mich geschickt, dich zu suchen. Aber keine Sorge, Miststück, ich werde nichts verraten. Das würde mir den ganzen Spaß verderben.«

In ihren Augen lag ein Glanz, der Lea zurückzucken ließ. Sie lauschte jedem Wort, das Lucy ihr warnend ins Ohr fauchte, unfähig zu einer Bewegung. Lucy ließ sie los und kehrte sich mit einem Lächeln von ihr ab, als hätte sie ihr eben nur ein lustiges Geheimnis verraten. Während Leas Geist von ihren Worten noch immer paralysiert blieb, tippelte die Praktikantin durch das Foyer zum Ausgang.

Das hat sie nicht gesagt. Das hast du dir nur eingebildet.

Das dumme Gerede ergab genauso wenig Sinn wie das im Archivraum. War Lucy jetzt völlig bescheuert?

Wieso sie? Du bist diejenige, die Stimmen hört und Dinge sieht. Alles eindeutige Zeichen, dass du wahnsinnig wirst. Du! Du! Du!

Nein! Sie würde das nicht auf sich sitzen lassen! Lucy sollte ihr eine Antwort geben. Lea setzte sich in Bewegung, begann zu rennen, weit konnte die Praktikantin noch nicht gekommen sein. Sie stürmte durch die Glastür, trat auf die Straße hinaus und prallte zurück.

»Heilige Scheiße«, keuchte sie, krallte sich an der Wand hinter ihr fest.

Keine Blase aus Abgasen und Lärm, in die sie eintauchte. Kein Hupen wütender Autofahrer, keine Menschen, die über den Gehweg liefen und sich an den Fußgängerampeln sammelten. Kein Geflatter wuselnder Taubenscharen, aufgescheucht von vorbeidrängenden Passanten.

Vor ihr lag eine Geisterstadt. Eine gottverdammte Geisterstadt.

»Heilige Scheiße«, murmelte sie erneut.

Der Himmel, eine graue Masse ohne Kontur, verschlang die Dächer der Hochhäuser, waberte an ihnen hinab und bedeckte die Straßen mit einem milchigen Schleier. Sie wirbelte herum, ihr Hände tasteten nach der Tür zum Foyer. Doch vor ihr erstreckte sich nur eine nackte Wand, deren oberes Ende in der grauen Masse verschwand.

»Nein. Nein. Nein. Verdammt nochmal!«

Mit dem Rücken presste sie sich fest gegen die kalte Mauer.

Fluchen hilft mir jetzt auch nicht weiter.

Die Augen weit aufgerissen, das Herz bis zum Hals schlagend, beobachtete sie die dunklen Fenster der Hochhäuser, die wie leere Augenhöhlen auf sie herab starrten. Fast erwartete sie, dort etwas zu sehen, dass sie beobachtete.

Eine gespenstische Stille schrie ihr entgegen, drückte auf ihre Ohren, auf ihre Seele. Ein Gefühl der Einsamkeit überfiel sie, saugte jeden Funken Hoffnung aus ihr heraus. Einsam und doch nicht allein.

Etwas beobachtete sie.

Lea konnte die Tränen nicht mehr zurückhalten.

Nein, nein. Das ist nicht wahr, ich träume. Es muss so sein!

Sie lauschte auf die andere Stimme in ihr. Die schwieg. Wachsam setzte sie einen Fuß vor den anderen und ließ die toten Fenster keine Sekunde aus den Augen.

Sie ging weiter, folgte der verschwommenen Straße, an leeren Autos vorbei, die hintereinander aufgereiht lagen wie Leichen in einer postapokalyptischen Stadt.

Diese Fenster, diese schwarzen Pforten zur Unterwelt, sie starrten ihr entgegen. Flüsterten ihr unheilvolle Versprechungen entgegen: »*Du bist nicht allein. Er beobachtet dich.*«

Eine kleine Flocke segelte stumm der Erde entgegen. Lea streckte die Hand danach aus, betrachtete den kleinen Stern in seiner Perfektion, bevor er sich in der Wärme ihrer Haut verlor. Dem einen Stern folgten noch mehr und je weiter sie der Straße bis zum Ende folgte, desto mehr Flocken fielen langsam vom Himmel. Das Echo eines Geräusches hallte von den Riesen wider, die den Verursacher in ihren Bäuchen versteckt hielten.

Etwas huschte hinter den Fenstern umher. Lea lief schneller, rannte nun durch die Schlucht der Hochhäuser, erreichte das Ende der Stadt, vorbei an zwei letzten Wächtern.

Eine Einöde aus Eis bot sich ihr dar, reichte bis zum Horizont. Leise knirschte der Schnee unter ihren Schuhen. Ihr Atem ging schwer. Der Nebel verschwand, die Straße endete vor einer Senke. Nur ein schmaler Steg führte weiter in das Nichts hinaus. Dann begriff sie, was sie sah — das Meer aus ihren Träumen.

»Das kann nicht wahr sein«, keuchte sie, entsetzt schlug sie sich die Hand vor den Mund. »Das kann nicht sein, ich bin wach!«

Ein Stöhnen hinter ihr. Sie fuhr herum, eine Frau mit langem dunklem Haar, lehnte an einem einsamen Straßenschild. Eine Blutlache färbte den Schnee unter ihr rot und brachte ihn teilweise zum Schmelzen. Es war die Frau aus ihrem Traum von letzter Nacht.

Lea lief zu ihr hinüber, drückte ihr Knie in den blutigen Matsch. Die Frau streckte eine Hand aus und berührte sanft Leas Gesicht.

»Was ist passiert?«, fragte Lea.

Sie suchte nach einer Verletzung, aus der all das Blut stammte, fand aber keine.

»Meine Zeit ist schon lange vorbei. Schsch, weine nicht um mich.«

»Das ... das tue ich nicht ... ich kenne dich nicht ...«

Langsam strich sie mit den Fingerspitzen über ihre Wangen. Doch, sie weinte.

«Du bist stark«, flüsterte die Frau so leise, dass Lea es kaum verstand.

»Wer bist du?«

Die Frau sagte etwas, zu leise. Lea neigte den Kopf, hielt ihr Ohr vor den Mund der Frau. Sie wiederholte immer und immer wieder dasselbe Wort. Lea riss die Augen weit auf und blickte sie fragend an.

»Lauf?«, wiederholte sie.

Der Kopf der Frau fiel in sich zusammen, verwandelte sich in eine breiige Masse aus Fleisch und Blut und Gehirn. »Scheiße!« Lea stürzte rückwärts von ihr weg.

In einer Gasse zwischen zwei Hochhäusern kam etwas in Bewegung. Dunkelheit, wabernd wie schwarzer Nebel, verdichtete sich.

Sie sprang auf, die Beine gehorchten ihr nicht, sie stürzte, rappelte sich auf, stürzte erneut.

Die formlose Wolke aus Finsternis rollte auf sie zu.

Auf allen Vieren kroch sie davon und warf hektisch einen Blick über die Schulter. Die Wolke nahm Form an, blubbernd entstanden Augen und Mund.

Der Schatten war da.

Riesig. Unbarmherzig. Lea gab auf, sie konnte nicht entkommen, kauerte sich zusammen, die Arme schützend über ihrem Kopf, die Augen fest zusammengekniffen. Es war vorbei.

Unvermeidlich.

Er hatte sie.

Hoffentlich würde es schnell und schmerzlos sein.

Er würde sie vernichten, verschlingen mit seinem grausam lächelnden Maul. Dann sprach er zu ihr und sagte: »Sind Sie noch ganz dicht?«

Lea hielt inne. Wagte nicht, sich zu bewegen. Hatte sie richtig gehört?

»Hey, hören Sie? Verschwinden Sie von der Straße!«

Sie blinzelte unter ihren Armen hervor und blickte in die Scheinwerfer eines Autos.

Ein Mann stand neben ihr, hinabgebeugt, gestikulierte wild herum, sein Gesicht konnte sie nicht erkennen, die Sonne stand direkt hinter ihm. Eine Traube schaulustiger Menschen versammelte sich am Gehweg und gaffte Lea an, als sähen sie ein grausiges Fabelwesen. Zögernd stand sie auf und erkannte sofort, wo sie war — direkt vor dem Sender. Der Schatten? Wo war er hin? Sie drehte sich im Kreis, suchte jeden Winkel mit den Augen ab.

Nichts. Die Realität hatte sie wieder eingeholt.

Das ist doch die Realität, oder?

»Verpissen Sie sich endlich!«, schrie der Mann, stieg in sein Auto ein und knallte die Tür herrisch hinter sich zu.

»Geht es Ihnen gut?«, fragte eine Passantin. Lea sah sie nicht an, murmelte eine leise Entschuldigung, quetschte sich an der Menge vorbei und trottete davon. Ihr Blick irrte umher; zum Sender, über die Fenster, hinter denen wieder Leben steckte. Alles schien wieder normal.

Sie wollte kotzen, ihre Verzweiflung den gaffenden Aasgeiern vor die Füße speien!

Du kannst es nicht mehr leugnen. Die Zeichen sind eindeutig. Du musst zu einem Arzt, Schätzchen. Und zwar so was von verdammt dringend.

Nein!

Nein?

Es ist mehr als das, ich kann es fühlen.

Es war leichter — verdammt nochmal sogar vernünftiger — zu glauben, dass sie den Verstand verlor, zu einem Arzt zu gehen und es dann dabei zu belassen. Ein paar Pillen würden es schon richten. Wenn sie das nur könnte, wenn sie es einfach nur könnte. Doch es steckte mehr dahinter, und *das* war kein Gefühl mehr. Es war Gewissheit.

Also, Stimme der Vernunft, halt die Klappe und verzieh dich, denn das hier sprengt deine Grenzen.

Mit wackligen Beinen steuerte sie zu ihrem Auto, fiel hinein und verriegelte alle Türen.

Sie wusste nicht, wie lange sie dasaß, bis ihre Hände endlich aufhörten zu zittern.

»Ich brauche einen Schnaps«, wimmerte sie und lauschte einen Moment auf die Stimme in ihr, die widersprechen sollte.

Bist du endlich weg? Ja? Wurde auch Zeit.

Die Musik aus dem Radio plätscherte auf sie ein, beruhigte sie und rückte das Geschehene in ein fahles Licht, fast als wäre alles nur ein schlechter Traum gewesen. Aber sie wusste es besser. Natürlich tat sie das.

Sie wollte noch nicht nach Hause, wollte unter Menschen sein, mitten im Leben. Ausnahmsweise.

Bedächtig streifte sie durch die Gänge eines Supermarkts, froh über die Anwesenheit anderer.

Sie kaufte Lebensmittel für die kommenden Tage und zwei Flaschen für den Abend. Oder doch lieber drei?

Alkohol ist keine Lösung.

Du sollst dich verziehen!

Am Kassenband fiel ihr auf, dass sie — wohl unbewusst — zwei Dosen Katzenfutter in den Einkaufswagen gepackt haben musste. Sie streckte die Hand aus, griff nach der Dose und überlegte, sie einfach in das Zigarettenfach neben dem Band zu werfen.

Ach, was soll's.

Sie legte die Dosen auf das Band. Ein weiterer Sieg für das Katzenvieh.

Anouks schwarzen Pickup sah sie schon von Weitem. Wuchtig stand er vor ihrer Einfahrt.

Ihr Freund indessen hockte auf der Treppe der Veranda und winkte freudig, als sie mit dem Auto vor der Garage parkte. Ein schwarzer Schatten strich um seine Beine.

Lea verdrehte die Augen — lästiges Vieh.

Sie stieg aus. Während sie die Einkaufstüte aus dem Kofferraum fischte, kam er die Treppen heruntergesprungen und nahm sie ihr aus der Hand. Die Katze wartete geduldig vor der Tür.

»Wartet die etwa, bis ich sie reinlasse?«

»Jup.«

»Kann ja wohl nicht wahr sein.« Sie fischte nach dem Hausschlüssel. »Hast du es dir anders überlegt?«

Anouk warf ihr einen verwirrten Blick zu. »Was überlegt?«

»Willst du das kleine Biest da mitnehmen?«

»Ich würde doch nicht *deine* Katze stehlen wollen!«

»Meine Katze? Du spinnst wohl!« Sie schnaubte empört. Das Tier huschte durch die geöffnete Haustür, rannte in die Küche und miaute laut. Anouk setzte an, aber Lea unterbrach ihn.

»Halt die Klappe, sonst werfe ich euch beide raus.«

Sie ignorierte den Vierbeiner, während sie den Einkauf auspackte und das Katzenfutter in die hinterste Ecke schob, bemerkte aber durchaus Anouks amüsierten Blick.

»Dein kleiner Freund weiß mehr über dich als du selbst.«

Er deutete auf das Futter und verbarg sein Grinsen hinter seiner Hand.

»Ich glaube, du brauchst noch ein Katzenklo.«

»Ich warne dich!«, fuhr sie ihn an und tat dem Tier etwas Futter auf einen kleinen Teller. »Außerdem, woher weißt du, dass es ein *er* ist?«

»Ich vermute es einfach.«

»Pfff, wie sexistisch von dir. Du irrst dich. Ist eine *sie*.«

»Woher ...?«

»Die dicken Bällchen fehlen.«

Anouk prustete los. Er legte den Kopf schief und schielte zur Katze am Boden. »Du hast recht.«

»Ich weiß.«

Seufzend setzte sie sich zu ihm an den Tisch.

»Was ist los?«, fragte er feinfühlig.

Er strich ihr eine Haarsträhne aus dem Gesicht, in ihrem Bauch flatterten kleine Schmetterlinge und bereiteten ihr Übelkeit. Aufmunternd lächelte er ihr zu und verschlimmerte die Situation. Ihre Finger griffen nach dem kleinen Mondsteinanhänger um ihren Hals. Sollte sie ihm erzählen, was sie eben erlebt hatte? Es würde seine Meinung über sie und ihren psychischen Allgemeinzustand nur verstärken. Aber sie musste es jemandem erzählen. Sie musste es einfach loswerden und wer weiß, vielleicht wusste er doch einen wertvollen Rat. Die Katze sprang auf ihren Schoss und rollte sich ein.

»Mir ist etwas Merkwürdiges passiert.« Sie legte eine dramatische Pause ein, kraulte dem Vieh den Kopf und studierte sein Gesicht. Keine Spur von Spott oder diesem ekelhaften arme-Lea-ist-völlig-irre-Blick. Sie sprach weiter. »Ich war gerade beim Sender und als ich wieder zum Auto wollte, war alles … verändert. Da waren Dinge …«

»Was meinst du?«

Die Stimmung zwischen ihnen veränderte sich. Eine winzige, kaum greifbare Verschiebung. Er lehnte sich in seinem Stuhl zurück, verschränkte die Arme vor der Brust.

Ihre Blicke trafen sich.

Halt die Klappe, sag nichts weiter!

»Ach egal. Nicht so wichtig.«

Anouk drehte den Kopf weg, schaute zum Fenster hinaus. Sie betrachtete sein Profil, versuchte daraus zu lesen. Noch bevor er den Mund aufmachte, ahnte sie, was er sagen würde. Sie kniff die Lippen fest zusammen.

Hätte ich bloß nichts gesagt! Hätte ich bloß die Klappe gehalten!

»Lea, Träume sind eine Sache. Dass du jetzt aber Halluzinationen am helllichten Tag hast, ist eine andere.«

Er hatte recht, keine Frage, die Dinge klangen absolut verrückt. Aber Lea *wusste*, dass es kein normaler Tagtraum gewesen war. Verdammt nochmal, wie konnte sie ihm das begreiflich machen?

»Du denkst nach wie vor, dass ich verrückt bin.« Keine Frage. Eine Feststellung. Eine ernüchternde Feststellung über einen Blinden, der behauptete, Farben sehen zu können.

»Sag mir, dass du keine Drogen nimmst.«

»Bitte was? Das ist jetzt nicht dein Ernst, oder?«

»Ich weiß einfach nicht, was ich davon halten soll.« Er nahm ihre Hand und drückte sie sanft. »Du meinst, dass du eine Art Bewusstsein bist, das die ganze Welt erträumt, die somit nicht wirklich existiert. Einschließlich mir, der Katze auf deinen Beinen und Jady.«

Eine simple Zusammenfassung von dem, was sie ihm die letzten Tage versucht hatte zu erklären. Aus seinem Mund klang es absonderlich und dennoch vermochte sie nichts Plausibles darauf zu erwidern.

Er hob entschuldigend die Schultern, rutschte vom Stuhl und kniete sich vor sie, sodass sie auf Augenhöhe waren, und flüsterte: »Lea, ich sehe doch, wie es dich fertig macht. Dafür gibt es sicherlich eine ganz *normale* Erklärung. Wenn du dir nur helfen lässt.«

Lea spürte die Wut in ihr hochkochen, er nahm sie kein bisschen ernst. Sie fühlte sich wie ein kleines Mädchen, das ihrem Vater gerade von den Monstern unter ihrem Bett erzählt hatte. Sie schob ihn weg und stand auf. Die Katze sprang mit einem anklagenden Laut auf den Boden.

»Warum warst du eigentlich im Sender? Ich dachte, du hast Urlaub?«, fragte er.

»Ich musste ein paar Dinge abklären.«

»Und *ein paar Dinge abklären* bedeutet, sich mit diesem Patrick treffen? Habe ich recht?«

Er legte den Kopf leicht schief, eine steile Falte entstand zwischen seinen Augenbrauen und er musterte Lea eindringlich.

»Was habt ihr denn alle? Darf man sich nicht mit einem Kollegen treffen?«

Lea verschränkte trotzig die Arme vor der Brust.

»Also war es so.«

»Ja, ich musste Nachforschungen anstellen. Wegen des Wals.«

»Es gab keinen Wal.«

»Deswegen ja!«

»Ist dir schon einmal in den Sinn gekommen, dass er etwas damit zu tun haben könnte?«

»So ein Unsinn.«

Anouk stand auf und sah auf sie herab. Die Katze saß in der Ecke, beobachtete sie aus ihren gelben Augen.

»Ich meine ja nur, *zuerst* hast du diesen Traum und *dann* erzählt er dir plötzlich etwas über eine Walstrandung, die es aber *nie* gegeben hat. Ich finde das merkwürdig.«

»Nein, das ... das ist doch Unsinn.«

Mit dem Zeigefinger strich er ihr die Haare aus der Stirn, fuhr sanft ihre Wange entlang unter das Kinn und hob mit leichtem Druck ihren Kopf, sodass sie ihn ansehen musste. Seine dunklen Augen bohrten sich in ihre und sie konnte die Entschlossenheit, die sie versprühten, spüren. Ihr Herz klopfte schwer in der Brust. Seine Augen wanderten zu ihren Lippen und verharrten darauf.

Langsam näherte sich sein Mund, hielt nur wenige Zentimeter davor inne. Sie roch sein Parfüm. Männlich herb, nicht zu aufdringlich. Ihr Körper spannte sich an, Verlangen überflutet sie.

»Ich mache mir doch nur Sorgen«, hauchte er.

»Ich weiß«, erwiderte sie leise.

Diese Nähe, von Anfang an greifbar, überrumpelte sie. Sie wollte ihn am Kragen packen, zu sich ziehen, die letzten Zentimeter überwinden.

Er traut sich nicht. Nach meiner letzten Abfuhr traut er sich nicht. Ich muss es tun.

Sie rührte sich nicht.

Er lächelte, versuchte die Schwermut erfolglos zu überspielen und wandte sich ab. Sie wollte protestieren, aufstehen und ihm nach, da hörte sie schon die Tür ins Schloss fallen.

Die Katze sprang auf, rannte ihm hinterher. Kläglich miauend stand sie im Flur.

»Wir sind nur Freunde.« Ihre Stimme klang rau und belegt, ihre Worte hohl und verzweifelt.

Die Pfötchen der Katze trippelten leise auf dem Parkett, als sie den Flur entlang zurück in die Küche lief. Lea stand auf, nahm sie auf den Arm und kraulte ihr den Kopf. Gedankenverloren schlenderte sie mit ihr auf die Terrasse, setzte sie auf dem warmen Fliesenboden ab.

»Hau ab.«

Die Katze blieb sitzen, zuckte mit den Ohren.

»Vielleicht sollte ich wirklich noch ein Katzenklo besorgen.«

Mit einem Seufzen plumpste sie in einen der Gartensessel. Die Sonne wurde von Tag zu Tag kräftiger und der süße Duft blühender Pflanzen strich sanft um ihre Nase. Tief sog sie ihn ein, dachte über das Erlebnis in der Stadt nach. So viele Fragen, so wenig Antworten.

Jeder Tag schien sie mehr in den Wahnsinn zu treiben.

Warum taucht immer wieder dieses Meer auf. Wer ist diese Frau? Verdammt, wieso habe ich das Gefühl, sie zu kennen?

Angestrengt kramte sie in ihrem Kopf und stieß auf einen Nebel, den sie nicht zu durchdringen vermochte. Er fühlte sich seltsam an, wie eine Barriere, die nicht überwunden werden sollte, und es ermüdete sie schnell. Sie rieb sich mit den Händen übers Gesicht und gähnte.

Etwas versuchte sie zu kontaktieren, die Galaxie, dieses Mädchen, der Schatten ... sie sah keinen Zusammenhang. Anouk hätte ihr helfen können, wenn er nur nicht so blind für sie wäre. Sein sorgenvoller Blick, die Aussage, sie solle einen Psychiater aufsuchen, dass sie den Verstand verlor, dass alles verletzte sie so sehr. Er war schließlich der spirituelle Indigene, der ihr von Tiergeistern erzählte, der mit Bäumen sprach und an Wiedergeburt glaubte.

Die Katze sprang auf ihren Schoß, sah sie aus ihren großen gelben Augen an.

»Und wo kommst du nur her?«, fragte Lea leise und strich dem Tier über den Kopf.

Kapitel 17

Ela

Er ragte in seinem dunklen Anzug vor ihr auf, groß und bedrohlich. Das Haar perfekt nach hinten gestylt, auf seiner Nase eine verspiegelte Sonnenbrille. Sie sah ein Mädchen darin, verängstigt und hilflos.

Nein! Zeig keine Schwäche, er darf keine Schwäche riechen. Sie schluckte schwer und versuchte verzweifelt, ihre Schultern durchzudrücken.

Seine Stimme schnitt eiskalt durch den Raum.

»Was ist hier los?«

Er schob sich die Sonnenbrille ins Haar. Ihr Körper spannte sich an. Sie hörte, wie ihre Mutter die Backsachen von der Küchenablage räumte, als hoffte sie, es noch verbergen zu können. Es würde ihn nur noch wütender machen.

»Du bist schon zu Hause?«, sie versuchte beiläufig zu klingen.

»Wie schaut's hier aus?« Er trat einen Schritt nach vorn, schob Ela grob beiseite. »Und was is'n das für'n Scheiß im Ofen?« Er riss die Ofentür auf, sah kurz hinein, knallte sie wieder zu.

Ela atmete tief ein und versuchte ihre Stimme ruhig klingen zu lassen. »Kuchen. Selbstgemacht.« Sie hoffte, ihn ein wenig dafür begeistern zu können.

»Ach was!«, blaffte er. »Ich brauch vernünftiges Essen! Und nicht so'n Müll!«, brüllte er. Spucke flog um Elas Ohren.

Mit einer schnellen Bewegung griff er an Ela vorbei nach der Teigschüssel und schleuderte sie auf den Boden. »Räumt den Scheiß hier auf!«, befahl er.

Die Mutter ging zögernd in die Knie, der Blick gehetzt, die Bewegungen scheu. Ela hasste es, was er mit ihrer Mutter machte, sie hasste, dass er atmete und sein schwarzes Herz noch schlug.

Trotzig hob sie das Kinn und ballte die Hände zu Fäusten. Isabelle bemerkte es sofort, zischte sie warnend an. Zu spät. Ela flog bereits durch den Raum, bevor sie überhaupt realisieren konnte, was geschehen war. Mit dem Rücken krachte sie hart gegen einen Küchenschrank. Ihr Gesicht brannte wie Feuer, Tränen liefen ihr über die Wangen. Verräterische Tränen. Schwäche.

Die Mutter schrie auf, warf sich schützend über ihr Mädchen, doch der Vater packte sie an den Schultern, stieß sie zur Seite, als wäre sie nur ein Federgewicht. Vor Ela blieb er stehen. Sie starrte auf seine Füße; er sollte ihre Tränen nicht sehen. Ihre Schwäche.

»Schau mich an!«, befahl er.

Ela weigerte sich, starrte weiterhin auf seine feinen, schwarzen Lederschuhe. Bezahlt mit Blut und den Leben anderer.

»Schau mich an!«, brüllte er.

Mit einer beiläufigen Bewegung wischte sie die Tränen weg, hob trotzig den Kopf. Sie legte so viel Hass und Wut in ihren Blick, wie sie nur konnte. Ihre Mutter wimmerte und kroch über den Boden zu ihr, drückte warnend ihre Hand.

»Hast du ein Problem?«, säuselte Karl in gespielter Fürsorge. Bedächtig beugte er sich zu Ela hinab, trat die Hand der Mutter beiseite. Seine große Pranke griff nach ihrem Hals — seltsam, wie kalt sie war. Wie ein Schraubstock packte er zu und hob sie hoch, ganz nah an sein Gesicht. Betont langsam fragte er noch einmal: »Hast du ein Problem, Kind?«

Doch Ela starrte ihn nur weiter hasserfüllt an. Am liebsten würde sie ihm ins Gesicht spucken.

Er drückte fester zu. Röchelnd versuchte sie nach Luft zu schnappen, die Lunge begann zu brennen. Sie wollte tief Luft holen, alles in ihrem Körper schrie danach. Mit ihren Händen versuchte sie sich aus dem Griff zu befreien, doch er hielt sie unerbittlich fest. Ein Druck baute sich in ihrem Kopf auf, ihr wurde schwarz vor Augen.

Ja mach schon, Arschloch! Bring mich endlich um!

Ihre Augen huschten zur Mutter, die schluchzend am Boden kauerte und etwas wimmerte, das Ela durch das Rauschen in ihren Ohren nicht verstand.

Dann, endlich, ließ er sie los. Die Beine knickten unter ihrem Gewicht weg und so lag sie wieder da — zu seinen Füßen.

»Gut!«, sagte er und lächelte zufrieden. »Ich gehe jetzt duschen, danach steht was zum Essen auf'm Tisch, Isabelle!«

Er zwinkerte seiner Frau zu, die weinend auf dem Fußboden kauerte.

»Ich habe heute nämlich noch was vor.«

Er machte eine obszöne Geste und bewegte sein Becken vor und zurück, dann verschwand er im Flur. Kurz darauf knarrte die Treppe.

Die Mutter robbte zu ihr und winselte: »Es tut mir leid! Es tut mir so unendlich leid.«

»Es geht mir gut, Mama.«

»Tut es nicht. Das ist allein meine Schuld. Wir hätten nicht ... *ich* hätte nicht ...«

»Nein. Er ist es, Mama. Nicht du. Er ist es, der falsch ist!«

»Schsch! Sprich nicht so laut.«

Wie ein ängstliches Reh blickte sie zum Flur hinaus und lauschte. Elas Gesicht schmerzte, fühlte sich an, als würde ihr Auge zuschwellen. Der Hals tat ebenfalls weh, doch sie wollte stark sein — für ihre Mutter. Die stand auf, holte einen Eisbeutel aus dem Gefrierschrank, wickelte ihn in ein Tuch und kniete sich wieder neben sie. Süßer Duft stieg ihnen aus dem Ofen in die Nase, verspottete beide.

Als Mahnung an das knappe Zeitfenster kam Karl fröhlich pfeifend die Stufen herunter und verschwand im Bad. Ihre Mutter gab ihr einen Kuss auf die Wange, stand auf und reinigte schnell die Küchenablage.

»Mama? Wie willst du es schaffen, ihm rechtzeitig ein Essen zu kochen.«

»Keine Sorge, Maus. Mama ist auf so was vorbereitet.«

Nicht nur Ela hatte ihre eignen Strategien im Umgang mit Karl entwickelt, ihre Mutter tat das auch.

Eine heiße Wolke stieg aus dem Ofen, als sie ihn öffnete, um den Kuchen herauszunehmen.

Das Rauschen der Dusche verstummte und Isabelle huschte schnell zum Gefrierschrank, um eine Tupperdose herauszuholen. Schweinebraten, Kartoffelbrei, Soße. Sie stellte das Essen in die Mikrowelle und deckte flink den Tisch.

Ela und ihre Mutter saßen schweigend am Tisch, als Karl die Küche betrat und laut in die Hände klatschte.

»Na? Was gibt es Feines zu essen?«

Freudig rieb er die Handflächen aneinander, umrundete den Tisch und roch in einer übertriebenen Geste am dampfenden Braten. Ela musterte ihn aus einem Auge — das andere war zugeschwollen und pochte dumpf. Mit einem breiten Grinsen setzte er sich, blickte erst Ela, dann der Mutter ins Gesicht. Er runzelte die Stirn.

»Was herrscht denn hier für eine Trauerstimmung?«

Ela bemerkte, wie ihre Mutter die Hände knetete. Karl seufzte.

»Also ehrlich, Mädels. Wer nicht hören kann, muss eben fühlen. Ich lass mir doch nicht auf der Nase rumtanzen, oder?«

Isabelle wand sich unter seinem bohrenden Blick.

»Natürlich nicht«, murmelte sie kaum hörbar.

»Na also!«

Zufrieden lächelnd griff er nach Messer und Gabel. Genüsslich stach er in das Fleisch, das Messer wetzte kurz hin und her, dann flog die Gabel zu der grässlichen Luke in seinem Gesicht.

Erstick dran, Arschloch!

»Mh, mh. Das ist wirklich, wirklich köstlich!«

Das Mahlen seiner Kiefer, das Schmatzen seiner Zunge hallte in Elas Kopf nach, schwoll zu einem unerträglichen Lärm an. Sie beobachtete, wie sich die Lippen öffneten, der Kiefer nach unten klappte und das Essen, das ihre Mutter liebevoll zubereitet hatte, in der fleischigen Luke verschwand. Soße troff ihm aus dem Mundwinkel und die glitschige Zunge zuckte hervor wie bei einer Schlange.

Ela blickte angeekelt auf ihren Teller, keinen Bissen würde sie runterbekommen. Ebenso ihre Mutter.

Behutsam legte er das Besteck auf den Teller, als hätte er Angst, etwas kaputt zu machen, und tupfte sich mit einer Serviette sorgfältig den Mund ab.

Mit einem lauten Rülpsen lehnte er sich im Stuhl zurück und legte die Hände auf den gewölbten Bauch.

»Jetzt wäre ein Stück von dem leckeren Kuchen recht, den ihr doch extra für mich gebacken habt«, sagte er.

Ihre Mutter stand auf, jede ihrer Bewegungen langsam, wohldurchdacht. Unterwürfig.

Er lächelte arrogant, wartete auf sein verdammtes Stück Kuchen. Ela presste die Lippen zusammen. Widerwillig stellte Isabelle das Dessert auf den Tisch.

»Möchtest du auch ein Stück, mein Schatz?«, fragte sie Ela.

Karl schlug mit der flachen Hand auf den Tisch. Sie zuckten zusammen.

»Nein. Du glaubst doch nicht *allen Ernstes*, dass die Göre ein Stück verdient hat!«

»Das ist unfair!«, platzte es aus Ela heraus.

Wütend sprang sie von ihrem Stuhl auf, polternd fiel er zu Boden. Sie sah Rot, das Blut rauschte ihr in den Ohren, all der Frust, die aufgestaute Wut dämpften ihre Furcht.

»Warum lässt du dir das gefallen, Mama? Warum wehrst du dich nicht?«

»Ela«, keuchte ihre Mutter entsetzt, huschte blitzschnell hinter sie, umfasste ihre Schultern und schob sie zur Tür hinaus.

»Geh in dein Zimmer.« Ihre Stimme bebte.

»Hiergeblieben!«

Isabelle erstarrte. Ela funkelte Karl wütend an und schüttelte die Hände der Mutter ab.

» *Wir* haben den Kuchen gebacken! Du hättest es nicht einmal gemerkt, wenn du nicht da gewesen wärst!«, schrie Ela. Was sollte er ihr schon antun? Den Kuchen vor ihr mit der Schaufel zerstückeln? Alles, was er ihr nehmen konnte, hatte er bereits genommen.

Karl stand langsam auf. Ordentlich, ruhig, als hätte er alle Zeit der Welt, schob er den Stuhl zurück an den Tisch und stellte seinen Teller ins Spülbecken.

» *Dein* Kuchen? So so. Warum sie sich das gefallen lässt, aha.« Er drehte sich zu ihnen um. Sein Gesicht eine vereiste Maske.

»Nein, Karl! Bitte nicht! Sie ist deine Tochter, noch ein Kind und so aufbrausend. Bitte!« Isabelle stellte sich schützend vor ihr Kind.

»Aufbrausend? So So. Dann zeigen wir ihr mal, wo der Hammer hängt.« Er lachte dreckig und klopfte sich auf den Oberschenkel. »Wo der Hammer hängt. Der Witz war doch gut, oder Isabelle?«

Karl deutete auf ihre Hand mit den verkrüppelten Fingern.

Elas Blick folgte seinem Wink, augenblicklich schämte sie sich für ihre Worte. Sie wusste, was damals geschehen war und bereute es, ihren Vater so leichtfertig provoziert zu haben.

»Nein!«, winselte ihre Mama, ihre Augen gerötet von den Tränen. »Bestrafe mich, ich habe sie nicht gut erzogen.«

»Ach was, mein liebes Eheweib.« Er winkte ab und legte seinen Arm um ihren Hals, mit einem Ausdruck auf dem Gesicht, der keinen Widerstand duldete. Er schob sie von Ela weg. Steif ließ sie sich führen.

»Du tust doch immer so viel für mich«, säuselte er und öffnete die Badezimmertür, aus der feuchtwarme Luft hervorquoll wie aus dem Schlund der Hölle.

»Lass mich dir ein bisschen was von der Erziehungsarbeit abnehmen.«

Er stieß sie hinein, zog den Schlüssel von innen ab, sperrte von außen zu. Ela hörte ihre Mutter toben und betteln und gegen die Tür hämmern.

Doch das Monster vor ihr schüttelte nur mitleidig den Kopf und zeigte mit dem Daumen auf die Tür.

»Hörst du das? Deine Mutter traut mir wirklich gar nichts zu?« Seine Mundwinkel sackten herab, als wäre er beleidigt.

»Dabei hab ich schon ganz ander'n kleinen Dreckspissern gezeigt, wo es lang geht.«

Ein dicker Kloß steckte Ela im Hals, sie überlegte aus der Tür zu stürzen, davonzulaufen und nie mehr zurückzukehren.

Noch bevor ich zwei Seitenstraßen weit komme, hat er mich, und dann wird er es an Mama auslassen.

Wie ein mächtiger Riese stampfte er auf sie zu. Grob packte er sie bei den Schultern, drängte sie zurück in die Küche.

»Setz dich!«, befahl er und zog einen Stuhl heran.

Zögernd nahm sie Platz. Er drehte sich um, machte zwei große Schritte in Richtung Küchenzeile und öffnete einen der unteren Schränke.

»Weißt du, deine Mutter war auch mal so aufbrausend.« Schüsseln und Küchengeräte klapperten.

»Aber ich würde sagen, ich habe eine vernünftige Lösung gefunden, ihr zu zeigen, was ich davon halte.« Mit einem Lächeln drehte er sich kurz zu ihr um.

Ela senkte den Blick, die Hände über den immer heftiger wippenden Knien zusammengefaltet. Keine Spur von Widerstand mehr, keine Wärme mehr in den Gliedern, nur noch ein Häufchen Elend.

Er kehrte ihr den Rücken, suchte weiter, stellte verschiedene Küchenutensilien auf den Boden, bis er fand, was er suchte: ein weißer Trichter, den Mutter verwendete, um Gelees und Marmeladen einzufüllen.

Das schien noch nicht alles gewesen zu sein, denn er stand auf und kramte in den oberen Schränken weiter.

»Wo is'n das blöde Gerät?«

Eine Schranktür nach der anderen riss er auf und knallte sie wieder zu, bis er es endlich fand.

»Ah, bitte sehr, da haben wir ihn ja.«

Wie eine Trophäe hielt er den Mixer in die Höhe und zwinkerte seiner Tochter zu. Ela konnte kaum mehr atmen. Die Angst drückte ihr noch stärker die Kehle zu als ihr

Vater vorhin. Karl nahm den Kuchen und stopfte ihn in den Mixer.

»Milch?«, fragte er und ging zum Kühlschrank, ohne auf Elas Antwort zu warten. Die Milch plätscherte in den Mixer, er verschloss ihn sorgfältig mit dem Deckel und schaltete ihn ein. Lautstark wurde der Kuchen, den sie mit ihrer Mutter gebacken, auf den sie sich so sehr gefreut hatte, zu einer ekligen Pampe verarbeitet. Karl schaltete den Mixer aus.

»Was machst du mit ihr, du Schwein?«, kreischte ihre Mutter im Bad.

»Ts, ts, so vulgär, deine Mutter.« Er schüttelte den Kopf. »Dabei möchte ich meiner Tochter nur einen Kuchen und etwas Milch servieren.«

Er öffnete seinen Gürtel und zog ihn langsam aus den Schlaufen der Hose. Sie wimmerte, wollte aufspringen und davonlaufen, doch ihre Beine bewegten sich kein Stück.

»Jetzt schön stillhalten, wir spielen ein Spiel.« Mit dem Gürtel band er sie an der Lehne fest.

»Mama!«, schrie Ela, ihre Stimme überschlug sich vor Panik. Karls große Hand packte sie grob am Kinn und der dicke Daumen quetschte sich zwischen ihre Lippen und zwang ihre Kiefer auseinander. Wild warf sie sich hin und her, dicke Tränen kullerten über ihre Wangen. Das Ende des Trichters schob er dazwischen, riss ihren Kopf an den Haaren nach hinten.

»Halt still, das Spiel heißt: Maul stopfen. Und du wolltest doch unbedingt deinen verschissenen Kuchen.«

Ela würgte lautstark, mit weit aufgerissenen Augen flehte sie ihren Vater an aufzuhören.

»Guten Appetit«, sagte er tonlos.

Der zähe Brei floss in den Trichter. Wie eine kalte Schnecke rutschte das Zeug ihre Kehle hinab, sie schluckte und schluckte, ganz automatisch, es wurde immer mehr, zu viel, bis es schließlich wieder hinauswollte. Der Schwall beförderte den Trichter und einen Teil des Breis aus ihrem Hals. Karl sprang einen Satz nach hinten. Sie würgte erneut und erbrach sich ein weiteres Mal. Angestrengt schnappte sie nach Luft.

»Dich kotzt unser Spiel wohl an, wie?«

Angewidert sah er sie an, dann kehrte er ihr den Rücken und ließ die Mutter aus dem Bad. Erschöpft sackte Ela zusammen und schluchzte und würgte. Das Kinn mit Kotze beschmiert.

»Was hast du getan?«, schrie die Mutter Karl an. Schnell öffnete sie den Gürtel, nahm Ela in die Arme.

»Putz die Sauerei auf!«, entgegnete er schroff und verschwand endlich durch die Wohnungstür.

Kapitel 18

Lea

Lea stöhnte, drehte ihren Hals erst in die eine, dann in die andere Richtung. Es knirschte. Sie war mit der Katze auf dem Schoss eingenickt. Ein knapper traumloser Schlaf. Den Kopf mindestens eine Stunde schmerzhaft verdreht.

»Autsch.«

Du bist ein hoffnungsloser Fall, Lea Moske.

Du schon wieder? Ich dachte, ich wäre dich los.

Tja, ein bisschen Vernunft scheinst du wohl noch zu besitzen. Obwohl ... immerhin unterhältst du dich mit dir selbst und hockst hier alleine, anstatt bei dem Mann zu sein, den du liebst.

Red kein Blödsinn, Anouk ist mein bester Freund.

Ach sei doch nicht albern, deswegen frisst dich dein Verlangen nach ihm auch auf.

Sie hatte recht. Diese nervige Stimme behielt verdammt nochmal recht. Sie fühlte sich einsam, sehnte sich nach einer starken Umarmung, nach Nähe. Nach seinem Verständnis und Wärme.

»Ich hab ihn gehen lassen.« Sie ließ den Kopf hängen.

Dann hol ihn zurück.

Zurückholen? Wie? Sollte sie einfach ins Auto steigen, zu ihm fahren und dann was? Was sollte sie dann tun?

Das siehst du dann schon.

Na schön. Angenommen, sie würde den Mut aufbringen, ins Auto zu steigen, was, wenn sie wieder so ein Erlebnis ereilte wie in der Stadt?

Dann solltest du lieber jemanden an deiner Seite haben.

Ein gutes Argument. Lea stand auf. Mit einem protestierenden Laut sprang die Katze davon und verschwand im Haus. Sie griff nach ihrem Telefon, suchte nach seinem Namen und drückte darauf. Es läutete. Einmal, zweimal, zehnmal. Sie beendete das nicht zustande gekommene Telefonat und zog ihre Schuhe an. Vielleicht saß er draußen im Garten, sein Telefon lag die meiste Zeit ohnehin nur nutzlos in der Küche. Warum er überhaupt eines besaß, würde womöglich sein Geheimnis bleiben.

»Ich bin mal kurz weg«, rief sie zur Katze und zog die Haustür hinter sich zu. Sie musste an Jady denken. Ob es ihr gut ging? Hoffentlich plagten sie keine Alpträume oder Heimweh. Lea war erleichtert, dass sie von dem Chaos in ihrem Kopf nichts mitbekam. Was würde Jady von ihrer Mutter denken, wenn sie wüsste, dass sie wie eine aus der Anstalt Entflohene auf der Straße herumgeirrt war.

Was spielt es für eine Rolle, was andere denken, wenn sie doch eh nicht real sind.

Stimmt.

Sie blieb auf der Veranda stehen, blinzelte der hellen Mittagssonne entgegen. Der herannahende Sommer würde bestimmt fantastisch werden. Falls sie den noch erlebte.

Ihr Blick huschte über die Einfahrt, die Straße entlang und wieder zurück. Alles normal. Keine abnormen Ereignisse, kein Schatten, kein Eismeer. Nur zehn Meter zum Auto. Alles cool, alles easy.

Sie atmete tief in die Brust ein, hielt die Luft einen Moment und blies sie dann kräftig aus.

»Und los.«

Mit schnellen Schritten eilte sie zu ihrem Wagen und sprang halb hinein. Geschafft. Hastig drückte sie auf den Schalter, verriegelte die Türen.

Anouk stieg gerade aus seinem Pickup, als sie angerollt kam. Die Haare hingen ihm strähnig am Kopf. Schwermütig lächelte er, hob zum Gruß die Hand und klaubte seine Sporttasche von der Ladefläche. Er wartete den Moment, bis sie ihren Wagen abstellte und ausstieg.

»Du kommst vom Training?«, fragte sie.

War er direkt nach dem Besuch bei ihr in die Kampfschule gefahren? Das Training nutzte er oft als Ventil für negative Energien. Lea durfte ihn einmal begleiten, weil er hoffte, sie dafür zu begeistern. Wie er gegen die Trainingspuppe gekämpfte hatte, war sehr eindrucksvoll gewesen. Aber für Lea zu rabiat. Sie fürchtete sich viel zu sehr davor, von einem Trainingspartner eins auf die Nase geboxt zu bekommen. Wer wollte schon eine Moderatorin mit blauem Auge oder blutiger Nase sehen?

Er sah sie wachsam an, ignorierte ihre Frage, stellte stattdessen seine eigene.

»Was machst du hier?« Die Tasche über die Schulter geworfen, schlenderte er zur Haustür.

»Ich habe versucht dich anzurufen. Ich wollte dich sehen.«

»Ich war eben bei dir.«

Sein Mund zog sich zu einer schmalen Linie zusammen, die Augen ernst. Seine Kiefermuskeln zuckten. Sie begriff, dass sie verloren hatte, dass sie Anouk verloren hatte. Sie versank in Schweigen.

Er zog seinen Hausschlüssel aus der Hosentasche, ein kleiner Zettel segelte zu Boden. Lea bückte sich und hob ihn auf.

»Oh, du hast da was ver...«

Sie erstarrte, blickt auf die Zahlen und die Buchstaben. Eine Telefonnummer. Von einer Frau.

»Lucy?«, flüstert Lea.

Ihr Mund wurde trocken, sie schmeckte einen fahlen Beigeschmack. Lucy, die Praktikantin? Die irre Lucy, die ihr heute Morgen noch Drohungen an den Kopf geworfen hatte? Unmöglich. Anouk schnappte nach dem Zettel, faltete ihn sorgsam und steckte ihn zurück in die Hosentasche. Er sah sie nicht an, als er leise murmelte, tat so, als konzentriere er sich auf den Schlüssel.

»Hab ich kennengelernt, eben im Training.«

»Okay.«

»War neu da und hat mich gefragt, ob ich ihr ein paar Dinge zeigen könnte und so.«

»Okay.«

»Sie ist neu in der Stadt und kennt noch niemanden.«

»Verstehe.«

»Wir treffen uns heute Abend.«

»Alles klar.«

Er sah sie nicht an, starrte nur auf den scheiß Schlüssel in seinen Händen. Anouk drehte ihn hin und her. Wechselte ihn von einer in die andere Hand. Es sah aus, als versuchte er sich an ihm festzuhalten, als suchte er nach Halt. Es war vorbei. Was sollte sie noch hier? Zum Glück sah er ihr nicht ins Gesicht, sah nicht die Tränen, die sie vergeblich versuchte wegzublinzeln. Sie ging zurück zu ihrem Auto, hoffte, er würde sie aufhalten. So wie er es heute Vormittag womöglich von ihr erhofft hatte. Er schwieg. Genau wie sie.

Ihre Hände umkrallten das Lenkrad, die Knöchel traten weiß hervor. Scheiß drauf! Sie brauchte ihn nicht! Er glaubte ihr ohnehin nicht. Ihre eigene Mission wartete auf sie. Sie wischte mit dem Handrücken über ihre Wangen, startete den Motor und fuhr, ohne sich noch einmal nach ihm umzusehen.

Patrick. Sie brauchte Patrick. Der Wal, die Amokläuferin, die plötzliche Geborgenheit, die sie bei ihm spürte. Möglicherweise war er auch ein Puzzleteil.

Oder ein Rebound, um über Anouk hinwegzukommen, hm?

Ich habe wichtigere Probleme als ihn.

Oh ja, die hast du definitiv, aber dabei wird dir Patrick auch nicht helfen.

Wir werden sehen.

Trotzig griff sie nach ihrem Handy und wählte seinen Namen.

04:00 Uhr nachmittags. Es klingelte, Lea atmete erleichtert durch, denn er stand vor der Tür. Die Zeit vom Anruf, in dem sie ihn bat, sie zu besuchen, bis jetzt war sie im geistigen Leerlauf unruhig durch das Haus getigert und hatte Kissen aufgeschüttelt, Geschirr aufgeräumt, staubgesaugt. Sogar Janina anzurufen probierte sie noch einmal, jedoch wieder ohne Erfolg. Sie verabredete sich mit ihm, kurz nachdem sie mit zittrigen Händen von Anouk weggefahren war. Als Vorwand nannte sie die Amokläuferin, der wahre Grund aber blieb ihre Einsamkeit. Er hatte sofort eingewilligt.

Die Sonne strahlte von einem nahtlos blauen Himmel herab, wanderte Richtung Westen und würde bald hinter der Linie des Horizonts versinken. Er trug eine Mappe und einen Strauß Blumen bei sich und lächelte ihr entgegen. Lea bat ihn rein, dankend nahm sie den Strauß an.

Sie trieb Patrick vor sich her, dirigierte ihn durch das Wohnzimmer auf die Terrasse und bot ihm einen der Gartenstühle an.

Die Katze kam mit erhobenem Schwanz auf ihn zugelaufen und strich laut schnurrend um seine Beine.

»Oh, ich wusste nicht, dass du eine Katze hast.«

Patrick beugte sich runter und kraulte ihr über den Rücken. Sie schnurrte laut, wälzte sich anbiedernd vor ihm auf dem Boden hin und her.

Lea verdrehte die Augen. »So wickelt sie jeden um den Finger.«

»Ist es nicht deine?«

»Nein … ja … ach, keine Ahnung. Das Biest hat sich hier irgendwie eingenistet.«

»Wie heißt sie denn?«

»Na, Katze.«

»Das ist eine Bezeichnung, kein Name.«

»Das ist der beste Name, den sie von mir erwarten kann.«

Patrick lachte. »Verstehe.«

»Wein?«

»Gerne, aber nur ein Glas, außer du möchtest, dass ich heute hier übernachte?« Er lächelte sie mehrdeutig an.

Sie zuckte mit den Schultern und verschwand nach drinnen, um Gläser zu holen. Der Vorschlag löste in ihr weniger Unbehagen aus, als es vielleicht sollte. Sie wollte nicht alleine sein, nicht nach all den schrecklichen Nächten. Die Nacht, in der Anouk sie im Arm gehalten hatte, war traumlos geblieben.

»Du könntest auf der Couch schlafen«, rief sie aus der Küche.

»Na dann, her mit dem guten Zeug.«

Die Abendluft wehte angenehm mild und die untergehende Sonne setzte den Himmel in Brand. Die wenigen

Wolken, die am Firmament dahinzogen, leuchteten feurig auf und erschufen einen magischen Moment. Amseln sangen ihr Abendlied, während Lea bereits an ihrem zweiten Glas nippte. Der Wein betäubte ihren Kopf, ihr Herz und die Sorgen.

»Hast du die Akte dabei, um die ich dich gebeten habe?«, fragte sie und stellte ihr Glas auf dem Tisch ab. Natürlich wusste sie, dass er die Mappe bei sich trug, sie wollte nur irgendwie das Thema anschneiden. Mit einem Griff hinter den Stuhl zog er eine braune Mappe hervor, die er demonstrativ vor Leas Nase hielt.

»Was interessiert dich denn so sehr daran? Du machst wohl nicht mal im Urlaub eine Pause, wie?«

Lea winkte ab. »Erklär ich dir später.« Sie wollte nach der Akte schnappen, doch flink zog Patrick sie weg und grinste. Die Arme vor der Brust verschränkt musterte sie ihn kritisch.

»Das ist jetzt nicht erwachsen, was du da tust.«

»Hol sie dir.«

»Das ist doch albern.«

»Na los.«

Lea rollte mit den Augen, stürzte sich auf ihn, riss an der Mappe. Er lachte aus vollem Halse, hielt sie fest. Sie zog mit beiden Händen daran.

»Gib sie her.«

Er ließ los. Sie stolperte drei Schritte rückwärts und er hielt sich den Bauch vor Lachen. Lea schlug ihm das Ding auf den Kopf.

»So albern«, sagte sie, klopfte sich imaginären Staub von der Hose und nahm wieder auf ihrem Stuhl Platz.

Sie genoss seine Anwesenheit, es gab keine Spannungen zwischen ihnen, nur tiefe Freundschaft und Geborgenheit.

Zumindest, was sie anging. Es überraschte sie wieder, wie vertraut ihr Patrick vorkam. Lea klappte die Mappe auf und las:

--- **Nach dem grausamen Blutbad in der Berliner U-Bahn ist nun auch die Amokläuferin ihren schweren Verletzungen erlegen. Sie hatte am Dienstag inmitten von Menschenmassen, die auf die U-Bahn warteten, um sich geschossen. Dabei tötete sie elf Menschen, zehn weitere wurden durch die ausgelöste Panik zum Teil schwer verletzt. Nach dem Blutbad versuchte sie, sich selbst zu richten. Sie kam lebensgefährlich verletzt ins Krankenhaus, wo sie nun starb.** ---

»Ich dachte, sie sei gleich gestorben?«, fragte Lea.
»Ja ja, die Presse«, winkte Patrick ab. »Lies weiter!«

--- **Nähere Auskünfte zum Tathergang und dem Motiv für das Drama wollte der Oberstaatsanwalt nicht geben. »Die Umstände müssen erst ermittelt werden«, sagte er lediglich. Er bestätigte aber Hinweise, wonach die Frau geistig krank gewesen sein soll. Die Kripo muss nun ermitteln, ob sich die sichergestellte Waffe legal in ihrem Besitz befand.** ---

Unter der Pressemitteilung befanden sich jede Menge krakelige Notizen von Patrick.

Lea kniff die Augen zusammen, um in dem schwindenden Licht seine Hieroglyphen besser entziffern zu können.

Die Frau litt an einer plötzlich auftretenden Psychose. Hatte den Eindruck, Umwelt sei nicht real, sagte der Ehemann.

Entdeckte angebliche Fehler in der Realität, Zeugenaussagen von Martin faxen lassen! Davor freundliche, unauffällige Person.

Sie las die Notizen noch einmal, um sicherzugehen, dass sie alles richtig entziffert hatte.

»Deine Sauklaue ist ja schrecklich!« Sie klappte die Akte zusammen.

»Ich erzähl dir alles, wenn du magst.«

Patrick nahm die Mappe entgegen und trank einen Schluck.

»Wie kam es dazu?«

»Weiß niemand. Es ging alles recht schnell. Die Frau, Paula Heller, so heißt unsere Verrückte übrigens, war schon immer ein bisschen esoterisch angehaucht gewesen. Darum wunderte sich ihr Mann auch nicht über den Mist, den sie so erzählte.«

Lea dachte an ihre Träume. Würde er das auch als *Mist* bezeichnen?

»Was für einen Mist genau?«

Patrick blies geräuschvoll die Luft aus.

»Sie hat unter Albträumen gelitten und irgendwann konnte sie Traum und Realität nicht mehr unterscheiden.«

Lea drückte den Rücken durch, ihre Finger knoteten sich ineinander, jegliche Wärme wich aus den Gliedmaßen und entfachte in ihrem Bauch ein Inferno.

Kein Zufall. Ein Zeichen!

Mit zittriger Stimme stellte sie die Frage, deren Antwort sie schon kannte.

»Was für Albträume?«

»Wirres Zeug, dass unsere Realität nur ein Traum wäre. Und indem sie um sich schoss, wollte sie die Regeln des Traums so sehr verletzen, dass sie aufwachen würde.«

Die eigenen Projektionen töten und erwachen. Aber es hat nicht funktioniert. Oder doch?

Er schwieg.

Vielleicht ein Hinweis, wie ich aus dieser Traumwelt aufwache?

Sie musterte Patrick im schummrigen Licht. Geduldig saß er da, wartete auf ein Zeichen von ihr, als könnte er ahnen, was ihr auf dem Herzen lag.

Er ist ein Teil vom Puzzle.

»Es gibt keine Zufälle, nur Zeichen«, murmelte sie.

»Wie bitte?«

Wenn es Zeichen sind, dass er die Walstrandung und die Amokläuferin als Themen zugeteilt bekam, dann hat er eine Aufgabe.

Bitte, du wirst doch jetzt nicht den nächsten davon überzeugen wollen, dass du nicht mehr alle Tassen im Schrank hast.

Patrick wird anders denken.

Wie kommst du darauf?

Weil er auserwählt wurde. Die Zeichen! Er war es, der die Amokläuferin als Thema hatte, er war es, der mir vom Wal erzählte ... Den es nie gab!

Ein Grund mehr!

»Patrick?«, fragte sie zögerlich.

»Hm?«

Tu es nicht, Lea Moske. Du stürzt dich in dein Verderben. Er ist dein Arbeitskollege!

»Wie ist es, wenn du träumst? Wie fühlt es sich an?« Er dachte nicht sehr lange nach, bevor er antwortete.

»Wenn schön, dann toll. Wenn nicht, dann nicht.«

»Wow, so eine tiefgründige Antwort hätte ich jetzt nicht erwartet.«

»Sind nur Träume. An die meisten kann ich mich morgens schon gar nicht mehr erinnern.«

»Aber empfindest du dann auch so was wie Angst, Schmerz oder Freude?«

»Na klar.«

»Also fühlt es sich real an?«

»Joar.«

»Und wenn du träumst, weißt du dann, dass du träumst?«

Komm schon Patrick.

Sie wollte ihm zeigen, dass die Wahrscheinlichkeit, dass alles tatsächlich ein Traum sein könnte, zumindest im Ansatz bestünde.

»Nein.«

»Wie fühlt es sich also für dich an?«

Die eintretende Dunkelheit machte es schwer, seine Mimik zu lesen, aber sie spürte seinen Blick.

»Real«, sagte er vorsichtig.

»Wäre es dann so unwahrscheinlich, dass unsere Realität tatsächlich so etwas wie die höhere Version eines Traumes ist? Aus der wir nicht so schnell erwachen können, wie wenn wir schlafen?«

Patrick drehte schweigend den Kopf, sah hinauf zu den ersten Sternen der hereinbrechenden Nacht. Sie funkelten ihnen zu, erinnerten daran, dass es Dinge gab, die außerhalb des menschlichen Fassungsvermögens lagen.

»Aber was hat das mit Paula Heller zu tun?«

Er kraulte die Katze hinter den Ohren, die bereits tief und fest auf seinem Schoß eingeschlafen war.

Ja Patrick, jetzt fängst du an, in die richtige Richtung zu denken.

Lea folgte seinem Blick in den Himmel, die Sterne tanzten leicht vor ihren Augen. Der Alkohol löste ihre Zunge.

»Vielleicht hatte sie die Aufgabe, eine Botschaft zu senden.«

»An wen?«

»An den Träumer, dem dieser Traum gehört. In dem er gefangen ist. Vielleicht war Paula Heller wie ein Virus, der sich eingeschlichen hat, um den Träumer zu warnen, zu ... wecken.«

»Du meinst, sie ist so gesehen nicht real, sondern ein Teil vom Traum? Und wer ist dann real, und wer nicht?«

»Nur der Träumer ist real.«

»Und wer ist der Träumer?«

Sehr gut, Patrick!

Lea ließ ihm einen Moment Zeit, um das Offensichtliche selbst zu erkennen, doch Patrick starrte sie nur an. Sie seufzte.

»Boah, Patrick. Nachdem nur wir beide hier sitzen, ist doch die Auswahl nicht groß!«

»Wenn also nichts und niemand real sein soll außer dem Träumer, würde dies bedeuten ...« Er zog das letzte Wort unnötig in die Länge, »... dass wir zwei Hübschen hier gar nicht darüber sprechen könnten, es sei denn ...« Er stockte kurz.

Ja Patrick. Komm schon, sag es.

»Ich wäre der Träumer?« Er zog die Augenbrauen fragend in die Höhe. Lea verdrehte die Augen und ließ sich in ihrem Stuhl zurückfallen.

Nah dran mein Lieber.

»Und jetzt stell dir vor, dass alles ein und dasselbe Bewusstsein ist.«

Sie hob die Hand, zählte an ihren Fingern auf: »Der Träumer, seine Welt und der Teil, der möchte, dass der Träumer aufwacht. Wie ein intrapsychischer Konflikt.«

»Ich bin mir nicht sicher, ob ich verstehe, was du mir sagen möchtest.«

Dachte ich mir.

»Wie kommst du eigentlich auf all diese Gedanken?«

Nervös befingerte sie den Kettenanhänger, drehte ihn hin und her.

Halt jetzt bloß die Klappe.

Nein. Ich werde ihm von meinen Träumen erzählen.

Du wirst dich lächerlich machen!

»Klappe!«

»Wie bitte?«

»Ich möchte dir etwas sagen.«

Die Katze — nicht mehr als ein Schemen auf Patricks Schoß — bewegte sich. Lea spürte regelrecht durch die Dunkelheit, wie ihr Blick sich in ihre Seele bohrte.

Nicht bösartig, aber eindringlich. Im selben Moment beugte sich Patrick vor, griff nach ihrer Hand. Sie konnte sich nicht erklären, woher das Gefühl kam, aber auf einmal wusste Lea, dass sie Patrick vertrauen konnte. Unruhe nistete sich in ihr ein, ihre Beine wippten, sie schlug sie übereinander, wieder zurück, stand auf, wischte die Hände an der Hose ab, lief ins Haus, holte eine Kerze und ein Feuerzeug. Beides stellte sie auf den kleinen Tisch zwischen ihnen und entzündete den Docht. Sie lehnte sich im Stuhl zurück, schlug die Beine wieder übereinander, sah zu dem nun in voller Pracht stehenden Sternenhimmel hinauf, bereit, ihm alles zu erzählen, und holte tief Luft.

Patrick hörte ihr die ganze Zeit aufmerksam zu, nur gelegentlich unterbrach er sie wegen einer Verständnisfrage. Dann saß er da, starrte in die Dunkelheit. Der Schein der Kerze warf Schatten auf sein Gesicht. Sie musterte sein

Profil, versuchte hinter die Fassade zu sehen. Was ging in ihm vor? Überlegte er zu gehen? Würde er es Beata und Markus erzählen? Sie würden Lea beurlauben, nein, schlimmer, feuern. Ihre innere Unruhe wurde unerträglich groß, sie knetete ihre Hände, kaute auf ihrer Unterlippe und zuckte zusammen, als er plötzlich sprach. »Dann bist du also der Träumer.« Seine Stimme klang ruhig und ernst.

»Ich denke schon«, flüsterte sie, überrascht von seiner Antwort und wagte es nicht, ihm in die Augen zu sehen.

»Heißt das jetzt, du musst eine Menge Leute abknallen?«

»Ich weiß es nicht, Patrick.«

War sie fähig, einen Mord zu begehen? Lea horchte in sich hinein. Nein. Definitiv nicht.

Sie stützte die Ellbogen auf ihre Knie und vergrub das Gesicht in den Händen.

»Ich weiß es nicht«, wiederholte sie verzweifelt.

»Jetzt verstehe ich auch die Sache mit dem Wal. Na ja, irgendwie.«

»Ich denke, du sollst mir helfen, hinter dieses Geheimnis zu kommen.«

»Der Virus im Programm, richtig?«

»Ich denke schon, immerhin bist du noch nicht aufgesprungen, um mich zu steinigen.«

Eine lange Pause entstand zwischen ihnen. Lea sah ihn von der Seite an und er erwiderte den Blick. Sie versuchte, das Gefühl zu greifen, dass er nur ein Teil von ihr war und nicht über ein eigenes Bewusstsein verfügte. Erstaunt stellte sie fest, dass sie nicht Unglauben oder Verleugnung, sondern Mitleid für Patrick empfand. Natürlich wusste sie, dass es theoretisch unsinnig war, genauso unsinnig, wie einen Protagonisten in einem Spiel zu bemitleiden. Dennoch empfanden viele Spieler auch Sympathie für ihre Avatare.

Und nun? Wie geht es jetzt weiter?

Die Katze sprang plötzlich von Patricks Schoss. Ein Kribbeln in Leas Hinterkopf, schreckte sie aus ihren Gedanken. Verdammt, sie wusste, was das bedeutete.

»Es passiert wieder. Patrick, sieh nur!«

Sie sprang von ihrem Stuhl, deutete in die Dunkelheit. Das sanfte Rascheln der Blätter, das Zirpen der Grillen verstummte, als senkte sich eine Glocke über die Terrasse. Kein Geräusch drang mehr an ihre Ohren. Nur das eigene angestrengte Atmen und das ihres Freundes.

»Die Flamme. Ich glaub, ich spinne!«, rief er erstaunt, sprang ebenfalls vom Stuhl.

Die eben noch tanzende Flamme, erstarrte in ihrer Bewegung. Lea hob die Katze an, sie blieb steif wie eine Statue. Vorsichtig stellte sie sie wieder auf den Boden und strich ihr über den Kopf.

»Sie fühlt sich lebendig an«, murmelte sie.

»Heilige Scheiße!«

Er pustete gegen die Kerze. Die Flamme blieb in ihrer versteinerten Form.

»Wie spät ist es?«, fragte Lea, doch sie glaubte es bereits zu wissen.

Patrick hielt seine Armbanduhr ans Licht und kniff die Augen zusammen, um besser sehen zu können.

»Halb zwölf.«

»Wie spät genau? Die genauen Minuten, Patrick.«

»23:24 Uhr.«

Sie hob ihren Arm, starrte auf die goldenen Zeiger. Nein, nicht dreiundzwanzig …

»11:24 Uhr«, murmelte sie. »Da sind sie wieder, die Zahlen.«

Plötzlich, als hätte Patrick eben erst gepustet, erlosch die Kerze und die Katze sprang in die Luft.

»Was zur Hölle?« Seine Stimme überschlug sich, verzweifelt griff er sich in die Haare.

»Diese Uhrzeit, diese Zahlen, sie tauchen immer wieder auf«, sagte sie.

Patrick huschte an ihr vorbei ins Haus, sie folgte ihm.

Im Wohnzimmer blieb er stehen, trat von einem Bein auf das andere.

»Ich muss betrunken sein. Ich hatte doch nur zwei Gläser. Das war eine optische Täuschung, ich ...«

»Patrick. Beruhige dich!«

»Wie kann man sich da beruhigen? Vielleicht hab ich zu wenig getrunken ...«

Er rannte raus auf die Terrasse, kam mit der halb vollen Flasche Wein wieder zurück und ließ sich auf die Couch fallen wie ein nasser Sack. Aus riesigen Augen glotzte er sie an. Seine Stimme rau und belegt.

»Wie oft ist dir das schon passiert?«

»Oft. Aber noch nie so deutlich wie jetzt.«

Er setzte die Flasche an den Mund und trank. Lea schwieg, gab ihm Raum, das Erlebte zu verarbeiten. Mit dem Handrücken wischte er sich über den Mund.

»Das ist beängstigend.«

»Ich weiß.«

Patrick sah sie lange an. Lea verspürte eine Ruhe, eine tiefe innere Ruhe. Sie vermutete, dass diese nichts weiter war als ein Schutzschild, der sie hinderte, zu Boden zu fallen und zu schreien, bis ihr Gehirn wieder lief, wie Anouk es haben wollte. *Normal.*

»Und du denkst, ich bin vom Virus infiltriert? Umprogrammiert, um dich zu wecken?«

Er trank noch einen Schluck, leerte die Flasche in einem Zug.

»Ja, ich denke schon. Eine Art Auserwählter.«

Sie lächelte ihm aufmunternd zu. Patricks Beine begannen zu wippen, wie kurz zuvor Leas. Sie setzte sich neben ihn, nahm ihm die leere Flasche aus der Hand und sah ihn ernst an.

»Weißt du, bis eben war ich mir selbst nicht sicher, ob ich mir das alles nur einbilde. Aber jetzt, nachdem du es auch gesehen hast, weiß ich, dass es wahr ist.«

»Ich bin also nur ein Teil von ... von was? Dir? Was bist du? Gott?«

Es klang schräg, total schräg. Nun wusste er Bescheid, lachte sie nicht aus, glaubte ihr. Was jetzt zählte, war einzig und allein die Vorwärtsbewegung, denn mehr blieb ihr nicht übrig. Die Träume würden nicht aufhören, bis ... ja, bis was?

»Nein, ich habe keine Ahnung. In den Träumen fühle ich mich selber nur wie ein kleiner Teil vom Gesamten.«

»Wie in den Nahtoderfahrungen? Ja, ich habe deine Reportage gesehen.«

»Was machen wir jetzt?«

Er zuckte mit den Schultern und fiel erneut ins Schweigen. Lea starrte zum Fenster, in dem sie sich spiegelten. Patrick sah gealtert aus. Der Schock nagte an ihm. Sie fragte sich, wohin *Katze* verschwunden war. Welche Rolle spielte das Tier?

»Vielleicht ist es ein Hinweis?«, fragte er und riss sie aus ihren Gedanken. Er stand auf, etwas zu schnell und schwankte.

»Hast du Zettel und Stift?«

»Ja, warte.«

Sie eilte in die Küche, riss eine Schublade auf, kramte einen Block und einen Stift hervor. Er schrieb die Zahlen auf — 11 ,24.

»Und nun?«

Er schwieg einige Herzschläge lang, starrte einfach nur auf die Zahlen.

»Acht«, sagte er endlich.

»Was acht?«

Lea blickte ihm über die Schulter, versuchte herauszufinden, wie er auf diese Zahl kam.

»Ich habe es mit Buchstabenkombinationen versucht und an Koordinaten gedacht, doch das ergab keinen Sinn, das wäre irgendwo in Afrika. Die einzigste logische Variante ist acht!«

»Das heißt »die einzige« nicht »die einzigste«! Du weißt, wo diese Koordinaten liegen, aber nicht, dass es das Wort *einzigste* nicht gibt? Schöner Reporter bist du.«

Lea legte die Stirn in Falten und schüttelte den Kopf »Wie kommst du denn auf diese Zahl?«

»Ist ganz einfach! Eins, eins, zwei, vier. Die Quersumme. Eins plus eins ist zwei. Zwei plus zwei sind vier, und vier plus vier gleich acht!«

Lea wollte schon zu einer vernichtenden Antwort ansetzen, überlegte es sich aber anders. Immerhin war es das Beste, was sie bisher hatten.

»Außerdem ...« Er machte eine dramatische Unterbrechung und kritzelte etwas auf den Block. »... ist die liegende Acht das Symbol für ...?«

»Unendlichkeit!«, raunte Lea erstaunt. »Was glaubst du, könnte das bedeuten?«

»Wie viele Träume hattest du bisher?«

»Fünf.«

Eine Pause entstand — gab es also eine Art Countdown? Möglich, die Ereignisse wurden nach jedem verschissenen Traum schlimmer. Was würde also beim achten passieren?

Mit Sicherheit nichts Gutes.

Ihr schwirrte der Kopf. Bedeutete Patricks Theorie, dass noch drei weitere Träume folgen würden? Ihr brach der kalte Schweiß aus. Vielleicht sollte sie einfach nicht mehr schlafen? Wach bleiben, bis sie irre kichernd durch die Straßen rannte, verdammt dazu, niemals schlafen zu dürfen, weil sonst die Welt unterginge. Klang wie guter Stoff für einen schlechten Film. Ihr Körper forderte schon jetzt seinen Tribut, der Alkohol, das Erlebnis, das nervenzehrende Gespräch. Auch Patrick sah nicht mehr fit aus. Als Anouk das letzte Mal bei ihr übernachtet hatte, war sie traumlos geblieben. Sie griff nach Patricks Hand.

»Kannst du heute Nacht bei mir bleiben?«

»Ich dachte schon, du fragst mich nie!«

Er lächelte traurig.

Der sechste Traum

Dichte Wolken drehten sich am Himmel wie ein düsterer Strudel, gelegentlich von mächtigen Blitzen erhellt. Ihre Brust bebte von der Macht des Donners. Schon wieder hier. Schon wieder an diesem gottverdammten Ort. Der Sturm glich einem Orkan, der alles vernichten würde, was ihm in den Weg kam. Leas Haare flatterten wild im Wind, sie legte schützend eine Hand über ihre Augen. Feine Eiskristalle stachen ihr in die Haut wie tausend Nadeln.

Von ihr abgesehen blieb der Sturm das einzig Lebendige an diesem Ort. Das verfluchte Meer vor ihr — tot, die Ebene hinter ihr — tot. In dieser Welt gab es nur sie — und den

Sturm. Sie spähte angestrengt nach dem Wal, doch er blieb unauffindbar, seine Aufgabe war erfüllt.

»Lea«, wisperte es in ihrem Kopf.

Erschrocken fuhr sie herum. Der Wind blies ihr genau ins Gesicht, wollte sie mit sich reißen, hinaus auf den toten Ozean. Durch zusammengekniffene Augen, die Hand schützend vor dem Gesicht, sah sie ein Mädchen.

Die Haut weiß wie Schnee, die Augen kalt wie ihre Umgebung. Das Haar klatschnass am Kopf, das Nachthemd starr vor Dreck.

»Wer bist du?«, schrie Lea über das Jaulen des Sturmes hinweg.

»Das weißt du.«

Das Mädchen zuckte gleichgültig mit den Schultern.

Ihr Anblick löste ein Chaos von Gefühlen in Lea aus. Sie spürte sich mit dem Wesen stark verbunden, als wäre sie ein Teil von ihr.

»Bist du die rote Galaxie?«

»Ich bin alles.« Das Kind blickte zum düsteren Himmel, bevor es Lea wieder ansah.

»Was willst du von mir?«, fragte Lea.

»Dich aufwecken.«

»Und wenn ich das nicht will?«, schrie sie, eine Bö zwang sie in die Knie. Sie konnte kaum etwas erkennen — zu sehr peitschte der Wind. Blitze zuckten durch die Wolken, Donner brachte den Boden zum Beben.

»Warum kämpfst du gegen mich?«, fragte das Mädchen ratlos, fast traurig. Es schlang die dünnen Ärmchen um ihren Körper, als würde es die Kälte erst jetzt bemerken. Ein gewaltiger Blitz raste vom Himmel herab und krachte in die Erde. Lea presste die Hände auf die Ohren. Sie musste hier weg.

»Hör auf!«, schrie das Mädchen in Leas Kopf, es ging in die Hocke, mehr konnte Lea nicht erkennen. Der nächste Blitz fuhr mit einem ohrenbetäubenden Kreischen nieder, die Luft roch elektrisch aufgeladen. Und noch ein Blitz, immer näher, immer stärker. Die eisige Kälte wich brennender Hitze.

»Deine Welt ist nicht real, Lea! Du hast eine Aufgabe zu erfüllen.«

Die Stimme füllte ihren ganzen Kopf aus, schien ihn sprengen zu wollen.

»Du lügst!«

Leas Haut brannte, Rauch vernebelte ihre Sicht, sie konnte das Mädchen nicht mehr sehen. Wo stand es? Sie wollte nur noch weg, weg von diesem Wesen, weg von diesem Höllenort! Lächerlich langsam kämpfte sie sich auf die Beine, fiel auf die Knie und kämpfte sich wieder hoch. Der Rauch brannte in ihrer Lunge, ein heftiger Hustenanfall schüttelte ihren Körper. Geduckt wankte sie davon, ohne zu wissen wohin, in der Hoffnung, dass kein Blitz sie traf.

Ein weiterer Hustenanfall überfiel sie, ihre Haut spannte fürchterlich von der zunehmenden Hitze. Ein Blitz schlug neben ihr ein, seine Wucht schleuderte sie in die Luft.

Hart schlug sie auf dem gefrorenen Boden auf und rutschte den Abhang zum Ufer hinunter. Sie spürte, wie ihr Nachthemd zerriss und die Haut darunter aufschürfte. Ihr Körper durchbrach die dünne Eisschicht des Meeres und sie klatschte in das Wasser. Es nahm sie auf, verschlang sie, umfing sie mit seinem kalten Wesen, verjagte die Schmerzen und die Angst. Nur die Stille blieb, die gelegentlich durch das dumpfe Grollen des Donners durchbrochen wurde. Schwerelos trieb sie im Wasser, wehrte sich nicht, *entfernte sich immer weiter vom Geschehen an der Oberfläche, bis es gänzlich geräuschlos um sie wurde. Nichts als Schwärze.*

»Du musst deine Welt aufgeben. Ich brauche dich.«, wisperte die kindliche Stimme im Kopf.

Lea schreckte auf. Verzweiflung in die Laken geschwitzt. Donner rollte über das Haus hinweg, sie stieß einen spitzen Schrei aus. Patrick erwachte sofort. Beruhigend legte er einen Arm um sie und zog sie sanft zurück in die Kissen. Ihr Herz schlug so heftig, dass es in den Ohren dröhnte.

»Der sechste Traum?«, fragte er flüsternd in die Dunkelheit. Lea nickte stumm, wenngleich er es nicht sehen konnte. Sie hatte für einen Moment vergessen, dass er bei ihr geblieben war. Nur vage erinnerte sie sich daran, dass sie lange bei ihm gesessen und er sie dann ins Bett gebracht hatte. Er wollte sich auf die Couch legen, doch ihre Furcht siegte über ihre Scham und so blieb er bei ihr. Sie lauschte dem Regen, der leise gegen die Fensterscheiben trommelte, kuschelte sich enger an Patricks Brust, der noch immer seine Straßenkleider trug, und schloss für ein paar Sekunden die Augen. Noch einmal sah sie das blasse Mädchen im weißen Schnee vor sich. Das dunkle Haar im krassen Kontrast zu der blassen Haut und den frostigen Augen.

»Du musst deine Welt aufgeben. Ich brauche dich.« Die Worte setzten sich in ihr fest.

Das Grollen des Donners verlor in seinen Armen an Bedrohlichkeit.

»Ich habe wieder dieses Mädchen gesehen.«

Er, warm und lebendig — die Kälte im Traum schmerzhaft und tödlich.

Es macht also keinen Unterschied, ob Traum oder falsche Realität, beides fühlt sich echt an.

Nach einer Weile zog das Gewitter weiter, lediglich der Regen blieb und trommelte seinen beruhigenden Rhythmus.

»Das Ganze macht mir Angst«, sagte er.

»Mir auch. Es sagte: Ich muss diese Welt aufgeben. Aufgeben? Wie denn aufgeben?«

»Lass uns morgen früh darüber nachdenken, im Moment läuft bei mir noch nicht viel da oben«, flüsterte er, drückte sie fest an sich. Er stillte ihr Bedürfnis nach Nähe, wenngleich es auch nicht die Art der Nähe war, die Lea sich wünschte.

Die von Anouk.

Ja, von ihm. Ob er gerade auch in den Armen einer anderen lag? Es fühlte sich falsch an, so falsch.

Es war bereits hell, als sie die Augen aufschlug. Die Sonne strahlte durch das Fenster, machte winzige Staubflocken sichtbar, die langsam, scheinbar schwerelos umher tanzten.

Das Licht brach sich an Gitterstäben, warf lange Schatten auf den grauen Linoleumboden, während ein monotones Piepsen in ihr Bewusstsein drängte. Lea rieb die Augen, sie fühlte sich benebelt, schwach, so unglaublich schwach.

Moment mal, Gitterstäbe? Sie riss die Augen auf.

Das hier war nicht ihr Schlafzimmer? Wo zur Hölle ...?

Sie stöhnte, als sie sich aufsetzte. Es kostete sie so viel Kraft, als steckte sie im Körper eines uralten Menschen. Ihr

Blick folgte dünnen Schläuchen, die unter der Decke hervor-krochen und unter dem Bett wieder verschwanden.

Verfluchter Mist, wo bin ich?

Das Zimmer begann sich um sie herum zu drehen. Sie hielt inne, wartete, bis der Schwindel vorüber ging.

Dann, unter größter Anstrengung, schlug Lea das Laken beiseite. Scharf sog sie die Luft ein.

Was hat man mir angetan?

Schläuche steckten in ihrem Bauch, in den Armen und wusste der Teufel, wo noch.

Sie öffnete den Mund zu einem Schrei, heraus kam nur ein heiseres Krächzen.

Sie zerrte schwerfällig an der Nadel in ihrem Arm. Dunk-les Blut quoll aus der Wunde wie eine rote Perle. Sie rollte den Unterarm hinab, eine Spur hinterlassend, und tropfte auf das schneeweiße Laken. Schweiß trat ihr auf die Stirn, der Schwindel kehrte zurück. Noch bevor ihr Kopf das Kis-sen erreichte, hatte sie die Ohnmacht schon eingeholt.

Sie wachte auf, ihr Kopf ruhte auf Patricks Brust. Die Sonne strahlte durch das Fenster, kleine Partikel schwebten lang-sam, träge dahin und trotzten der Gravitation. Ruckartig setzte Lea sich auf und schlug angsterfüllt die Decke zurück. Keine Schläuche. Gott sei Dank, nur ein Traum. Aber nicht *so* ein Traum. Patrick, der sofort erwachte, legte einen Arm um ihren zitternden Körper.

»Ich glaube, ich war an einem anderen Ort.«

»Du hast geträumt.«

»Nein, es war anders.«

Sie hielt ihm ihren Arm entgegen, die Beuge blutverschmiert. Sie konnte spüren, wie sich seine Muskeln unter dem Shirt spannten. Steif stand er auf und verschwand im Bad neben dem Schlafzimmer. Er kehrte mit einem feuchten Handtuch zurück, kniete sich vor Lea auf den Boden, griff vorsichtig nach ihrem Arm und tupfte das Blut weg. Ein dicker Tropfen quoll aus der Einstichstelle hervor und verhöhnte seine Mühen.

Patrick runzelte die Stirn.

»Verdammt, Lea.«

Noch einmal wischte er über die Haut. Schweigend sah sie ihm dabei zu.

Noch zwei Träume. Was dann?

Die Ruhe, die sie seit gestern beherrschte, empfand sie als angenehm, fast schon erlösend. Beängstigend war jedoch die Geschwindigkeit, mit der ihre Neugierde anfing zu wachsen. Was liegt hinter dieser Welt? Welchen Grund gibt es, dass sie jetzt erwachen soll? Ausgerechnet jetzt? Und verdammt, wieso hörte sie nichts von Jady?

Patrick übte noch immer mit grimmigem Blick Druck auf die Einstichstelle aus. Dann endlich lockerte er seinen Griff und spähte vorsichtig unter das Handtuch.

Die Blutung gestoppt, der Einstich verschwunden. Verschwunden?

»Das kann nicht sein«, sagte er, wischte mit dem Daumen über ihre Haut.

»Wundert es dich noch?«

»Nein, eigentlich nicht.«

Resigniert ließ er das Handtuch sinken, ihre Blicke trafen sich. Er strich ihr über die Wange und sagte: »Du siehst fertig aus. Wie wäre es, wenn du erst mal eine heiße Dusche nimmst und ich treibe was zu essen für uns auf?«

Das Angebot klang sehr verlockend, sie nickte.

Patrick stand auf, verschwand für einige Minuten im Bad und verabschiedete sich dann.

»Ich bin gleich zurück.«

»Ich werde hier sein.«

Ich werde hier sein und wenn du wieder da bist, heben wir die Welt aus den Angeln.

Kapitel 19

Ela

Die kleinen Dreckspisser arbeiteten in Gruppen zusammen. Lauthals diskutierten sie über geografische Lagen und wie man Koordinaten richtig abliest. Sven gehörte zu der Gruppe vorne links am Fenster, zu den coolen Jungs und Mädchen wie Fibi. Über den Tisch gebeugt fuhr er mit dem Finger über den Atlas, wischte sich beiläufig eine schwarze Haarsträhne aus dem Gesicht. Fibi sagte etwas, Sven lachte.

Ela hing gelangweilt in ihrem Stuhl, kaute auf ihrem Bleistift herum, wartete, dass die Zeit verstrich. Sie beobachtete Herrn Meier, der hinter seinem Schreibpult saß und irgendwelche Papiere sortierte. Für einen Lehrer sah er gar nicht übel aus. Breite Schultern, gut gebaut. Seine Statur passte eigentlich gar nicht zu einem Beamtenscheißer, wie Karl ihn nennen würde. Die Pausenglocke läutete und ließ das einigermaßen strukturierte Gefüge in Chaos zerspringen. Sie sah, wie er über die phänomenale Wirkung der Glocke lächelte.

Und noch zwei hirnrissige Stunden.

Dann schob sich Anton vor ihr Gesichtsfeld und grinste sie dreckig an.

»Verpiss dich«, knurrte Ela, stand langsam auf und begann ihr Zeug in den Rucksack zu werfen.

»Hey du Freak. Ist das deins?«

Seine fetten Finger grapschten nach ihrem Heft und blätterten darin herum. Ela musterte ihn kalt.

»Gib's her, Arschloch.«

Sie beugte sich nach vorn, haschte nach dem Heft. Anton entzog es ihrem Zugriff durch eine schnelle Drehung. Mit einem hämischen Lächeln in seinem fetten Gesicht blätterte er darin herum, bis er auf einer Seite hängen blieb. Die Wut explodierte in ihr, sie sah nur noch Anton. Anton das kleine Schweinchen mit den roten Wangen und dem dreckigen Grinsen. Dem gleichen dreckigen Grinsen wie bei Karl.

»Was sind das für kranke Bilder, Freak? Sven, hey Sven, schau mal, was deine verrückte Banknachbarin so malt.«

»Gib es ihr wieder, Anton«, rief Sven von vorn.

Das Grinsen verschwand, gebannt huschten die kleinen Schweinsäuglein hin und her, studierten die Zeichnungen. Er merkte nicht, wie Ela den Tisch umrundete.

»Hey Sven, das ist echt kranker Schei...«

Weiter kam er nicht, Elas Faust krachte in sein schändliches Maul. Wie ein nasser Sack flog er mit einem dumpfen Schlag um. Sich windend wie eine kleine Larve lag er vor Elas Füßen. Sie beugte sich zu ihm hinab, sah das Blut aus seiner Nase sprudeln und griff nach dem Heft. Anton bemerkte das Blut, wimmerte lauter und drückte mit den Fingern die Nase zu.

Sofort wurde es still im Klassenzimmer, eine Traube Schüler bildete sich um den am Boden liegenden Jungen. Herr Meier sprang auf, schob die Kinder beiseite und kniete nieder.

»Du solltest besser ins Krankenzimmer gehen und deine Nase ansehen lassen.«

Anton rappelte sich auf und warf Ela einen bösen Blick zu, während Blut unter seiner Hand hervor auf den Boden tropfte.

Unbeeindruckt setzte sie sich wieder auf ihren Platz. Es sollte ihm eine Lehre sein!

»Fibi, du gehst mit ihm. Und ihr anderen geht wieder auf eure Plätze.«

Die anderen, nur nicht sie. Sie durfte sich jetzt einen langweiligen Monolog anhören.

Man darf niemanden schlagen, Ela. Anderen Kindern weh zu tun ist böse, Ela. Hat man dir das als Kind nicht beigebracht, Ela? Nein. Hatte man nicht.

Murrend verzogen sich die anderen Kinder und warfen ihr verstohlene Blicke zu.

Aufpassen, sonst seid ihr als nächste dran.

Herr Meier erhob sich, sie sah ihn nicht an, wippte nur den Bleistift zwischen ihren Fingern hin und her.

»Ela, kommst du kurz auf ein Wort?«

Klar, gerne. Aber nur auf eins.

Stumm ließ sie den Stift fallen und stand langsam auf. Er schnappte nach dem Heft mit den Zeichnungen, legte es in die Schublade seines Lehrerpults und begleitete sie dann vor die Tür.

Ela plumpste auf die Bank der Garderobe und versteckte ihr Gesicht hinter den Haaren. Sie spürte den Blick des Lehrers auf ihr lasten, aber er blieb stumm.

»Er ist ein Arschloch!«, murmelte sie, hielt den Kopf gesenkt.

Wenn er jetzt hören wollte, wie leid ihr das alles tat, konnte er lange darauf warten. Das Einzige, was ihr leidtat, war die Tatsache, dass sie das nicht schon viel früher getan hatte.

»Ja, ist er«, stimmte er zu, sie glaubte, ein Lächeln in seiner Stimme zu hören. Aus irgendeinem Grund sprach sie weiter. Vielleicht, weil die Stille schlimmer war als die Wahrheit.

»Ich hasse Menschen wie ihn. Sie glauben, alles mit anderen machen zu können, aber hier bin ich stärker.«

Ihr Lehrer antwortete nicht sofort. Ela biss sich auf die Zunge. Sie hatte ihm einen Köder hingeworfen.

»Du meinst, du bist in der Schule stärker als bei dir zu Hause?«

Sie nickte.

»Väter sind oft stärker, stimmt's?«

Sie presste die Lippen fest aufeinander. Was sollte sie darauf sagen? Was wollte er hören?

Ja, lieber Herr Meier, mein Erzeuger ist ein kranker Sadist, der Drogen an Minderjährige verkauft und sie zwingt, ihm den Schwanz zu lutschen, wenn sie nicht zahlen können. Sie denken, meine Worte sind zu rational für eine Dreizehnjährige? Was denken Sie denn, wie sich ein Kind unter solchen Umständen entwickelt? Willkommen in meiner Realität. Sie wünschen ein Elterngespräch, Herr Meier? Klar gerne, warum nicht. Nebenbei würde er Ihnen die Kehle durchschneiden und Ihre Eingeweide an die Organmafia verhökern. Noch Fragen? Nein?

Danke fürs Gespräch!

»Ich kann dir helfen, wenn du mich lässt.«

Er ging in die Knie, schob ihren Haarvorhang zur Seite. Sie wich seinem Blick aus. Natürlich wollte sie Hilfe, natürlich wollte sie aus dem Scheißhaufen, der ihr Leben war, gerettet werden. Natürlich handelte es sich nur um kindliche Fantasien, Märchen sind den kleinen Prinzessinnen vorenthalten.

Er seufzte und erhob sich wieder.

»Na schön, ich muss dennoch mit deiner Mutter sprechen.« Rasch hob sie den Kopf, sah ihn vorwurfsvoll an. Dieses Mal drehte er den Kopf weg und murmelte eine Entschuldigung.

Die letzten zwei Unterrichtsstunden zogen sich und wollten einfach kein Ende nehmen. Herr Meier verteilte Knobelaufgaben — Arbeitsbeschaffungsmaßnahmen für die letzten fünfzehn Minuten.

Ela kaute auf ihrem Bleistift herum und beobachtete ihren Lehrer, der immer wieder geistesabwesend aus dem Fenster sah. Vermutlich legte er sich zurecht, was er ihrer Mutter sagen könnte, um nicht wie ein Idiot dazustehen.

Dicke Wolken zogen auf, verfinsterten den Himmel, passten sich ihrer Stimmung an. Ihr Blick glitt über die Rücken der Mitschüler, die vornübergebeugt ihre Aufgaben lösten. Sie wirkten unbeschwert, na ja, mehr oder weniger. Eher jung, teilweise naiv, fast noch kindlich.

Aber vielleicht war das normal. Kinder entwickeln sich unbeschwerter, wenn sie nicht täglich von Todesangst durchflutet werden — hatte sie mal irgendwo gehört.

Ob Herr Meier ihrer Mutter auch Hilfe anbieten würde?

Was für eine Rolle spielt das?

Keine, sie würde das ebenfalls ablehnen. Ihre Angst vor Karl saß noch viel tiefer als Elas.

Der Glockenschlag riss sie aus ihren Gedanken. Im Klassenzimmer brach Hektik aus, alle Schüler kramten ihre Sachen zusammen und verließen zum Teil fluchtartig den Raum.

Alle, bis auf sie. Ela blieb einfach sitzen, starrte aus dem Fenster und spürte die Blicke des Lehrers, der wohl auf eine Reaktion von ihr hoffte.

»Deine Mutter steht immer unten und wartet auf dich, richtig?«

Als ob du uns nicht schon tausendmal beobachtet hättest. Ja, ihre Mutter holte sie noch von der Schule ab. Ja, die anderen lästerten darüber und ja, es war ihr scheißegal. Sie holte ihre Tochter nicht ab, weil sie ihr nicht zutraute, alleine nach Hause zu gehen, sondern weil Isabelle jede Gelegenheit nutzte, um mit Ela außerhalb der Grenzen ihrer persönlichen Hölle Zeit zu verbringen.

Herr Meier verließ das Klassenzimmer, um ihre Mutter vor der Schule abzupassen.

Sie schlich zum Fenster und warf einen verstohlenen Blick hinab auf den Schulhof und entdeckte Isabelle, die etwas abseits stand und wartete. Nervös wippte sie von einem Bein auf das andere, als Herr Meier direkt auf sie zuhielt. Das Haar ordentlich zu einem Zopf geflochten, zierte eine Baskenmütze ihren Kopf. Der Mantel flatterte im Wind. Sie sah einfach fabelhaft aus.

Ela stellte sich vor, wie sein Puls bei ihrem Anblick in die Höhe schießen musste und ihm alle Wörter, die er sich vorhin noch so schön zurechtgelegt hatte, entfielen. Sie lächelte schief und huschte schnell wieder zu ihrem Platz, als die beiden Erwachsenen das Gebäude betraten.

Die weiße Tür wurde geöffnet, Herr Meier ließ Isabelle den Vortritt wie ein echter Gentleman. Gutmütig lächelte sie ihre Tochter an, aber der sorgenvolle Blick blieb Ela nicht verborgen. Auf ihrer Unterlippe kauend versuchte sie die Gewissensbisse wegzuschieben. Herr Meier folgte ihr und wandte sich an Ela.

»Lässt du uns einen Moment allein?«

Widerwillig trollte sie sich und warf noch einen letzten Blick in das Klassenzimmer, bevor der Lehrer die Tür schloss. Ihre Mutter nahm wortlos auf einem Stuhl am Lehrerpult Platz, die schlanken Beine überschlagen. Das würde Herrn Meier sicher wieder aus dem Konzept bringen, dachte Ela und starrte auf den fleckigen Lack der Tür.

Dumpf hörte sie, dass etwas gesprochen wurde.

Ich würde zu gerne wissen, was du ihr erzählst.

Sie warf einen Blick über die Schulter, die meisten hatten das Gebäude schon verlassen. Vorsichtig presste sie ein Ohr an die geschlossene Tür und lauschte. Gedämpft, aber besser als zuvor, drang die Stimme des Lehrers zu ihr durch.

»Ihre Tochter... ähm ...« Er räusperte sich.

Ela grinste. Und schon fehlten ihm die Worte. Ihre Mutter strahlte eine beeindruckende Würde aus — trotz ihrer Lebenslage.

»Ähm, sie hat heute, nun ja ... Sie hat einen Jungen geschlagen.«

Herzlichen Glückwunsch Herr Meier, sie haben einen wohlartikulierten Satz hervorgebracht.

Ihre Mutter sprach leise, aber bestimmt.

»Dann hat er es verdient.«

Stille. Diese Antwort kam vermutlich unerwartet. In seinem Kopf musste Chaos herrschen. Irgendwie tat er ihr sogar ein bisschen leid. Leise raschelte etwas und sie ahnte, dass es die Zeichnung von heute Mittag sein musste. Ela merkte, wie ihr vor Scham und Wut die Röte ins Gesicht schoss. Unglaublich, dass er dieses Register zog.

»Das ist nur eine von vielen!«, sagte er.

»Sehen Sie die Zeichnungen da hinten? Die sind von den anderen Schülern. Das Thema dieser Werke war: besondere Momente.«

Stille.

Wahrscheinlich begutachteten sie die Bilder, die am anderen Ende des Zimmers aufgehängt worden waren wie kleine Trophäen. Sie wusste, was nun folgen würde. Elas Zeichnung zu dem Thema war lediglich in seiner Schublade gelandet. »Zu grauenhaft«, hatte er gesagt. Niemand hatte gesagt, dass es *schöne* Momente sein mussten.

»Ich konnte sie einfach nicht aufhängen«

Stille.

Ela lauschte angestrengt, hielt den Atem an.

Weinte ihre Mutter?

»Ich kann Ihnen helfen!«

Elas Herz begann zu klopfen. Wieder geschah eine Weile nichts.

Sag ja, bitte, bitte sag ja!

»Das können Sie nicht«, antwortete ihre Mutter mit tränenerstickter Stimme. »Sie würden sich dabei nur selbst gefährden.«

Ihre Schultern sackten nach unten und sie schob sich von der Tür weg. Sie hatte genug gehört. Das war's, sie würde niemals erfahren, ob es eine Chance gegeben hätte. Sie wandelte auf den Gang hinaus, sah aus dem Fenster. Obwohl es erst Mittag war, wirkte alles grau und düster.

Geräuschvoll blies sie die Luft zwischen den Lippen aus und ließ sich auf die Bank der Garderobe plumpsen.

Welche Bahnen würde ihr Leben nehmen, wenn ihre Mutter einen Mann wie Herrn Meier genommen hätte? Was für ein Mensch wäre sie selbst? Ela würde ihn jedenfalls nehmen. Besonders mochte sie seine Augen, mit einem winzigen Punkt auf der rechten Seite.

Schlurfende Schritte rissen sie aus ihrem Tagtraum.

Sven kam die Treppen hinaufgestapft und steuerte direkt auf sie zu. Auf seiner Kleidung kleine dunkle Punkte. Sofort setzte Ela wieder ihre gewohnt grimmige Maske auf und stierte ignorant an ihm vorbei.

»Es regnet.« Er lächelte verlegen, warf seinen Schulranzen auf den Boden und pflanzte sich genau neben Ela auf die Bank. Sie schwieg.

»Ich fand's cool, wie du dem Großmaul heute eine verpasst hast«, meinte er trocken.

Ela entwischte ein Lächeln.

»Ich find's nicht richtig, wie hier alle mit dir umgehen.«

Ela sah zu Boden. Wieso redete er mit ihr?

»Als hättest du es nicht schon schwer genug.«

»Was geht dich das an?«, maulte sie.

Was wusste er schon davon? Bestimmt heulte er schon, wenn Mami ihm ein Wurstbrot mit zu wenig Butter schmierte und Papi ihn um acht Uhr ins Bett schickte. Sven zuckte mit den Schultern, stierte zu Boden.

»Mein Dad ...«, setzte er an und schluckte schwer.

Ela verdrehte die Augen.

Hoffentlich fängt er jetzt nicht an zu heulen.

»Er hat vor drei Jahren einen Job in Kanada angenommen. Eigentlich hätten wir nachkommen sollen, aber er hat dort eine Neue kennengelernt. Meine Mom kommt darauf nicht klar. Säuft nur und Schlimmeres.«

Sie musterte ihn skeptisch von der Seite und schwieg.

»Letzte Nacht habe ich sie auf der Toilette gefunden. Alles vollgekotzt hat sie! Lag mittendrin. Das ganze Gesicht und die Haare voller getrockneter Kotze. Ich habe mir fast in die Hosen gemacht. Hab gedacht: jetzt ist es aus. Jetzt kann ich sie begraben.«

Er schwieg, ohne einmal den Blick vom Boden zu heben.

Sie konnte spüren, wie unangenehm es ihm war. Warum erzählte er ihr das? Unauffällig betrachtete sie ihn von der Seite, seine ordentlichen schwarzen Haare, dazu der dunkle Teint, der ihn immer wie frisch gebräunt aussehen ließ.

Auch seine Kleider, immer sauber, immer faltenfrei. Kümmerte er sich um all die Dinge selbst? Anerkennend hob sie die Augenbrauen. Sie hatte ihn falsch eingeschätzt. Deshalb lästerte er nie, beschützte sie, setzte sich für sie ein. Er und sie saßen im selben sinkenden Boot. Zögernd legte Ela eine Hand auf seinen Rücken, tätschelte ihn leicht. Sie kam sich etwas dämlich dabei vor, meinte aber, etwas tun zu müssen.

»Manchmal weiß ich tagelang nicht, wo sie steckt. Ich bin dann völlig auf mich allein gestellt.« Er zuckte hilflos mit den Schultern. »Herr Meier kümmert sich dann oft um mich, bringt mich heim, gibt mir Geld. Ich habe ihn gebeten, nichts der Polizei oder irgendwelchen scheiß Ämtern zu sagen. Ich will in kein Heim, verstehst du? Ich jobbe ein bisschen nebenbei, Zeitungen und so. Das bringt wenigstens etwas Kohle.«

Ela nickte stumm. Seine Mutter versaute ihm das Leben und nichtsdestotrotz liebte er sie.

»Du kannst Herrn Meier echt vertrauen. Er hat einen Platz in einer Entzugsklinik für meine Mom organisiert. Er kann sicher auch euch helfen.«

Erwartungsvoll sah er Ela an, als hoffte er auf eine Antwort. Doch sie schwieg.

Die Tür zum Klassenzimmer ging auf.

»Sven?«, fragte Herr Meier wenig überrascht. »Soll ich dich nach Hause fahren?«

Sven nickte.

Ihre Mutter erschien im Türrahmen, das Gesicht fahl, die Augen gerötet, und dennoch wunderschön. Der Lehrer drehte sich zu ihr um, nahm ihre Hand zwischen seine beiden und flüsterte ihr kurz etwas ins Ohr. Isabelle nickte stumm, ihre Wangen röteten sich etwas. Ela runzelte die Stirn. Was verflucht ging da vor sich?

Der Wind fegte ihnen entgegen, bohrte sich durch die Kleidung und ließ sie frösteln. Ela schlang die Jacke enger um den Körper. Immerhin hatte der Regen aufgehört.

»Was habt ihr denn so lange da drinnen geredet?«, fragte Ela. Staub vom Feldweg stach ihr in die Augen.

Isabelle schwieg einen Moment, bevor sie antwortete. »Er hat mir von dem Jungen erzählt.«

Es lag kein Vorwurf in ihrer Stimme, dass tat es nie. Aber darauf wollte sie nicht hinaus.

»Und was noch?«

Ihre Mutter hielt die Baskenmütze fest und schmunzelte.

Erwischt. Sie kennt mich zu gut.

»Wenn du das nächste Mal ein Glas an die Tür lehnst, lässt es sich noch besser lauschen.«

»Hatte keins.«

»Du hast das Angebot gehört, dass er mir gemacht hat?« Ela nickte.

»Was denkst du?«, fragte Isabelle.

»Weiß nicht.«

Ihre Mutter blieb stehen, sah sich gründlich um, bevor sie sprach.

»Er ist kein einfacher Lehrer, Maus. Er holt uns raus, wenn wir eine Aussage machen.«

»Kein einfacher Lehrer?«

Wieder sah sie sich um, vergewisserte sich, dass niemand etwas zu hören bekam, was er nicht hören durfte.

»Er arbeitet für die Polizei.«

Der Wind pfiff an ihren Ohren vorbei, trug die Worte der Mutter mit sich. Sie musste sich verhört haben. Das konnte nicht wahr sein. Das Schicksal meinte es niemals gut mit ihnen. Niemals.

»Du verarschst mich?«

»Es ist wahr.«

Jetzt warf Ela einen Blick über die Schulter. Ihr Herz raste, ihre Brust schnürte sich zusammen. Dieser Funke Hoffnung, so zart und klein, jeder noch so kleine Fehler könnte ihn ersticken. Isabelle legte den Arm um ihre Schultern, drängte sie sanft zum Gehen. Nur nicht auffällig sein, nur nichts tun, das Verdacht erregen könnte.

»Was wirst du tun?«, fragte sie ihre Mutter, ohne sie anzusehen.

»Wir müssen vorsichtig sein. Clever.«

»Wie soll das gehen? Er lässt uns beobachten.«

»Ich weiß.«

»Heute Nacht war einer am Haus, Mama. Hab Kippenstummel vor der Tür gefunden.«

»Ich weiß, ich weiß. Deshalb wirst du das machen müssen.«

»Was, ich?«

»Pscht! Hör mir zu, du überbringst die Zettel deinem Lehrer und umgekehrt. So kann ich mit ihm und er mit mir Kontakt aufnehmen, ohne dass es jemandem auffällt.«

Stille Post spielen? Klang einfach. Dinge, die einfach klangen, gingen meistens in die Hose.

»Was, wenn er einen Brief findet?«

»Maus, ich werde jeden einzelnen Brief sofort vernichten, wenn ich ihn gelesen habe. Zur Not esse ich ihn, wenn es schnell gehen muss.«

Die folgenden Wochen zerrten an Elas Nervenkostüm. Täglich überbrachte sie Briefe. Die Nachrichten versteckte sie zwischen ihren Schulbüchern oder Heften. Sie mied Karl noch mehr, als sie es ohnehin schon tat. Ela wurde das Gefühl nicht los, dass er Verrat riechen konnte. Wie Isabelle die Briefe entsorgte, blieb ihr ein Rätsel.

Nachts träumte sie von einem anderen Leben, malte sich aus, wie es mit ihrer Mutter sein würde, so allein, ohne Furcht. Kuchenbacken, wann immer sie wollten. Tanzen, wann immer sie Lust darauf verspürten. Vielleicht in einer hübschen kleinen Wohnung, mit einer Katze und einem Hund. Mit Nachbarn, die aufeinander Acht gaben und zu Weihnachten Kekse vorbeibrachten. Sven könnte sie jeden Tag besuchen.

Morgens pisste ihr dann die Realität wieder ins Gesicht. Sie hörte Karl ihre Mutter anschreien, weil der Kaffee nicht heiß genug war. Sollte er sich doch seine Schnauze verbrennen. Ela dachte an den Brief zwischen ihren Heften, ein kleines Papier voll mit grauenvollen Informationen. Ein kleines Papier, der Schlüssel zur Freiheit — oder der Hölle.

Bis alles ein Ende finden konnte, brauchte Herr Meier dringend Informationen. Informationen, die ihm Isabelle verschaffen wollte.

Ela verbrachte die Pausen und die Zeit nach der Schule mit Herrn Meier, lernte ihn mehr und mehr kennen, erzählte ihm davon, was Karl ihnen antat.

»Du musstest in Reizwäsche vor ihm herumlaufen?«, wiederholte er ungläubig. Ela stand mit dem Rücken zu ihm, starrte aus dem Fenster auf die Schüler im Schulhof, hörte die Wut in seiner Stimme. Immer mehr Schüler strömten, über das Schulgelände nach draußen, auf dem Weg nach Hause.

»Ja, Isabelle und ich. Vor seinen Kumpels.«

»Es wird nicht mehr lange dauern, das verspreche ich. Bald ist es vorbei. Dann bist du endlich frei.« Er legte ihr eine Hand auf die Schulter.

Ela drehte sich um, ihre Blicke trafen sich.

»Was, wenn er uns jagen wird? Er hat viele Freunde.«

»Er wird euch nicht finden, dafür sorge ich persönlich. Ela, schau nicht so. Du musst mir vertrauen. Vertraust du mir?« Er nahm ihr Gesicht in beide Hände, sie nickte.

»Ja, ich vertraue Ihnen.«

»Ich lass nicht zu, dass dir und deiner Mutter etwas passiert.«

»Sie stehen auf sie.«

Herr Meier lächelte und schwieg, sein Blick wanderte aus dem Fenster.

»Oh Mann, mein Lehrer steht auf meine Mutter. Na, Halleluja.«

Sie wagte es kaum, das Gefühl der Hoffnung wachsen zu lassen. Er drehte sich um, ließ den Brief in der Schublade im Lehrerpult verschwinden und sperrte sie ab.

»Komm, Zeit für dich zu gehen.«

Ela nickte. Vor der Tür, auf einer der Bänke, saß Sven in sich zusammengesunken, die Ellbogen auf den Knien, den Kopf zwischen den Schultern.

»Was ist los?«, fragte sie. Ela ließ den Rucksack von der Schulter rutschen und nahm neben ihm Platz.

»Sie ist seit zwei Tagen verschwunden«, murmelte er. Beide schwiegen. Was sollte sie auch sagen? Etwa so einen

Unsinn wie: Das wird schon? Oder: Nimm's nicht so schwer? Sven brauchte keine abgedroschenen Sprüche, er brauchte jemanden, der für ihn da war.

»Karl ist nicht da. Irgendwo in Thailand, Weiber bumsen. Wie wäre es, wenn du mit zu uns kommst?«

Sven hob den Kopf, sein Haar stand ihm ungekämmt vom Kopf. Erst jetzt fiel ihr auf, wie anders er aussah. Dunkle Ringe unter den Augen, seine Haare, die Kleidung, schmutzig.

Seine braunen Augen bohrten sich in ihre — ihr Herz klopfte.

»Das ist eine hervorragende Idee!«, posaunte Herr Meier, klatschte laut in die Hände. Ela fegte es vor Schreck fast von der Bank; sie hatte ihn ganz vergessen.

»Da seid ihr ja«, erklang die sanfte Stimme ihrer Mutter. Sie kam gerade die Treppen herauf und lächelte.

Der Lehrer eilte ihr entgegen.

»Isabelle, schön dich zu sehen!« Unsicher blieb er vor ihr stehen. »Sven möchte euch nach Hause begleiten. Ich komme ihn dann später abholen.«

Isabelle schaute abwechselnd von Ela zu Sven, dann zu Herrn Meier. Ihre Finger nestelten am Saum ihres Mantels, noch nie hatten sie ein anderes Kind zu Besuch bei sich gehabt.

»Ich weiß nicht.«

»Bitte Mama, das ist *die* Gelegenheit.«

»Dann habe ich einen Grund, dich wiederzusehen«, meinte er, nahm ihre Hand und sah ihr tief in die Augen.

Eine unangenehme Stille trat ein.

»Ist ja ätzend!«, stöhnte Ela, schnappte Sven am Handgelenk und zog ihn die Treppen hinunter.

Kapitel 20

Lea

Es war noch früh am Morgen, als Lea aus der heißen Dusche kam, der Badezimmerspiegel ganz beschlagen. Sie wischte mit der Hand darüber, feine Tröpfchen verbanden sich zu kleinen Rinnsalen und perlten herunter.

Siehst scheiße aus.

Blass und eingefallen und müde. Sie hatte die letzten Tage kaum geschlafen oder gegessen.

Immerhin habe ich abgenommen.

Sie betrachtete ihren Bauch, er war flacher geworden. Ihr Magen knurrte. Hoffentlich würde Patrick bald zurückkommen, vielleicht mit einem leckeren Gebäck.

Neuer Dampf verschleierte das Bild, ihr Gesicht blieb nur noch ein unscharfer Umriss. Lea kniff die Augen zusammen. War das noch sie?

Es schien, als hätte sich das Bild hinter dem Schleier verändert. Die Augen, zwei eisige Punkte inmitten eines bleichen jugendlichen Gesichts, beobachteten sie. Verhöhnten sie. Ihr Magen krampfte sich zusammen. Zögerlich hob sie die Hand, unsicher, ob sie sehen wollte, was sich dahinter verbarg.

Die Haustür schellte, Lea zuckte zusammen, der Moment verlor seinen Schrecken. Was immer sie im Spiegel zu sehen geglaubt hatte, verschwunden. Sie streifte sich ihren Bademantel über und eilte die Treppe hinab. Patrick konnte unmöglich schon wieder zurück sein, der nächste Bäcker lag gute zehn Autominuten entfernt. Ein Nachteil, wenn man in ruhiger Lage abseits der Stadt wohnte.

Sie öffnete ein Stück die Tür und spähte durch den Schlitz.
»Anouk?«

Mit nacktem Oberkörper stand er vor ihr, wirkte trotz des muskulösen Anblicks wie ein Häufchen Elend. Die Haare ungewaschen und wirr, Schweißperlen auf der Stirn, der Blick gehetzt.

Sie trat beiseite.

»Was ist los?«

Er drängte sich an ihr vorbei, ohne auf ihre Frage einzugehen und hetzte ins Wohnzimmer.

»Ich muss mit dir reden.«

Sie folgte ihm, fragte sich, was passiert sein könnte. Ob er endlich einsah, dass an Leas Worten etwas dran war? Möglicherweise war ihm selbst etwas Unerklärliches passiert. Er ergriff ihre Hände, sie das Wort.

»Warum hast du nichts an? So warm ist es doch gar nicht.«

»Hatte es eilig.«

Sie roch Alkohol und Schweiß.

»Wieso? Was ist denn passiert?«

Er ließ ihre Hände los, lief wie ein Tiger im Käfig auf und ab, blieb wieder stehen, raufte sich die Haare, dann wieder auf und ab.

»Du machst mich ja ganz wahnsinnig! Setz dich bitte.«

Abrupt blieb er vor ihr stehen und sah sie mit schmerzerfüllten Augen an.

»Es tut mir so leid! Ich wollte das alles nicht, aber ich war so wütend ... so verdammt wütend.«

»Weshalb denn?«

»Weil du dich mit ihm triffst. Er hat hier geschlafen, richtig?«

»Hä? Was? Ich verstehe nicht, was du meinst.«

»Lea bitte, verkauf mich nicht für dumm.«

Wieder fuhr er sich mit den Händen durch die Haare, wild blieben sie vom Kopf stehen. Mit finsterer Miene knurrte er: »Dieser Patrick war bei dir. Gestern Abend. Sein Auto stand da und eben habe ich ihn gesehen. Er hat ... ihr habt ... argh.«

Er kehrte ihr den Rücken, hielt sich den Kopf, als würde er schmerzen, ging zum Fenster und starrte hinaus. Die Arme vor der Brust verschränkt, schwer atmend. Spionierte er ihr nach? Sie fühlte Wut und Glück zugleich. Er war eifersüchtig.

Wieso freut mich das?

Echt jetzt? Bist du so blind?

»Wir haben nichts miteinander, er hat hier geschlafen, ja. Aber es lief rein gar nichts.«

Anouk schnaubte verächtlich, blickte weiter stur aus dem Fenster. Sie ging einen Schritt auf ihn zu und berührte ihn an der Schulter. Ihre Blicke trafen sich.

»Er stand gerade vor meiner Tür«, sagte er tonlos.

Leas Gedanken rasten; woher wusste Patrick, wo Anouk wohnte? Wieso sollte er das tun?

Sie trat einen Schritt von ihm weg und musterte ihn misstrauisch. Das ergab keinen Sinn, sie waren sich erst einmal über den Weg gelaufen.

»Du lügst!«, platzte es aus ihr heraus.

Seine Miene gefror zu einer ausdruckslosen Maske, gekränkt wandte er sich von ihr ab.

»Wenn das so ist«, knurrte er, eilte mit großen Schritten zur Haustür und riss sie wütend auf.

»Warte, ich habe das nicht so gemeint.«

Lea bekam ihn noch rechtzeitig am Handgelenk zu fassen und hielt ihn zurück. Unwirsch entzog er sich ihr wieder und drehte sich zornig zu ihr um.

»Sie hatte recht, für dich bin ich nichts weiter als ein Spielzeug!«

Verwirrt blinzelte sie ihn an. Noch nie war er ihr gegenüber so wütend gewesen.

»Was? Das stimmt nicht ... über wen sprichst du bitte? Wen meinst du mit *sie?*«

»Damit bin wohl ich gemeint.«

Die Stimme, die vom Straßenrand zu ihnen wehte, erkannte Lea sofort. Unter tausend Frauen würde Lea sie wieder erkennen. Ihr Klang, so gekünstelt, so falsch. Es rollte ihr die Zehennägel hoch. Lea spähte an Anouk vorbei und sah Lucy, die nur mit einem kurzen Kleid bekleidet an ihrem Auto lehnte. Provokant lächelte sie ihr entgegen.

Verwirrt runzelte Lea die Stirn.

Was hatte dieses nervige Stück mit Anouk zu tun?

»Glaub mir, ich bin genauso überrascht wie du«, rief Lucy zynisch und verschränkte die Arme vor der Brust.

Lea starrte Anouk ungläubig an, sah, wie seine Kiefermuskeln zuckten. »Was macht *die* hier? Woher kennt ihr euch?«

Er wich ihrem Blick aus.

Die Telefonnummer, du Dummerchen. Mit ihr hat er sich gestern Abend getroffen.

Nein, das kann nicht wahr sein. Anouk würde nicht ... er ... nein, niemals ...

In ihrem Magen bildete sich ein riesiger Kloß. Sie ahnte, was er ihr erzählen würde. Wie ein Fels blieb er vor ihr stehen, verdeckte halb die Frau auf der Straße, als hoffte er, dadurch den weiteren Verlauf verhindern zu können. Aber Lucy holte schon zum nächsten Schlag aus.

»*Du* bist seine große Liebe? War ja klar!«

Lea brauchte einen Moment, bis die Worte einen Sinn ergaben.

Fragend sah sie ihn an.

Große Liebe?

»Oh, hast du das nicht gewusst? Ich Plappermaul. Er hat es mir erzählt, bevor er es mir so *richtig* besorgt hat.«

Der Schlag saß. Lea taumelte von ihm weg, stumm stand er vor ihr, schüttelte nur den Kopf, als würde das alles erklären. Dieses Miststück! Das Blut rauschte in den Ohren, ihr wurde übel. Grob schob sie Anouk beiseite, funkelte Lucy wutentbrannt an. Das konnte nicht wahr sein. Das *durfte* nicht wahr sein! Niemals war er mit *dieser* Frau intim gewesen. Sie ist irre und nervig und völlig gestört. Der Schmerz, den die Bilder in ihrem Kopf auslösten, schnürte ihr die Brust zu.

Schwer atmend hielt sie sich am Türrahmen fest.

»Er ist richtig gut«, setzte Lucy einen drauf, zog dabei ein verzücktes Gesicht. Aus Leas Kehle drang ein wilder Schrei und sie stürzte nach vorn.

Sie wollte der Schlange die Augen auskratzen, ihr das schändliche Maul stopfen. Ein Paar starke Arme hinderten sie, schlangen sich um ihren Körper und hielten sie fest.

»Lass mich!«, schrie Lea und bäumte sich mit aller Kraft dagegen. »Sag mir, dass sie lügt! *Sag es!*« Wie von einem brechenden Damm spülte eine Flut von Gefühlen über sie hinweg und riss jeglichen Funken Selbstbeherrschung mit sich. Tränen schossen ihr in die Augen, rollten ungezügelt über die Wangen und vernebelten ihre Sicht. Lucy, dieses Biest! Dieses Miststück! Sie wollte Lea demütigen und jetzt, endlich, hatte sie es geschafft.

»Gott Lea, du bist ja völlig gestört. Hey Anouk, ruf mich an, wenn du wieder Druck ablassen willst.« Lucy lachte triumphierend, stieg dann in ihr kitschiges Auto und fuhr endlich davon. Anouk lockerte den Griff um Leas Schultern. Sie wirbelte herum und verpasste ihm eine schallende Ohrfeige. Unbeeindruckt von dem Schlag hielt er sie weiter fest, in seinen Augen Bedauern. Er öffnete seinen Mund, um etwas zu sagen, Lea kam ihm zuvor.

»Halt bloß die Klappe. Lass mich los!«

»Was ist hier los? Nimm deine Finger von ihr!«, brüllte Patrick und stürzte aus seinem Wagen.

Lea schüttelte Anouks Arme ab und lief die Treppe hinunter zu Patrick. Sie wollte in seinen Armen nur noch Trost finden wie ein kleines Mädchen bei seinem Vater. Anouk folgte ihr polternd und baute sich vor dem etwas kleineren Mann auf.

Schützend schob Patrick sie hinter sich und hielt dem zornigen Blick des Algonkin stand.

»Das ist alles deine Schuld!«, knurrte Anouk.

»Meine Schuld? Wer hat denn mit der lästigen Lucy gevögelt?«

Lea sah die Überraschung auf Anouks Gesicht und musste selbst kurz überlegen — woher wusste Patrick, dass Anouk mit Lucy ...?

»Lea, wusstest du, dass dein toller Arbeitskollege mit Lucy zusammen war, als ihr zwei ...« Anouk beendete den Satz nicht, und das musste er auch nicht. Sie hatte sehr gut verstanden, was er sagen wollte. Sie erinnerte sich daran, was Lucy ihr in der Vorhalle des Senders an den Kopf geknallt hatte.

»Er hat eine Narbe in der linken Leistengegend, achte doch mal darauf, wenn du dich ihm das nächste Mal wieder an den Hals wirfst!«

Konnte das wirklich sein? Hatte Patrick eine Affäre mit der Praktikantin gehabt und sie die ganze Zeit belogen? Dann war all das Gerede, Lucy hätte sich ihm an den Hals geworfen, nur eine Show gewesen?

Sie lügen beide!

Lea verzog das Gesicht, taumelte von ihm weg.

»Ich dachte, ich könnte dir vertrauen?«

»Das kannst du auch, das mit Lucy hat nichts zu bedeuten.«

»Du hast mir die ganze Zeit etwas vorgespielt?«

»Nein! Das, was wir gestern erlebt haben ... zusammen ... ich glaube dir!«

Er griff nach ihrer Hand, sie schlug sie weg. Anouk schnaufte laut, seine Stimme zitterte vor Wut.

»Ach, so ist das? Gestern Abend ist also *nichts* passiert?«

Wie kann er es wagen?

»Halt die Klappe. Du hast ja keine Ahnung. Du hast kein Recht, mir Vorwürfe zu machen. Geh und fick lieber dieses Miststück!«

Sie hielt die Nähe der Männer nicht mehr aus. »Fahrt zur Hölle. Alle beide!«

Lea stürmte an ihnen vorbei und rempelte Anouk hart mit der Schulter an. Er griff nach ihrer Hand, doch mit einer blitzschnellen Drehung verpasste sie ihm eine weitere Ohrfeige.

»Du ...«, fauchte sie Anouk an. »Fass mich nie wieder an!« Dann hechtete sie die Stufen zur Veranda hoch und rannte ins Haus. Atemlos lehnte sie an der Tür, presste die Hände fest gegen den Mund, kämpfte mit aller Macht gegen den Schmerz, der sie zu übermannen drohte. Sie schleppte sich ins Wohnzimmer und brach auf der Couch zusammen, rollte sich ein und gab sich ihrer Trauer hin.

So viel ging ihr durch den Kopf. Hatte Patrick alles kalt kalkuliert? Wieso regte sie sich so über Anouk auf? Sollte er doch ficken, wen er wollte. Was kümmerte sie das? Lea schluchzte.

Weil ich diesen gottverdammten Indianer liebe. Verdammte Scheiße!

Na, herzlichen Glückwunsch! Endlich hast du es kapiert. Besser spät als nie.

Jetzt ist es aber zu spät. Wie könnte ich jetzt noch mit ihm ...?

Es klingelte an der Tür.

Ach stell dich nicht so an, Dummerchen. Ihr seid immerhin kein Paar.

Was rede ich überhaupt mit dir? Du bist gar nicht die Stimme der Vernunft, du willst mich nur quälen!

Genau genommen quälst du dich selber. Geh mal zum Arzt, der hat für so was eine Diagnose.

Es klingelte erneut.

Anouks Handlung verletzte sie zutiefst, Patricks Verrat hingegen, enttäuschend. Wenn Lucys Gehässigkeit etwas Positives bewirkt hatte, dann, dass Lea erkannte, wie sehr sie Anouk liebte. Und was brachte ihr das jetzt?

Es hämmerte laut an der Haustür.

»Frau Moske? Polizei, bitte öffnen Sie!«

Polizei? Woher kam denn jetzt die Polizei? Vielleicht schlugen sich die beiden Männer vor ihrer Haustür die Köpfe ein? Wieder klopfte es energisch. Lea wischte die Tränen von den Wangen, schniefte und rappelte sich auf. Vorsichtig öffnete sie die Tür, spähte hinaus. Zwei uniformierte Männer standen auf der anderen Seite. Die Gesichter verkniffen, die Daumen ins Koppel gehakt. Der ältere der beiden hielt ihr den Dienstausweis entgegen. Sie öffnete weit und blieb im Rahmen stehen. Aus den Augenwinkeln nahm sie Anouk und Patrick wahr, die noch immer in ihrem Vorgarten standen.

Der Ältere räusperte sich, mit gesenkter Stimme sprach er zu ihr. Lea hörte die Worte, die aus seinem Mund sprudelten, neutral, sachlich, ohne Sinn. Jady? Fast ertrunken? Intensivstation? Blödsinn!

»Bitte begleiten sie uns.«

»Das ist doch Unsinn.«

»Frau Moske, wir fahren sie direkt zu ihr.«

»Sie kann schwimmen ... wieso ...«

Plötzlich tanzten kleine Lichtpunkte vor ihren Augen, die Männer begannen sich um sie zu drehen und die Beine knickten unter ihr weg wie Streichhölzer. Der Polizist machte einen Satz nach vorne und bekam sie rechtzeitig unter den Armen zu fassen. Anouk musste die Treppen hinaufgerannt sein, denn er tauchte plötzlich in ihrem Gesichtsfeld auf. Der Polizist legte sie in seine Arme, sie wollte protestieren, doch ihr Körper gehorchte nicht mehr. Beruhigend redete Anouk auf sie ein.

»Sie braucht einen Arzt!«, sagte er.

Dieses Scheißthema schon wieder?

Das Kribbeln in Leas Kopf ließ nach und sie schob Anouk weg. Mühselig kam sie wieder auf die Beine. Der ältere Beamte legte beruhigend eine Hand auf ihre Schulter.

»Frau Moske? Wir können Sie sofort zu Ihrer Tochter fahren, sie liegt im städtischen Krankenhaus.«

»Ja ... ja ... natürlich. Nimm deine Finger von mir, Anouk!«

»Bitte treten Sie einen Schritt zurück, die Dame möchte anscheinend nicht von Ihnen berührt werden.«

»Sie ist meine Freundin.«

»Das bin ich nicht! Fahren wir?«

Lea kehrte Anouk den Rücken, die Beamten nickten und geleiteten sie zum Streifenwagen. Schweigend ging sie an Patrick vorbei.

»Lea, was ist los?«, fragte der.

Sie ignorierte ihn.

Der Ältere setzte sich hinters Steuer und schaltete sein Blaulicht ein, bevor er das Gaspedal durchdrückte. Lea lehnte ihre Stirn an die kalte Scheibe, sah, wie Patrick und

Anouk aus ihrem Sichtfeld verschwanden. Der Jüngere der Polizisten drehte sich zu ihr und versuchte alles wiederzugeben, was er über Jadys Unfall wusste. Dabei klang er neutral, doch jedes Wort schmerzte wie Faustschläge in die Magengrube. »Jady war *ohne ihre Mutter* in den Bergen ...«

Bam! Erster Hieb.

»Sie ist *freiwillig* in den See gesprungen ...«

Bam, Bam! Zweiter.

»Sie kann nicht schwimmen ...«

Knockout.

»Sie kann seit ihrem vierten Geburtstag schwimmen!«, widersprach sie.

»Das Wasser ist sehr kalt um diese Jahreszeit, Frau Moske. Die Muskeln versagen schneller den Dienst, als man wieder an Land schwimmen könnte. Nicht selten erleidet man sofort einen Schock.«

»Warum sollte meine Tochter dann freiwillig springen?«

Verständnislos blickte sie ihn an, doch er schwieg und richtete seinen Blick wieder nach vorne.

Die Autos auf der Straße bildeten eine Gasse für den Streifenwagen. Nur an Kreuzungen wurde der Beamte etwas langsamer, bevor er dann wieder beschleunigte. Der Polizist griff nach dem Funkgerät und sprach etwas hinein, das mit einem unverständlichen Nuscheln bestätigt wurde. Schon wenige Minuten später bogen sie in die Einfahrt des Hospitals, wo eine Krankenschwester auf sie wartete.

Die Frau, ungefähr in Leas Alter, mit einem freundlichen Gesicht, das sie sofort sympathisch machte, hatte ebenfalls langes dunkles Haar, das zu einem festen Zopf geflochten über ihre Schulter hing. Sie musterte Lea mit ihren hellen blauen Augen und drückte ihr zur Begrüßung sanft die Hand. Irgendwie kam sie Lea vertraut vor.

»Folgen Sie mir«, sagte sie und eilte schon durch die Gänge zu den Fahrstühlen. Schweigend trat die Schwester in den Lift, drückte auf die sechste Etage, *Intensivstation.* Nervös drehte Lea ihren Kettenanhänger hin und her.

Sie war alleine, als sie in das Wasser fiel. Ich war nicht bei ihr! Lea zwinkerte vergeblich gegen die Tränen an. Sie fürchtete sich vor dem, was sie erwarten würde.

Ich hätte sie nicht mitfahren lassen sollen, es ist meine Schuld. Wo war nur Janina?

Mit einem leisen Klingeln schob sich die Tür des Fahrstuhls auf und zeigte einen langen Gang. Steril und unpersönlich.

Der helle Linoleumboden glänzte frisch gebohnert und verströmte den strengen Geruch chemischer Mittel. Bilder, die vom Zahn der Zeit ausgeblichen waren, hingen in billigen Rahmen an den Wänden und fingen Staub. Eine kleine Stuhlreihe stand unter großen Fenstern vor dem Eingang zur Intensivstation. Sophia und ihre Eltern belegten drei davon.

Alle sahen auf, als Lea ihnen entgegentrat, erschrocken und traurig. Janina sprang auf und rannte ihr entgegen.

»Es tut mir so leid. So wahnsinnig leid.«

»Jetzt nicht, Janina. Wir reden später.«

Lea folgte der Schwester durch den Eingang der Intensivstation. Ihre Tochter war im Moment das Einzige, was zählte, Janina würde sie sich später zur Brust nehmen. Sie folgten einem weiteren Gang und vor einer Tür blieben sie stehen.

Die Schwester öffnete die Tür und säuselte: »Ich hole Ihnen sofort den Arzt. Er wird Sie dann über alles Weitere aufklären.«

Die Worte drangen kaum zu ihr durch, wie paralysiert starrte sie auf die Zimmernummer.

Elf vierundzwanzig, las sie.

»Zeit aufzuwachen, mein Kind.«

Erschrocken zuckte sie zusammen. »Was haben Sie gesagt?«, fragte Lea. Ihr Blick traf nur auf ein gütiges Lächeln.

»Der Arzt wird gleich zu ihnen kommen.«

Die Schwester deutete auf die geöffnete Tür, verabschiedete sich und lief den Gang zurück, aus dem sie gekommen waren. Ein, zwei Sekunden sah Lea ihr nach, ein vages Gefühl von Vertrautheit — der Geruch, das Krankenhaus, die Schwester. Keine Zeit darüber nachzudenken, Lea drehte den Kopf, reckte ihn in das Zimmer und langsam, fast andächtig trat sie ein.

Ein kleiner Raum mit einem Tisch und zwei Holzstühlen am Fenster, einem Schrank an der einen Wand und dem Krankenbett an der anderen. Keine Vorhänge, keine Bilder. Schmucklos, kalt. Der *perfekte* Ort, um wieder auf die Beine zu kommen. Lea schnaufte schwer.

Jady lag unter einer dicken Wärmedecke, das blasse Gesicht bedeckt mit einer Sauerstoffmaske, die Augen geschlossen. Sie regte sich nicht, als Lea leise zu ihr hinüber ging. Das monotone Piepsen des Vitalmonitors bestätigte zumindest, dass Jady lebte. Lea strich eine goldene Locke aus dem Gesicht, ihre Hände zitterten. Ihr ganzer Körper zitterte. Im schlimmsten Moment war sie nicht bei ihr gewesen. Sie hatte sie fortgeschickt. Allein gelassen.

Rabenmutter.

Nein, ich bin keine Rabenmutter. Ich will nur das Beste für sie.

Sie zog einen Stuhl heran, plumpste darauf.

Blödsinn! Du hast sie weggeschickt, damit du deinen Wahnsinn ausleben kannst. Was heulst du jetzt so? Ich denke, sie ist eh nicht echt?

»Aber meine Gefühle sind es.«

»Entschuldigung, Frau Moske?«

»Ja.«

Lea warf einen Blick über die Schulter. Der Arzt, ein gedrungener Mann mit Brille, stand im Türrahmen.

Sie nickte knapp, wandte sich ab und musterte Jadys Gesicht.

»Mit Ihrer Tochter ist soweit alles in Ordnung. Die Medikamente haben sie müde gemacht. Sie sollte noch ein paar Tage zur Beobachtung hierbleiben.«

Lea hörte kaum zu. Alles an ihrem Körper zog sie nach unten, drückte sie nieder auf den Stuhl. Ihre verquollenen Augen wogen schwer wie Blei.

Was ist nur mit dir passiert, Maus?

Wie konnte ein Traum nur so real sein? Wie konnte man nur so gefangen sein? Was würde aus Jady? Anouk? Patrick?

Wollte sie überhaupt gehen? Sie legte ihren Kopf an Jadys Brust und lauschte dem monotonen Piepsen.

Eine große Hand strich sanft über ihren Rücken. Lea schrak auf, sie war eingenickt, Jady lag unverändert da. Lea drehte sich um.

»Es tut mir so leid«, flüsterte Anouk. Das Haar zwar noch immer zerzaust, trug er nun zumindest ein Shirt. Dennoch, er sah genauso übel aus, wie sie sich fühlte. »Was ist passiert?«

»Ich weiß es nicht«, sagte sie.

»Ich habe deine Bekannte getroffen, sie sagt, Jady wäre in den See gesprungen.«

»Das ist Unsinn, das weißt du.«

»Sie sagte auch, das Jady unter Alpträumen leidet.«

Lea nickte.

»Vielleicht ist sie krank?«

Lea sah ihn finster an.

»Für dich ist jeder gleich krank, oder? Du meinst, weil sie eine gestörte Mutter hat, muss sie auch gestört sein.«

»So habe ich das nicht gemeint.«

»Aber gedacht!«

»Lea, bitte. Sei nicht so zu mir.«

»Wie bin ich denn?«

»Unfair. Ich … ich liebe dich und ich liebe Jady.«

Lea lachte verächtlich auf, ihre Stimme kalt wie Eis. »So sehr, dass du gleich mit der nächstbesten ins Bett gehst.«

»So wie du?«

Sie sprang von ihrem Stuhl, baute sich vor ihm auf. Das Herz hämmerte gegen ihre Brust und Tränen liefen über ihre Wangen.

»Raus hier«, sagte sie mit heiserer Stimme.

»Ich …«

»Verschwinde!«

Seine Kiefermuskeln zuckten, sein Blick bohrte sich in ihren, dann ging er.

Lea atmete tief ein und fuhr sich mit den Händen über das Gesicht.

»Mama?«

Lea blinzelte die Tränen weg, sie wollte stark sein, doch der verwirrte Gesichtsausdruck ihrer Tochter brach ihr das Herz. Ihre Tochter zwinkerte verwirrt, offenbar ahnungslos darüber, wo sie sich gerade befand.

»Du bist in einem Krankenhaus. Erinnerst du dich, was passiert ist?«

Vorsichtig nahm sie die Sauerstoffmaske vom Gesicht und drückte ihr einen Kuss auf die Wange. Die Augen fielen wieder zu und eine ganze Weile rührte sie sich nicht mehr. Lea dachte schon, sie wäre erneut eingeschlafen.

»Meine Freundin wollte mir etwas zeigen.«

Sie sprach mit geschlossenen Augen, ihre Stimme kaum mehr als ein leises Krächzen. Lea legte die Stirn in Falten, der Polizist im Auto hatte erzählt, sie wäre allein am Wasser gewesen.

»Welche Freundin? Sophia?«

Jady reagierte nicht. Lea wartete einige Herzschläge lang, doch sie schien wieder eingeschlafen zu sein. Etwas stank gewaltig an der ganzen Sache, Zeit, Janina zur Rede zu stellen.

Eine kalte Hand schoss unter der Decke hervor, umklammerte ihr Handgelenk. Erschrocken sah sie ihre Tochter an; langsam bewegten sich ihre Lippen. Ein mulmiges Gefühl breitete sich in ihrem Bauch aus.

»Ich verstehe dich nicht.«

Sie beugte sich hinab und brachte ihr Ohr nah an den Mund, lauschte angestrengt.

»Ela«, flüsterte Jady.

»Wie bitte?«

»Ela ist da.«

»Wer ist Ela?«

Jady riss die Lider auf und starrte sie aus riesigen Augen an.

»Ela, Ela, Ela«

Wie eine Beschwörung sprach sie den Namen immer wieder aus, erst flüsternd, dann lauter, bis sie ihn letztlich hinausschrie. Lea riss ihren Arm los und versuchte ihre Tochter zu beruhigen.

»ELAAA!«

Der kleine Körper zuckte plötzlich unkontrolliert. Lea stürzte vornüber, mit aller Kraft drückte sie Jady ins Bett. Keine Chance, der Anfall wurde stärker, bis sie aus dem Bett stürzte und mit einem lauten Krachen auf dem grässlichen Linoleumboden landete.

»Hilfe!«, schrie Lea, kniete schnell neben ihrer Tochter nieder und versuchte mit aller Kraft, den krampfenden Körper zu fixieren.

»Hilfe, Hilfe!«

Jady zuckte wie ein Fisch auf dem Trockenen, die Augen bis zum Weiß verdreht. Sie würgte.

»Verdammte Scheiße, *Hilfe!*«, schrie sie, bis ihre Stimme brach. Wo blieb der verfluchte Arzt?

Eisiges Wasser quoll aus Jadys Mund, lief Lea über die Hand. Verzweifelt stolperte sie rückwärts, rannte aus dem Zimmer und schrie. Sie schrie so laut, dass ihre eigene Stimme in den Ohren dröhnte.

Verflucht, wo waren alle? Endlich, die Schwester. Sie schob Lea unsanft beiseite und stürmte in das Zimmer.

»Sie hat Krämpfe bekommen und ist aus dem Bett gefallen ...«, schluchzte Lea und blieb wie angewurzelt stehen. Sie traute ihren Augen nicht.

»Was? Wie kann das sein? Sie ... sie lag eben noch auf dem Boden. Nein, es geht mir gut, nehmen Sie ihre Finger weg.«

Jady lag im Bett, unverändert, die Sauerstoffmaske im Gesicht, die Augen friedlich geschlossen.

Die Schwester checkte die Infusionsschläuche und das EKG, nichts war auffällig. »Geht es Ihnen *wirklich* gut?«, fragte sie und musterte Lea skeptisch.

Leas Beine zitterten, sie hielt sich am Türrahmen fest.

Die Schwester schob sie sanft, aber bestimmt aus dem Zimmer.

»Machen Sie eine Verschnaufpause, ich kümmere mich schon um die kleine Dame.«

»Nein, ich möchte bei ihr bleiben.«

»Ich denke, das ist keine gute Idee. Bitte gönnen Sie sich eine Pause.«

»Lassen Sie mich los, ich sagte, mir geht es gut!«

»Muss ich den Arzt rufen?«

Lea funkelte sie zornig an. Ihr Kopf fühlte sich seltsam an, eine perfide Mischung aus Kribbeln und dumpfen Schmerzen, mit Daumen und Zeigefinger massierte sie ihre Stirn.

Die Schwester berührte sie am Arm. »Schon gut, ich kann ja verstehen, dass das alles etwas viel ist. Ich verspreche Ihnen, mich gut zu kümmern, während Sie sich ausruhen. Nennen Sie mich Isabelle.«

Lea nickte und trottete gedankenverloren durch den Flur, sie konnte hier nichts mehr tun. Das Leben ihrer Tochter lag nun in den Händen der Ärzte. Nur, wie passte ihr Unfall ins Bild? Wer war Ela? Gab es da überhaupt einen Zusammenhang? Großer Gott, sie war eine beschissene Mutter.

Die Tore der Intensivstation schwangen auf und dahinter lauerte Janina, die sofort von ihrem Stuhl aufsprang und auf sie zu eilte. Marvin und Sophia konnte sie nirgends sehen.

Sie versuchte das Erlebnis einzusortieren, es irgendwie mit dem, was bisher geschehen war, in Einklang zu bringen.

»Ich verstehe das alles nicht! Sie hatte noch ihre komplette Kleidung an.« Janina verdrehte die Augen nach oben, als stünde dort eine Antwort und schüttelte verständnislos den Kopf. Ihre Worte, wie Messerstiche.

»Gibt es dort oben noch andere Kinder?«, fragte Lea.

»Nicht, das ich wüsste. Dort oben ist kaum jemand.«

»Jady meinte, ein Mädchen hätte ihr etwas zeigen wollen.« Leas Tonfall klang schärfer als beabsichtigt.

Für einen ganz kleinen Augenblick verengten sich Janinas Augen, doch sie bekam sich schnell wieder in den Griff und setzte eine mitfühlende Miene auf.

»Ich weiß, du suchst Antworten, Lea, aber meine Tochter hat damit nichts zu tun! Sophia kam direkt nach dem Streit zu uns. Und als wir gesehen haben, dass sie allein war, sind wir sofort los, nach Jady zu suchen. Wir folgten dem Bach und fanden sie auf dem Steg. Sie stand einfach nur da und starrte ins Wasser. Da war niemand bei ihr.«

Janina machte eine kurze Pause und Lea fiel auf, dass ihre Hände zitterten.

»Wir riefen ihren Namen, doch sie reagierte nicht. Ich dachte, wir wären zu weit weg und sie könne uns vielleicht nicht hören, aber dann sprang sie. Marvin und ich sind so schnell gerannt, wie wir konnten, doch als wir den Steg erreichten, trieb sie schon reglos im Wasser. Sie hat nicht einmal versucht zu schwimmen. Sie ist einfach untergegangen!«

Lea lehnte sich haltsuchend an die Wand und schlug die Hände vors Gesicht, spürte Janinas Hand auf ihrem Arm und wusste, dass das Schlimmste erst noch kam.

»Die Polizei hat mich gefragt, ob mir Jady zuvor irgendwie besonders traurig oder sonderbar vorgekommen sei«, fuhr Janina zögernd fort.

Bei Lea läuteten sofort alle Alarmglocken.

»Offenbar vermuten sie einen Selbstmordversuch oder eine schwere psychische Störung.« Es klang wie eine Anschuldigung, versteckt hinter dem falschen Gesicht von Mitgefühl.

Lea schoss das Blut in die Wangen, eine unbändige Wut kochte in ihr hoch.

»Ihr habt sie doch nicht mehr alle. Meine Tochter ist *sechs* Jahre alt. Sie ist ein glückliches Kind!«, schrie sie Janina an, die erschrocken einen Schritt zurückwich.

»Ich meine ja nur, vielleicht hat sie Probleme, von denen du gar nichts weißt. Du bist immerhin alleinerziehend und hast einen stressigen Job, da ...«

Rabenmutter, Rabenmutter!

Lea stieß sich von der Wand ab, baute sich vor der kleineren Frau auf.

»Wie kannst du es wagen, über uns zu urteilen? Nur weil du Hausmütterchen den ganzen Tag daheim hockst und darauf wartest, dass Sophia oder Marvin nach Hause kommen, um deinem traurigen Leben etwas Sinn zu geben!«

Sie wollen sie dir wegnehmen. Sie dürfen Jady nicht haben.

Dieses Flüstern in ihrem Kopf ... eine andere Stimme, nicht die der falschen Vernunft, nicht ihre eigene.

Sie wollen sie dir wegnehmen.

Janina wich vor ihr zurück und keifte: »Ich kümmere mich wenigstens um mein Kind und verstecke mich nicht hinter Arbeit.«

Hinter Leas Stirn begann es schrecklich zu kribbeln. Ein unnatürlich lautes Sirren dröhnte in ihren Ohren. »Du versteckst dich hinter deiner Tochter! Was hast du denn für eine Aufgabe? Was hast du in deinem Leben erreicht?«

Lea presste fest die Hände gegen die Stirn, die gleich zu zerspringen drohte. Plötzlich zerbarsten die Leuchtstoffröhren an der Decke, tausende Scherben regneten auf die beiden Frauen nieder. Kreischend warfen sie sich auf die Knie und bedeckten schützend ihre Köpfe. Die feinen Splitter schnitten Lea in die Arme.

Dann war alles wieder still. Lea richtete sich langsam auf, die Kopfschmerzen waren wieder verschwunden.

Neben ihr murmelte Janina etwas, rappelte sich auf und schreckte vor Lea zurück. Das Mitgefühl in ihrem Gesicht wich Entsetzen und Verwirrung.

Scheiß drauf! Scheiß drauf, was diese Idioten denken!

Sie klopfte die Splitter von der Kleidung, lief wieder zur Intensivstation. Jady musste hier weg, bevor alles aus dem Ruder lief, sie durften sie nicht haben.

Schwester Isabelle erschien wie aus dem Nichts und wirkte gar nicht mehr sympathisch.

»Tut mir sehr leid, Frau Moske, die Besuchszeit ist für heute beendet.« Emotionslos blickte sie auf das Desaster im Flur.

»Ich bin ihre Mutter. Ich schere mich nicht um Besuchszeiten!«

Die Schwester blieb hartnäckig. Zwei weitere Pfleger tauchten hinter ihr auf, verschränkten die Arme vor der Brust und blickten sie finster an. Sollte sie sich durchkämpfen?

Und dann was, Dummerchen? Zerrst du Jady dann unter der Wärmedecke hervor und riskierst ihr Leben?

Wütend machte Lea auf dem Absatz kehrt, stampfte über die Scherben hinweg, Janina sprang ihr aus dem Weg.

Dieses falsche Miststück.

Ich wusste schon immer, dass du irre bist, sagte ihr Blick.

Irre? Du denkst, ich bin irre?

Lea machte einen schnellen Schritt auf sie zu, brüllte animalisch in das verdutzte Gesicht, riss dann die Tür zum Treppenhaus auf und stürmte die Stufen hinab.

Ihr Herz klopfte, die Wut brodelte. Wie eine tickende Bombe stapfte sie durch das Labyrinth der Krankenhausgänge. Vor ihr teilte sich der Gang nach links und rechts auf.

»Oh großer Geist, was habe ich dir nur getan?«, hörte sie eine tiefe Stimme. Lea blieb wie angewurzelt stehen und presste sich gegen die Wand. Anouk hatte sie nicht bemerkt und stand mit dem Rücken zu ihr vor einem Kaffeeautomaten, die Wand verdeckte ihn halb. In der Hand hielt er ein Stück Papier, das aussah wie eine Quittung. Er knüllte es zusammen und warf es zum Mülleimer vor sich. Der Papierball traf den Rand, rollte einige Zentimeter und fiel dann auf den Boden.

»Für jemanden, der Jägerblut in sich trägt, echt mies!«, erklang eine belustigte Männerstimme.

Patrick? Was machte der denn hier?

Sie sah nur seine Hand, die nach dem Knäul griff, es auseinanderfaltete und schlussfolgerte: »Oh wow. Die Rechnung vom Abend mit Lucy?«

»Halt's Maul.«

Patrick schob sich an Anouk vorbei, um etwas Geld in den Automaten zu werfen. Anouk ballte die Hände zu Fäusten und wandte sich ab.

Lea trat schnell einen Schritt zurück in den Gang. Sie wollte nicht gesehen werden.

»Willst du auch? Ich gebe dir einen aus. Nach der wilden Nacht hast du sicher ein bisschen Koffein nötig.«

Autsch. Tiefschlag. Lea knirschte mit den Zähnen, presste sich noch enger an die Wand. Patrick konnte ein ganz schönes Arschloch sein.

»Du sprichst wohl aus Erfahrung«, erwiderte Anouk, seine Stimme nur ein tiefes Knurren. »Ich frage mich, was Lea so ganz plötzlich an dir findet, schließlich hat sie dich davor all die Zeit nie für erwähnenswert gehalten.«

»Vielleicht braucht sie einfach jemanden, der ihr zuhört und nicht ...«

Ein lautes Räuspern ließ die beiden verstummen. Lea spähte vorsichtig um die Ecke. Anouk und Patrick standen leicht schräg zu ihr, blickten auf jemanden vor ihnen.

»Wir stören Ihre tiefgründige Konversation wirklich ungern, aber vielleicht könnten Sie uns ein paar Fragen beantworten. Offenbar kennen Sie Frau Moske ... nun ja ... etwas besser.«

Diese Stimme gehörte eindeutig dem älteren der beiden Polizisten, die sie ins Krankenhaus gefahren hatten. Lea wurde übel, von Janina wusste sie schon, dass unangenehme Fragen gestellt wurden.

»Mein Kollege und ich würden ihnen gerne ein paar Fragen stellen.«

Anouk murmelte etwas, dann hörte sie Schritte, die sich entfernten. Eine Weile sagte niemand etwas, sodass Lea dachte, sie wären gegangen, plötzlich erklang die Stimme des älteren Beamten.

»Wie lange kennen Sie Frau Moske schon?« Anouk antwortete, dass sie sich seit ihrer Kindheit aus der Schule kennen würden. Der Polizist wollte noch mehr wissen, was Lea für eine Art Mensch sei, wie sie als Mutter wäre, ob er den Eindruck habe, dass sie als alleinerziehende Mutter überfordert wäre? Doch eine Frage ging ihr besonders unter die Haut.

»Haben Sie Kenntnisse davon, ob Frau Moske unter psychischen Problemen leidet?«

Sag jetzt ja nichts Falsches!

Schweigen. Die Sekunden dehnten sich zur Ewigkeit.

Sag jetzt bloß nichts Falsches.

Es konnte sie alles kosten. Wenn er jetzt auch nur ein Wort darüber verlor, was Lea ihm die letzten Tage erzählt hatte, würde das eine Lawine lostreten, die nicht mehr zu stoppen wäre.

»Na schön. Sind Sie sicher, mir sonst alles gesagt zu haben?«, hakte der Beamte nach.

»Ja.«

Lea atmete durch.

»Hier meine Karte, falls Ihnen doch noch etwas einfällt.«
Schwang da etwa ein Ich-kann-sehen-dass-Sie-mir-etwas-
verschweigen-Unterton mit?

Er wird Ihnen nichts sagen, Arschloch!

Lea lächelte zufrieden.

»Adam Krüger, Mordkommission?«, fragte Anouk.

Ihr Lächeln erstarb. Dann wieder Schritte, Schritte die sich
entfernten, schlurfende Schritte, die näher kamen. Patrick.

»Mordkommission ... Ein bisschen übertrieben. Gefällt
mir nicht«

»Mir auch nicht.«

Und Lea ganz und gar nicht! Ausnahmsweise waren alle
drei Mal einer Meinung.

Doch zunächst musste sie hier weg, sich sortieren, eine
neue Strategie überlegen. Nein, *überhaupt* erst einmal eine
Strategie überlegen. Mit den Beamten konnte sie nach dem
Gespräch unmöglich zurückfahren. Mit Anouk? Sie horchte
in sich hinein und stieß auf Widerstand. Wut, Verzweiflung,
Trauer. Sie war noch nicht so weit. Vielleicht irgendwann.
Vielleicht würde es dafür aber auch keine Gelegenheit mehr
geben.

Patrick? Ja, Patrick würde gehen. Was er mit anderen
Frauen trieb, spielte keine Rolle. Nur Ehrlichkeit und Vertrauen hätte sie sich von ihm gewünscht. Aber auch das
spielte jetzt keine Rolle. Sie trat drei Schritte nach vorn aus
ihrem Versteck hervor. Überrascht drehten beide sich zu ihr
um. Lea wich Anouks Blick aus und konzentrierte sich nur
auf Patrick.

»Patrick, kannst du mich nach Hause fahren?«

Lea bemerkte, wie er Anouk einen triumphierenden Blick
zuwarf. Sie hörte sein verächtliches Schnauben und sah aus

den Augenwinkeln, wie er ging. Es tat weh, ihn so gehen zu lassen. Sie unterdrückte den Impuls, ihm nachzugehen oder etwas hinterherzurufen wie: *Hey, komm zurück und nimm mich verdammt nochmal in den Arm, du Arschloch.* Nur um ihm danach eine Ohrfeige zu verpassen. Normalerweise schlug sie keine Männer, zumindest erinnerte sie sich nicht daran, es zuvor schon einmal getan zu haben. Aber Anouks Anblick löste in ihr den perfiden Wunsch aus, ihm wehtun zu wollen, während sie Trost und Schutz in seinen starken Armen suchte.

Immer wieder geisterten Lucys Worte durch ihren Kopf. Immer wieder tauchte ihre schadenfrohe Visage vor ihrem geistigen Auge auf und immer wieder hörte sie ihr grässliches Lachen. Wie hatte er ihr das nur antun können?

»Komm, gehen wir«, sagte Patrick, griff nach ihrer Hand und zog sie in die entgegengesetzte Richtung.

»Wo gehst du lang?«

»Durch den Haupteingang können wir nicht, da steht die Polizei und ich möchte unnötige Fragen vermeiden. Mein Auto steht in einer Seitenstraße. Wir nehmen den hinteren Ausgang.«

Sie verließen das Gebäude durch den Seiteneingang, überquerten eine kleine Straße, in der sich die Autos am Gehweg reihten. Die Sonne knallte vom Himmel. Ihr Hinterkopf kribbelte, eine kleine Verschiebung, nur eine winzige Nuance. Lea blieb stehen, berührte Patrick sanft am Arm.

»Patrick.«

Er lauschte.

»Es ist zu still«, sagte er.

Totenstill. Sie nickte.

»Es passiert schon wieder«, flüsterte er und sah auf die Uhr. »11:24 Uhr.«

Kein Vogel zwitscherte, kein Auto brummte — nichts. Totenstill. Die Welt selbst, stehen geblieben.

Zögernd tat sie einen Schritt, erleichtert, das Knirschen der Steine unter ihren Schuhen zu hören. Dann, weitere Schritte — nicht ihre eigenen. Sie kamen von der gegenüberliegenden Straßenseite und hallten, als befänden sie sich in einem der leeren Krankenhausflure.

Lea und Patrick reckten die Köpfe, eine Frau lief in ihre Richtung. Das schwarze Haar wippte im raschen Takt hin und her. Lea kniff die Augen zusammen, um besser sehen zu können. War das nicht die Schwester mit dem sympathischen Gesicht? Isabelle? Wieso bewegte sie sich? Erneut sah sie auf die Uhr, die Zeiger standen noch auf der gleichen Stelle. Wie war das möglich?

Patrick reagierte zuerst, griff nach Leas Hand und begann zu rennen.

»Da stimmt etwas nicht. Wer ist das?«, keuchte er im Sprint. Mit seiner freien Hand kramte er hektisch nach dem Autoschlüssel.

»Ich habe keine Ahnung«, japste Lea, heilfroh, als vor ihnen der weiße Wagen auftauchte. Sie sprangen hinein, er drückte den Startknopf.

Lea schaute durch die Heckscheibe, sah, dass die Schwester erstaunlich schnell nahekam. Emotionslos bewegte sie sich auf das Auto zu, vom freundlichen Lächeln keine Spur.

»Gib Gas!«, drängte Lea.

Patrick rangierte aus der engen Parklücke — vor und zurück, vor und zurück. Es raubte ihr fast den letzten Nerv.

»Mach schon!«

Vor und zurück.

»Geduld ist eine Tugend«, murmelte er, schaffte es endlich aus der Lücke und drückte das Pedal voll durch. Lea atmete tief ein und beobachtete durch die Heckscheibe, wie der Abstand zwischen ihnen und der seltsamen Frau wuchs. Erleichtert fiel sie in ihrem Sitz zurück und schnaufte geräuschvoll aus.

»Verdammt, was war das denn?«

Patrick hielt sich ungläubig die Hand an die Stirn und warf einen Blick in den Rückspiegel.

»Pass auf!«, schrie Lea und krallte sich am Türgriff fest.

Die Straßen, eben noch menschenleer, füllten sich plötzlich wieder mit Autos und Passanten. Unvermittelt tauchte vor ihnen ein silberner Kleinwagen auf. Nah, viel zu nah!

Patrick trat voll auf die Bremse, die Reifen quietschten. Lea wurde hart aus dem Sitz geschleudert und um Haaresbreite kamen sie hinter dem Auto zum Stehen.

»Alter Schwede«, keuchte er.

Glänzende Schweißperlen bildeten sich auf seiner Stirn. Er wirkte blass.

»Ist es jetzt vorbei?« Seine Stimme zitterte.

Lea griff nach seinem Handgelenk mit der Uhr.

»11:26 Uhr.«

»Oh Mann! Ich brauche dringend Nervenwasser. Hast du was zu Hause?«

Sie schüttelte den Kopf, nichts, was stark genug wäre. Sein Unbehagen konnte sie gut nachvollziehen. Der Kleinwagen entfernte sich, doch Patrick starrte nur stur nach vorne, ohne weiterzufahren.

»Patrick? Alles in Ordnung?«

»Nach dem ersten Mal, bei dir zu Hause, konnte ich mir noch einreden, dass ich mir das irgendwie eingebildet habe. Keine Ahnung, irgendeine Art optische Täuschung oder so.«

Lea wusste genau, wovon er sprach. Ein psychischer Abwehrmechanismus, der eine Bewusstwerdung zum Schutz des eigenen Ichs verhindern sollte. Sie hatte ihm da schon einige Erlebnisse voraus.

»Soll ich fahren?«, fragte sie, doch Patrick schüttelte den Kopf.

»Ich komm schon klar. Lass uns zu dir fahren und vorher noch einen Stopp im Center einlegen, ich brauch 'nen Schnaps.«

»Ich glaube nicht, dass es eine gute Idee ist, unter Leute zu gehen.«

»Mag sein, wir gehen ja nur schnell rein und raus. Aber sonst dreh ich durch.«

Sie fuhren die Auffahrt hinauf in das Parkhaus des großen Einkaufscenters, während Lea ihren Gedanken nachhing. Die Phänomene häuften sich in erschreckend kurzen Abständen. War Jady wirklich in Gefahr? Die Stimme in ihrem Kopf, es war nicht ihre eigene gewesen, aber unbekannt war sie ihr auch nicht. Es war die Stimme des Mädchens aus ihren Träumen. Sie hatte sie gehört, klar und deutlich: *Sie wollen sie dir wegnehmen. Sie dürfen Jady nicht haben.* Was bedeutete das? Wer waren *Sie?* Die Leute im Krankenhaus? Machte das Sinn?

»Lea?« Patrick hielt ihr die Autotür auf und musterte sie fragend.

»Ich komme.«

Dieses Parkhaus erinnerte sie ein wenig an das des Senders. Tiefe Decken, kahle Betonsäulen, fahle Beleuchtung.

Patrick zog die schwere Metalltür auf und mit der Rolltreppe fuhren sie vom Parkhaus hinunter zu den Ladenebenen. Die

Ebene unter ihnen bestand hauptsächlich aus Schuh- und Bekleidungsgeschäften, die darunter, im Erdgeschoss, aus Supermärkten und Feinkostläden. Patrick wollte ganz nach unten, zu den Lebensmitteln. Lea machte einen Schritt runter von der Rolltreppe. Nervös beobachtete sie die Umgebung. Das Kaufhaus schien gut besucht, nicht zu leer, nicht zu voll. Leise klimperte Musik und vermischte sich mit dem Stimmenwirrwarr der anderen Leute. Einige schlenderten gemütlich, andere standen in Grüppchen zusammen und hin und wieder lief jemand gehetzt von Laden zu Laden. Doch niemand beobachtete sie.

Alles normal, wird schon gut gehen.

»Willst du den kaufen?« Er zeigte mit dem Finger auf ein kleines Stofftier im Schaufenster eines Supermarktes. Ein Teddybär aus weißem Plüsch mit zwei schwarzen, überdimensional großen Knopfaugen. Auf seinem Kopf thronte, zwischen zwei flauschigen Ohren, eine rosa Schleife.

»Wow, wie übertrieben süß«, sagte er und schmunzelte.

»Genau das Richtige für Jady.« Die Erinnerung an ihre Tochter schoss wie ein Pfeil durch ihr Herz. Am liebsten würde sie alle Teddybären der Welt kaufen, um sich bei ihr zu entschuldigen, das Geschehene vergessen zu lassen. Aber sie wusste, dass es nicht helfen würde, sie von ihrem eignen Schmerz zu befreien.

Lea spazierte in den Laden und schnappte nach einem der Teddys.

»Nun fehlt nur noch etwas Nervenwasser«, sagte Patrick und verschwand im nächsten Gang. Lea blieb zurück und musterte weiter den Bären. Verzerrt spiegelte sie sich leicht in den dunklen Augen.

»Hey, ich habe dich gesucht.«

Lea drehte sich um. »Markus? Was machst du denn hier?«

»Hör zu, ich habe nicht viel Zeit.«

In den Augen ein gehetzter Ausdruck, trat er näher an sie heran. Nervös knetete er die Hände und warf einen Blick über seine Schulter.

»Was ist denn los? Ich verstehe nicht …«

Er grapschte nach ihrem Nacken, riss daran, zog sie nah an sich. Schnell flüsterte er ihr etwas ins Ohr, ließ unvermittelt los und eilte mit schnellen Schritten davon.

»Warte, ich hab nichts verstanden. Markus, was ist denn los?«

Er bog in einen Gang ab, wich einer Passantin aus, die ihm ärgerlich nachgaffte. Lea eilte hinter ihm her.

»Markus, jetzt warte doch mal.«

Er schob sich an den Leuten vor der Kasse entlang. Die Kassiererin hielt in ihrer Bewegung, etwas über das Band zu schieben, inne, verfolgte ihn mit den Augen. Menschen auf dem Gang blieben stehen, beobachteten ihn mit bösen Blicken. Ein Mann stellte sogar seine Einkaufstüte ab und lief ihm hinterher. Lea wurde langsamer und hielt inne. Ihr Magen zog sich schmerzhaft zusammen. Noch jemand folgte Markus aus dem Supermarkt hinaus. Irgendetwas stimmte nicht. Ganz und gar nicht.

»Lea!« Patrick tauchte neben ihr auf mit einer Flasche Whiskey in der Hand, Schweißperlen glänzten auf der Stirn.

»Markus war gerade hier.«

»Wir müssen hier weg. Schnell!« Er packte sie am Handgelenk und zog sie von den vollen Kassen weg. Die Menschen drehten sich um, mit grimmigen Mienen wie von seelenlosen Zombies starrten sie ihnen entgegen.

»Scheiße, starren die alle *uns* an?«, keuchte Lea.

»Weiß nicht. Vielleicht ist dein Bär zu grässlich süß.« Er kletterte über eine Kassensperre, Lea folgte ihm.

»Ich glaube nicht, dass es an dem Bären liegt.«

Sie stürmten aus dem Laden hinaus in die Markthalle. Auch hier blieben die Menschen stehen, eisige Mienen, steife Haltung.

»Fuck, ich habe gewusst, dass es eine scheiß Idee ist.«

»Darüber können wir später streiten«, zischte er.

Sie rannten zu den Rolltreppen, die noch gut hundert Meter entfernt lagen. Leere Blicke verfolgten sie, die ersten stellten sich ihnen in den Weg.

»Wir haben nicht bezahlt«, keuchte Lea.

»Echt jetzt? Diese Welt gehört ohnehin dir!«

Endlich erreichten sie die Treppe. Ein Mann versperrte den Weg, Patrick wich ihm aus. Dann waren es zwei, dann drei, es wurden immer mehr, sogar Mütter mit ihren Kindern. Alle wirkten wie Marionetten. Patrick stieß sie zur Seite, erst zaghaft, dann immer gröber. Sie wehrten sich nicht, noch nicht. Die Rolltreppe vor ihnen bewegte sich träge und völlig unbeeindruckt nach oben. Sie hechteten die Stufen zu dem menschenleeren Parkhaus hinauf.

Lea spähte über ihre Schulter.

»Scheiße, die folgen uns. *Alle!*«

Stumm, ausdruckslos, ohne einen einzigen Laut von sich zu geben, hechteten die Leute die Treppen hinauf. Die Kaufhausmusik dudelte spöttisch.

»Schneller, schneller!« Patrick zog sie weiter; mit einem kräftigen Tritt öffnete er die Parkhaustür und sie rannten zu seinem Auto. Die Tür fiel hinter ihnen ins Schloss und krachte ein weiteres Mal, als sie erneut aufflog. Menschen sprudelten aus der Öffnung wie Maden aus einer Leiche.

Lea und Patrick sprangen panisch in den Wagen, pfefferten Bär und Whiskey auf die Rücksitzbank und verriegelten die Türen.

»Los, fahr schon!«

»Was denkst du, was ich hier tue? Mir die Eier kraulen?«

Sie hatte keine Ahnung, was passieren konnte, wenn die Leute sie zwischen ihre Finger bekommen würden. Und das sollte auch so bleiben. Eine Frau schlug mit der Faust gegen die Scheibe, wieder und immer wieder, bis die Haut an den Knöcheln aufplatzte. Lea schrie. »*Fahr!*«

Leere Augen starrten unerbittlich auf ... Patrick?

Mit quietschenden Reifen fuhr er endlich davon. Die Fremde wollte gerade zu einem weiteren Schlag ausholen und fiel vornüber. Sofort nahmen andere ihren Platz ein, trampelten achtlos über sie hinweg, folgten dem flüchtenden Auto. Lea krallte sich am Griff fest, schrie erneut auf, als Patrick, ohne mit der Wimper zu zucken, durch die Schranke des Parkhauses preschte. Die Reifen kreischten in den Kurven der schmalen Ausfahrt. Rücksichtslos donnerte er über den Bürgersteig und kam schließlich schlitternd auf der Hauptstraße an.

»Schon gut! Schon gut!«, schrie Lea panisch. »Du bringst uns noch um!«

Ihr Herz platzte ohnehin gleich vor Angst. Das Shirt, klatschnass geschwitzt, klebte am Rücken.

Er verlangsamte das Tempo, hielt an einer Ampel, die gerade auf Rot schaltete und atmete tief durch.

»Ich halt das nicht mehr aus. Das wird ja immer schlimmer.«

Er drehte sich im Sitz und grapschte nach dem Whiskey.

»Was machst du da?«, fragte sie.

Mit dem Fingernagel puhlte er am Verschluss.

»Was denkst du? Ich beruhig meine Nerven und komm mir jetzt ja nicht mit: *Kein Alkohol am Steuer.*«

Stimmt. War ohnehin schon alles scheißegal. Die Welt ging den Bach runter. *Ihre* Welt ging den Bach runter. Wen scherte es da noch, dass er sich einen kleinen Drink gönnte.

»Gib her.«

Sie nahm ihm die Flasche aus der Hand, riss den Verschluss ab und zog mit den Zähnen den Korken raus. »Zum Wohl.«

Der Whiskey brannte in ihrer Kehle, entfachte ein Feuer in ihrem Bauch. Sie reichte ihm die Flasche.

Passanten wechselten von einer Straßenseite zur anderen.

»Patrick, sieh nur.«

Lea deutete mit den Fingern auf die Leute vor sich.

»Ich will's gar nicht sehen«, brummte er und nahm noch einen Schluck.

Sie stimmte ihm zu, am liebsten würde sie die Augen schließen, bis zehn zählen und dann wäre bitte alles so wie früher.

Früher?

Ja, so wie vor zwei Wochen.

Sämtliche Passanten auf dem Zebrastreifen sahen gleich aus. Sie trugen zwar unterschiedliche Kleidung, doch es blieb ein und dieselbe Person.

Die eine trug das dunkle Haar offen, die andere zu einem Zopf gebunden.

Sie alle, schlank und von derselben Größe, blass mit eisblauen, aber gütigen Augen. Die Frau, die vor ihnen gerade die Straße überquerte, lächelte Lea zu.

Verblüfft starrte sie die Fremde an.

Wieso jetzt ich? Im Center war es Patrick gewesen?

»Das ist doch die Schwester aus dem Krankenhaus?«, platzte es aus ihm heraus. »Die uns verfolgt hat!«

Die Frau blieb unvermittelt stehen, das Gesicht plötzlich zu einer Fratze verzerrt. Sie machte einen Sprung auf das Auto zu und schlug mit den Händen auf die Motorhaube. Lea zuckte zusammen. Die Lippen der Frau formten Worte.

»Was sagt sie?«, fragte Lea.

»Ich habe keinen Schimmer.« Patrick schrie fast vor Anspannung. Er klemmte den Whiskey zwischen die Beine, drückte die Kupplung und legte den Rückwärtsgang ein. Lea konnte den Blick nicht von den Lippen der Frau nehmen, die immer wieder ein Wort formten.

»Lauf?«, flüsterte Lea verwirrt. Der Wagen schoss nach hinten. Leas Kopf schnellte nach vorne, krachte mit der Stirn gegen die A-Säule. Die Fremde stürzte vornüber und blieb wie ein verwundetes Reh auf der Straße liegen. Patrick bremste scharf, Lea wurde wieder in den Sitz gedrückt.

»Verdammt nochmal, Patrick!«

»Schnall dich halt mal an.«

Er schaltete knirschend wieder in den ersten Gang.

»Warte!«

Lea fischte nach dem Gurt, als eine plötzliche Kälte ihren Geist berührte, als zerrte der Tod an ihrer Seele. Der Geruch von Schnee und Blut stieg ihr in die Nase. Eine Erinnerung. Sie blitzte vor ihrem geistigen Auge auf: ein Wald bei Nacht, die fremde Frau am Boden, der Schatten.

Ihr Kopf schoss herum. Der Schatten. Dunkler als die tiefste Nacht füllte er die Öffnung des Parkhauses. Langsam, Stück für Stück spie es die Finsternis aus, tastete mit mentalen Tentakeln nach Lea.

»Fahr!«, schrie sie Patrick an und krallte sich an ihrem Sitz fest. Patrick zögerte keine Sekunde, er raste nach vorne, an der Frau am Boden vorbei und jagte um eine Kurve, dass Lea fast auf seinem Schoß landete. Das Parkhaus verschwand hinter einer Hausecke und sie setzte sich wieder vorwärtsgewandt in ihren Sitz. Benommen schüttelte sie den Kopf.

»Ich weiß jetzt, wer die Frau ist.«

»Was?«

Patrick riss das Steuer herum und bog in eine kleine Seitenstraße ein — endlich nahm er den Fuß vom Gas und wurde langsamer.

»Sie ist die Mutter des Kindes in meinem Traum.«

Kapitel 21

Lea

So gut es ging, mied Patrick die belebten Straßen und wählte die einsamsten Wege, die er fand. Bei Leas Haus angekommen verriegelten sie alle Türen und Fenster, dann verschwand Patrick kurz in der Küche, während sie im Wohnzimmer auf und ab ging.

»Deine Unruhe stresst mich noch mehr. Hier, trink!«

Er hielt ihr ein Glas Whiskey entgegen und sie ließ sich auf der Couch nieder. Die goldene Flüssigkeit schwappte hin und her. Erst jetzt bemerkte sie, wie angespannt ihr ganzer Körper war und wie sehr ihre Hände zitterten. Sie sah ihn an und deutete mit einem Kopfnicken, dass er Platz nehmen sollte.

»Es wird immer schlimmer. Wo führt das nur noch hin?«, fragte sie.

»Ich weiß nicht genau, aber ich nehme mal an, zu nichts Gutem.«

»Ich dachte, diese Frau im Krankenhaus und die Leute im Kaufhaus hätten es auf *mich* abgesehen ...« Sie machte eine kurze Pause, nahm noch einen Schluck.

»Aber?«

»Aber sie wollten *dich!*« Fragend musterte sie ihn.

»Na ja, ich bin der Virus, hast du gesagt.«

»Und die Leute sind was? Die Firewall?«

Er zuckte mit den Schultern. »Ist deine Welt.«

»Das ergibt keinen Sinn.«

Er rutschte auf der Couch näher an sie heran. »Vielleicht aber doch.«

»Was meinst du?«

»Sieh mal, wenn diese Welt aus dir heraus entsteht wie ein Traum. Dann bin ich der Teil, der dich auf etwas hinweisen möchte und all die anderen Menschen sind dein Abwehrmechanismus, der das verhindern will. Weißt schon, Abwehrmechanismen der Psyche und so. Freud? Jung?«

»Ja ja, ich versteh schon.«

Irgendwie ergab das auf verquere Weise sogar Sinn. Für einen Moment bedauerte sie, dass es nicht Anouk sein konnte, der hier auf der Couch neben ihr saß und mit ihr zusammen nach einem Ausweg suchte. Vielleicht sollten sie ihn einweihen? Vielleicht könnte er auch auf ihrer Seite sein? Jetzt, da Patrick alles bezeugen konnte, *musste* er ihr glauben. Und vielleicht würde es noch eine Chance für sie beide geben. Lea versuchte im Kopf alles zusammenzusetzen, die Mutter und das Kind, die Finsternis und die Worte von Markus.

»Ich habe Markus im Einkaufscenter gesehen.«

»Kann nicht sein.«

»Doch! Er wirkte total verunsichert und gehetzt. Er hat mir irgendwas ins Ohr genuschelt.«

»Was denn?«

Lea dachte nach. Was hatte Markus noch gesagt? Verdammt! »Hab's vergessen. Was machen wir denn jetzt? Hier sitzen bis was? Uns die Decke auf den Kopf fällt?«

Sie blies die Luft zwischen den Lippen aus. Anouk, sie brauchte Anouk, möglicherweise wusste er Rat. Sofort spürte sie Patricks skeptischen Blick.

»Was ist?«, fragte er.

»Wir müssen Anouk anrufen. Er muss herkommen.«

Patrick öffnete mit einem dämlichen Grinsen die Tür und trat einladend zur Seite. Die Situation war auch ohne das infantile Gebuhle der beiden unangenehm genug.

»Blödmann«, brummte Anouk.

Ohne ihm Beachtung zu schenken, folgte er Lea ins Wohnzimmer.

»Danke, dass du gekommen bist«, sagte sie, ohne ihn anzusehen. Es fiel ihr noch immer schwer. Sie unterdrückte den Impuls, ihm wehtun zu wollen, und plumpste auf die Couch. Den Kopf auf die Hände gestützt hing ihr das dunkle Haar ins Gesicht.

Patrick schlich hinter ihm her, grapschte nach seinem Whiskeyglas und fuchtelte damit vor Anouks Nase herum.

»Drink?«

»Danke, ich bin lieber bei klarem Verstand.«

»Oh ja, stimmt. Wir wissen ja alle, was ...«

»Schluss jetzt!«, zischte Lea.

Das war ja nicht auszuhalten, sie rieb sich die Stirn. Sie würde beide Männer verprügeln, wenn sie nicht mit dem Mist aufhörten.

»Warum sollte ich herkommen?«

Lea sah auf, ihr Blick huschte nervös umher. Anouk zog ein genervtes Gesicht. Möglicherweise sollte sie das Folgende mit ihm unter vier Augen besprechen, denn Patricks stichelnde Kommentare heizten die Stimmung nur unnötig auf.

»Patrick, könntest du uns einen Moment alleine lassen?«
Seufzend warf er die Arme in die Luft und zog ab.

»Ich warte oben im Schlafzimmer, den Weg kenn ich ja bereits.«

»Patrick!«, schrie Lea.

Er warf Anouk einen giftigen Blick zu.

»Ich auch«, knurrte der.

Patricks Gesichtszüge entglitten ihm für einen Moment und er sah vorwurfsvoll zu Lea.

»Was? Hey! Ich habe mit niemandem … ach, haltet beide die Klappe. Patrick, zisch ab. Los!«

Ohne ein weiteres Wort trollte er sich wie ein geprügelter Hund. Lea wartete, bis sie das leise Klicken der Tür hörte und sprach dann mit gesenkter Stimme.

»Es tut mir leid. Ich weiß gar nicht, was mit ihm los ist. Danke nochmal, dass du gekommen bist.«

»Was mit ihm los ist? Lea, ich …«

Sie unterbrach ihn mit einer herrischen Handbewegung. »Darüber möchte ich nicht reden!«

»Wenn du willst, dass ich dir zuhöre, dann musst du mir zuerst zuhören. Bitte Lea, nur fünf Minuten.«

Für Liebesgesülze haben wir keine Zeit.

Stell dich endlich deinen Gefühlen, Dummerchen.

Unruhig rutschte sie hin und her. Möglicherweise hatte diese dumme Stimme recht.

»Ich liebe dich, Lea. Ich fand dich schon damals zu unserer Schulzeit klasse. Aber dann, als ich dich nach all den Jahren wiedergesehen habe und du zur Frau geworden warst …« Er machte eine kurze Pause und leckte sich nervös über die Lippen. »Wir waren sofort auf einer Wellenlänge. Mein Herz gehörte dir schon an jenem Tag, als wir uns auf dieser Veranstaltung getroffen haben.«

Am liebsten würde sie sich die Hände auf die Ohren pressen und lauthals schreiend aus dem Zimmer rennen.

Von all den Erlebnissen der letzten vierundzwanzig Stunden war dieses hier das schlimmste.

»Aber …« Lea stockte, ihre Wangen glühten.

Anouk beendete für sie die Frage.

»Warum ich es dir nicht früher gesagt habe?«

Ja, ein klitzekleines bisschen früher. Am besten, bevor ich damit beschäftigt war, die Wahrheit über eine ominöse Präsenz herauszufinden. Und bevor du mit einer anderen ins Bett gegangen bist.

Sie nickte.

»Ich wollte dir einfach Zeit geben und ich war mir nicht sicher, ob du für mich dasselbe empfindest. Ich wollte auch nichts zerstören. Lieber wäre ich nur mein Leben lang mit dir befreundet gewesen, als dich gar nicht mehr zu sehen. Doch dann, als ich dachte, den richtigen Zeitpunkt erreicht zu haben«, er knirschte mit den Zähnen und sah wütend zur Treppe hinüber, die hinauf in das Schlafzimmer führte, »taucht dieser Typ auf und macht alles zwischen uns kaputt!«

Es war gesagt, seine Liebe gestanden, Lea sprachlos. Sie blinzelte wie verrückt, doch ihre Augen füllten sich mit diesen verdammten Tränen. Tränen, die ihm verrieten, wie verletzt sie war. Tränen, die ihm zeigten, was sie für ihn empfand.

Mist. Verfluchter Mist!

»Lea, was passiert ist, hatte keine Bedeutung. Verdammt, ich weiß, dass du mich auch liebst.«

Er hob mit dem Zeigefinger ihren Kopf, sie unterdrückte den Impuls, ihn wegzuschlagen, biss sich fest auf die Unterlippe. Sanft strich er eine dunkle Haarsträhne aus ihrem Gesicht, flehend sah sie ihn an, ihre Stimme rau und belegt. »Tu's nicht.«

Doch!

Anouk küsste sie — und sie erwiderte den Kuss. Schmeckte sein Parfum, verlor sich in seiner Wärme. Seine Berührung brachte ihre Entschlossenheit ins Wanken. Was, wenn doch alles nur Einbildung war? Was, wenn *er* recht hatte? Er löste sich von ihr, Hoffnung in seinem Blick, die sie mit ihren nächsten Worten zerstören würde. Zweifel durften keinen Platz haben.

»Erinnerst du dich noch an all das, was ich dir von meinen Albträumen erzählt habe?«

Sie konnte förmlich sehen, wie die Hoffnung in ihm zersprang wie dünnes Glas, doch sie redete weiter.

»Sie werden immer schlimmer. Alles wird schlimmer.«

»Das ist jetzt nicht dein Ernst. Hast du gar nichts zu meinen Gefühlen zu sagen? Oder zu uns?«

Hatte sie nicht, was sollte sie auch sagen? Schön, dass wir uns lieben, aber das spielt jetzt keine Rolle mehr?

Er betrachtete sie eindringlich. »Lea, sieh dich nur an.«

»Wieso?«

»Du siehst fertig aus.«

»Ich *bin* fertig.«

»Ich hab gedacht, dass sich das alles legen wird. Dass du vielleicht nur überarbeitet bist. Aber seit du mit diesem Patrick unterwegs bist, ist alles noch viel schlimmer geworden.«

»Das liegt aber nicht an ihm.«

»Ach ja? Woran dann?«

»Ich weiß jetzt, was das alles zu bedeuten hat. Na ja, zumindest im Ansatz.«

Sie erzählte ihm von ihrer Theorie: Die Welt war nur die höhere Version eines Traums. Lea war der Träumer — Anouk nur ein Teil ihres Unterbewusstseins. Sie war hier gefangen und *Etwas* wollte ihr dringlich klar machen, dass es Zeit wäre aufzuwachen. Und er sollte ihr dabei helfen.

»Ich brauche dringend deine Hilfe.«

»Lea, ich weiß, du glaubst das alles. Aber bitte, du musst mir vertrauen, da stimmt etwas nicht. Du bist krank, du brauchst Hilfe, ja, aber nicht von mir.«

»Dieses *Etwas,* das mich kontaktiert, hat Patrick beeinflusst, um mir zu helfen und mich zu schützen.«

»Um dich zu schützen?«, wiederholte er, zog ungläubig eine Augenbraue in die Höhe.

»Wir wurden angegriffen. Er hat die Dinge auch gesehen. Frag ihn!«

Anouk rutschte von der Couch und fiel vor Lea auf die Knie, nahm ihre Hände, sah sie flehend an.

»Ich traue ihm nicht. Er sagt nur, dass er diese Dinge sieht, aber das tut er nicht. Er manipuliert dich.«

»Blödsinn!«

Von oberhalb der Treppe erklang Patricks tiefe Stimme. »Ich wusste doch, es war 'ne blöde Idee, ihn herkommen zu lassen.«

»Halt die Klappe!«, blaffte Anouk und an Lea gewandt: »Komm mit mir. Wir schaffen das. Zusammen.«

Patrick kam die Stufen herunter, lehnte sich mit verschränkten Armen an die Wand. Sein Blick traf auf ihren.

Verdammt nochmal, sie musste sich eingestehen, dass Anouk niemals auf ihrer Seite stehen würde. Sie nickte Patrick kaum merklich zu.

»Nimm deine Hände von ihr.«

Anouk ignorierte ihn und sprach weiter zu ihr. »Lea bitte, sieh mich an. Komm mit mir.«

Patrick stieß sich von der Wand ab. »Ich sagte, du sollst deine Hände von ihr nehmen. Sie gehört nicht zu *dir.*«

Anouk ließ sie los, stürzte sich mit einem wilden Schrei auf Patrick. Hart krachte der gegen die Wand.

Verfluchte Idioten!

»Du wusstest davon. *Du* hast ihr den Mist mit dem Wal ins Ohr gesetzt! Und jetzt treibst du irgendwelche kranken Spielchen mit ihr!«

Lea beugte sich genervt nach vorn und nahm einen Schluck von ihrem Whiskey. »Lass ihn los, Anouk.«

Sie quälte sich von der Couch und hielt ihn am Arm zurück. Ihre Stimme ruhig und sachlich.

»Anouk, hör mir zu. Vorhin im Einkaufscenter wurden wir angegriffen. Die Menschen, sie waren wie verändert. Und dann dieser ... dieser Schatten ...«

»Schatten?«, wiederholte er ungläubig. »Hört ihr euch eigentlich selbst reden? Und du?« Er deutete auf Patrick. »Du findest das alles normal?«

»Nein, Mann! Ich finde den Mist hier ziemlich krank und ich konnte es selbst kaum glauben, bis ich es mit eigenen Augen erlebt habe. Wir haben fluchtartig das Parkhaus verlassen und dabei sogar stuntreif die Schranke geschrottet ... und meine Scheibe.« Er zuckte mit den Schultern.

»Uh, du harter Kerl«, meinte Anouk ungerührt, drehte sich dann zu ihr um und sprach mit gesenkter Stimme weiter: »Lea, das ist nicht real. Unser Kuss eben, der war real. *Ich* bin real!«

Patrick räusperte sich.

»Klappe Patrick«, blaffte Lea.

Anouk redete weiter: »Irgendwas läuft hier gerade gewaltig schief. Du musst zu einem Arzt, bevor du aus dem Wahnsystem nicht mehr herauskommst. Bitte.«

Patrick lachte lauthals.

»Wahnsystem? Das hier ist kein Wahnsystem.«

»Er hat recht, Anouk. Ich wünschte, du würdest mir endlich glauben.« Traurig sah sie zu ihm auf.

»Es ist nur in deinem Kopf. Lass es endlich los.«

»Nein!«, schrie Lea, schüttelte energisch den Kopf, hielt plötzlich inne und legte ihn leicht schief.

Loslassen? Loslassen ... ich soll loslassen?

Plötzlich fielen ihr Markus' Worte wieder ein. »Patrick. Ich weiß die Worte wieder: Löse dich von dem, was dich bindet. Das waren die Worte von Markus, sie sind mir wieder eingefallen.«

»Moment mal, Markus? Dein Chef Markus? Was hat der damit zu tun?«, fragte Anouk.

Sie schüttelte den Kopf und winkte ab. Jetzt, da ihr die Worte wieder eingefallen waren, kreisten sie in ihrem Kopf.

»Was bindet dich denn an diese Welt?«, fragte Patrick. Eine Stille entstand, unangenehm und aufgeladen und verhängnisvoll. Die Frage drückte allen aufs Gemüt, schwebte durch den Raum wie die Klinge der Guillotine über dem Todgeweihten.

Tja, was bindet mich denn an diese Welt?

Anouk stieß Lea unsanft beiseite und griff nach Patrick, der überrascht aufschrie. Er packte ihn am Shirt und rammte ihn mit aller Kraft erneut gegen die Wand.

»Wenn der kleinen Jady irgendetwas zustößt, bring ich dich um! Und zwar auf die qualvollste Art und Weise, die du dir in deinem kranken Hirn nicht einmal vorstellen kannst.«

»Wer ist hier jetzt verrückt?«, presste Patrick hervor.

Anouk ließ von ihm ab, wandte sich an Lea.

»Lass mich dir helfen. Du darfst ihm nicht vertrauen.«

Sie sah ihn nicht an, wie oft wollte er es noch versuchen? Ihr Blick blieb verständnislos an Patrick haften. Konnte das wahr sein? Konnte damit wirklich Jady gemeint sein? Was sonst hielt sie so sehr am Leben, wenn nicht ihr eigenes Kind. Nein, das konnte nicht gemeint sein, das *durfte* nicht gemeint sein!

Anouk stapfte den Flur entlang zur Haustür und schimpfte laut. »Es reicht! Mit diesem Kerl stimmt etwas nicht und ich werde es dir beweisen. Ich gehe zur Polizei.«

»Anouk, nicht.«

»Du lässt mir keine Wahl.«

Die Haustür krachte hinter ihm zu.

»Scheiße, Lea, du musst ihn aufhalten!«, schrie Patrick.

Sie stürmte los, riss die Haustür auf. Anouk erreichte gerade seinen Pickup.

»Er darf auf keinen Fall die Bullen anrufen. *Los!*«

Sie sprang über die Stufen der Veranda, sprintete durch den Vorgarten, sprang über den Zaun zur Straße.

»*Anouk*«, schrie sie.

Er stieg ein, schlug die Tür hinter sich zu. Lea krachte gegen sein Auto, zog am Griff.

Abgesperrt.

Mit der flachen Hand klatschte sie gegen die Scheibe. Wieder und immer wieder.

»Anouk, bitte! Das darfst du nicht!«

Er schüttelte traurig den Kopf, nahm eine Visitenkarte zur Hand, hielt sich das Handy ans Ohr.

»Tu's nicht. Anouk. Leg auf. *Anouk!*«

Kapitel 22

Lea

»Ich habe doch gesagt, der taugt nichts«, schimpfte Patrick neben ihr und zupfte sein Shirt wieder zurecht.

Wie belämmert stand sie auf der leeren Straße und blickte dem kleiner werdenden Pickup nach. Ihre Stimme kaum mehr als ein Flüstern. »Er hat mich verraten.«

»Komm!«

»Wohin?«

»Ich muss noch etwas aus dem Sender holen.« Er stiefelte zum Gehweg, wo sein Auto stand. Lea zögerte einen Moment. Was würde jetzt folgen?

Was jetzt folgt? Du gehst den Weg zu Ende.

Auch wenn es heißt, mein Kind zu opfern?

Ja! Wir waren uns doch einig, dass sie nicht real ist.

Seit wann? Ich dachte, du wärst die Stimme der Vernunft? Vernunft? Nein, die ist weg. Jetzt geh, geh und finde heraus, wer du wirklich bist.

»Lea! Was stehst du da noch rum? Beeil dich!«

Sie drehte sich um, lief zu Patrick und stieg ein.

»Was ist, wenn uns im Sender das gleiche passiert wie im Center?«, fragte sie.

»Wird es nicht.«

»Wie kannst du dir da so sicher sein?«

»Ich bin es einfach, okay? Wir müssen uns beeilen.«

»Was ist denn dort so Wichtiges?«

»Das kann ich dir noch nicht sagen. Vertrau mir einfach.«

Sie beschloss es gut sein zu lassen. Patrick saß steif in seinem Sitz, starrte grimmig durch die gesprungene Frontscheibe.

Er fuhr den Sender von der Gebäuderückseite an. Die Seitenstraße — bedeutend ruhiger als zur Stadtmitte hin — schirmte sie von der Hauptstraße ab.

»Schnell. Wir nehmen den Hintereingang«, sagte er, warf ein, zwei Blicke über die Schulter und wedelte mit der Hand. Sie rannten die Treppen bis in den dritten Stock. Der fensterlose Aufgang bot Schutz vor neugierigen Blicken und freiwillig verirrte sich hier kaum einer hin. Immerhin gab es einen Aufzug, wer nutzte da schon die Treppe. Die Temperatur war angenehm kühl, das Licht grässlich weiß. Leise drang die typische Geräuschkulisse des Senders hinter der schweren Tür hervor. Patrick bedeutete Lea, leise zu sein. Angestrengt atmend öffnete er die Tür einen Spalt, spähte hindurch und flüsterte: »Warte hier. Es ist besser, wenn dich keiner sieht.«

»Ist gut.«

»Ich bin gleich zurück.«

Mit diesen Worten schlüpfte er durch die Tür zum Sender.

Lea, erschöpft und ausgelaugt, lehnte sich mit dem Rücken gegen die kühle Wand.

Ich bin froh, wenn das alles vorbei ist.

Ich auch. Dann muss ich keine Selbstgespräche mehr mit dir führen.

»Sei doch still, es zwingt dich keiner dazu.«

Stimmen hinter der Tür, ganz nah, drangen zu ihr. War das nicht die Stimme des älteren Beamten aus dem Krankenhaus? Verfluchter Mist! Hoffentlich lief Patrick ihm nicht in die Arme. Was suchte der hier?

Lea presste ihr Ohr fest gegen das kalte Metall.

»Wann haben Sie Frau Moske das letzte Mal gesehen?«

Verdammt, sie suchen mich?

»Hat sie Schwierigkeiten?« Das tiefe Krächzen, der polnische Akzent. Beata.

»Bitte beantworten Sie einfach die Frage.«

Kurzes Schweigen.

»Nun ja, sie ist schon seit einiger Zeit weg.«

»Weg?«, hakte der Beamte nach, seine Stimme ungeduldig. »Wohin weg? Im Urlaub weg? Auf Fortbildung weg? Gefeuert weg? Drücken Sie sich bitte klarer aus.«

»Sie ist auf Therapie, Herrgott nochmal, sind Sie taktlos.«

Therapie? Beata, was redest du denn da?«

»Was für eine Therapie und seit wann ist sie da?« Die Schritte entfernten sich.

»Ich muss erst mal eine rauchen. Wenn Sie mich weiter löchern wollen, kommen Sie mit.«

Nein. Nein. Nein. Bleibt da!

Lea presste ihr Ohr noch fester gegen das Metall, aber die Schritte verhallten, die Stimmen verstummten.

»Verdammt!«

Wütend biss sie sich in die Faust und unterdrückte einen Schrei. Beata war also auch gegen sie? Die ganze verfluchte Welt war gegen sie. Alle, bis auf Patrick. Und Markus? Ja, Markus. Er hatte ihr im Kaufhaus einen Hinweis zugespielt. Wenn er hier wäre, könnte er ihnen womöglich helfen, sie musste es nur ungesehen bis in sein Büro schaffen. Lea öffnete die Tür ein kleines Stück, spähte hindurch und zuckte zurück.

»Lass uns abhauen«, keuchte Patrick und quetschte sich durch den Spalt.

»Die Polizei ist hier.«

»Ich weiß, hab sie gesehen.«

»Und sie dich?«

»Nein. Komm jetzt.«

»Hast du Markus gesehen?«

»Nein. Was willst du von dem? Du kannst nur mir trauen. Lea, jetzt komm!«

Sie eilten die Treppen hinab, Stufe um Stufe, Etage um Etage. Eilten auf die Straße hinaus. Die Sonne stand hoch am Himmel, dabei kam ihr der Tag so lang vor wie zwei.

»Wohin jetzt?«, fragte Lea und schirmte mit der Hand die Augen ab.

»Zu dir. Plan schmieden.«

»Hast du gefunden, was du gesucht hast?«

»Jupp«, entgegnete er knapp und stieg ins Auto, ohne sie anzusehen. Die Hitze ließ den Asphalt flimmern, den Schweiß fließen. Sie wischte sich mit der Hand über die Stirn und ließ das Fenster runter, der Fahrtwind kühlte angenehm ihre Haut. Patrick schwieg. Sie auch. Jeder hing seinen Gedanken nach, ängstlich, was die Zukunft bringen würde.

»Schließ alle Fenster, sperr die Tür ab und lass am besten alle Rollos runter«, sagte Patrick, lief in Jadys Kinderzimmer und verriegelte das Fenster.

Lea tat, was er sagte. Es ergab Sinn. Irgendwie.

Erschöpft fiel sie auf die Couch, die leeren Whiskeygläser standen noch immer auf dem Tisch und erinnerten sie an Anouk.

»Willst du noch einen?« Patrick deutete ihren Blick falsch.

»Ja«, antwortete sie dennoch.

»Geben wir uns die Kante.«

Er schnappte nach den Gläsern und verschwand in der Küche. Es raschelte und klapperte, kurz danach kam er mit beiden gut gefüllt zurück.

»Was hast du aus dem Sender geholt?«

»Das wirst du schon noch erfahren.«

»Hm, Geheimnisse stehen dir nicht.«

Er lächelte entschuldigend. Es tat gut, ihn lächeln zu sehen, es schien eine gefühlte Ewigkeit her zu sein. Sie selbst fühlte sich verloren und traurig.

Er nahm neben ihr auf der Couch Platz und legte seinen Arm um sie.

»Wir bekommen das schon hin«, flüsterte er, drückte sie fest an sich. Das war zu viel, ihre Gefühle brachen durch die Mauer der Aufgeklärtheit.

»Ich soll mein kleines Mädchen töten«, sagte sie mit tränenerstickter Stimme. Ihr ganzer Körper bebte.

»Wir stehen das zusammen durch. Du musst das nicht allein tun.« Er strich ihr über den Rücken. »Hier, trink einen Schluck.« Er hielt ihr das Glas entgegen, mit zitternden Fingern hielt sie es fest und nahm einen großen Schluck.

»So ist es gut«, murmelte er und strich ihr über den Kopf.

»Alles wird gut. Wir stehen das zusammen durch. Jetzt trink noch einen kräftigen Schluck. So ist es fein. Und nun warten wir ein paar Minuten bis der Alkohol seine Wirkung zeigt und dann sieht die Welt schon anders aus.«

Und sie wunderte sich darüber, wie klar alles auf einmal schien. Ja, er wird recht behalten. Alles wird gut.

Patrick nahm ihr Gesicht in beide Hände, sah ihr in die Augen, doch sagte kein Wort. Wischte nur die letzten Spuren ihres früheren Ichs mit dem Daumen fort und lächelte zufrieden. Der Schmerz verebbte, es blieb die Gewissheit, was zu tun war. Fest entschlossen, dem Ruf zu folgen, sich selbst aus dem Gefängnis dieser falschen Welt zu befreien.

Der Weg würde ihr nicht gefallen, ein notwendiges Übel, um das Ziel zu erreichen. Patrick wusste das — und Lea auch. Sie stand auf, ging zu dem kleinen Tisch vor der Couch, kippte den letzten Rest aus der Flasche in ihr Glas und leerte es in einem Zug.

Sie musste ihr eigenes Kind töten, das war es, was von ihr verlangt wurde.

Sie ist nicht real, nur ein Teil von mir selbst.

Mit einem Knall stellte sie das Glas wieder ab, plumpste zurück auf die Couch.

»Jady war nicht allein am Wasser gewesen«, sagte Lea nachdenklich. Patrick lehnte sich mit seinem Drink zurück und schwieg. »Ein Mädchen war bei ihr und es war nicht ihre Freundin Sophia.«

»Du meinst, es könnte das Kind aus deinem Traum gewesen sein?«

Sie nickte, lehnte sich ebenfalls zurück. Jetzt, da sie wusste, dass Jady der Schlüssel war, würde der Teil ihres Unterbewusstseins, der diese Welt aufrecht halten wollte, alles daransetzen, dass sie nicht mehr an ihre Tochter herankäme.

»Deshalb der Rauswurf aus dem Krankenhaus. Jetzt ergibt das alles Sinn. Sieht so aus, als könnte keiner von uns mehr einkaufen gehen«, scherzte sie, ohne dabei zu lächeln. Patrick verschränkte die Arme vor der Brust und meinte: »Ab jetzt stellt jeder eine Gefahr für uns dar, auch dein Freund Anouk. Du darfst ihm nicht mehr trauen. Verstehst du?«

Lea sagte nichts darauf, sie horchte in sich hinein, suchte nach Bedauern und der Trauer, die sie eben noch empfunden hatte, doch da war nichts mehr. Lea sah ihn an und nickte fest entschlossen.

»Morgen gehen wir es an«, sagte sie tonlos und erhob sich. »Morgen fahren wir zu Jady und befreien meinen Geist.«

Kapitel 23

Ela

»Cool, eine Rabenfeder.«

»Krähe. Raben gibt's hier nicht«, sagte Ela zu Sven.

Der hörte gar nicht zu, steckte sich das schwarze Ding in die Wollmütze und sprang albern vor ihr herum.

»Ich bin ein Indianer!«, rief er und jaulte wie ein Wolf. Sie verdrehte die Augen und lächelte. Gemütlich schlenderten alle drei gemeinsam den Feldweg entlang, der sie nach Hause führte. Der erste Schnee knirschte unter ihren Füßen, die Sonne strahlte am blauen Himmel. Ihre Mutter folgte schweigend mit einem kleinen Abstand. Sie hatte Ela gestanden, wie glücklich es sie machte, ihre Tochter endlich mit anderen Kindern zu sehen. Auch wenn sie sich selbst nicht mehr als Kinder bezeichnen würden.

»Hast du einen Faden zu Hause? Dann zeige ich dir, wie man einen Bogen baut«, sagte Sven begeistert.

Mit den Armen ahmte er das Spannen eines Bogens nach. Er besuchte sie regelmäßig, wenn Karl nicht da war, denn Svens Mutter kam immer seltener nach Hause. Letztens hatte er sogar Spritzen gefunden. Grauenvoll, den Menschen, den man liebte, ins eigene Verderben stürzen zu sehen.

Ihre Mutter kramte aus der Küchenschublade eine Spule hervor und hielt sie Sven hin.

»Hier ein Faden, bitte sehr.«

Lächelnd nahm er ihn entgegen.

»Danke schön, Frau Habenstein.«

»Bitte nicht so förmlich Sven. Nenn mich Isabelle.«

Er warf seinen Rucksack neben ihren und packte Ela am Handgelenk.

»Was hast du vor?«, fragte Ela und ließ sich von ihm nach draußen schleifen.

»Wir suchen jetzt den perfekten Ast für einen Bogen.«

»Es ist Winter.« Sie lachte.

»Egal.«

Gemeinsam rannten sie über das unberührte, weiße Feld bis zum Waldrand. Sie entdeckten verschiedene Tierspuren und zu jeder wusste Sven etwas zu berichten. Den Bogen schien er schon längst wieder vergessen zu haben.

Wie ein Fährtenleser ging er in die Knie und berührte einen Abdruck mit zwei Fingern.

»Die hier stammt eindeutig von einem Wildschwein.«

»Sicher? Sieht aus wie von einem Reh.«

»Nee, das sieht man an den hinteren Abdrücken nach den Paarhufen. Außerdem sind Rehspuren schmaler.«

»Na, wenn du das sagst. Woher weißt du so viel über Tiere?« Bewundernd hob sie die Augenbrauen. Sven überraschte sie immer wieder.

»Ich bin eben ein waschechter Halbindianer!«, prahlte er und blähte die Brust. Ela lachte und boxte ihm in den Bauch. Dramatisch brach er im Schnee zusammen, schnappte überraschend nach ihrem Fuß und zog daran, bis sie mit dem Hintern in den Schnee fiel. Lachend blieben sie nebeneinander liegen und sahen hinauf in den blauen Himmel. Es kribbelte in ihrem Bauch, ein Gefühl, dass sie so nicht kannte. Wenn alles vorbei war, konnte sie ein normales Leben führen. Wenn ...

»Heute Nacht ist es so weit«, sagte sie leise, ohne ihn anzusehen. Sven stemmte sich auf seine Unterarme, sie spürte seinen Blick.

»Es wird schon alles gut gehen. Ihr plant das jetzt schon seit ... wie lange?«

»Vier Monaten.«

Die Kälte kämpfte sich allmählich durch ihre Kleidung und kühlte sie langsam aus.

»Und dann wird er dir nie wieder wehtun können.«

Ela neigte den Kopf, ihre Blicke trafen sich. Zaghaft strich er ihr über die Wange. Ein Feuer jagte durch Elas Bauch. *Verdammt, was macht er nur mit mir?*

»Ich will gar nicht wissen, was er dir schon alles angetan hat«, sagte er leise.

Ela setzte sich auf, sie fröstelte leicht. Der Plan schien eigentlich einfach — wenn Karl mitspielte. Heute Nacht, wenn ihr Erzeuger tief und fest schlief, wollten sie durch den Garten fliehen. Herr Meier und die Polizei würden auf einer Lichtung im Wald auf sie warten und dann eine Sondereinheit losschicken, die ihr Haus und die aller Bandenmitglieder zeitgleich stürmt. Heute Nacht würde für sie ein neues Leben beginnen. Heute Nacht!

Ihr Herz klopfte vor Aufregung so sehr, dass ihr schlecht wurde.

»Was, wenn etwas dazwischenkommt?«, fragte sie.

»Was soll denn dazwischenkommen?«

»Keine Ahnung, Sven. Du weißt doch selbst, wie das Leben einem übel mitspielen kann.«

»So darfst du nicht denken. Denke lieber, was passieren wird, wenn alles klappt.«

Ela stand auf und klopfte sich den Schnee von der Hose. *Alles wird gut.*

»Lass uns zurückgehen, ich muss noch ein paar Sachen packen.«

Sie hielt ihm die Hand helfend hin und gemeinsam schlenderten sie zurück.

Ela betrat das Haus, Sven folgte ihr.

»Mama?«, rief sie und lauschte. »Mama?«

Ihr Herz begann zu klopfen. War Karl in der Zwischenzeit da gewesen? Hatte, ihren Verrat riechend, Mutter aus dem Weg geschafft? Sie rannte zur Treppe, die ins Obergeschoss führte und schrie.

»Mama, wo bist du?«

Isabelle erschien am Treppenabgang. Ihr Gesicht blass, das Lächeln unsicher.

»Du hast mich erschreckt, Maus.«

Sie waren beide so angespannt, dass sie jederzeit vom Schlimmsten ausgingen.

Die Sonne neigte sich dem Horizont entgegen und färbte ihn blutrot. Die Kieselsteine knirschten, als ein Auto die Einfahrt herauf rollte. Wenige Augenblicke später läutete es. Ela spähte durch das Fenster und sah das weiße Cabrio des Lehrers.

»Herr Meier ist da.«

»Schade«, murmelte Sven.

Isabelle öffnete ihm die Tür. Sein Gesicht eine ernste Miene, doch er sagte kein Wort, sah den beiden Frauen nur fest in die Augen und nickte kaum merklich. Alles wird gut, versprach dieses Nicken, wir schaffen das.

Sven drehte sich zu Ela, nahm sie fest in die Arme und flüsterte: »Ela, alles wird gut. Wir sehen uns morgen, da bin ich mir sicher! Ich denke an dich.« Sie nickte stumm.

Dann stiegen die beiden in sein Auto und fuhren davon. Einen Augenblick noch sah Ela ihnen nach. Vielleicht sah sie die beiden das letzte Mal. Vielleicht würde sie die Nacht nicht überleben. Mit zitternden Händen schloss sie die Tür und blickte ihre Mutter an. Ihre Augen sorgenvoll, ihre Stimme leise und zittrig.

»Alles wird gut, meine Maus.«

Ob sie Zweifel an den eigenen Worten hegte?

Die Zeit verstrich und Karl kam nicht nach Hause. Wie ein Tiger im Käfig lief ihre Mutter in der Küche auf und ab, schreckte jedes Mal zusammen, wenn Scheinwerfer die Straße vor ihrer Einfahrt erhellten. Lustlos stocherte Ela in ihrem Essen herum.

»Du musst essen, damit du Kraft hast für den Abend.«

Aber sie bekam einfach keinen Bissen herunter.

Alles wird gut.

»Na schön, es ist schon spät, du solltest besser ins Bett gehen. Wenn er heimkommt, darf er dich nicht mehr hier sehen. Schau nicht so, ich bekomme das hin. Es wird alles gut.«

Sie nahm Ela in den Arm und drückte sie fest. Ela spürte, wie ihr Herz schlug. Schnell und laut.

Widerwillig trottete sie in ihr Zimmer, kramte ein Nachthemd hervor und versteckte die Sachen, die sie später zur Flucht anziehen wollte, unter ihrem Bett. Alles musste wie immer wirken. Nichts, aber auch gar nichts, durfte seinen Verdacht erregen. Karl konnte Verrat riechen, hoffentlich stank ihre Mutter nicht danach. Ela rieb mit den Händen ihr Gesicht.

Alles wird gut. Alles wird gut.

Ihr Mantra für die kommenden Stunden.

Die Mutter erschien noch einmal im Türrahmen mit einem Tablett in der Hand. Ein Glas, eine Wasserflasche, ein kleiner Teller mit Brot, liebevoll mit Gurken verziert.

»Du hast nichts gegessen. Die Nacht wird noch lang.«

Sie gab ihr einen Kuss auf die Nase. Ela lauschte dem Knarzen der Holztreppen, als die Mutter wieder nach unten ging.

Die Tür blieb angelehnt. Sie wollte hören, wenn Karl kam — schlafen konnte sie ohnehin nicht.

Alles wird gut.

Das Krachen der Haustür schreckte sie auf.

»Isabelle, ich brauch was zum Saufen.«

Die Kühlschranktür wurde geöffnet, der Bierdeckel klapperte.

Ja, besauf dich schön, Arschloch!

Betrunken war Karl noch ekelhafter als ohnehin schon, aber immerhin schlief er dann wie ein Baby. Tief und fest, sabbernd und stinkend.

Elas Herz begann wild zu hämmern.

Alles wird gut. Scheiße nochmal, hoffentlich wird alles gut.

»Keinen guten Tag gehabt?«, drang die Stimme ihrer Mutter zu ihr hinauf, zitternd und unsicher. Der Verrat schwang bei jedem Wort durch das Haus.

»Ich werde observiert«, knurrte Karl.

Fuck! Er weiß es. Verdammte Scheiße, er weiß es.

Elas Herz trommelte gegen ihre Brust, die Handflächen verschwitzt, die Finger eiskalt. Ihr wurde übel.

Stille.

Angestrengt lauschte sie.

Ihre Mutter wimmerte, er tat ihr weh. Das Arschloch tat ihr weh. Ela setzte sich auf, bereit aufzuspringen.

Ruhig bleiben. Er weiß es nicht, sonst hätte er schon kurzen Prozess gemacht.

»Du weißt nicht zufällig etwas darüber, oder?«, fragte er.

»Natürlich nicht, Miststück. Den Mut hättest du gar nicht.«

Er schnaufte verächtlich, seine schweren Schritte schlurften den Flur entlang, die Stufen knarzten.

Sie warf sich zurück ins Bett, zog die Decke bis über den Kopf und presste die Augen zu.

Die Schritte kamen an ihrem Zimmer vorbei und gingen weiter ins Wohnzimmer. Kurz darauf knarzten wieder die Stufen; ihre Mutter. Vor ihrer Tür blieb sie stehen, spähte hinein und zeigte ihr, dass alles in Ordnung sei. Sie hielt kurz zwei Finger hoch und lehnte die Tür wieder an. Zwei Stunden noch bis zum verabredeten Zeitpunkt. Zwei Stunden bis zu einem neuen Leben.

In ihrem Magen rumorte es.

Isabelle ging zu Karl ins Wohnzimmer. Ela richtete sich auf und spähte durch den Spalt.

»Blas mir einen!«, befahl er. »Ich muss'n bisschen entspannen nach der Aufregung heute.«

Sein Gürtel klimperte, ihre Mutter kniete vor ihm nieder, Ela wandte ihren Blick ab und hörte, wie er stöhnte.

Beiß zu! Beiß ihm seinen verdammten Schwanz ab!

»So ist's recht, Schlampe. Stell dir einfach vor, ich wäre der Wichser von Lehrer!«

Ela erstarrte und sah mit an, wie Karl Isabelles Kopf in die Hände nahm und nach unten drückte. Sie würgte und stemmte sich mit den Armen dagegen.

Ela schlug vor Schreck die Hände vor den Mund, Karls Gesicht eine Maske der Wut — es war vorbei.

Nichts wird gut! Er wird sie umbringen!

»Was ist? Haste gedacht, ich würde das nicht erfahren?« Er riss an ihren Haaren und holte mit der rechten Hand aus, hart krachte sie auf den Rücken. Beiläufig stieg er aus seiner Hose und beugte sich hinab, riss an ihren Leggins.

Arschloch! Verdammtes Arschloch! Nimm die Finger von ihr. Elas Wangen brannten, ihr Körper bebte.

Er kniete nieder, packte die Mutter am Hintern, doch sie drehte sich blitzschnell um und krachte ihm die Faust in die schadenfrohe Fresse. Benommen taumelte er zurück.

Ela klappte der Mund auf.

»Jawohl«, entwischte es ihr.

Ihre Mutter holte mit dem Fuß aus, trat ihm mit aller Kraft in die Eier. Er schrie und krümmte sich wie ein hilfloser Wurm. Ela sprang aus dem Bett.

Ich muss was tun. Ich muss ihr helfen!

Isabelle robbte rückwärts von Karl weg, doch er bekam sie zu fassen und riss sie an den Haaren zurück. Sie jaulte, trat nach ihm, schlug um sich. Er trat ihr in den Bauch.

Ela schrie, wirbelte im Zimmer herum und suchte, suchte irgendwas, das ihr helfen konnte. Ihr Blick blieb an dem Tablett haften — die volle Glasflasche.

Jetzt bist du fällig, Arschloch!

Sie griff danach, blendete all ihre Furcht aus und stürmte ins Wohnzimmer.

Karl, mit dem Rücken zu ihr, beugte sich über die Mutter, lachte dreckig und sagte: »Sag hallo zu Mister Faust!«

Ela schwang die Flasche über ihren Kopf.

»Fahr zur Hölle, Arschloch!«

All ihre Kraft legte sie in diesen Schlag. Die Flasche krachte auf seinen Schädel und zerplatze in einem Erguss aus beißenden Scherben und Wasser. Karl drehte sich um, taumelte, glotzte sie an; Wut, Verwunderung, Wut. Dann kippte er vornüber wie ein gefällter Baum, Ela sprang beiseite und half ihrer Mutter auf.

»Danke«, murmelte sie und zog die Leggings hoch.

Ela starrte auf ihren Erzeuger hinab, hilflos wie ein kleines Schweinchen, der Arsch nackt und rosig. Blut, das aus seinem Schädel sickerte, und neben seinem Kopf der Flaschenhals. Zerbrochen und scharf.

Ela griff danach. Wenn sie ihm jetzt die Kehle durchschnitt, wären sie frei und er könnte ihnen nichts mehr tun.

»Ela! Lass das fallen. Wir sind nicht wie er.«

»Er hat es verdient!«

»Das hat er. Er wird im Gefängnis schmoren! Besudel deine Hände nicht mit seinem Blut.«

»Dann sein Schwanz.«

»Nein, wir müssen weg!«

Angewidert sah sie auf den Mann ohne Hose hinab und schleuderte das Glas in die Ecke. Karl stöhnte, zuckte mit den Fingern, Ela holte aus und trat ihm ins Gesicht. »Verrecke Bastard!«, schrie sie.

»Schnell, wir müssen weg hier!«

Sie stürmten die Stufen hinunter und durch den Garten. Leise knirschte der Schnee unter ihren nackten Füßen, während die Kälte in ihre Sohlen biss. Isabelle keuchte: »Halt durch, hinter dem Wald wartet Hilfe. Wir schaffen das.«

Beflügelt von dem Gefühl der Macht rannten sie über das Feld. Laut keuchte ihr Atem. Es war dasselbe Feld, auf dem sie als kleines Kind mit ihrer Mutter so viele ruhige Stunden verbracht hatte, auf dem sie die kleine schwarze Katze gefunden hatten. Doch jetzt wollte es ihnen keinen Schutz bieten. Wie schwarze Flecken auf einer weißen Leinwand stachen sie jedem ins Auge.

Ela hörte etwas, sie spähte über ihre Schulter.

Karl.

»Scheiße Mama. Er ist hinter uns.«

»Lauf, schau nicht zurück. Es ist nicht mehr weit.«

Nicht mehr weit und doch unerreichbar.

Vor ihnen wuchs ein weiterer dunkler Schatten, riesig und angsterfüllend.

Der Wald.

Die Schneedecke im Wald bot keinen Schutz gegen die toten Äste und das Gestrüpp. Erbarmungslos stach es ihnen in die Füße, riss ihnen die Haut auf und ließ sie bluten. Sie kamen nur langsam voran und jedes verfluchte Knacken hallte laut wider.

Die Schmerzen, die jeder Schritt verursachte, wurden immer schlimmer, doch kein Laut kam über ihre Lippen. Wunden konnten heilen, wenn Karl sie erwischte, würde es keine Heilung mehr geben.

Ihr Fuß blieb an einer Wurzel hängen, sie stolperte und fiel zu Boden, die Mutter zog sie schnell wieder hoch.

»Schneller. Wir sind gleich da.«

Ela drehte gehetzt den Kopf und sah einen Schatten zwischen den Bäumen.

Karl.

Sie rannten weiter, doch plötzlich verlor ihre Mutter den Halt, rutschte einen Abhang hinunter und zog Ela mit sich hinab. Isabelles Körper krachte gegen einen Baum, so heftig, dass Ela hörte, wie ihre Rippen brachen. Ihr grauenvoller Schmerzensschrei verhallte im Wald.

Elas Körper schmerzte, die Füße pochten dumpf und die Haut an Armen und Beinen brannte. Schluchzend robbte sie zu ihrer Mama und strich mit zitternden Fingern über das feuchte Haar.

»Steh auf, Mama.«

Verschwommen sah sie im Halbdunkel ihr Gesicht, so schmerzverzerrt und angsterfüllt. Ela presste die Zähne aufeinander und schüttelte den Kopf.

»Bitte«, flehte sie.

Es knackste hinter ihnen, sie wirbelte herum. Ein Schatten wuchs oberhalb des Abhangs.

»Lauf!«, presste ihre Mutter schweratmend hervor.

Ihre Lunge pfiff leise bei jedem Atemzug.

»LAUF!«

Ela schluchzte und streichelte ihre Wange.

»Ohne dich gehe ich nicht.«

»Geh ... Hol ... Hilfe«, Sie keuchte. »Am See ... Beeil dich!«

Ela stand auf. Es konnte nicht mehr weit sein. Sie musste es schaffen! Sie musste einfach!

»Ich hol Hilfe, Mama. Halte durch!«

Sie taumelte los und hörte das Rascheln von aufgewühltem Schnee hinter sich.

Der Schatten floss den Abhang hinab und stürzte auf ihre schreiende Mutter und ihr Schrei verstummte erst, als der Schnee sich in roten Matsch verwandelte.

Kapitel 24

Lea

Der siebte Traum

Lea stand auf einem weißen Feld, am Horizont lauerte dunkel der Wald, über dem unzählige Sterne funkelten. Sie sah einen See, circa hundert Meter entfernt, mit einer Eisschicht bedeckt. Die Gestalt im blauen Nachthemd trat schweigend neben sie.

» Was passiert da?«, fragte Lea.

Ihr Magen rumorte und trotz der Kälte brach ihr der Schweiß aus. Das Mädchen schwieg. Männer mit Taschenlampen liefen hektisch am Ufer umher, riefen Befehle, die sie nicht verstand. Ein rhythmisches Wummern am Himmel schwoll an, bis es alles übertönte. Der Helikopter landete, zwei Personen sprangen heraus, rannten mit kleinen Koffern in der Hand zu der Traube von Leuten, die sich auf dem Steg um jemanden versammelten.

Lea reckte den Hals und lief ein paar Schritte, um besser sehen zu können. Sie erhaschte einen kurzen Blick auf ein Mädchen in den Armen eines Mannes.

» Jady? Oh mein Gott, ist das meine Kleine?«

Hals über Kopf stürmte sie los, doch als sie am Steg ankam, waren alle verschwunden.

Die plötzliche Stille drückte auf sie nieder, nur die alten Sterne beobachteten sie stumm. Lea folgte dem Steg bis an sein Ende und spähte über den Rand auf die Eisfläche. Weiß und makellos glänzte sie im fahlen Licht, nur an einer Stelle zerstörte ein Loch den friedlichen Anblick. Das pechschwarze Wasser darin schwappte leise plätschernd gegen den Rand, als wäre eben etwas hindurchgesprungen. Eine Bewegung glitt unter der Oberfläche entlang. Sie kniff die Augen zusammen und versuchte mehr zu erkennen. Was konnte das sein?

Ein Gesicht. Milchig und leblos schwebte es im Wasser nach oben.

Sie wich zurück, doch schon drückten kalte Hände gegen ihren Rücken und gaben ihr einen Stoß. Sie ruderte mit den Armen, verlor das Gleichgewicht und fiel über den Rand dem schwarzen Loch entgegen, das Wasser so wohlbekannt eisig, dass es ihr fast die Sinne raubte. Sie kämpfte nicht dagegen an, denn das hatte sie schon zu oft, ließ sich stattdessen einfach sinken. Immer weiter, immer tiefer.

Dort! Ein rotes Licht. Lea schwebte darauf zu und bald füllte das Licht ihr ganzes Sichtfeld aus. Jedes Mal aufs Neue faszinierte sie der Anblick der roten Galaxie. Vom Zentrum angezogen, immer schneller und ohne, dass sie dieses Gefühl in Worte beschreiben könnte, löste sich ihr Körper auf. Nur ihr Geist raste in unaussprechlicher Geschwindigkeit darauf zu. Das Licht so grell, dass es jegliche Konturen auslöschte. Ein Sirren ertönte in der Stille, dann wohltuende Dunkelheit.

»Wach auf, Lea!« Patricks Stimme drang zu ihr durch und zog sie in die Gegenwart zurück. Er rüttelte sie sanft.

»Schon gut, ich bin wach, ich bin wach«, murmelte sie und räusperte sich.

»Ach, bist du das?«

Lea lag auf der Couch, Patrick kniete vor ihr am Boden und grinste sie frech an.

»Du bist eingeschlafen.«

»Ach was.«

Hinter ihrer Stirn pochte es leicht. Sie räusperte sich erneut.

»Was ist?«, fragte Patrick.

»Ich hab das Gefühl ... mir steckt etwas im Hals.« Sie setzte sich schwerfällig auf und kratzte sich am Arm. Nur wenig Licht drang durch die geschlossenen Vorhänge und erhellte den Raum gerade so weit, dass man alles erkennen konnte.

»Die Träume werden immer verwirrender«, sagte Lea mit belegter Stimme und kratzte sich erneut am Arm. Sie stand auf und würgte.

»Scheiße.«

Wankend ging sie in die Küche, ließ sich ein Glas Wasser ein. Das Gefühl im Hals machte sie wahnsinnig. Patrick sprang auf und legte ihr besorgt eine Hand auf den Rücken.

»Was hast du?«

Lea schüttelte den Kopf und leerte das Glas in einem Zug.

»Keine Ahnung. Ich fühle mich seltsam schwach und irgendwas steckt mir im Hals.«

Wieder rubbelte sie grimmig mit den Fingern über ihre Armbeuge. »Und irgendwie juckt es mich da.«

Sie hob ihren Arm und beäugte ihn genauer. »Da steckt doch etwas drin, sieh mal.«

Vorsichtig puhlte sie mit dem Nagel über die Stelle und zog es heraus. Ein Splitter? Sie zog weiter, immer länger.

Eine Infusionsnadel.

»Patrick, sieh dir das an«, raunte sie und hustete erneut. Sie hustete und krümmte sich und würgte. Griff in ihren Mund und bekam etwas zu fassen. Lang und glitschig. Ihre

Finger krallten sich um das Ding und zogen es aus ihrer Kehle.

Ein Schlauch?

Sie wirbelte herum. Das war nicht mehr ihre Küche. Das war der Wald.

Sie hörte ein dumpfes Plumpsen und dann ein Schmatzen. Als würde man einen dicken Stein in Matsch werfen und ihn dann wieder herausziehen. Unsicher ging Lea einen Schritt nach vorne und spähte um die Bäume herum. Bumm, schmatz.

Zwischen den Bäumen kauerte eine finstere Gestalt im Schnee. Lea brauchte einen Moment, bis sie begriff. Der Schatten schlug mit einem schweren Stein auf etwas am Boden ein.

Bumm, schmatz.

Klebten da Haare am Stein? Ruckartig hob der Schatten seinen Kopf, bemerkte Lea. Rausquellende, blutunterlaufene Augen musterten sie, unter ihm der Rest eines Frauenkörpers. Der Anblick trieb ihr die Galle hoch. Plötzlich sprang er mit einem Satz auf sie zu, trieb sie rückwärts, bis sie stolperte.

Patrick fing sie auf. Mit schreckgeweiteten Augen sah sie ihn an, wirbelte herum und erbrach sich in das Spülbecken. Beruhigend streichelte er ihr den Rücken. Lea öffnete den Wasserhahn und spülte den Mund aus.

»Ich brauche frische Luft«, stöhnte sie und ließ sich von Patrick zur Terrasse führen. Ihr Kopf schien jeden Moment explodieren zu wollen.

Dicke Schneeflocken segelten gemächlich vom dunklen Himmel herab und bildeten am Boden eine weiße Decke, aus der vereinzelt noch Sommerblumen heraus blitzten. »Zur Hölle? Was ist denn hier los?«

»Was meinst du?«, fragte Patrick.

»Siehst du das nicht? Schnee im Sommer.«

»Ach so, ja. Wundert dich das noch?«

Verdammt. Der siebte Traum, nur noch einer und es wäre vorbei. Patrick schob sich an ihr vorbei, trat aus der Überdachung der Terrasse in den Schnee, ging in die Hocke und berührte zaghaft die kleinen Kristalle. Er spähte auf seine Armbanduhr.

»11:24 Uhr. Der wievielte Traum war das heute?«

»Der siebte.«

»Uns läuft die Zeit davon.«

Er stand auf und sah sie erwartungsvoll an, doch sie zögerte.

»Diese Welt wird ohnehin nicht mehr dieselbe sein, egal, wie du dich entscheidest«, sagte er bestimmt.

Lea sah auf den Schnee hinaus und nickte.

Tief Luft holend hielt er ihr die Hand entgegen, wartete darauf, dass Lea sie ergriff.

»Wir müssen es *jetzt* tun. Komm.«

»Jetzt? Ich weiß nicht, ob ich das kann.«

»Du kannst und du wirst. Ich werde bei dir sein. Wir können den letzten Traum nicht abwarten.«

Es klingelte an der Tür.

Anouk?

Sie warf Patrick einen fragenden Blick zu, der schüttelte den Kopf.

»Mach ja nicht auf. Wir können niemandem mehr vertrauen«, zischte er.

Sie nickte, schlich zur Tür und spähte durch den Spion. Zwei Männer in Uniform standen im gelben Licht der Eingangsbeleuchtung und blickten grimmig drein.

»Fuck, Polizei«, flüsterte sie.

Ihr war klar, dass man sie jagen würde, aber nicht, dass es so schnell und in ihrem Haus geschah. Lea trat leise ein paar Schritte zurück. Herrisch hämmerte es an der Tür.

»Wir müssen verschwinden!«, flüsterte Patrick.

Sein Blick wirkte gehetzt, Schweißflecken bildeten sich unter seinen Achseln.

Aus Hämmern wurden Tritte.

»Schnell, deine Schuhe. Jetzt mach schon!« Wild fuchtelte er mit der Hand und huschte zur Terrassentür. Er spähte über den Zaun und kletterte hinüber, Lea folgte ihm. Ein lautes Krachen ertönte aus dem Inneren des Hauses.

»Verdammt? Haben die meine Tür eingetreten?«

»Scheiß drauf. Schnell zum Auto, solange sie beschäftigt sind.«

Der Schweiß rann ihm die Stirn hinab und Lea bemerkte ein leichtes Zittern seiner Hände. Nicht einmal bei dem Erlebnis mit der Kerze oder im Kaufhaus hatte er so angespannt gewirkt.

Geduckt umrundeten sie das Gebäude, von dem Lea vor wenigen Minuten noch gedacht hatte, es wäre ihr sicheres Heim. Sie drückten sich an der Garagenmauer entlang. Das Polizeiauto stand direkt hinter Patricks und blockierte die halbe Ausfahrt.

»Was machen wir denn jetzt?«, fragte sie.

»Lass mich mal machen.«

Sie schlichen voran und erreichten das Auto, ohne entdeckt zu werden. Patrick kroch über die Beifahrertür hinein, Lea blieb dicht hinter ihm.

»Anschnallen, das wird eine holprige Fahrt!«, sagte er und legte den Gurt an. Der Lärm des startenden Motors durchschnitt die Stille wie ein scharfes Schwert. Lea umkrallte den Türgriff und murmelte: »Oh Gott, ich sterbe gleich.«

»Festhalten.«

Patrick knallte den Rückwärtsgang rein und gab Vollgas. Es gab einen Ruck und schepperte laut, als er gegen den Streifenwagen donnerte. Metall schliff gegen Metall, dann war der Weg frei.

Ein Beamter erschien im Türrahmen, zornig schrie er ihnen etwas zu und zog seine Pistole.

»Scheiße!«, fluchte Patrick ungläubig.

Lea schrie auf. Er gab Gas, das Auto schlingerte auf der Schneedecke, bevor er es wieder in den Griff bekam.

Lea verrenkte sich, beobachtete, wie der Polizist zu seinem demolierten Wagen rannte und ihnen etwas nachschrie.

»Gut gemacht. Hast bestimmt ihre Achse zerstört.« Sie atmete erleichtert aus und setzte sich wieder gerade hin. »Was nun?«

»Es gibt nur noch einen Ort, an den du gehen solltest.« Seine Stimme wirkte ungewohnt ernst.

»Wir müssen zu Anouk, jetzt muss er uns glauben!«

»Bist du verrückt?«, herrschte er sie an. »Er ist gegen dich, Lea. Er würde dich verraten! Wie kannst du nach all dem, was war, immer noch an ihn glauben? Ich bin der Einzige, dem du vertrauen kannst. Er hat doch die Cops gerufen.« Lea schwieg eine Weile betreten. Die Wahrheit in seinen Worten schmerzte. Sie wünschte sich nur so sehr, Anouk noch einmal sehen zu können, bevor alles enden würde. Nur ein kurzer Moment, ein letzter Kuss.

Werd jetzt ja nicht sentimental!

»Gut, dann lass es uns zu Ende bringen.«

Ihre eigenen Worte und doch so fremd. Schweigend schaute sie aus dem Fenster auf den Schnee hinaus, der trotz Dunkelheit zu leuchten schien und die Umgebung so unwirklich scheinen ließ, wie sie es tatsächlich war. Lea versuchte sich mental auf ihre bevorstehende Aufgabe vorzubereiten. Ihre Hände begannen zu zittern.

Das Bild der kleinen Jady blitzte vor ihrem inneren Auge auf, wie sie ihre Mama fest in den Arm nahm, an ihren Haaren roch und ihr sagte, wie wahnsinnig lieb sie ihr Kind hatte.

Lea konnte nicht anders, sie begann zu schluchzen. Sie versuchte den Gedanken wegzuschieben.

Sie ist nur ein Teil deiner Fantasie. Nicht echt.

Und doch wollte sie nur ihr Kleines in die Arme nehmen und vor allem davonlaufen. Doch wohin sollten sie gehen?

Sie konnte nicht vor sich selbst fliehen. Die Bindung musste zerstört werden, damit ihr Bewusstsein diese Welt verlassen konnte, um mit dem universellen Ganzen eins zu werden.

Dem universellen Ganzen.

Lea wischte die Wangen trocken. Keine Ahnung, was das bedeuten sollte.

»Was wird wohl passieren, wenn es vorbei ist?«, fragte Lea leise ihr Selbst, das sich im Fenster des Wagens spiegelte.

Das wirst du in wenigen Stunden wissen.

Hinter ihrem Spiegelbild wichen Felder und Wälder der vorstädtischen Bebauung und immer mehr Häuser reihten sich aneinander. In keinem brannte ein Licht. Sie musterte Patrick.

»Was wird aus dir?« *und Anouk,* fügte sie im Geiste hinzu. Er nahm ihre Hand, drückte sie fest und gab einen Kuss darauf. Sie konnte seine Angst spüren, fast, als wäre er ein Teil von ihr. Es fühlte sich seltsam an.

Silhouetten von Hochhäusern und riesigen Wohnkomplexen kamen in Sicht. Still und finster ragten sie auf. Nur die Scheinwerfer erhellten die Straße vor ihnen. Patrick wich leeren Autos aus, die einfach auf der Straße standen.

Vorbei an finsteren Schaufenstern und leeren Bürgersteigen. Kleine Schneeflocken segelten im Scheinwerferlicht zu Boden.

»Wir sind da.«

Patrick wurde langsamer. Er deutet auf das vor ihnen liegende Gebäude, zog die Handbremse an und stellte den Motor ab — die plötzliche Ruhe verschluckte sie. Lea schnallte sich los und öffnete die Tür. Die Kälte umarmte sie und mit einem mulmigen Gefühl betrachtete sie das düstere Gebäude, das sie betreten wollten.

Die Schneeflocken begleiteten sie, schwebten träge vom Himmel herab. Sie roch den typischen Duft frischen Schnees. Es knirschte leise unter ihren Füßen und je näher sie dem Gebäude kamen, desto langsamer wurde das Geriesel — bis es ganz erstarrte.

»Mein Gott!«, hauchte Lea, blieb vor dem schwarzen Loch des Eingangs stehen, das durch die Glastür gähnte und betrachtete eine Flocke, die bewegungslos vor ihrem Gesicht hing. Sie streckte ihren Finger aus, der Stern schmolz und übrig blieb nur ein kleiner Tropfen auf der Fingerspitze. Sie hob ihren Blick und sah, wie Tausende dieser Flocken über ihr in der Luft hingen.

Patrick trat neben sie, musterte sie schweigend von der Seite.

Konnte er dieses Schauspiel nicht sehen?

»Bereit?«, fragte er.

Sie nickte ihm zu und er ging voran. Die Glastüren, die sich normalerweise automatisch aufschoben, waren verschlossen.

Patrick zwängte seine Finger dazwischen und schob sie auseinander. Es scharrte laut. Lea verkrampfte und sah sich furchtsam um.

»Dein Handy!«, flüsterte Patrick fordernd, zog sein Gerät aus der Hosentasche und schaltete die Taschenlampenfunktion ein. Lea zuckte entschuldigend mit den Achseln.

»Liegt zu Hause.«

»Dein Ernst?«

»Ja, entschuldige. Hätte ich vielleicht auch etwas zu Essen einpacken sollen?«

»Schon gut, dann muss eben meins reichen.«

Patrick nahm ihre Hand. Vorsichtig setzten sie einen Fuß vor den anderen. Nur keinen Lärm machen, wer weiß, was in den dunklen Ecken auf sie lauerte. Lea schauderte, drückte sich näher an Patrick. In der Empfangshalle blieben sie kurz stehen, um sich zu orientieren. Sie lauschten.

Nichts.

Das Handy schwang hin und her, der Lichtkegel erhellte nur einen kläglichen Abschnitt vor ihnen. Rechts lag der Anmeldebereich; er stand leer. Links erstreckte sich ein langer Gang, der im Dunkeln endete, und vor ihnen befand sich rein theoretisch wenige Meter entfernt der Zugang zum Treppenhaus. Theoretisch. Praktisch konnten diese wenigen Meter gefühlte Kilometer werden. Sie gingen darauf zu.

Schau nicht in die dunklen Ecken.

Doch ihr Blick wanderte immer wieder in der Finsternis umher.

Es beobachtet mich.

»Hast du das gehört?«, zischte sie und blieb stehen. Angestrengt lauschten beide, während Patrick mit seinem Handy die Umgebung ableuchtete.

Es ist hier.

»Da!«, japste Lea.

Ein dumpfer Aufprall ganz in ihrer Nähe war zu hören. Lea schrie, blitzschnell griff sie nach Patricks Hand, rannte zum

Treppenhaus. Als sie die Tür aufriss, erhaschte sie eine Bewegung aus den Augenwinkeln.

Dort saß es. Kroch aus der Dunkelheit auf sie zu.

Lea schrie, schrie, dass es ihr fast die Sinne raubte. Mit aller Gewalt schob sie Patrick vor sich her durch die Tür und sprintete die Stufen hinauf.

Mit seinem ganzen Gewicht warf er sich gegen die Tür, die den Flur zur Intensivstation versperrte. Sie bogen nach links ab und entdeckten die Stuhlreihe, auf der gestern Janina und ihre Familie gewartet hatten. Vor dem Zugang zur Intensivstation blieben sie stehen. Patrick drückte ihr das Handy in die Hand und versuchte, die sperrige Doppeltür zu öffnen. Lea strahlte den Gang hinab in Richtung Treppenhaus, aus dem sie gerade gekommen waren. Und dort stand er — der Schatten — und verschluckte das Licht. Groß ragte er auf, mit viel zu langen Beinen und Klauenhänden.

»Patrick!«, drängte Lea hysterisch.

Er packte sie am Arm, zog sie grob durch den Eingang und schlug die Türen hinter sich zu. Hektisch wirbelte er herum, schob eine Liege heran und wuchtete sie gegen die gläsernen Flügel.

Leas Herz raste wie verrückt. Gleich würde sie vor Angst den Verstand verlieren. Sie taumelte von der Tür weg, ohne sie auch nur eine Sekunde aus den Augen zu lassen.

»Das sollte ihn aufhalten. Ich beschütze dich. Atme Lea, jetzt mach schon.«

Dass sie die Luft anhielt, wurde ihr erst jetzt bewusst. Tief saugte sie die Lunge voll und registrierte, dass der Gang rot leuchtete.

Patrick nahm sie in den Arm und strich ihr beruhigend über die Wange. Sein Blick, so ungewohnt ernst und in dem roten Licht, wirkte etwas fremd. Mit klopfendem Herzen wandte sich Lea von ihm ab, folgte dem Gang. Alle Türen waren geschlossen — alle, bis auf eine.

Die Tür zum Zimmer 1124.

Kapitel 25

Lea

Wie eine Einladung stand die Tür zu Zimmer 1124 offen —
Jadys Zimmer. Leas Beine weigerten sich, auch nur einen
Schritt nach vorn zu gehen.

Geh, worauf wartest du?

Patricks Hand umfasste ihre und drückte sie ermutigend.

Es ist nicht real, Dummerchen.

Die Türen der Intensivstation schepperten.

»Lea. Ich will nicht rausfinden, was das für ein Ding ist,
du etwa?«

Es ist die Finsternis.

Sie atmete tief ein. Egal, was vor ihr lag, die Finsternis
jagte ihr eine Todesangst ein. Langsam trat sie in den Raum.
Auch das Krankenzimmer leuchtete im schwachen Rot.
Jady lag unverändert da, wie eine Puppe, zart und zerbrech-
lich. Ihr Anblick durchfuhr Lea wie ein scharfes Schwert, es
durchstieß ihre Brust und traf mitten ins Herz.

So hilflos lag ihre Kleine da und sie sollte ihr mit den eigenen Händen ein Leid zufügen? Ihrer Maus?

Lea trat an die Krankenliege, streichelte Jadys Hand, betrachtete die Finger, die so viel kleiner waren als ihre — sie
fühlte sich warm und weich an.

»Maus, wach auf.«

Sie reagierte nicht.

Patrick verriegelte die Zimmertür, spähte prüfend durch
das kleine Sichtfenster auf den Gang hinaus.

»Warum tust du das?«, fragte Lea abwesend. »Es wird ohnehin gleich vorbei sein.«

Sie beugte sich hinab, verweilte mit den Lippen auf Jadys Stirn, wartete und hoffte, sie würde die Augen aufschlagen — nichts geschah.

»Niemand ist noch da«, flüsterte sie mehr zu sich selbst. Sie sehnte sich danach, Jady in die Arme zu nehmen. Sehnte sich danach, ihrem niemals enden wollenden Gebrabbel zu lauschen, auf das sie oft geistesabwesend und genervt reagiert hatte. Sie dachte an die Zeit, in der sie in ihre Arbeit vertieft war, anstatt bei ihr zu sein. All die kleinen Zänkereien zwischen Mutter und Kind — bedeutungslos vor dem Ende.

»Es tut mir so leid, meine Maus. So unendlich leid. Ich wünschte, ich hätte dir mehr Aufmerksamkeit geschenkt.«

Sie trat vom Bett weg, die Knie weich, den Kopf schüttelnd. Ihr Magen zersetzte sich, gleich würde sie sich übergeben, ihr Herz auf den Linoleumboden kotzen. Was machte sie hier?

Du wirst zur Mörderin.

»Ich kann das nicht!«, schluchzte sie.

Ihre Beine verloren jede Kraft und knickten unter ihr weg. Hart schlug sie auf dem Boden auf, hoffte, er würde aufreißen, sie verschlingen und gnädige Dunkelheit über sie bringen. Denn das hier, das war die Hölle. Wie viel schlimmer konnte der Schatten da draußen sein?

Oh Dummerchen, du hast ja keine Ahnung, das da draußen ist keine süße Erlösung. Es ist die Vergeltung.

Patrick kniete nieder, eine steile Falte zwischen seinen Brauen wollte er seine Arme um ihre Schultern legen, doch Lea schlug sie weg und schrie ihn an: »Das kann nicht richtig sein! Das kannst du nicht von mir verlangen!«

Sie sank in sich zusammen, ein Häufchen Elend, leer und ausgebrannt und ohne Hoffnung. Ihre Brust hob und senkte sich unter dem Ansturm des Schmerzes, doch er hielt sie ganz fest, wiegte sie hin und her.

Ein metallisches Kreischen hallte aus dem Flur zu ihnen.

Die Urangst bemächtigte sich ihrer und ließ sie den Kopf heben — die Finsternis kam.

Sie sah Patrick an, seine Augen glänzten schwarz, die Kiefermuskeln zuckten. Zur Trauer mischte sich nun wieder die Angst. Patrick griff in seine Hosentasche und zog etwas hervor.

»Das wird dir helfen.«

»Was ist das?«

»Das hab ich aus dem Sender geholt. Nimm es, es wird dir die Kraft geben, die du brauchst. Vertrau mir.«

Zögernd streckte sie die Hand danach aus. »Sie ist nicht real, oder?«

Patrick schüttelte den Kopf.

»Aber dieser Schatten ist es, Lea! Wenn er dich bekommt, ist alles vorbei!« Er drückte ihr eine kleine braune Pille in die Hand und stand auf.

Ängstlich sah sie zu dem kleinen Fenster an der Tür. Er hatte recht. Was auch immer diese Finsternis war, sie wollte mehr als nur Leas Ende. Nervös kaute sie auf ihrer Unterlippe herum.

»Sie wird nichts spüren, oder?« Sie sah hinauf zur Liege und schmeckte Blut.

»Nein, wird sie nicht, sie ist nicht real. Jetzt nimm.«

»Weshalb?«

»Nimm es einfach. Es betäubt deine Angst und deine Trauer.«

Die Trauer loswerden, die ihre Seele durch die Hölle schickte? Klang traumhaft.

Lea hob den Blick zu Jady.

Einfach die Pille nehmen und ihr Kleines ermorden? Klang herzlos.

Erneut erscholl das grauenvolle Kreischen, gefolgt von einem lauten Scheppern. Lea schrie panisch auf.

Der Schatten kämpfte sich durch die Tür.

Du musst es tun! Mit Geheule oder ohne, aber tu endlich was!

»Lea, nimm die Pille. Sieh mal, nichts existiert hier mehr. Nicht einmal deine Tochter reagiert. Sie steht nur noch als Symbol. Beende es, durchbreche die Bindung.«

Das Scheppern hallte durch den Gang.

Lea steckte die Pille in den Mund und schluckte.

Sie dachte an all die unsinnigen und skurrilen Geschehnisse der letzten Tage, es verlieh ihr Mut. Er beugte sich zu ihr herab und half ihr auf.

»Tu es jetzt.

Der letzte Schritt zu Jadys Liege war der schwerste in ihrem Leben. Ihre Hände schwebten zögerlich über der Sauerstoffmaske und schoben sie bedächtig zur Seite. Wie riesige Pranken wirkten ihre Hände im Vergleich zu dem kleinen Kopf. Patrick legte ihr eine Hand auf den Rücken.

»Tu es. Da draußen wartet vielleicht eine echte Jady auf dich!«

Lea ließ die Tränen laufen und sah ihn fragend an. Eine echte Jady? Was meinte er damit?

Plötzlich rüttelte es an der Tür, beide fuhren erschrocken herum. Die Klinke zuckte wie verrückt hoch und runter. Es polterte erneut.

»Macht sofort die Tür auf!«

Anouks Gesicht erschien im kleinen Sichtfenster. Seine Augen weit aufgerissen, sein Mund in Panik geöffnet.

Lea blinzelte verwirrt. Wie war das möglich?

»Verschwinde!«, schrie Patrick, nahm Leas Gesicht in seine Hände und zwang sie, ihn anzusehen.

»Du musst es *jetzt* tun, bevor sie dich aufhalten. Sonst wirst du nie erfahren, wer du wirklich bist!«

Anouk gab nicht auf. »Hör nicht auf ihn! Er steckt hinter all dem! Sein richtiger Name ist Karl Habenstein. Er ist ein Psychopath!«

Sie schüttelte Patricks Arme ab. Und ging zur Tür. Beamte huschten im Gang umher, grimmige Mienen, gezogene Pistolen. Bereit, sie mit aller Macht zu stoppen, wenn Anouk sie nicht bekehren konnte.

»Was redest du da?«, fragte sie.

»Hör mir zu, nur fünf Minuten! Er steht unter Verdacht, Menschen mit Hilfe einer Droge zu manipulieren.«

»*Das reicht!*«, donnerte Patrick, packte Lea grob an den Schultern, zwang sie erneut, ihn anzusehen. Seine Stimme wieder gefasst. »Er lügt! Uns war klar, dass dein Unterbewusstsein kämpfen würde, oder?«

Mutlos schlug sie sich die Hände vor das Gesicht, die Nägel gruben sich in ihre Haut.

Lea dachte kurz nach. Sie dachte an die Vorfälle im Kaufhaus, den Schatten und die Polizisten in ihrem Haus. Sie nickte. Patrick deutete mit dem Finger zur Tür.

»Er gehört dazu. Wahrscheinlich ist er sogar dein stärkster Gegenspieler. Es gibt tausend Geschichten, die plausibler klingen als das, was hier wirklich geschieht. Aber du hast die Dinge nicht nur gesehen, du hast sie *gespürt*. Du. Bist. Nicht. Verrückt! Und ich bin *nicht* Karl Habenstein.«

Sie zweifelte nicht an seinen Worten — er hatte recht. Sie fühlte eine Gleichgültigkeit in ihr aufsteigen, das musste die Wirkung der Pille sein. Willkommen umarmte sie sie.

Anouks Stimme drang dumpf von der anderen Seite zu ihr.

»Er hat dich unter Drogen gesetzt. Wir haben Beweise in seinem Schreibtisch gefunden!«

Er hielt etwas gegen die Scheibe. Ein Zettel, auf dem die Blüten der Engelstrompeten abgebildet waren und eine kleine Haftnotiz. Ihre Haftnotiz über die Traumdeutung vom Wal. Sie erinnerte sich, das Papier auf den Schreibtisch gelegt zu haben, bevor sie in den Aufenthaltsraum gegangen war. Bestand die Möglichkeit, dass Anouk die Wahrheit sagte?

Lea deutete auf das Bild mit der Pflanze.

»Was soll das sein?«

»Scopolamin. Eine Droge, die Halluzinationen auslöst und dich gefügig macht. Du glaubst alles, was er dir sagt.« Patrick schnaufte verächtlich.

Konnte das sein? Konnte das wirklich sein? Diese kleine braune Pille ... konnte das diese Droge sein? War sie gerade dabei, eine Kindsmörderin zu werden?

Patrick lachte bissig auf. »Hör nicht auf ihn, erledige was zu tun ist, du verlierst wertvolle Zeit.«

»Was ist mit dem Schnee und der dunklen Stadt?«, fragte sie, fühlte, wie sie müde wurde.

Anouk schüttelte den Kopf.

»In der Stadt ist teilweise der Strom ausgefallen. Aber was für Schnee, Lea? Wir haben Sommer.«

Lea blickte zum Fenster, Dunkelheit verschluckte fast jegliche Konturen, nur vereinzelt glänzten im roten Licht einige Eisblumen am Glas. »Ich kann es doch sehen,« sagte sie gleichgültig.

»Und die Frau, die du immer siehst, ist diese hier, oder?«
Anouk hielt ein weiteres Bild an die Scheibe. Das Foto der
Frau aus der alten Hütte am Wald.

»*Mama*«, flüsterte es in Leas Kopf.

Erschrocken fuhr sie herum. Das ertrunkene Mädchen
stand auf der anderen Seite von Jadys Bett und starrte an
ihr vorbei auf das Foto.

Leas Gedanken wurden träge. War alles nur eine Täuschung? Spielte das noch eine Rolle? Sie versuchte, in sich
hinein zu hören, stieß gegen eine Wand aus Gleichgültigkeit.

Patrick wisperte ihr ins Ohr: »Wer ist ihr Vater?«

Lea wusste es nicht.

»Wer sind deine Eltern, woher kommst du?«

Auch darauf wusste Lea keine Antwort. Es schien, als hätte
sie keine Vergangenheit, als hätte sie schon immer im Jetzt
gelebt und nie über ihre Kindheit nachgedacht.

Das war sie — die Wahrheit.

»*Wenn es einfach wäre, würdest du hier nicht festsitzen*«,
flüsterte es in ihrem Kopf. Es war die Stimme des Mädchens.
Sie war es die ganze Zeit gewesen.

Lea drehte sich langsam zu der schlafenden Jady um, als
spielte sie nur noch eine Nebenrolle. Ein weiterer Beweis für
Lea, dass sie das Richtige tun würde.

Patrick trat nah neben sie, strich ihr eine Träne von der
Wange, gab ihr einen Kuss auf die Stirn.

»Tu es jetzt«, flüsterte er.

»Ich liebe dich, Jady! Und ich liebe dich, Anouk! Egal, wohin ich gehen werde.«

Anouk schrie, schlug heftig mit den Fäusten gegen die Tür.
Polizisten brüllten Befehle. Entschlossen, doch innerlich
tot, presste sie Jady fest Mund und Nase zu.

Anouk schrie, rüttelte an der Tür.

»Sie ist deine Tochter, Herrgott nochmal! Dein Baby!«

Sanft drückte sich Patrick von hinten an sie, legte bestärkend seine Hände auf ihre Schulter. Das ertrunkene Mädchen nickte ihr zu.

An der Tür krachte es, gefolgt von einem gefährlichen Knirschen. Die Angeln würden gleich nachgeben.

»Lea! Vergiss, was real ist, bleib hier bei mir. Lass uns hier zusammen sein. Du willst nicht dahin zurück. Was ist das nur für ein Ort, an den du nur gehen kannst, wenn du dein eigenes Kind ermordest? Es gibt einen Grund, warum du davor geflohen bist!«, rief Anouk verzweifelt.

Patrick brachte seinen Mund nah an ihr Ohr.

»Hör nicht auf ihn. Tu es!«

Kleine Hände schossen hervor, krallten sich in Leas Arme. Lea schrie, zuckte zurück, doch Patrick presste sich fest von hinten gegen sie, drückte ihre Arme erbarmungslos nach unten. Aus großen Augen starrte ihre Tochter sie an. Augen, die schrien: *Was tust du da, Mama?*

Ihre Nägel kratzten über Leas Haut, bis ein Krampf ihren kleinen Körper schüttelte. Den Blick weiter auf die Mutter gerichtet: *Hör auf, Mama, bitte, bitte hör auf!*

Lea versuchte sich aus Patricks Griff zu befreien. Schrie ihn an: »Lass mich *los!*« Sie fühlte sich ohnmächtig, egal wie sehr sie sich dagegenstemmte, Patrick hielt stand wie ein Fels.

Heftig zuckte Jadys Brustkorb im verzweifelten Kampf ums Überleben.

Ein schauriges Wehklagen entkam ihrer Kehle.

Patrick brachte sein Gesicht nah an ihr Ohr und zitierte ein Gedicht.

»Auf dem Weg ins Licht fängt die Dunkelheit dich nicht ...«

Die Nägel ihrer Tochter hinterließen blutige Spuren auf Leas blassen Unterarmen.

»Nehmen, innehalten und still sein …«

Leblos sanken die Ärmchen hinab.

»Mit dem letzten Atemzug dem Licht entgegen — der Dunkelheit davon.«

Patrick ließ sie endlich los.

Langsam nahm sie die Hände von Jadys Gesicht, blickte auf ihre eigenen Arme. Mordinstrumente.

Kleine blutige Rinnsale tropften auf das weiße Laken, auf dem Jady lag und sie mit weit aufgerissenen Augen ansah. Kein Flehen mehr darin, nur noch eine einzige Frage: *Warum, Mama?*

»Was habe ich getan?«, hauchte Lea.

Sie konnte nicht mehr atmen, ihre Kehle wie zugeschnürt, krümmte sie sich zusammen, sah sich hilflos um — nichts hatte sich verändert. Verfluchte Scheiße! Sie war noch immer an diesem beschissenen Ort.

Patrick lächelte zufrieden, stellte sich neben das ertrunkene Kind.

»*Was habe ich getan?*«, schrie Lea, schleuderte ihm all ihren Schmerz entgegen. Die Tür brach aus den Angeln — es war ihr egal. Es war zu spät. Sie sank auf die Knie, schrie.

Schrie den Namen ihrer Tochter, während Polizisten das Zimmer stürmten.

Schrie, während sie ihr die Arme auf den Rücken drehten und ihr Handschellen anlegten.

Schrie, als mehrere Männer Patrick auf den Boden drückten und ihn an gefesselten Händen wieder hochzerrten.

Sie sah, wie Schwestern und Ärzte in das Zimmer stürmten, sich um den Körper des kleinen Mädchens scharten. Sie sah Anouk am Boden kauern und weinen, als sie aus dem

Zimmer abgeführt wurde — auf den Gang hinaus, der noch immer im schwachen Rot beleuchtet war. Und sie sah, wie die Tore der Intensivstation offenstanden und eine Finsternis auf sie zu raste. Da erst hörte sie auf zu schreien.

»*Dem Licht entgegen und der Dunkelheit davon*«, wisperte es in ihrem Kopf.

Sie schloss die Augen.

Kapitel 26

Lea

Ihre Seele dämmerte gefangen zwischen zwei Welten vor sich hin, ein leises Brummen das einzige Geräusch.

Wo bin ich? Bin ich tot?

Das Brummen antwortete in einem gleichmäßigen Ton, doch keine Stimme, die mit ihr sprach, keine Galaxie, von der sie angezogen wurde. Nur das Brummen, monoton und unerbittlich.

Es gewann an Kraft, zog sie mit sich, formte aus der Dunkelheit ein Gefäß und verankerte ihre Seele darin und dann spürte sie die Schwerkraft, das Gefängnis eines sterblichen Körpers.

Lea schlug die Augen auf. Schummrig rotes Licht blendete ihre empfindlichen Pupillen.

Langsam drehte sie den Kopf und erspähte neben sich einen kleinen Überwachungsmonitor, von dem das Geräusch kam. Sie würgte. Etwas steckte in ihrem Hals. Mit ungeschickten Händen tastete sie nach dem Mund, würgte erneut, heftiger diesmal, dass es ihr die Tränen in die Augen trieb.

Sie lehnte sich über den Rand des Bettes, auf dem sie lag, und das grauenvolle Ding landete mit einem feuchten Klatschen auf dem Boden.

Kalter Schweiß brach ihr aus, sie atmete schwer und betrachtete die seltsame Flüssigkeit, die aus dem Schlauch sickerte.

Das muss ein Traum sein, dachte sie.

Ein Stechen in der Armbeuge lenkte sie ab. Die Einstichstelle wirkte leicht gerötet und tat weh, was bedeutete, dass der Zugang schon länger lag. Sie schlug die Decke zurück und sah noch mehr Schläuche sich unter dem weißen Hemd, das sie trug, hervorwinden.

Wo die alle herkamen, wollte sie gar nicht wissen.

Ihr ganzer Körper schmerzte und fühlte sich wund an. Angestrengt setzte sie sich auf und ächzte, so schwach hatte sie sich noch nie gefühlt.

»Wo bin ich?« Ihre Stimme nicht mehr als ein Krächzen. Der Raum ausgestattet mit einem einfachen Schrank und einem einfachen Tisch mit zwei einfachen Stühlen. Neben ihrem Bett ein kleiner Spiegel.

Durch das vergitterte Fenster fiel das Licht eines knalligen Sonnenaufgangs.

Wieso ist das Fenster vergittert? Sie schluckte schwer. Ihr Hals fühlte sich rau und schmerzhaft an. Wasser, sie sehnte sich nach Wasser.

Wo war sie? Was war mit ihr geschehen?

Verzweifelt versuchte sie, sich an etwas zu erinnern, doch ihr Kopf blieb mit Watte gefüllt. Sie riss die Nadel heraus und rieb mit den Fingern über die Stelle. Im Zimmer wurde es langsam heller und sie konnte immer mehr Details erkennen.

Auf dem Tisch stand ein Blumenstrauß, die roten Gerbera ließen bereits die Köpfe hängen, darunter ein kleiner Zettel. Das Poster, das direkt über dem Tisch klebte, enthüllte im stärker werdenden Licht interessante Einzelheiten. War es bis vor wenigen Minuten noch ein einfaches schwarzes Rechteck gewesen, konnte Lea nun eine gewaltige rote Galaxie erkennen, deren Zentrum feurig leuchtete.

Sie betrachtete das Bild und die feinen Härchen an ihren Armen richteten sich auf.

Die Erinnerung spülte über sie hinweg wie ein Tsunami, gnadenlos und zerstörerisch.

Er raubte Lea den Atem, brach ihr mit seiner ganzen Wucht das Herz. Der Laut, der aus ihrer Kehle drang, klang kaum menschlich. Sie hatte ihr Kind ermordet und musste nun damit leben. Die Arme schlang sie um ihren zitternden Körper, wiegte sich vor und zurück und weinte. Weinte bis die Tür aufflog und eine in Weiß gekleidete Frau im Türrahmen stand. Erschrocken schlug sie sich eine Hand vor den Mund und rief lauthals in den Flur hinaus: »Leute, sie ist wach. Sie ist wach!«

Mit schnellen Schritten kam sie zu Lea und streichelte ihr beruhigend über den Rücken.

»Geh weg«, schluchzte Lea.

Sie verdiente kein Mitleid. Mörderinnen verdienten kein Mitleid.

»Ich habe mein Kind ermordet.«

Nichts und niemand auf dieser Welt würde ihr helfen können, diese Schuld zu überwinden. Zwei Männer, ebenfalls ganz in Weiß, betraten den Raum und eilten zum Bett.

»Meine Tochter!«, klagte Lea, wiegte sich heftig vor und zurück, ihre Nägel gruben sich tief in ihre Haut, hinterließen blutige Spuren. Egal. Alles scheißegal. Sie wollte sterben. Ein Pfleger packte sie am Oberkörper und hielt ihre Arme fest. Scheißegal. Der zweite trat neben sie, es folgte ein kleiner Einstich. »Ruhig. Es ist alles gut!«, besänftigte er sie.

Alles gut?

Verwundert sah Lea den Mann durch ihre Tränen an. Alles um sie herum begann sich zu drehen.

»Alles gut?«, fragte sie und wurde unbeschreiblich müde. Sie wollte noch fragen, ob er damit meinte, dass es Jady gut ging, doch ihr Mund und ihre Zunge versagten den Dienst.

»Alles gut«, bestätigte der Pfleger gedehnt, bevor er in der Schwärze verschwand.

Als Lea wieder zu sich kam, konnte sie sich nicht bewegen, Hände und Füße waren am Bett festgezurrt. Ein dicker Nebel waberte durch ihr Gehirn und es fiel ihr schwer, sich auf irgendetwas zu konzentrieren.

»Das ist nur zu deiner eigenen Sicherheit«, sagte eine Stimme neben dem Bett.

Lea drehte den Kopf und bereute es sofort. Sie kniff die Augen fest zusammen, wartete darauf, dass der Schwindelanfall nachließ.

Ein pummeliger Mann blickte ihr aus wässrig blauen Augen entgegen. Über dem grauen Hemd trug er einen weißen Kittel, in dessen Brusttasche Kulis steckten. Einer davon musste undicht sein, denn ein blauer Fleck wuchs an der unteren Kante seiner Tasche. Die kurzen und stämmigen Beine übereinandergeschlagen, auf seinem Schoß ein Klemmbrett mit einem Zettel.

»Kannst du mir deinen Namen nennen?«

Er griff in die Brusttasche und zog einen der Kulis hervor.

»Lea Moske.«

Der Mann sah sie stirnrunzelnd an, kritzelte etwas auf sein Klemmbrett.

Es fiel ihr schwer, den Blick zu fokussieren, alles wirkte verschwommen und bei jeder falschen Bewegung brach ihr der kalte Schweiß aus.

»Weißt du, wo du dich befindest?«, fragte er weiter.

»Krankenhaus?«

Irgendetwas stimmte nicht. Lea stöhnte.

»Wie alt bist du?«

Das Zimmer begann wieder zu tanzen, ihr wurde übel. Sollte er sich seine blöden Fragen in den Arsch schieben, als wüsste er nicht ganz genau, wer sie war.

»Wo ist meine Tochter? ... Geht es ihr gut?«

Er schien verwundert, gedehnt antwortete er. »Natürlich«, und dann: »Wir würden gerne ein paar Tests mit dir durchführen. Es fällt aber allen Beteiligten leichter, wenn du dich benimmst«

Jady ging es gut? Sie lebte? Eine Energie durchflutete ihren Körper.

»Lassen Sie mich danach zu meinem Kind?«

Der Arzt zögerte, musterte sie eindringlich, nickte aber. Lea konnte es kaum glauben. Ihr Puls beschleunigte sich und am liebsten wäre sie von der Liege gesprungen, um nach Jady zu sehen. Sie zog an den Fesseln.

»Lass das«, sagte er.

Der Arzt stand auf, legte das Klemmbrett auf den Stuhl und öffnete die Tür. Ein Pfleger und eine Schwester, die einen Rollstuhl vor sich herschob, kamen herein und schnallten Lea los, um ihr beim Aufsetzen zu helfen. Eine erneute Welle der Übelkeit schwappte ihren Magen hoch, sie holte ein paar Mal tief Luft. Dabei fiel ihr auf, dass die Schläuche entfernt worden waren und anstatt des hässlichen Nachthemds trug sie nun einen Pyjama.

»Ich brauche keinen Rollstuhl!«, knurrte Lea und rutschte vom Bett, doch ihre Beine knickten unter ihr weg wie Streichhölzer und hilflos kippte sie vornüber. Der Pfleger reagierte blitzschnell, fing sie auf und setzte sie in den Stuhl, als wöge sie nichts.

»Was habt ihr mit mir gemacht?«, fragte Lea entsetzt.

»Du hast schlichtweg keine Muskeln mehr, meine Liebe!«, sagte die Schwester hinter ihr mit leichtem Akzent und schob sie in den Gang hinaus. »Kein Wunder nach so langer Zeit. Wir hatten die Hoffnung schon fast aufgegeben.«

Entgeistert drehte Lea sich zu ihr um.

Was redet sie da?

Allmählich ließ der Schwindel nach und der Nebel in ihrem Kopf legte sich etwas, sodass sie ihre Gedanken für ein paar Sekunden fokussieren konnte.

»Ich bin sehr froh, ich habe dich nämlich vermisst.«

Die ältere Frau lachte kratzig und bog nach rechts ab. Lea runzelte die Stirn. Irgendwie kam ihr die Schwester bekannt vor, sie konnte nur noch nicht zuordnen woher. Die verdammte Wirkung der Drogen machte es unmöglich, sich länger auf etwas zu konzentrieren.

Der Mann im Kittel eilte an ihnen vorbei und tippte Lea beiläufig auf die Schulter.

»Ich dich übrigens auch«, sagte er lächelnd.

Mit quietschenden Schuhen lief er voraus, den sterilen Gang entlang. Viele Türen zogen an ihr vorbei, die meisten davon geschlossen. An einer offenen kamen sie vorbei und Lea spähte neugierig hinein, das Zimmer glich dem, in dem sie aufgewacht war. Eine Frau mit zerzaustem dunklem Haar stand im Türrahmen und riss die Augen weit auf, als könnte sie nicht glauben, wen sie da sah.

Hier und da standen weitere Personen im Gang, denen Lea nicht wirklich eine Rolle zuschreiben konnte. Manche wirkten in sich gekehrt oder gar verwirrt.

Sie kamen an etlichen Türen vorbei, ehe der Arzt vor einer stehen blieb und in seiner Kitteltasche kramte. Klimpernd zog er einen Schlüssel hervor, entriegelte das Schloss und verschwand im dahinter liegenden Raum.

Die Schwester folgte ihm, schob Lea hinein und parkte den Rollstuhl vor einem massiven Schreibtisch, auf dem wild verteilt Akten und Papiere lagen. Sie klopfte Lea aufmunternd auf die Schulter und ging. Der Arzt nahm raschelnd hinter dem Pult Platz und kramte in den Aktenbergen herum.

Lea nutzte die Gelegenheit, sich umzusehen. Der Raum war spärlich eingerichtet, der wuchtige Tisch schien das Imposanteste darin. Eine kleine, vertrocknete Pflanze darauf nahm ihm den Glanz und ließ das Ganze trostlos wirken. Die Wände behangen mit Bücherregalen, in denen dicke Schinken Staub fingen. Lea kniff die Augen zusammen und las ein paar der Titel.

Psychiatrie und Psychotherapie Band 1, Verhaltenstherapie, Systemische Psychologie.

Irrenanstalt? Sie saß in einer Irrenanstalt fest.

Heilige Scheiße.

Wunderte sie das? Nein, man hatte sie festgenommen und hier untergebracht, bis das Gericht ein Urteil fällen würde.

Geräuschvoll klickte ein Kugelschreiber, der Arzt sah sie mit einem prüfenden Blick an. Vor ihm eine hellgrüne Akte mit einem kleinen Fettfleck. Moment mal, die kam ihr doch bekannt vor?

»Wo schaust du hin?«, fragte er.

»Sie haben da einen Fleck auf Ihrer Brust.«

Er sah an sich herab, zog mit Daumen und Zeigefinger an der Brusttasche, um besser sehen zu können.

»Aha! Wonach sieht dieser Klecks deiner Meinung nach aus?« Fragend zog er eine Augenbraue hoch.

Stumm starrte Lea ihn an, versuchte keine Regung in ihrem Gesicht zu zeigen.

»Schon gut. Kleiner Psychologenscherz.« Lachend winkte er ab.

»Duzen Sie alle Ihre Patienten? Ich meine nicht, mich daran erinnern zu können, Ihnen das Du angeboten zu haben.«

Sein Lachen erstarb, er räusperte sich verlegen.

»Also gut. Ähm ...«

Er spähte kurz auf seine Notizen.

»Frau Moske«, begann er vorsichtig, »was ist das Letzte, woran *Sie* sich erinnern können?«

Die Frage traf sie unvorbereitet, sie begann zu weinen.

Es geht Jady gut, haben sie gesagt.

Lea dämmerte, was dies bedeutete. Entweder hatte Anouk recht behalten oder sie war noch immer in der Scheinwelt gefangen.

»Ich war im Krankenhaus bei meiner Tochter«, sagte sie mit tränenerstickter Stimme.

»Okay.«

Er runzelte die Stirn.

»War sie krank?«

»Was?«, fragte Lea verwirrt.

Wieso fragte er das, wusste er nicht, was geschehen war? Das musste ein Test sein. Lea schüttelte mit dem Kopf.

»Wie alt sind Sie, Frau Moske?«

»Einunddreißig.«

Der Arzt starrte sie einen Moment überrascht an und runzelte erneut die Stirn. Irgendetwas passte hier gar nicht zusammen.

»Können Sie sich an Freunde oder Verwandte erinnern?«

»Patrick, er hat ...«

Überrascht horchte ihr Gegenüber auf und fiel ihr ins Wort.

»Prima, ich sehe, du hast ... Entschuldigung! ... Sie haben nicht alles vergessen. Wir haben ihn schon kontaktiert!«

»Kontaktiert?«, hakte sie nach.

Das Letzte, woran sie sich erinnern konnte, war, dass man ihn in Handschellen abgeführt hatte.

»Wurde er freigelassen? Ich dachte, sein Name wäre Karl Habenstein?«

Lea presste die Finger gegen die Schläfen, schüttelte irritiert den Kopf.

»Wissen Sie, wer Karl Habenstein ist?«

»Das habe ich Ihnen doch eben erzählt!«, schrie Lea ihn an und schlug auf die Armlehnen des Rollstuhls. »Sie haben gar nicht vor, mir meine Tochter zu zeigen, stimmt's? Natürlich nicht. Ihr wollt nicht, dass ich diese falsche Welt zerstöre!«

Er betrachtete sie eindringlich und blies geräuschvoll die Luft aus.

»Keiner will Ihnen hier irgendetwas tun.« Wie zum Beweis hob er beschwichtigend die Hände.

»Tun Sie nicht so, als wäre ich irre!«

»Wenn die Medikamente erst einmal anschlagen, wird es ...«

»Stopp! Was für Medikamente? Ich werde gar nichts nehmen, ihr wollt mich doch nur ruhigstellen.«

Der Arzt klappte seufzend die Akte zu und beugte sich nach vorn. Irgendwie kam ihr dieser Teil bekannt vor.

»Frau ... ähm.« Wieder sah er auf seinen Zettel.

»*Moske*!«, schrie Lea.

Wieso konnte sich dieser Schwachkopf ihren Namen nicht merken?

»Entschuldigung! Frau Moske, wann wurde Ihre Tochter denn geboren?«

Völlig unbeeindruckt lehnte er sich zurück und klickte mit dem Kugelschreiber. Klick. Klick.

»Am dritten Januar!«

Er kniff die Lippen zusammen und nickte wissend. Klick. Klick.

Lea presste die Lippen fest zusammen.

»Und welches Jahr?«

Klick. Klick.

Sie lachte verächtlich auf.

»Welches Jahr? Na, zweitausend.«

»Verstehe, verstehe.«

Er klappte die Mappe wieder auf, klick, kritzelte etwas hinein, klick. Klick, klick.

»Herrgott nochmal, legen Sie diesen scheiß Stift endlich weg.«

Betont langsam legte er den Stift waagerecht zu seinem dicken Wanst und verschränkte die Hände darüber.

»Und wann haben Sie Geburtstag?«

»Ha, wann ich Geburtstag habe?«

Lea fühlte sich überrumpelt, stierte ihn an.

Wann hab ich Geburtstag, wann hab ich Geburtstag? Der dritte Januar, nein, das ist Jadys. Verdammt.

»Ich ... ich weiß es nicht«, sagte sie verzweifelt. »Was habt ihr mit mir gemacht?«

Ihre letzte Kraft verdampfte wie ein Tropfen in der Wüste.

»Wissen Sie, welches Jahr wir haben?«

»Hören Sie mit diesen Fragen auf. Was wollen Sie von mir?«

Zu viele Fragen, zu wenig Antworten. Ihr fehlte die Kraft, sich zu konzentrieren. Die Lider wurden ihr schwer, ihr Mund staubtrocken, die Kehle schmerzte.

Das musste ein Trick sein, diese Bastarde verwandeln mein Hirn erst in Matsch und dann stellen sie mir einfache Fragen, die ich nicht beantworten kann, um mich als irre abzustempeln.

Seine Stimme klang ruhig und vorsichtig: »Es ist der 12. Juli 2020. Demnach müsste Ihre Tochter zwanzig Jahre alt sein.«

Zweitausendzwanzig. Zweitausendzwa... Blödsinn.

»Sie lügen!«

Der Arzt öffnete eine Schublade, zog eine Zeitung daraus hervor und hielt sie ihr hin. Mit zittrigen Händen nahm sie diese entgegen.

»Frau Moske, Sie haben keine Tochter. Der 3. Januar — das ist Ihr Geburtstag.«

»Das versucht ihr mir nur einzureden! Das war Anouk, habe ich recht?«

»Es gibt hier niemanden mit diesem Namen.«

Sie schleuderte ihm das Teufelsblatt entgegen und schrie: »Sie lügen! Ich bin nicht verrückt. Das hängt ihr mir nur an. Ich will zu meiner Tochter!«

Lea drückte ihre Beine fest auf den Boden, umklammerte die Armlehnen und stemmte sich hoch. Ihre Arme zitterten, die Beine knickten weg und sie plumpste wie ein nasser Sack auf den Boden.

Die Tür flog auf und die Schwester eilte ins Zimmer, kniete neben Lea nieder und griff ihr unter die Arme.

Lea schlug nach ihr, fuchtelte wild herum, fauchte sie an. »Bleibt mir vom Leib!«

Sie ließ die Arme sinken und keuchte. Es ging nicht mehr, sie hatte keine Kraft mehr. Die Schwester wartete geduldig ab.

»Fertig, Liebes?«

Erneut griff sie ihr unter die Arme, hob sie zurück in den Rollstuhl. Lea stierte vor sich hin und knirschte mit den Zähnen. Resigniert fragte sie: »Was habt ihr mit mir gemacht?« Ihr Widerstand gebrochen, keine Kraft mehr, nichts ergab noch Sinn.

»Beruhige dich, meine Liebe! Es wird alles gut!«, sagte die Schwester, rollte dabei das *r* und lächelte ihr aufmunternd zu. Roter Lippenstift klebte an den Zähnen.

Lea hörte sprichwörtlich den Groschen fallen. »Beata.«

Die Schwester lächelte. Sie sah ein wenig anders aus, doch es war unverkennbar ihre Vorgesetzte. Was machte sie hier?

Der Arzt klatschte laut in die Hände.

»Wunderbar! Deine Erinnerungen kehren zurück.«

Lea starrte ihn an. Markus, ihr Chef aus der Redaktion.

»Markus? Was macht ihr hier? Ich, ich, ich verstehe das alles nicht. Wo ist Patrick?«

Beata kniete vor ihr nieder und streichelte ihre Hand.

»Er ist auf dem Weg. Bis er da ist, solltest du dich noch etwas schonen«, sagte sie beruhigend. Lea spürte einen Stich in ihrem Oberarm und zog ihn weg.

»Was machst du da?«

»Nur etwas Leichtes, damit du dich nicht so aufregst, Liebes.«

Resigniert nickte Lea und Beata schob sie wieder in den Gang hinaus. Zimmer an Zimmer reihte sich aneinander. Die Schuhe quietschten auf dem alten Vinylboden und der unangenehme Geruch von chemischen Reinigungsmitteln stach in der Nase. Irgendwo schrie jemand und verfiel dann in ein lautes Selbstgespräch. Sie kamen an einem großen Saal vorbei und an riesigen Fenstern, hinter denen ein hocheingezäunter Park lag.

»Wie lange kennen wir uns schon, Beata?«, nuschelte Lea, ihre Zunge nutzlos wie ein lebloses Stück Fleisch. »Puh! Bevor du in diesen Zustand verfielst?«

Sie schien kurz zu überlegen, bog dann rechts ab. »Ungefähr sechs Jahre.«

»Sechs Jahre?«, wiederholte Lea leise.

Sie konnte es nicht glauben. »Ich kann mich an nichts erinnern.«

»Das kommt schon noch, Liebes.«

Beata blieb vor einem der Zimmer stehen und öffnete die Tür. Lea sah sie fragend an.

»Was ist das?«

»Dein Zimmer. Du wolltest immer dieses haben wegen des Posters und des phänomenalen Sonnenaufgangs.«

Lea starrte auf die Zahlen, die auf einem kleinen Schild neben dem Türrahmen angebracht waren — 1124.

Beata schob sie hinein, stellte den Rollstuhl direkt neben dem Bett ab und hob Lea mühelos ins Krankenbett.

»Ihr verarscht mich doch alle.«

»Ruh dich aus. Die Erinnerung kommt dann schon von ganz allein.«

Aufmunternd strich sie ihr eine Haarsträhne aus dem Gesicht und ging.

Lea lag in ihrem Bett, der Körper so schwer wie Blei, starrte auf die gegenüberliegende Wand, an der das Poster hing. Ein Wirbelsturm aus Sternen, Planeten und Staub, in dessen Mitte ein supermassives schwarzes Loch alles auffraß, was zu nah an sein Gravitationsfeld kam.

Die rote Galaxie aus meinen Träumen.

Tausend Fragen drängten sich in ihrem Kopf: Wer war sie wirklich? Egal. War sie in der Realität angekommen? Ach, wen kümmerts. Oder war alles nur eine neue Scheinwelt? Scheiß drauf.

Ihre Lider klappten nach unten.

Alles egal.

Jemand fummelte an ihrem Arm herum, angestrengt schlug sie die Augen auf.

»Hallo meine Liebe, ich mache ein paar Checks und dann starten wir mit dem Muskeltraining.«

»Wie lange habe ich geschlafen?«

Lea versuchte, die Augen offen zu halten und gegen das Verlangen anzukämpfen, wieder in die Leere zu fallen.

»Circa zwei Stunden. Geht's dir besser?«

Lea holte Luft, bereit für eine schnippische Antwort, fand aber keine Energie dafür. Sie fühlte eine seltsame Gleichgültigkeit und Leere in sich. Jede Emotion im Keim erstickt. Etwas schnürte sich fest um ihren Arm.

Beata hielt einen Moment inne und sah auf ein kleines Gerät in ihrer Hand.

»Dein Puls ist den Umständen entsprechend gut. So! Dann schieben wir dich mal eine Runde rum. Draußen ist schönes Wetter.«

Lea schloss kurz die Augen und genoss die wohltuenden Strahlen der Sonne auf ihrer Haut. Die Vögel sangen und es wehte eine angenehm warme Brise. Es war Frühsommer, genau wie zu dem Zeitpunkt, als sie bei Jady im Krankenhaus war. Doch etwas schien anders. Sie konnte nur nicht genau sagen, was.

Beata kutschierte sie durch einen hübsch angelegten Park. Überall standen Bänke oder kleine Tischchen mit Stühlen, auf denen vereinzelt Leute in weißen Pyjamas saßen.

Alles Patienten, alles Verrückte ... wie ich.

Eine junge Frau mit langem braunem Haar, das ihr zottelig vom Kopf hing, starrte zu ihr hinüber. War das nicht die Frau aus dem Zimmer? Lea kniff die Augen zusammen, um besser sehen zu können, die Sonne blendete sie trotz allem zu sehr. Egal.

Es gab sogar einen Springbrunnen, um den bunte Blumen wuchsen. Der längliche Gebäudekomplex, aus dem sie gekommen waren, wirkte ein wenig in die Jahre gekommen. Nichts von alledem kam ihr bekannt vor. Beata stoppte an einer Bank, half ihr aus dem Stuhl. Die ersten Schritte fühlten sich seltsam an, als bestünden ihre Beine aus Gummi.

Was ist mit Jady? Wo ist sie?

Lea stolperte.

»Konzentrier dich!«, mahnte Beata.

»Ich versuch's ja.«

Zittrig setzte sie einen Fuß vor den anderen. Schweißperlen bildeten sich auf ihrer Stirn und unter dem Hemd, die Beine zitterten.

»Ich kann nicht mehr.«

»Gut, gehen wir wieder rein. Morgen machen wir weiter.« Lobend klopfte die Schwester ihr auf die Schulter und setzte sie zurück in den Stuhl.

Lea drehte sich unbeholfen zu ihr um.

»Ich möchte noch ein bisschen hier draußen bleiben, wenn das geht?«

Kritisch beäugte sie Lea einen Augenblick von oben und nickte dann, weglaufen konnte sie ohnehin nicht.

Ich bin ein verdammter Krüppel!

»Ich hole dich in ein paar Minuten wieder ab. Patrick müsste bald da sein.«

Sie wartete einen Moment, bis Beata zwischen den Bäumen und Hecken verschwand, dann schloss sie die Augen, konzentrierte sich auf die Geräusche und Stimmen in der Umgebung. Vielleicht entdeckte sie einen Fehler, der alles hier als Schwindel entlarven würde. Das sanfte Rauschen der Bäume, das wie das Flüstern fremder Wesen klang, erinnerte sie an den Waldspaziergang. Sie lauschte den Klängen und Liedern der Vögel und dem milden Plätschern des Brunnens. Auch die Stimmen der anderen Menschen hier im Park saugte sie auf und konzentrierte sich darauf.

Rief sie jemand?

Angestrengt lauschte sie in das plötzliche Chaos der verschiedenen Klänge hinein. Eben noch harmonisch wirkte es nun, als sollte absichtlich ein ganz bestimmter Ruf verdeckt werden.

»*Mama.*«

Lea riss sofort die Augen auf, drehte sich unbeholfen im Rollstuhl herum.

»Jady?«

Alles wirkte friedlich, sie ließ den Kopf hängen. Ihr Gehirn spielte ihr nur Streiche. Lea rieb sich die Augen und blinzelte ein paar Mal, bis sie wieder scharf sehen konnte. Die Frau mit dem ungekämmten Haar starrte schamlos zu ihr herüber. Lea hob zum Gruß die Hand — die andere zeigte ihr den Mittelfinger.

Zu meinen Freunden gehörst du wohl nicht.

»Hallo?« Eine tiefe Männerstimme hinter ihr ließ sie zusammenzucken. Angestrengt drehte sie sich um und blickte in ein freundliches Paar braun-grüner Augen. Ihr Herz setzte einen Schlag aus, sie wusste nicht, ob sie ihn anschreien oder umarmen sollte.

»Patrick. Was ist hier los? Was ist mit Jady?«

»Hey, langsam, langsam.«

Lächelnd kniete er sich vor sie, strich ihr die Haare hinter die Ohren. Er sah älter aus.

»Ich bin so froh, dass du wieder wach bist. Wir haben uns alle große Sorgen gemacht.«

Lea schlug seine Hand weg. »Wo ist meine Tochter?«

Patrick legte die Stirn in Falten. »Welche Tochter?«

»Tu doch nicht so! Etwas ist schiefgelaufen, ich bin noch nicht aufgewacht.«

»Ich verstehe nicht. Du bist doch wach.«

»Willst du mir etwa sagen, *das hier* ist die Realität?« Leas Stimme überschlug sich. »Ich habe mein Kind für *das hier* geopfert?« Wütend schlug sie sich auf ihre erschöpften und nutzlosen Beine. Patrick trat einen Schritt von ihr weg, blickte sich hilfesuchend um und entdeckte Beata. Sofort kam sie angerannt.

»Beata, hey, Beata. Ich verstehe nicht ganz, was hier los ist«, rief er.

Beata berührte ihn an der Schulter, drehte ihn leicht von Lea weg und flüsterte: »Sie ist noch nicht ganz die Alte, du musst noch etwas Geduld haben.«

»Sie redet total wirr.«

»Ich weiß. Lass ihr Zeit.«

Lea knirschte mit den Zähnen.

»Verdammt nochmal, ich kann euch hören.«

»Schon gut, Liebes, beruhige dich, sonst muss ich das wieder für dich machen und das wollen wir doch nicht, oder?«

»Das kann ja wohl nicht wahr sein. Drohst du mir jetzt jedes Mal, wenn ich meine Meinung sage?«

»Ruhe jetzt, sonst Spritze!«

Lea wollte aufbegehren, presste aber die Lippen aufeinander.

Beata schob sie zurück in ihr Zimmer, während Patrick schweigend folgte. Er löste sie an der Zimmertür ab und bat um einen Moment der Zweisamkeit. Sie nickte, sah Lea noch einmal warnend an und verschwand dann. Patrick hob sie ins Bett zurück, schnappte sich einen der Stühle und setzte sich neben sie. Lea betrachtete ihn. Er sah verändert aus.

Zögerlich streckte sie die Hand aus und strich über das stoppelige Gesicht.

Seine Schläfen und der Bart leicht grau, um die Augen kleine Fältchen.

»Du siehst älter aus.« Patrick lachte.

»Danke, du siehst auch nicht gerade super aus.« »Patrick, ich verstehe das alles nicht.« Nachdenklich sah er sie an.

»Ich habe vorhin mit Markus gesprochen ... Weißt du, wer du bist?«, fragte er.

»Verarsche mich nicht!«

»Du bist Ela Habenstein, Tochter von Isabelle und Karl Habenstein.«

Kapitel 27

Ela

Wild schüttelte Lea den Kopf.

»Anouk sagte, du wärst Karl Habenstein!«

»Wer ist Anouk?«

Dieses Spiel ging ihr allmählich auf die Nerven, ihre Kraft schien am Ende. Mehr als ein Wimmern brachte sie nicht zustande.

»Geh weg! Was spielt ihr für ein krankes Spiel mit mir? Jady lebt noch, habe ich recht?«

Unvermittelt packte er sie an den Schultern und zwang sie, ihn anzusehen. Tränen strömten über ihre Wangen. Dieses Gefühl der Zerrissenheit fraß sie innerlich auf — sie wusste nicht, was Realität war und was Traum, viel schlimmer noch, wer sie selbst war. Wo war die Gleichgültigkeit? Alles wollte sie lieber ertragen als das hier.

»Ela. Hör mir zu. Wir hatten es monatelang geplant, die Polizei, deine Mutter und ich. Ich wollte euch von diesem Monster, das dein Vater war, befreien. Doch irgendetwas lief schief.«

»Was redest du da?«

Sie spürte, wie eine Mauer in ihr zu bröckeln begann.

»Wir hatten uns am vereinbarten Treffpunkt positioniert. Es war bereits mitten in der Nacht, doch eine Stunde früher als geplant. Wir hörten einen schrecklichen Schrei aus dem Wald. Alle Männer sind sofort in Stellung gegangen, da kamst du schon auf die Lichtung gerannt, blind vor Angst. Ich sah, wie du auf den Steg hinausranntest und er dir aus dem Wald folgte. Ich bin losgerannt, habe deinen Namen gerufen, doch du hast nichts mehr gehört — und bist einfach gesprungen.«

Schweigend hörte sie ihm zu und sah den Schmerz in seinen Augen. Stein um Stein fiel die Mauer.

»Du hattest dich entschieden, lieber zu sterben, als ihm in die Hände zu fallen.«

Dann begann er zu erzählen:

Er sprintete los, streifte sich währenddessen die kugelsichere Weste ab, ignorierte die warnenden Rufe seiner Kollegen. Schemenhaft erkannte er Habenstein, der stehen geblieben war. Der silberne Lauf einer Waffe blitzte im Schein des Mondes auf. Patrick ignorierte die Gefahr, für ihn zählte nur sie. Polternd rannte er auf den Steg hinaus. Ein Schuss fiel, dann noch einer. Er sprang, hechtete durch das Loch, das sie hinterlassen hatte, in die kalte Stille und tastete mit seinen Armen blind nach ihrem Körper. Er tauchte tiefer, versuchte vergeblich, etwas in der Finsternis zu erkennen. Sein Herzschlag dröhnte laut — Panik übermannte ihn. Hektisch schwenkte er die Arme hin und her. Mit aller Macht kämpfte er gegen den Drang an, zu atmen, dann endlich bekam er sie zu fassen. Er paddelte nach oben, saugte die kalte Luft tief in seine Lungen.

Die Stille zerrissen von Rufen und hämmernden Schritten, die auf dem Steg laut widerhallten. Mehrere Männer halfen ihm, der sie leblos im Arm hielt, aus dem Wasser. Sofort waren Sanitäter zur Stelle und entrissen sie ihm. In eine warme Decke gewickelt beobachtete er mit Entsetzen, wie sie versuchten, sie zu reanimieren. Ein paar Schritte weiter abseits lag der Leichnam des Vaters. Doch keine Spur von ihrer Mutter.

Seine Zähne schlugen vor Kälte heftig aufeinander, obgleich ihn in seinem Inneren die Angst um seine Liebe zu verschlingen drohte. Zitternd stand er auf und suchte nach seinem Freund, der den Einsatz leitete.

» Wo ist Isabelle?«, fragte er.

» Wir haben einen Suchtrupp in den Wald geschickt.« Aufmunternd drückte er ihm die Schulter und ging, Befehle brüllend, weiter. Geduld, er müsste Geduld haben, man würde sie finden, weit konnte sie nicht sein.

Das Wummern des herannahenden Hubschraubers donnerte durch die Nacht. Patrick sah seinen Freund, den Einsatzleiter an, der gerade einen Funkspruch erhielt — Meldung aus dem Wald. Ihre Blicke begegneten sich, er konnte über das laute Dröhnen des Helikopters hinweg verstehen, was er ihm sagen wollte — sie war tot. Heiße Tränen nahmen ihm die Sicht. Die Zeit stand still und er schrie seinen Schmerz in die Nacht hinaus. Er sprang auf, wollte in den Wald hineinrennen und sich selbst davon überzeugen. Man hielt ihn fest, sein Freund sagte etwas.

» Das solltest du nicht sehen, Patrick!«

Patrick sah es in seinen Augen, dieser Blick, wenn etwas zu unerträglich war. Sein Freund nahm ihn in die Arme.

» Behalt sie lebendig in Erinnerung, es tut mir leid.«

Was auch immer geschehen sein mochte, sein letztes Bild von ihr sollte ein schönes sein.

Beamte schoben ihn in den Helikopter zu Ela, sie schien das Einzige zu sein, was ihm von ihr geblieben war und er der Einzige für sie.

So hatte er beschlossen, nicht mehr von ihrer Seite zu weichen und auf sie aufzupassen — für Isabelle.

»Deine Mutter starb im Kampf um deine Freiheit. Ich wollte sie beschützen, doch ich habe versagt. Aber du hast mich gebraucht — wir haben uns gebraucht.«

Er stand auf, ging zum Waschbecken und nahm den Spiegel von der Wand. Stumm hielt er ihr das Teil hin. Schweigend sah sie zu ihm auf, sah seinen Schmerz über den Verlust seiner Liebe in den Augen. Mit zittrigen Händen nahm sie den Spiegel entgegen, hob ihn zaudernd vor das Gesicht. Scharf sog sie die Luft ein, und für einen Moment versuchte ihr Verstand zu leugnen, was ihre Augen da sahen. Das ertrunkene Kind aus ihren Träumen war zur Frau geworden.

»Das ist nun sechs Jahre her.«

Die Mauer in ihrem Geist stürzte ein und raubte ihr die Sinne.

Der achte Traum

»*Liebling, du bist eingeschlafen.*«

Anouk strich ihr eine Strähne hinter die Ohren und gab ihr einen Kuss. Lea zwinkerte verwirrt, streckte den Hals erst in die eine Richtung, dann in die andere.

»*Autsch.*«

»*Sah auch sehr unbequem aus, wie du während der Fahrt weggenickt bist. In jeder Kurve hat dein Kopf lustig hin und her gewackelt.*« *Er lachte.*

»Ja, dafür fühl ich mich jetzt auch wie vom Laster überfahren.«

Sie stiegen beide aus und betraten den Vorraum des städtischen Kindergartens. Jady kam sofort auf sie zugerannt.

»Mama! Anouk!«, rief sie mit strahlendem Gesicht.

Anouk ging in die Hocke und nahm sie in Empfang.

»Hallo kleine Maus«, grüßte er, gab ihr einen Kuss auf die Stirn.

»Meine Maus«, flüsterte Lea und dachte nach. »Das hat meine Mama auch immer zu mir gesagt.«

Sie sah sich im Vorraum um. An einer Wand waren Zeichnungen von Kindern ausgestellt, darüber stand als dicke Überschrift Besondere Momente. Lea ließ Anouk und Jady stehen, die gerade verzweifelt ihre Kleidungsstücke zusammensuchten, und sah sich einige der Bilder an.

»Ehrlich, Anouk, ich hab's da ganz ordentlich hingehängt«, hörte sie Jady sagen.

Ein Bild erregte besonders ihre Aufmerksamkeit. Ein gruseliges mit einer schwarzen Figur, unnatürlich langen Beinen und Armen, die in blutigen Klauenhänden endeten. Sie stand auf einem roten Feld, grinste ekelhaft von einem Ohr zum anderen.

»Wow, was für ein Kind malt denn so was? Das sollte man wirklich nicht ausstellen«, murmelte Anouk neben ihr.

Lea schwieg einen Moment. Er musterte ihr Profil. »Was hast du?«

»Das Bild wurde auch niemals ausgestellt.«

»Wie meinst du das?«, fragte er.

»Ich habe dieses Bild gemalt. In der Schule. Mein Lehrer hat es nicht ausgestellt. Sein Name ist Patrick.«

Sie sah ihn traurig an.

»Ich weiß jetzt, wer ich bin.«

Unsicher lachte Anouk auf. »Ja, klar. Du bist Lea.« Er be-
rührte sie sanft am Arm. »Komm Liebling, wir sollten gehen.«
Lea schüttelte den Kopf. »Mein Name ist Ela Habenstein.
Ich muss gehen, Anouk. Ich kann hier nicht mehr bleiben.«
Sie hörte ihre Tochter lachen und blickte über seine Schul-
ter. Jady spielte mit einer schwarzen Katze, die wie aus dem
Nichts aufgetaucht war.
»Das ist meine Katze. Karl hat sie einfach mit der Schaufel
erschlagen.«
»Ich verstehe das nicht, wir sind doch hier glücklich! Wa-
rum willst du dorthin zurück?«
»Weil ich leben möchte.«
»Aber du wirst uns verlieren«, sagte er traurig.
»Aber nein. Ihr seid ein Teil von mir. Ich habe euch er-
schaffen. Jady steht für die unbeschwerte Kindheit, die ich
nie hatte. Und du ... Du bist die Hälfte von mir, die mich hier
halten wollte. In dieser heilen Welt, in der nichts von den
Grausamkeiten existiert, die ich erlebt habe. Die Seite, die
an die Liebe glaubt.«
»Das ist nicht wahr und das weißt du. Du siehst nur die
halbe Wahrheit. Der Grund, weshalb du hier bist, ist nicht
der, den du zu wissen glaubst.«
»Anouk, es ist gut, ich werde damit zurechtkommen.«
Er holte Luft, um zu protestieren, doch sie gab ihm einen
Kuss. Beide schwiegen einen Moment und beobachteten
Jady, wie sie die kleine Katze hinter dem Ohr kraulte.
»Ich habe mich in dieser Welt selbst geheilt. Jetzt wird es
Zeit zu leben!«
»Das wünsche ich dir wirklich, aber du hast gerade erst
einmal an der Wahrheit gekratzt. Lea, es hat einen Grund,
dass du hierher geflohen bist.«
»Ich verstehe nicht.«

»Das wirst du noch und dann werde ich hier sein, wenn du mich brauchst.«

Sanft strich er ihr eine Strähne aus dem Gesicht.

»Das wäre schön«, sagte sie.

Sie ging zu Jady hinüber, beugte sich zu ihr hinab, küsste sie auf den Kopf und kraulte der Katze den Rücken.

»Mach's gut, meine Kleine.«

Jady sah auf und lächelte, Anouk nahm sie auf den Arm und als Lea den Vorraum verließ und sich noch einmal umsah, waren sie verschwunden. Sie stieg in ihr weißes Cabrio, startete den Motor und blinzelte kurz in die warme Sonne. Dann fuhr sie los, dem hellen Licht entgegen.

Ela schlug die Augen auf. Ihr ehemaliger Lehrer saß zusammengesunken auf einem Stuhl neben ihrem Bett und schnarchte leise.

Sie musterte sein Gesicht. Es war nicht ganz so wie in ihrer Welt, die Schläfen leicht grau und Fältchen auf der Stirn und an den Augen. Gab es nur noch ihn? Ihre Erinnerungen blieben lückenhaft. Nur die Szene, die ihr Patrick vorhin so ausführlich geschildert hatte, haftete in ihrem Kopf. Erinnerungen davor nur Fragmente, danach Ungewissheit. Als spürte er ihre Blicke, öffnete er seine Augen.

»Du bist wach?«, stellte er verblüfft fest, rieb sich übers Gesicht und setzte sich aufrecht hin.

»Ich erinnere mich teilweise. Hauptsächlich jedoch an das, was du mir erzählt hast.«

Sie kam gerade aus einer Welt, in der Monster keinen Platz hatten. Egal, was das Leben für Schrecken barg, man bekam nur dieses eine. Und nach jeder Niederlage stand man zwangsläufig vor zwei Möglichkeiten: Man konnte auf den Scherben zum Stillstand kommen oder daraus lernen, daran wachsen — und schließlich weitergehen. Es war eine schwere Entscheidung, doch Ela wählte den Weg nach vorn. Sie wusste, es würde nicht leicht werden, aber sie war bereit, dafür zu kämpfen.

»Ich möchte nach Hause.«

»Natürlich. Ich weiß nur noch nicht ...«

»Patrick, bitte, ich möchte hier weg.«

Es klopfte an der Tür, Beata trat ein, wieder mit einem kleinen Gerät in der Hand.

»Ich habe gerade Gemurmel gehört. Ich dachte, ich sehe lieber mal nach, ob alles in Ordnung ist.«

Sie kam auf die andere Seite des Bettes und legte Ela eine Blutdruck-Manschette um den Arm.

»Uns geht es besser, meine Liebe?«

Ela nickte, betrachtete Beatas Gesicht. Wenn sie die Schwester so ansah, fühlte sie Sympathie.

Das ist gut, oder?

Wenn sie Beata vor dem *Ereignis* nicht vertraut hätte, würde ihr Körper sie schon warnen, oder? Zumindest hörte sie keine weitere Stimme mehr in ihrem Kopf, die dumme Ratschläge erteilte. Seit sechs Jahren kannte man sie in der Klinik, doch sie erinnerte sich an kein einziges davon. Noch nicht.

»Ich verstehe nicht so ganz, was mit mir passiert ist«, sagte Ela.

Sirrend zog sich die Manschette um ihren Arm fest.

Aufmerksam betrachtete Beata das Gerät und sah dann auf. »Es gibt ein seltenes Phänomen in der Psychologie, es nennt sich Oneiroid. Es handelt sich dabei um komplexe

Träume, bei denen der Patient sich als wach empfindet. Oft verbringen die Betroffenen tage- oder wochenlang in diesem Zustand und wenn sie dann erwachen, muss man sie davon überzeugen, dass die letzten Erinnerungen nicht real sind.«

Das Gerät piepste und Beata löste die Manschette von ihrem Arm. »Du warst etwas mehr als eine Woche in diesem Zustand. Wir mussten dich künstlich ernähren und hatten Sorge, du würdest uns verlassen.«

»Ich habe also geschlafen?«

Beata dachte kurz nach. »Es ist eine Bewusstseinsstörung, aber wenn du es so nennen möchtest, meine Liebe.« Sie zuckte mit den Schultern und zog eine Tablettenschachtel aus ihrer Tasche.

»Die solltest du unbedingt nehmen. Das sind Neuroleptika gegen eventuelle Nachwirkungen.«

»Nein! Bitte, ich möchte endlich bei klarem Verstand sein und meine Erinnerungen wiederbekommen.«

Überrascht sah die ältere Frau sie an. Sie nickte anerkennend und steckte die Schachtel zurück in ihre Tasche. »Ich weiß zwar nicht, was Markus dazu sagt ... aber ... du wirkst verändert, Liebes.« Sie ging zur Tür und drehte sich noch einmal um. »Das gefällt mir!« Die Tür fiel hinter ihr ins Schloss.

»Was denkst du, wann ich nach Hause kann?«, fragte sie Patrick. Schemenhafte Umrisse eines Hauses blitzten in ihrem Geist auf, doch sie konnte nicht sagen, ob die Erinnerungen Lea oder Ela gehörten.

»Wann möchtest du denn?«

»So schnell es geht.«

Sie wollte alles sehen, sich erinnern.

Patrick stand auf und streckte sich übertrieben. »Dann geht der gute Pati mal schauen, was er mit seinem Charme so ausrichten kann. Bis später. Und ja nicht einschlafen.«

Ela horchte auf. Pati? Nur Lucy nannte ihn so.

Die plötzlich eingetretene Stille summte in ihren Ohren. Ihre Augen wanderten zum Poster.

Konnte alles nur eine Halluzination gewesen sein? Eine Bewusstseinstrübung, wie Beata es nannte? Ihr Blick verschwamm, die Galaxie begann sich zu bewegen.

Es klopfte zart an der Tür. Patrick stolzierte mit Markus im Schlepptau herein, der seine Hände tief in seinen Kitteltaschen versteckte. Er trug immer noch denselben Kittel mit dem Fleck darauf. Ela könnte schwören, er wäre sogar größer geworden. Vor ihrem Bett blieb er stehen und faltete die Hände vor seinem Bauch.

»Ich habe gehört, deine Erinnerungen kommen langsam zurück? Das ist hervorragend. Ich würde dich dennoch gerne ein oder zwei Tage zur Beobachtung hierbehalten. Du warst lange an Maschinen angeschlossen und ich möchte sichergehen, dass es dir wirklich gut geht.«

»Es geht mir *wirklich* gut.«

Patrick trat neben ihn. »Ich verstehe ja, dass du so schnell wie möglich nach Hause möchtest. Aber sieh mal, wir machen uns große Sorgen. Dein Zustand kam so plötzlich ...«

»Er hat recht. Und sieh es mal positiv, in den paar Tagen hast du immer jemanden an deiner Seite, der mit dir übt. Sobald du wieder richtig gegessen hast und zu Kräften gekommen bist, wird es dir besser gehen.«

»Jetzt zieh nicht so ein Gesicht, Ela«, sagte Patrick.

»Da wäre noch etwas«, warf Markus ein und zog sich einen Stuhl heran.

»Würdest du mir mehr über diese Welt erzählen, in der du warst?«

Lea nickte und wartete, bis er Platz genommen hatte. Auch Patrick lehnte sich an die Wand und musterte sie gespannt.

»In meiner Welt waren Beata und du Chefredakteure.«

»Wirklich?«

Überrascht zog er die Augenbrauen hoch und lachte laut. Patrick drängte sich in den Vordergrund.

»Und was war ich?«

»Mein Arbeitskollege.«

»An was kannst du dich noch alles erinnern?«, fragte Markus, zog eine kleine Taschenlampe hervor, stand auf und leuchtete damit in Elas Augen.

»Ich weiß nicht, bei vielem bin ich mir nicht sicher, was Traum war und was Realität ist.«

Markus schaltete die Taschenlampe aus und plumpste zurück auf den Holzstuhl. Ela zwinkerte mehrmals, bis die hellen Punkte auf ihrer Netzhaut verschwanden.

»Erzähl mir von dem Mädchen. Wie sah sie aus?«, fragte Markus.

»Wie ein Engel. Sechs Jahre alt, blonde lockige Haare, blaue Augen.«

Ihr Blick verschwamm. Mehr konnte sie dazu nicht sagen. Allein die Erinnerung an ihr Lächeln schnürte ihr die Brust ein.

»Verstehe, wie war sie so?«

Patrick stand auf, legte dem Psychiater eine Hand auf die Schulter.

»Markus, ich denke, das reicht.«

»Ja natürlich. Ich entschuldige mich. Wir können ein anderes Mal darüber sprechen, wenn es dir besser geht. Weißt du noch etwas über die Zeit, bevor du in den Zustand fielst?«

Lea wischte beiläufig die Tränen weg. »Ich erinnere mich daran, was damals im Wald passiert ist. Wie er sie umgebracht hat.« Sie kniff die Augen zusammen, schob das Bild von sich, das sich ihr aufdrängte. »Ich erinnere mich auch an euch. Zumindest bruchstückhaft. Ich weiß, dass ich bei dir lebe ... aber es ist so ... so als würden meine Erinnerungen aus vielen einzelnen Filmen bestehen, immer mit der gleichen Besetzung, aber anderen Inhalten.«

Markus nickte unentwegt mit dem Kopf.

»Verstehe, verstehe.«

Dumpf drang die Stimme einer Schwester aus dem Flur zu ihnen. Sie sprach mit jemandem, der auf dem Gang stand. »Geh bitte in dein Zimmer, es ist schon spät. Das Licht wird gleich ausgeschaltet.«

Markus klopfte sich auf die Oberschenkel.

»Wir lassen dich dann mal besser schlafen.«

»Ruh dich aus Ela. Ich komme von jetzt an jeden Morgen, bis ich dich mit nach Hause nehmen kann«, sagte Patrick.

Dann klopfte es an der Tür und die Schwester spähte durch einen Spalt zu ihnen hinein. Ela kannte sie nicht, aber was bedeutete das schon.

»Wir sind schon weg«, sagte Markus zu der Frau. Die beiden Männer verschwanden mit der Schwester, die Tür klickte leise und ein Schlüssel wurde herumgedreht.

Sie sperren mich ein?

Als ob sie aufstehen und davonlaufen könnte.

Vielleicht sperren sie aber auch jemanden aus?

Ela lehnte sie sich erschöpft in ihr Kissen zurück, diese irren Gedanken sollte sie abschütteln. Wahrscheinlich, gehörte es zum Standard, seine Patienten nachts einzuschließen. Wenn sie jetzt ein Handy hätte, könnte sie die Suchmaschine danach fragen.

Besaß sie überhaupt ein Handy? Wenn ja, könnten Fotos darauf ihr womöglich helfen herauszufinden, wer sie wirklich war. Sie schaltete das Licht aus, bewunderte das knallige Rot, dass von draußen durch ihr Fenster drang. Ihre Augen zu schwer, um sie noch länger offen zu halten, ihr ganzer Körper schwer wie Blei.

»*Mama*«

Ela riss die Augen auf, horchte in die Stille hinein. Nur das schnelle Klopfen ihres Herzens war zu vernehmen. Die wievielte Nacht war das schon? Die Tage verschwammen ineinander, wirkten surreal ... aber dieses Flüstern ...

Ich habe nur geträumt.

Sie fröstelte leicht, zog die Decke bis unter das Kinn und wollte weiterschlafen, doch ein scharrendes Geräusch aus dem Flur hielt sie wach. Sie versuchte es zu ignorieren, kniff die Augen zusammen, drehte sich auf die andere Seite, doch es wurde immer lauter. Vor ihrer Tür stoppte es. Sie hielt den Atem an, lauschte. Nahm die Decke in zwei Finger, schlug sie leise zurück, setzte sich auf. Die Beine schob sie aus dem Bett und rutschte langsam nach unten, bis sie sicher stand.

Es verlangte ihr viel Kraft ab, sich so leise zu bewegen. Angestrengt umklammerte sie mit der rechten Hand einen der Griffe am Bett, streckte den linken Arm aus, stieß sich ab und ließ sich zur gegenüberliegenden Wand fallen. Zentimeter um Zentimeter arbeitete Ela sich an der Wand entlang, lauschte dabei angestrengt.

Es klickte.

Ela blieb wie angewurzelt stehen, starrte auf die Klinke, die langsam nach unten glitt. Wer zur Hölle stand da vor ihrer Tür? Lautlos glitt der Griff wieder nach oben.

»Was willst du?«, fragte sie, versuchte Wut mitschwingen zu lassen.

»Ich weiß, wo deine Tochter ist!«, zischte es von der anderen Seite.

Ihr Herz setzte aus. »Wer bist du?«

Die schlurfenden Schritte entfernten sich wieder.

»Hey! Komm zurück!«

Ela rüttelte an der Türklinke.

»Wer bist du? Komm sofort zurück!«

Die Schritte wurden immer leiser, verstummten ganz. Die Puste ging ihr aus und mit letzter Kraft schleppte sie sich zum Bett zurück, zog die Decke bis unters Kinn und richtete ihren Blick auf die Tür.

»Ich bin Ela Habenstein und ich habe keine Tochter«, murmelte sie.

Was, wenn doch? Wenn doch alles nicht so ist, wie es scheint? Wenn ich doch etwas übersehe?

»Nein, ich bin Ela Habenstein und ich habe keine Tochter.«

Hysterie, die sich in ihrer Magengrube ausbreitete. Sie setzte sich im Bett auf, legte die Hände trichterförmig um ihren Mund und schrie.

»Ich bin *Ela Habenstein und ich habe keine Tochter! Hörst du? Ich habe keine Tochter!*«

»Guten Morgen, Liebes!«, säuselte Beata.

Erschrocken fuhr Ela auf.

»Ach du meine Güte. Alles ist gut.«

»Beata, heute Nacht war jemand an meiner Tür.«

»Bestimmt eine der Nachtschwestern.«

»Nein, ich glaube nicht.

»Vielleicht hast du nur geträumt.«

Nein, verdammt, das habe ich nicht!

Sie beschloss, es gut sein zu lassen, nicht dass Beata wieder auf die Idee kam, ihr etwas zu spritzen oder Markus davon zu berichten. Sie wollte nichts tun, dass ihre Entlassung hinauszögern konnte.

»Wann kommt Patrick?«

»Er wartet unten auf dich. Ich bringe dich gleich zu ihm, sobald ich mit meinen täglichen Quälereien durch bin.«

Sie lachte kratzig und legte Ela die Manschette um den Arm. »Alles Palletti. So, husch, auf geht's, ab in den Stuhl.«

Der Schweiß trat Ela aus jeder Pore, als sie den Rollstuhl vor sich herschob, in dem Beata saß. Die half zwar mit den Armen mit, aber Ela fühlte sich, als würde sie einen Elefanten vor sich her rollen.

»Sollte es nicht eigentlich umgedreht sein?«, murrte sie.

»Unsinn, Liebes, die paar Tage im Koma. Streng dich ruhig an. Da vorne rechts«, sie fuchtelte mit den rot lackierten Nägeln herum.

Ela keuchte. Seit ihrem Erwachen war schon einige Zeit vergangen. Die ersten Tage hatte sie sich ziemlich schlapp gefühlt. Sie biss die Zähne zusammen und erreichte endlich den Fahrstuhl. Die Türen öffneten sich rumpelnd.

»Erstes Obergeschoß«, dröhnte eine blecherne Stimme.

Mühsam schob sie Beata hinein, drückte auf den Knopf *Erdgeschoß*.

Ela verdrehte die Augen.

Patrick wartete im Garten an einem der Tische auf sie — das Frühstück hatte er nach draußen verlegen lassen, Kaffee, Semmeln, Wurst und Käse. Er sah Elas rotes Gesicht und lachte. Sie presste die Lippen fest zusammen, während Beata fröhlich winkte. Er stand auf und ging auf sie zu.

»Sieht seltsam aus«, sagte er.

Helfend hielt er ihr eine Hand hin. Dankbar ließ sie sich von ihm zum Tisch führen, ohne Beata eines Blickes zu würdigen.

»Hey, und einer alten Lady wird nicht aufgeholfen?« Sie zog einen Schmollmund, stand auf und kramte in ihrer Kitteltasche herum. »Bitte entschuldigt mich, die Fahrt war sehr anstrengend.« Mit den Zähnen zog sie eine Zigarette aus der Schachtel, kehrte beiden den Rücken zu, winkte kurz und stapfte davon. Ela sah ihr nach, beobachtete, wie ein Hustenkrampf sie durchschüttelte, ehe sie sich dann die Kippe anzündete.

Ela schüttelte verständnislos den Kopf. »Unglaublich.«

»Ich kenn sie nicht anders«, sagte Patrick und griff nach einer Semmel, schnitt sie auf. Kleine Krümel sprengten davon, verteilten sich um seinen Teller.

»In meiner Welt war sie genauso!«

»Wie das klingt.« Patrick legte lieblos eine Scheibe Käse und eine Scheibe Salami drauf.

»Was meinst du?«, fragte Ela.

»In *deiner* Welt. Als kämst du aus einem Paralleluniversum.« Er legte den Deckel oben drauf, quetschte die Semmel zusammen und biss ab.

»Es war alles so real, dass es sich jetzt noch so anfühlt, als wäre ich wirklich dort gewesen. Und ich frage mich jede Nacht, wer Anouk sein könnte oder wer als Vorlage für Jady dient. Hast du eine Idee?«

Ein Kribbeln jagte durch ihren Bauch. Patrick hörte kurz auf zu kauen, schaute sie nachdenklich an und schüttelte dann zu ihrer Enttäuschung mit dem Kopf. Ela ließ die Schultern hängen.

»Ach, jetzt schau nicht so. Es war ein Traum. Vielleicht hast du dir diese Menschen auch einfach erdacht.«

Ela beugte sich nach vorn und senkte die Stimme.

»Heute Nacht war jemand vor meiner Tür und hat reinzukommen versucht. Dieser Jemand meinte, er wüsste, wo meine Tochter ist.«

Patrick legte die Semmel auf seinen Teller und nahm Elas Hand. »Du musst aufhören damit. Entscheide dich endlich für eine Welt.«

Sie runzelte die Stirn. »Wie meinst du das?«

Eine versteckte Botschaft? Für eine Welt entscheiden? Wusste er doch etwas?

»Hey Ela. Sieh mich an. Ich meinte, du solltest endlich aufhören, Gespenster zu jagen. Du wolltest leben, richtig? Vielleicht wäre es doch besser, die Medikamente zu nehmen.«

»Nein!« Vorwurfsvoll sah sie ihn an. »Es war jemand da!«

»Na schön, ich frage mal nach, wer gestern Abend Dienst hatte, ok? Und jetzt iss mal was, Kind.«

Sie schmunzelte, als er sie so nannte und griff nach einer Semmel. Ganz offensichtlich nahm er sie kein Stück ernst, sinnlos, mit ihm zu streiten.

»Hallo Pati.«

Ela erschrak, ihre Semmel fiel auf den Teller zurück, ihr Kopf flog herum. Die Verrückte mit dem ungepflegten Haar?

»Lucy, hi!«

Eine kleine Veränderung in seiner Mimik, nur eine Nuance, aber Ela entging sie nicht.

Das ist Lucy?

Ela musterte ihr Gesicht. Unglaublich. Die Haut fahl und aufgedunsen, aber unverkennbar Lucy. Ihre Glubschaugen wanderten unruhig hin und her.

»Klappe!«, fauchte Lucy, schüttelte heftig den Kopf.

Patrick stand auf.

»Was ist mit ihr?«, fragte Ela.

Lucys dunkle Augen sprühten Gift in ihre Richtung.

»Mit *mir?* Was stimmt mit *dir* nicht?«

»Ich hab doch gar nichts ...«

»Lass gut sein Ela. Komm, Lucy, ich bring dich rein.«

Er berührte sie sanft am Arm und führte sie vom Tisch weg, beruhigend murmelte er Worte.

Unglaublich, wie sie ihm an den Lippen hing. Wieder eine Parallele zu ihrer Traumwelt.

Ela zählte in Gedanken auf: Beata, Markus, Patrick, sogar der Fahrstuhl und jetzt auch noch die Praktikantin Lucy. *Es muss einen Anouk und eine Jady geben. Es muss einfach!*

Patrick eilte mit schnellen Schritten zu Ela zurück.

»Ich bring dich wieder in dein Zimmer. Die Arbeit.«

»Was? Du musst schon wieder gehen?«

»Es tut mir leid. Bald bist du ja wieder zu Hause.«

Er trat hinter sie und schob sie durch den Park zurück in das Gebäude.

»Erstes Obergeschoß.«

»Siehst du! Sogar der nervige Fahrstuhl existierte in meiner Welt. Und wenn ich Personen wie die verrückte Lucy hineinprojiziert habe, dann sicherlich auch eine Jady oder einen Anouk.«

»Er scheint es dir ja richtig angetan zu haben. Aber eine Tochter hast du definitiv nicht. Das wüsste ich. Vielleicht ein Nachbarskind? Hm.«

»Haben wir denn Nachbarskinder?«

»Glaub schon. Keine Ahnung. Ich hab keine Zeit für Nachbarschaftspläuschchen.«

Zurück im Zimmer quälte sich Ela ins Bett. Patricks zufriedener Gesichtsausdruck entging ihr dabei nicht.

»Sadist!«

»Ach was. Ich freue mich nur darüber, wie schnell du dich erholst.«

»Wenn sich mein Gehirn nur auch so schnell erholen würde.«

»Das wird schon. Du kannst auch gerne noch hierbleiben, wenn du denkst, dass es dir helfen könnte.«

»Vergiss es.«

Er klopfte ihr auf den Oberschenkel und verabschiedete sich.

Ela ließ sich ins Kissen fallen, ihre Beine zitterten, als wäre sie einen Marathon gelaufen. Hundert Meter bis zum Park und wieder zurück. Wow, reife Leistung. Die Lider wurden schwer und klappten immer wieder zu. Schlurfende Schritte mischten sich zu ihrem gleichmäßigen Atem.

Ein Klicken. Schlurfende Schritte direkt neben ihrem Bett. Ela riss die Augen auf. Lucy, im gleichen edlen Pyjama wie Ela gekleidet, stand in ihrem Zimmer. Ihre Füße steckten in flauschigen, farblich abgestimmten Pantoffeln. Der Fummel stand ihr. Besser als Ela.

»Was machst du hier?«, fragte sie und rappelte sich auf.

»Das könnte ich dich fragen!«, zischte Lucy, huschte zu ihr ans Bett und brachte ihre Nase nah vor Elas.

»Hm, du siehst verändert aus.«

»Glaub mir, ich habe dich auch anders in Erinnerung.«

Lucy trat stirnrunzelnd einen Schritt zurück, zupfte an ihren Haaren herum, die wirr vom Kopf standen.

So stell ich mir eine Irre vor. Genau so! Total klischeehaft.

»Diese verdammten Bastarde pumpen uns den ganzen Tag mit diesem Dreck voll. Wenn man uns für bekloppt hält, glaubt man uns auch nichts, richtig?«, sagte Lucy.

Sie kicherte, wickelte sich eine dunkle Strähne um den Finger und flüsterte verschwörerisch: »Wir müssen hier weg. Die sind verrückt!«

»Was du nicht sagst.«

Ela lächelte nervös. Sie wollte Lucy unter keinen Umständen reizen. In Elas derzeitiger Verfassung könnte die Irre ihr vermutlich den Hals umdrehen, noch bevor ihr das *H* von Hilfe über die Lippen gekommen wäre. Elas Finger tasteten am Rand des Bettes nach dem Schwesternknopf.

»Was hat er zu dir gesagt?«, fragte Lucy.

»Wer?«

»Wer? Wer? Wer? Na, der heilige Geist, wer sonst?« Lucy schlug ihr mit der Hand gegen Stirn.

»Hey, lass das!«, motzte Ela.

»Antworte! Was hat Pati zu dir gesagt?«

»Was geht dich das an?«

Elas Fingerspitzen ertasteten das Kabel des Schwesternrufs, zogen es vorsichtig nach oben. Lucy hechtete nach vorne, packte sie am Kragen und schrie sie an. » *Was hat er gesagt?*«

Ela riss das Kabel hoch, drückte auf den Knopf. Lucy riss die Glubschaugen weit auf.

»Bist du irre?«, keifte sie.

Sie schlug Ela das Gerät wutentbrannt aus der Hand.

»Was machst du denn da? Wir müssen hier weg!«

Die Tür wurde aufgerissen, Beata und ein Pfleger eilten herein und rissen Lucy von ihr fort. Wild strampelte sie mit den Beinen.

»Hexe! Alte Hexe! Lasst mich los!«

»Kooomm Liebes, der gute Chris bringt dich mal wieder in dein Zimmer«, säuselte Beata und steckte die Hände in ihre Kitteltaschen.

Der Pfleger verschwand mit Lucy im Flur.

»Das ist nicht mein Zimmer, das ist die Hölle. Die *Hölle!*« Lucy lachte lauthals.

»Hörst du Ela, du bist in der Hölle gelandet. In der Hölle«, hallte es durch den Flur. »*Ich weiß, wo deine Tochter ist! Ich weiß auch, wo Anouk ist!*«

Ela schoss hoch, Beata drückte ihr die Hand auf die Brust.

»Gar nichts weiß sie, Liebes. Sie lauscht nur unglaublich gern.«

»Woher kennt sie die Namen? Ich habe ihr nichts erzählt.«

»Sie wird vor deiner Tür gestanden haben. Liebes, der guten Lucy fehlen ein paar graue Zellen. Der darfst du nichts glauben.«

Wenn man uns für bekloppt hält, glaubt man uns auch nichts, richtig?

Richtig.

Die folgende Nacht blieb ruhig und am Morgen beschloss Ela, ohne Begleitung und ohne Rollstuhl in den Park hinaus zu gehen, ihre Kraft kehrte allmählich zurück. Beatas Dienst begann erst gegen Mittag, genug Zeit, um nochmal mit Lucy zu reden. Irgendwie glaubte sie Beatas Geschichte nicht ganz.

Der Tag begann trübe mit Hochnebel. Feine Tröpfchen schmiegten sich an ihre Haut. Ela sank auf einer Bank nieder und sah zähneknirschend zum Eingang der Anstalt. *Erschöpft von einer endlos kurzen Strecke.*

Sie saß alleine im Park. Keine Lucy und keine Lust, die ganzen hundert Meter wieder zurückzulaufen. Also blieb sie sitzen.

Die Sonne kämpfte mit dem Nebel um die Vorherrschaft. Es wurde wärmer und als es Ela zu schwül wurde, stemmte sie sich hoch und trat den Rückweg an.

Langsam schleppte sie sich den Gang ihrer Station entlang. Sie hatte Lucys Zimmer vor ein paar Tagen entdeckt, als Beata sie durch den Gang geschoben hatte.

Da war sie, die Tür stand offen, Ela spähte hinein. Eine Reinigungskraft wischte gerade den Boden und bemerkte Ela nicht.

»Entschuldigung?«

Der Mann sah auf.

»Wissen Sie, wo die Frau ist, der das Zimmer gehört?«

»Verlegt.«

»Wohin denn?«

Er schüttelte nur den Kopf und wischte weiter.

Ela zog sich enttäuscht zurück. Wieso war Lucy verlegt worden? Gab es einen Zusammenhang mit dem Vorfall gestern?

»Da bist du ja endlich«, meinte Patrick und lief händereibend auf sie zu. »Komm, wir fahren nach Hause.«

Nach Hause. Die Worte lösten ein seltsames Gefühl in ihr aus. Sie wusste nichts über ihr Zuhause, besaß nur Erinnerungen an das aus *ihrer Welt.*

»Freust du dich gar nicht?«, fragte Markus, der im Zimmer stand. »Darfst auch gerne hierbleiben.«

»Nein danke. Wieso ist Lucy verlegt worden?«

»Kann ich dir nicht sagen. Schweigepflicht und so.«

»Hat sie was angestellt?«

Er zuckte nur mit den Schultern.

Patrick kramte im Schrank, warf alles, was er fand, in eine schwarze Tasche. Markus gab Anweisungen und drückte ihr unterschiedliche Tablettenschachteln in die Hand. Ela konnte ihm nicht folgen, es ging alles so schnell und fühlte sich irgendwie nicht richtig an.

»Es ist wichtig, dass du die nimmst«, erklärte er belehrend.

Sie nickte nur, keine Lust, eine Diskussion mit ihm zu starten.

Dann verließen sie auch schon das Gebäude. Ela sah sich ein letztes Mal um, hoffte, Lucy zu sehen und zeitgleich, nie wieder hierher zurückzukehren.

Die Sonne stand hoch am Himmel und schien kräftig auf sie herunter. Vor einem weißen Auto mit abgesenktem Stoffdach blieb er stehen und öffnete ihr die Beifahrertür.

»Mein Auto,« sagte sie.

Patrick warf die schwarze Tasche in den Kofferraum.

»Träum weiter.«

Sie fuhren die Straßen entlang und als die Häuser den Wiesen und Wäldern wichen, erkannte sie alles aus ihrer Welt als Lea wieder.

»Es ist so verrückt«, sagte sie und staunte.

»Was meinst du?«

»Es ist alles genauso.«

In der Ferne entdeckte sie das Holzhaus am Straßenrand.

»Ist doch logisch. Du nimmst natürlich die Dinge, die du kennst. Außerdem hat Beata dir auch erklärt, dass Patienten in diesem Zustand normalerweise ihr gewohntes Leben weiterleben«, sagte Patrick.

Das Haus kam immer näher, sie hörte ihm kaum zu.

»Patrick, halt an!«

Verwirrt sah er sie an.

»Halt an. Bitte!«

Er setzte den Blinker, fuhr in die Einfahrt des Hauses. Überall hingen Traumfänger und Windspiele aus Holz — ihr Herz klopfte wie wild.

»Weißt du, wer hier wohnt?«

»Nein.«

Patrick stieg aus und half ihr auf die Beine.

Ela klingelte, es dauerte eine gefühlte Ewigkeit, bis sie endlich Schritte hörte und die Tür geöffnet wurde. Ein Mann in Leinenhose, Leinenhemd und grauem Rauschebart lächelte ihr freundlich entgegen.

»Hallo?«

Ela stieß die Luft aus und Tränen traten ihr in die Augen.

»Entschuldigen Sie die Störung. Wir haben uns in der Hausnummer geirrt.«

Enttäuscht drehte sie sich weg, Patrick stand sofort neben ihr, legte tröstend den Arm um die Schultern und führte sie zurück zum Wagen.

Patrick bog in eine kleine Siedlung, die sie sofort wiedererkannte. Vor einem Einfamilienhaus mit einem kleinen Vorgarten blieben sie stehen.

»Erinnerst du dich?«, fragte er, als sie im Flur standen. Ela nickte. Sie spähte durch die Tür, die in ihrer Welt zu Jadys Kinderzimmer geführt hatte. Ein Bett und ein Klavier standen darin — es sah fast genauso aus. Die Trauer wollte sich ihren Weg bahnen, doch sie schluckte sie runter.

»Mein Zimmer ist oben?«, fragte sie, doch Patrick lachte nur.

»Träum weiter.«

Er begleitete sie zum Bett, deckte sie zu und blieb am Rand sitzen. »Ruh dich ein bisschen aus.«

Er verließ den Raum und Ela schlief vor Erschöpfung augenblicklich ein.

Ihr Magen knurrte, ein köstlicher Geruch lag in der Luft. Ela rieb sich die Augen. Wieder ein traumloser Schlaf. Es schien vorbei zu sein. Das hier würde jetzt ihr neues Leben sein, ob sie wollte oder nicht. Ihre Entscheidung war gefallen.

Patrick sprach mit jemandem. Neugierig schlurfte sie den Flur entlang zum Wohnzimmer, spähte hinein. Ein großer, junger Mann stand mit dem Rücken zu ihr und lachte. Der Klang seiner Stimme jagte ihr eine Gänsehaut über den ganzen Körper.

Patrick erspähte sie und fuchtelte mit dem Pfannenwender in ihre Richtung.

»Ela, schön, dass du wach bist. Ich habe Eierkuchen für uns gemacht.«

Der große Mann drehte sich um, ihre Blicke trafen sich. »Sven wollte dich unbedingt sehen. Ich hatte ihm versprochen, dass er dich besuchen darf, sobald du daheim bist.«

Ela hörte ihm nur mit einem Ohr zu. Stattdessen richtete sie ihre Konzentration auf den Mann vor sich. Die braunen Augen leuchteten sanft. Eine dunkle Haarsträhne hing ihm in das braungebrannte Gesicht und Sven lächelte sie schüchtern an.

»Anouk!«, flüsterte Ela und das Herz ging ihr auf.

»Ela, ich bin so verdammt froh, dass es dir gut geht.« Seine starken Arme umschlossen ihren Körper und sie roch seinen Duft. Nicht zu harsch und nicht zu mild — genau richtig, mit einer leicht harzigen Note.

Sie hob den Kopf und sah ihm in die braunen Augen. »Wir sind beste Freunde, oder?«

Verwirrt zwinkerte er sie an und nickte.

»Scheiß auf beste Freunde.« Sie stellte sich auf die Zehenspitzen und drückte ihren Mund auf seine Lippen.

Erst zögerlich, dann leidenschaftlich erwiderte er den Kuss.

--ENDE--

Epilog

Patrick betrat das Büro von Markus. Mit einem leisen, scharrenden Geräusch zog er den Stuhl zurück und setzte sich hin. Er starrte auf die hellgrüne Akte in Markus Händen. Feierlich hielt der sie hoch und sagte: »Du hast es geschafft. Sie ist wieder zurück.«

Patrick konnte seinen Enthusiasmus nicht teilen und schüttelte den Kopf. »Manchmal redet sie im Schlaf noch mit den anderen, als wäre sie wieder dort. Ich hoffe, dein Bericht ist gut.«

Markus klappte die Akte auf und lass laut vor. »Die Psyche des Menschen ist ein faszinierendes und vielseitiges Wunder der Natur. Trotz moderner Gerätschaften kann die Psychologie viele Vorgänge noch immer nicht zufriedenstellend erklären. Das Oneiroid-Syndrom ist ein Zustand, in dem Betroffene in einer Welt aus komplexen Träumen leben. Sie empfinden sich dabei als wach und können im Gegensatz zu einem gesunden Menschen auch im Nachhinein ihre Träume nicht von der Realität unterscheiden. Die Patientin hat aufgrund ihrer verstörenden Vergangenheit im Oneiroid mehrere Persönlichkeiten erschaffen, welche die Zerrissenheit ihrer Seele spiegeln. Ela hat ihren unbewussten und bewusst verdrängten Wünschen und Ängsten ein Gesicht gegeben. Die Patientin war seit ihrer Geburt physischer und psychischer Gewalt ausgesetzt und musste letzten Endes mit ansehen, wie ihre Mutter erschlagen wurde. Therapien mit wochenlangem Aufenthalt erzielten keine Wirkung. Ihr Zustand verschlechterte sich zunehmend, bis sie in den Oneiroid verfiel. Durch den Mord an ihrer imaginären Tochter akzeptiert Ela

Habenstein letztendlich jedoch, dass sie keine behütete Kindheit hatte.« Er endete, klappte die Akte zu.

»Klingt glaubhaft«, sagte Patrick.

Markus lehnte sich zurück und verschränkte die Arme.

»Natürlich tut es das.«

Beide schwiegen einen Moment. Patricks Blick wanderte durch das Büro, blieb dann auf Markus hängen.

»Und nun?«, fragte er.

Auch Markus lehnte sich in seinem Drehstuhl zurück, verschränkte die Finger über dem dicken Bauch.

»Wir machen weiter.«

»Nein Markus. Wir müssen langsam einen Schlussstrich ziehen, die Sache entgleitet uns immer mehr. Das nächste Mal kann ich sie womöglich nicht mehr zurückholen.«

Markus beugte sich nach vorn und stützte sich mit den Händen auf den Schreibtisch.

»Sie hat Jady gesehen. Das ist wissenschaftlich nicht erklärbar, das Kind ist hirntot. Wir dürfen jetzt nicht aufgeben! Wir sind so nah dran.«

Laut atmete Patrick ein, hielt den Atem einen Moment an und pustete ihn dann zwischen den Lippen wieder geräuschvoll aus.

»Gut, dann beschaff ich dir noch eine Gelegenheit.«

Danksagung

Wahre Freunde sind Menschen, die dir mit einem Lächeln sagen können, wo deine Schwächen liegen.

Ohne Kritik, Geduld und Interesse von euch und meinen Testlesern wäre dieses Buch nicht einmal halb so gut geworden. Ihr habt an mich geglaubt, standet mir mit Rat und Tat zur Seite und seid knallhart ehrlich gewesen.

Danke an meine Eltern, Andreas und Sabine, dass ihr mich in meinen verrückten Ideen immer ermutigt und Selbstvertrauen mit auf den Weg durch das Leben gegeben habt.

Danke an meine lieben Kinder, dass ihr (oft) Verständnis für mich aufbringt und immer so begeistert meinen Worten lauscht.

Danke an Arthur Wahl, dass du mir den Rücken frei gehalten hast.

Danke auch an all die Verlagsblogger auf Instagram. Besonders der lieben Ullika888 und Vali_Tuti, die mit Begeisterung mein Werk supportet haben.

Doch ganz besonderen Dank gilt meinem Lektor, Hinweisgeber und manchmal ollen Besserwisser Matthias Schlicke.

Euch allen widme ich diese Zeilen, denn ihr habt keine Ahnung, wie wichtig eure Unterstützung war.

Auf euch!

Die Autorin

Mandy Lensey ist eine tierverrückte Münchnerin, die ihre Freizeit gerne im Wald oder im Fitnessstudio verbringt. Ihre Ideen sammelt sie bei gutem Kaffee und Kuchen.

Hybrid Verlag ...

für Weltenwanderer und Zeilentänzer

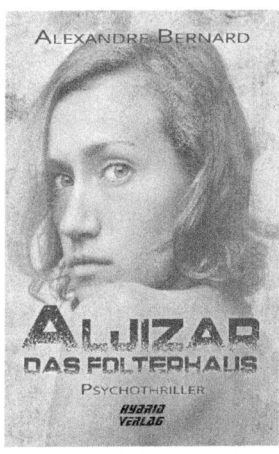

ALJIZAR – DAS FOLTERHAUS
(Alexandre Bernard)
Nach Monaten im Krankenhaus sieht Elisabeth freudig dem Urlaub entgegen – und damit dem Albtraum ihres Lebens. In der ägyptischen Urlaubsidylle wird sie von skrupellosen Menschenhändlern verschleppt. Tagtäglich muss Sie mit ansehen, wie Frauen verstümmelt und ihrer Organe beraubt werden.
Ein Kampf ums nackte Überleben entbrennt, in dem ein Mensch weniger wert ist als seine Eingeweide.
ISBN: 978-3-96741-112-6

MEIN IST DIE STRAFE
(Robert Klotz)

Ihr Leben ist vorbei. Er hat sie gefunden. In einem einzigen Moment bricht Lisas Existenz zusammen, befindet sie sich auf der Flucht. Sicherheit gibt es nirgends, denn Seine Mittel sind unbegrenzt, und Seine Methoden eiskalt und skrupellos.
Wer hilft, und wer spielt Ihm in die Hände?
Die Antwort entscheidet über Leben und Tod. Denn Sein ist die Strafe.
ISBN: 978-3-967-41058-7

AUF NULL GESETZT (Sylvia Kaml)
Eine junge Frau erwacht ohne Erinnerung in einer Frankfurter Privatpraxis. Auf Nachfragen über ihre Identität und ihr vorheriges Leben verstricken sich alle in Widersprüche.
Nach tagelanger Abschottung von der Außenwelt flieht sie und irrt ziellos durch die Großstadt und kommt Machenschaften auf die Spur, bei denen die Grenzen zwischen Genie und Wahnsinn, Opfer und Täter verschwimmen.
ISBN: 978-3-946-82051-2

DÄMONENRITT & 19 WEITERE KURZGESCHICHTEN (Anthologie)
Wenn der Besuch bei der Schwiegermutter als wortwörtlicher Horrortrip endet und ein spätes Treffen mit einem Jugendfreund nachhaltig verstört ... Zwanzig Geschichten begleiten Protagonisten, die alltägliche, außergewöhnliche und unmögliche Ereignisse an den Rand des Erträglichen bringen, deren größter Feind – sie selbst sind.
Es braucht keine furchterregenden Gestalten, die Dämonen wohnen in uns.
ISBN: 978-3-96741-128-7

Werde Teil des Hybrid Verlags

Lerne Verlagsmitarbeiter, Autoren sowie andere Leser kennen !

www.hybridverlag.de